Lorenza Bernard

IN PUNTA DI DITA

Einaudi Ragazzi

Se immaginate ripetutamente e coscienziosamente di raggiungere un obiettivo, le vostre possibilità reali di successo aumenteranno notevolmente.

Arnold Lazarus, *L'occhio della mente*, Astrolabio, Roma, 1989.

Capitolo 1

La pallavolo è uno sport giocato da due squadre di sei giocatori in un campo rettangolare diviso da una rete.
Scopo del gioco è far cadere la palla nel campo avversario.

Era un brulicare di studenti fuori dal cancello.

Ce n'erano talmente tanti che, guardati tutti insieme, sembravano quasi fermi. Un po' come quei formicai a piramide: tu vedi questa specie di cono possente e immobile fatto di terra, detriti e aghi di pino, ma quando ti avvicini scopri l'attività frenetica di migliaia di formiche.

Capitava cosí ogni anno in occasione del primo giorno di scuola. I ragazzi uscivano di casa e si riversavano per le strade, in apparenza scocciati dal ritorno sui banchi ma in realtà contenti di rivedere le facce dei compagni. Perché il primo giorno di scuola è sempre un po' speciale: varcando la soglia, si cancella l'anno precedente e si ha la sensazione di avere davanti mille opportunità di voti, professori, verifiche e interrogazioni, certo, ma anche di risate, scherzi, simpatie, amori. Poteva capitare di tutto, il primo giorno di scuola, come nel gioco della pesca al luna park.

Piú i minuti trascorrevano, piú la folla aumentava grazie a piccole appendici umane che dai lati si andavano a unire al nucleo centrale, proprio di fronte al portone. A guardare

bene, però, si poteva notare che quella moltitudine non era composta da maschi e femmine, magari suddivisi in cricche separate. No. Perché la scuola media privata Francesco Petrarca contava solo classi femminili.
Non c'era dunque quell'atmosfera tipica in cui i ragazzi giocano con i loro smartphone, si scambiano suonerie e guardano app tra spintoni e pacche sulla schiena, gli zaini appoggiati su una spalla, l'elastico dei boxer che spunta dai pantaloni a vita bassa; e dove c'è chi ostenta qualche peletto sul viso sbucato a tradimento durante l'estate.
Lí c'erano solo ragazze che si scambiavano i *charms* da appendere al cellulare, si scattavano foto facendo sorrisi all'obiettivo o mandando bacini, si scrivevano sul diario dichiarazioni di eterna amicizia. Erano composte, per nulla scalmanate, tranquille. Niente spintoni né urla selvagge.
Avrebbe potuto schierarle come matrioske sorridenti sulla mensola del caminetto nel suo studio, pensava la professoressa Odescalchi mentre le guardava compiaciuta da lontano.
Le *sue* ragazze. Fece un profondo sospiro di compiacimento. Ci aveva messo qualche anno, ma alla fine aveva plasmato quella scuola a sua immagine e somiglianza, esattamente *come voleva lei*. Ordine, disciplina, rigore, tranquillità. Nessuna sorpresa spiacevole, nessuna insubordinazione, niente che potesse incrinare quel paradiso racchiuso dietro i cancelli della scuola.
Incastonò un ricciolo nella capigliatura imbalsamata di lacca, spolverò il suo tailleur rosa pallido, sistemò la borsetta sulla spalla e finalmente attraversò la strada, pronta a raggiungere le sue piccole vestali, come amava chiamarle. Perché lei, nei

loro confronti, si sentiva come una novella Pizia o una Diana Cacciatrice con le sue sacerdotesse.
Ma in quel momento il gruppo delle ancelle si scompose in malo modo creando un effetto fastidioso agli occhi della preside, che continuò ad avanzare sulla strada per vedere la causa di quel buco umano creatosi all'improvviso. Quando raggiunse le sue ragazze, Maria Speciosa Odescalchi, di anni cinquantasei, preside della Francesco Petrarca da due lustri, si accorse con raccapriccio che si trattava di... una rissa!

Agnese si era messa le scarpe da ginnastica e la tuta leggera blu con le tre strisce bianche ricamate all'esterno. Sull'argomento era sempre stata piuttosto tradizionalista, nonostante i venticinque anni e la fresca laurea in scienze motorie: l'insegnante di educazione fisica va a scuola in tuta. Fine.
Lei era una purista dello sport, una maniaca della forma, una cultrice del gesto atletico e non aveva mai sopportato quegli insegnanti di ginnastica che giravano in camicia e pantaloni con la piega (uomini), oppure tailleurino e tacco (donne), salvo poi cambiarsi di straforo e infilare un paio di sneakers. Ma che senso aveva?
Forse era stata l'educazione che aveva ricevuto da suo padre, avvocato (di giorno) e allenatore (di sera): da sempre abituato a far convivere le sue due anime, aveva posto come regola personale il divieto di accavallare i due mondi, a partire proprio dall'abbigliamento. Quindi giacca e cravatta in tribunale e tuta da ginnastica sui campi d'atletica, un po' come Clark Kent e Superman, diceva lui ridendo.
Agnese trotterellava veloce sul marciapiede e non vedeva l'ora

di raggiungere la nuova scuola. Si sentiva agitata, ma era una turbolenza bella, che nascondeva voglia ed entusiasmo per il suo primo Incarico Vero, una supplenza annuale. Era un privilegio, visto che tanti suoi ex compagni di studi dell'università ancora vivacchiavano con supplenze sporadiche. Lei invece aveva avuto la fortuna di essere chiamata per una sostituzione di maternità, e questo voleva dire un anno intero di lavoro assicurato. Aveva grandi progetti per la sua nuova nomina e avrebbe mostrato subito di che pasta era fatta. La circostanza che la nuova scuola fosse tutta femminile la stimolava ancora di piú: era certa che con le ragazze si potevano fare grandi cose.

Sospirò estasiata mentre da lontano vedeva la folla di studentesse che si accalcava davanti al portone della scuola. Eccole le sue future alunne, un agglomerato di nuove atlete cui trasmettere l'entusiasmo del movimento, della vita sana, dello spirito di gruppo. Nonostante fossero trascorsi un po' di anni da quando anche lei aveva avuto la stessa età, si rivedeva in loro e poteva ancora percepire la sensazione elettrizzante del primo giorno di scuola.

– No, la vera imbecille sei tu, visto che parli a sproposito. Ma chi cavolo sei?!

La frase era levitata sopra le teste delle ragazze, fino ad arrivare alle orecchie di Agnese. Seguí uno spintone, e quello ne scatenò altri, come una reazione a catena. Con due balzi Agnese coprí la distanza che la separava dall'orda di adolescenti ora disposta a semicerchio, come una specie di anfiteatro umano. Non faticò a farsi largo, vista la sua corporatura minuta che quasi poteva confondersi con le alunne di terza e, al centro dell'arena, scorse le due bellicose ragazze che se le stavano suonando di santa ragione senza tralasciare nessun colpo (zainate comprese).

– Basta cosí! – urlò una voce dall'alto.

Il Giudizio Universale?

Le due si bloccarono e anche Agnese si voltò: sull'ultimo gradino della scalinata d'entrata c'era la preside, ferma, la borsetta stritolata sotto il braccio. – *Non* osate piú profanare la *mia* scuola con questi comportamenti da... *bestie selvagge*. Capito?! – scandí, dando enfasi ad alcune parole, fino a scivolare in un falsetto finale. La bocca si era increspata formando tante piccole rughe. La Odescalchi se ne rese conto e subito cercò di rilassare le labbra per scongiurare l'accentuarsi dei segni dell'età. Questo gesto innescò un rilassamento generale, soprattutto serví ad abbassare le spalle che, per la concitazione, si erano alzate fin quasi a toccare le orecchie.

L'uditorio rimaneva in attesa della successiva reazione della Odescalchi. La donna intuí che, per riprendere il controllo di sé, doveva concentrarsi su qualcos'altro, quindi si sistemò la giacca del vestito tirando le estremità verso il basso. Vide un filo che penzolava da un bottone e lo debellò con un gesto secco.

Guardò di nuovo le ragazze, colpevoli di aver attaccato le fondamenta della sua istituzione scolastica: ne riconobbe una, ma l'altra chi era?

Spostò lo sguardo di qualche centimetro e notò un altro viso nuovo. Agnese lesse lo sguardo come un invito a presentarsi.

– Ehm... Sono Agnese Pallavicini, la nuova insegnante di educazione fisica... – azzardò.

La preside annuí e si riscosse. – Professoressa Pallavicini, per cortesia, mi aiuti a scortare queste due... alunne in presidenza. A quanto pare avremo un inizio d'anno piuttosto complicato.

Fuori dall'ufficio della preside c'erano due file di quattro sedie appoggiate alle pareti opposte. Le due ragazze erano sedute una di fronte all'altra.
A vederle sembravano pronte per un duello.
La prima si chiamava Gaia e faceva parte del gruppo leader della scuola, quello formato dalle ragazze di terza. Bella e popolare quanto bastava, le altre facevano a gara per essere sue amiche.
La seconda si chiamava Rebecca. Era lei quella nuova.

Rebecca Daltromare: personalità difficile, al limite del rissoso. Carattere chiuso, solitario e arrogante. Rifiuta l'autorità, tende a escludersi e a disturbare la lezione. Svogliata, non si appassiona a nulla; nell'anno scolastico appena concluso è risultato impossibile non solo stabilire un dialogo, ma anche coinvolgerla in qualche materia. Raccomandiamo dunque la massima cautela, certi della Vostra competenza.
Cordiali saluti

Professor Zaccheo Bondesani
Preside dell'Istituto Statale Corradini

La professoressa Odescalchi abbassò lentamente il foglio che delineava il profilo della nuova alunna di terza D e allargò le narici inalando piú aria possibile.

Si toccò la pancia e fece una smorfia. Possibile che ogni volta che si agitava le si contorcesse lo stomaco? E ora le toccava prendere l'antiacido, e lei odiava prendere medicine prima dell'ora di pranzo, perché non le facevano certo bene, ma prima... prima sí, Mary doveva dirle come era potuto accadere che quella Rebecca Daltromare fosse stata presa nella sua scuola. *La sua scuola.*

Aprí la borsa ed estrasse una boccetta da cui fece scendere trenta pesanti gocce nel bicchiere.

Poi alzò il telefono. – Mary? – disse perentoria. – Vorrei capire perché non ho ricevuto il foglio di presentazione della nuova alunna *prima* di accettarne l'iscrizione. Come devo dire a *voi* della segreteria che ogni singolo dettaglio deve essere vagliato prima del nullaosta e non *dopo*?! – Pronunciò quest'ultima frase alzandosi dalla sedia. – Come dici?... No, io questo foglio non l'avevo mai letto, altrimenti... – Scosse la testa. – Lascia stare, anzi, *lasciamo* stare per favore, ormai non possiamo piú farci niente e *come al solito* sono io che devo prendere l'antiacido e *come al solito* tocca a me sistemare la faccenda –. Riattaccò bruscamente.

Alla scuola Petrarca, quando insegnanti e bidelle erano davvero certi di non essere sentiti dalla preside, parlavano di lei chiamandola Comealsolito.

La Odescalchi ingollò le gocce di antiacido e alla fine si adagiò di nuovo sulla sedia prima di fare entrare le due ragazze. Respiro. Pausa. Respiro ancora piú lungo. Pausa.

Ricapitolò: Gaia Biancardi, alunna esemplare, voti alti, interessata a musica e a teatro. Insomma, una studentessa modello. Rebecca Daltromare: ragazza difficile. Anzi, per quanto aveva potuto verificare, un'unna. «Ovvio che è stata lei a istigare la Biancardi a una reazione cosí sconveniente...» pensò.

– Entrate! – disse a voce alta. A mani giunte, guardò impassibile la porta aprirsi e le due ragazze accomodarsi di fronte alla scrivania. Due atteggiamenti diversi e opposti: mentre la Biancardi, per la quale già parteggiava, aveva assunto un'aria colpevole, timorosa della possibile punizione e di sicuro recriminando la leggerezza con cui aveva reagito alla provocazione, la Daltromare appariva strafottente e la guardava con un'aria di sfida e... ma che cos'era quella cosa che stava masticando?! Oddio, un... un chewing gum?!

– Prego, – intimò, indicando con un dito affilato il cestino accanto alla scrivania.

Rebecca non si scomodò neppure a prendere la cicca con le dita: la sputò direttamente nel cestino. La Odescalchi chiuse gli occhi imponendosi di non esplodere.

– Allora? Che cos'avete da dire? Chi ha iniziato?

Silenzio. Si sentiva solo il ronzare di una musichetta.

La preside notò le cuffiette dell'iPod spuntare dalle orecchie di Rebecca. Pure quelle! Si allungò e gliele sfilò con un gesto nervoso. – L'educazione prima di tutto.

La ragazza non si scompose. Appariva impenetrabile dietro la sua indifferenza.

Alla fine fu Gaia Biancardi a parlare e si alzò per mostrare il paio di pantaloni bianchi che indossava: sulla coscia campeggiava una chiazza d'inchiostro blu. – Mi ha sporcato lei, e l'ha fatto apposta.

– E l'ha fatto apposta, – le fece il verso Rebecca. – Tu e le tue amiche mi stavate prendendo in giro, e non si fa, no no! – Il suo dito indice oscillava ironico.

– Non dire caz...

– BASTA! Signorina Biancardi, taccia! – La Odescalchi si era alzata di scatto colpendo forte la scrivania con la mano. Non le pareva vero che l'anno stesse iniziando cosí. C'era qualcosa di sinistro in quella mattina trascorsa a discutere con le due ragazze, e anche la Biancardi si stava lasciando andare a un linguaggio indecente.

A quel punto Rebecca giocò il suo asso. – Non avete mai sentito parlare di bullismo? In fin dei conti, io sono una povera nuova arrivata. È questa l'accoglienza che riservate alle nuove? Prenderle in giro davanti al portone di scuola? Proprio quando non possono difendersi? – Ora guardava la Odescalchi dritta negli occhi e continuò con finta voce innocente. – Di sicuro all'istituto Petrarca non farebbe bene acquistare la fama di... vivaio razzista.

Il viso della preside avvampò. – Modera i termini, ragazzina! Come si permetteva quella piccola impudente di minacciare non solo lei, ma anche la sua scuola? – Signorina Daltromare, forse le è sfuggita una regola importante, se non fondamentale: non è cosí che ci si comporta in questa scuola, la cui *ottima* reputazione deve rimanere tale. Immagino infatti che i suoi genitori l'abbiano iscritta qui per un valido motivo.

Rebecca alzò le spalle. – A dire il vero siamo andati per esclusione, visto che il Petrarca era l'ultimo istituto rimasto. Tutti gli altri mi hanno tenuto per qualche mese e poi risputato come un avanzo –. Si allungò indolente sulla sedia. – E vedrà che anche lei mi butterà fuori molto presto, stia tranquilla.

Basite. Non solo la Odescalchi, ma la stessa Gaia, che fino a quel momento aveva provato antipatia per Rebecca, ora la stava fissando con tanto d'occhi. Che sfacciata! Sembrava che non avesse paura di nulla, non avesse argini e dicesse quello che le passava per la testa. Lei invece non poteva neanche lontanamente immaginarsi di rispondere cosí a un adulto, tanto meno alla preside.

– Bene, signorina, – disse infine la preside. – Visto che è cosí decisa a farsi espellere, la aiuterò a fare il primo passo.

Gli occhi di Rebecca brillarono soddisfatti.

– Oh no, stia sicura che non le darò la soddisfazione di starsene a casa, anzi: la punizione sarà proprio obbligarla a frequentare fin da subito tutte le nostre attività extrascolastiche per farla diventare un'alunna modello.

La ragazza esplose in una risata provocatoria.

«Ti credi tanto furba, vero?» pensò la Odescalchi. Se quella Daltromare voleva il braccio di ferro, allora l'avrebbe accontentata. Afferrò il tagliacarte dal portapenne e, mentre parlava, si mise ad accarezzarne la punta. – Come saprà, la nostra scuola non è proprio un collegio, ma è strutturata come se lo fosse. Niente alloggi notturni, certo, ma le attività extrascolastiche proseguono per tutta la giornata, coprendo l'intero pomeriggio. Bene, lei sarà *tassativamente* obbligata a frequentare *tutti* i corsi facoltativi. Unica eccezione saranno i corsi che si sovrappongono nell'orario, perché nessuno le chiede di avere il dono dell'ubiquità, – ridacchiò. Ora era lei a permettersi di fare l'ironica e questo la fece sentire di nuovo potente.

L'espressione di Rebecca si fece seria, come quella di un animale che sente di essere in trappola, con il cappio che sta per stringersi intorno al collo. – Se i corsi sono facoltativi, non potete obbligarmi.

– Oh sí, se sono *io* a deciderlo. E io ho già deciso, a partire da oggi –. Sorriso. Man mano che la spocchia della ragazza cedeva, lei riacquistava la sua autorità ed era una bella sensazione. – Inglese, francese, spagnolo, teatro, canto, musica, moda... avrà un'ampia scelta per occupare i lunghi pomeriggi che l'attendono. Dovrà farsi firmare i fogli di frequenza e portarmeli qui alla fine di ogni giornata –. Allungò la mano. – Benvenuta, signorina Daltromare.

Con un rumore stridulo, Rebecca si alzò dalla sedia e uscí, non solo ignorando la mano della Odescalchi, ma anche omettendo di chiedere il permesso per congedarsi. Ma questa volta la preside non fece una piega. Invece, invitò la Biancardi a uscire anche lei, e a Gaia non parve vero di farla franca senza punizione.

Una volta rimasta sola, si risedette lentamente.

Era stata sfidata, ma aveva raccolto il guanto. Per quanto la riguardava, la guerra era iniziata.

Capitolo 2

Ogni azione inizia con il servizio: il battitore ha otto secondi per inviare la palla verso il campo avversario.

Fantastico. C'erano tutti i presupposti per un intero anno vomitevole. Ma che cosa volevano tutti da lei? E sí che era stata chiara con sua madre, gliel'aveva detto che era inutile cambiare scuola, che tanto a lei faceva schifo tutto. Ecco, adesso se ne sarebbe resa conto.

Rebecca fece trascorrere la mattinata nell'unico modo che conosceva, cioè in completa apatia, senza ascoltare quello che dicevano i professori che, invisibili ai suoi occhi, si succedevano alla cattedra. Ogni tanto si sentiva osservata e alzava lo sguardo, sempre con la sua aria cattiva, ma subito gli occhi si abbassavano su libri, quaderni, scarpe da allacciare, penne cadute. Ogni tanto lei stessa si soffermava a guardare le facce delle sue compagne di classe e le sembravano tutte uguali.

Lei no, non era cosí. Lei andava controcorrente, le era sempre piaciuto fare come i salmoni.

Prese il diario e iniziò a disegnare annoiata, e intanto guardava l'orologio. La verità era che stava trascinando la mattinata, ma non sapeva piú che cosa inventarsi per trascorrere il tempo.

All'intervallo notò il gruppetto di Gaia e le sue amiche che

la stavano osservando da lontano per poi rimettersi subito a confabulare con aria cospiratoria. Per tutta risposta fece loro un gestaccio e se ne andò in bagno.
Che nausea le faceva venire quella scuola. Ed era solo il primo giorno.
In teoria all'una e mezza sarebbe dovuta uscire per tornarsene a casa, ma per colpa della punizione le toccò rimanere lí a mangiarsi un panino e a sorbirsi le attività extrascolastiche.
Quando guardò la bacheca dov'erano esposti materie, orari, insegnanti e aule, scoprí che in effetti c'era l'imbarazzo della scelta, se solo gliene fosse fregato qualcosa. S'incamminò quindi lungo il corridoio dove si affacciavano le aule e sentí il vociare ovattato delle stanze piene di studentesse. Erano aule dai soffitti molto alti e le porte erano di legno antico e scuro, con le maniglie ossidate. L'edificio doveva avere come minimo due secoli.
Entrò nell'aula di teatro, dove una professoressa dagli occhi truccati di nero stava leggendo con voce stentorea il testo di una qualche tragedia. Quella si fermò e alzò un sopracciglio.
– Sí?
Rebecca entrò e si andò a piazzare su una delle sedie in fondo, seguita dallo sguardo di tutte, a cominciare da quello dell'insegnante, che fece schioccare la lingua e si rituffò nella lettura, piena d'ardore.
Rebecca avrebbe anche potuto reggerla, se non fosse stato che dopo circa un quarto d'ora la professoressa sottopose gli alunni a una serie di esercizi vocali e smorfie facciali. Era troppo: si fece firmare sbrigativamente il foglio di frequenza e fuggí via.

Storia della moda. L'insegnante era una certa Cassandra Taldeitali (non aveva neppure letto bene sulla bacheca) ed era una specie di scricciolo tutto vestito di nero, con un turbantone in testa che doveva farla assomigliare a una parigina d'epoca (o alla brutta copia di Audrey Hepburn). Aveva perfino la erre arrotata, ma Rebecca era sicura che lo facesse apposta.
Lezione soporifera, anche se la severità di Cassandra teneva le alunne (le altre, ovviamente, non lei) attente e in tensione. Certe addirittura stavano sedute sulla punta della sedia, come se fossero pronte a scattare.
Cucina. Lo chef, Melchiorre Angeletti, sventolava mestoli e cucchiai di legno, decantando la versatilità di capperi e aglio pestellato. Rebecca si fece firmare in fretta anche quel foglio di frequenza e uscí, percorrendo tutto il corridoio. Voleva finirla prima possibile con quella pagliacciata delle lezioni pomeridiane e le mancava ancora la palestra da perlustrare. Sull'entrata c'era scritto *Movimento corporale indoor* e quella targhetta le aveva fatto ricordare il bugiardino di un medicinale per lo stomaco. Aprí la porta e sbirciò all'interno: al centro di quella che doveva sembrare una palestra (ma che in realtà era uno stanzone con le piastrelle a terra e tre spalliere sbilenche fissate al muro), una donna sui sessant'anni, vestita con camicetta di seta, gonna plissettata blu e un paio di dubbie scarpette da ginnastica, batteva le mani a tempo, mentre un gruppetto formato da una decina di ragazzine balzellava lungo il perimetro.
– Piano, piano, fanciulle, altrimenti sudate, – sussurrò l'insegnante, tossicchiando e sistemandosi il foulard attorno al collo.

Fanciulle?!

– C'è da non crederci... ha detto di non sudare, – disse una voce.

Rebecca si voltò e si accorse che non era sola. Non molto distante da lei c'era una ragazza in tuta da ginnastica che guardava la lezione con le braccia conserte. Anche lei si accorse della presenza di Rebecca e, dopo un attimo, si avvicinò curiosa. – Ehi, ma tu sei la sovversiva di stamattina, – disse la Pallavicini.

Rebecca aggrottò la fronte.

– Sono Agnese Pallavicini, la nuova prof di ginnastica. Questa mattina ti ho separata io dall'altra ragazza.

– Ah.

– Sei stata punita, alla fine?

– Secondo lei perché sono qui?

Agnese annuí. – Quindi devi fare lezione? – chiese indicando la «palestra» e il suo contenuto di «fanciulle».

– Mah... Non mi sta esaltando, sinceramente.

Momento di silenzio. Tutte e due guardavano l'aula, mentre l'insegnante faceva vedere un esercizio che doveva essere una sorta di flessione, ma in realtà assomigliava alla nascita di una ninfa con il mal di schiena.

Agnese sospirò. – Posso capirti.

Rebecca rimase lí a guardare ancora per un po' e alla fine gettò la spugna. – Vabbe', io vado –. Guardò un attimo la Pallavicini, indecisa se salutarla o meno; ma poi, vedendola assorta, girò sui tacchi e infilò la porta.

Per quel giorno poteva anche bastare.

Arrivò a casa. Della giornata non le era rimasto addosso niente. Solitamente il primo giorno di qualcosa è un evento importante, per questo la maggior parte delle persone poi ne ricorda particolari, facce, nomi, situazioni. Rebecca, nulla. Tutto le era scivolato addosso come fango molle. E gli ultimi antipatici residui sarebbero stati rimossi da una bella doccia.

Mi chiamo Rebecca e sono incavolata nera.
Staccò la penna dal foglio del quadernino, nero proprio come il suo umore, e guardò le parole che dovevano definire il suo stato d'animo. Aveva letto su una rivista della madre che mettere nero su bianco i propri sentimenti aiutava a superare il malessere. «La consapevolezza di sé è il primo passo verso la guarigione».
Guarigione? Si guarisce da una varicella, da un'influenza, da una gamba rotta. Ma lei, che malattia aveva? Essere arrabbiati con il mondo intero, detestare ogni essere umano che attraversi il proprio cammino (non proprio tutti: la nonna e il nonno, loro no. E a volte neppure suo fratello, ma solo quando dormiva e quindi taceva) si poteva considerare una malattia?
Questa faccenda del diario era una stupidata. Eppure continuò a compilarlo e in quel momento decise di scrivere di sé in terza persona, proprio come fanno i bambini.
Rebecca è una ragazza che va per le spicce, zero smancerie e zero amici. Il suo motto è «cerca di avere pochi bagagli», cioè zavorra inutile, tipo gente cui rendere conto. Perché Rebecca è e sarà sempre uno spirito libero, senza costrizioni.

Si fermò e rilesse. Sí, era lei quella che aveva descritto. Le piaceva quella corazza da dura che si era pian piano costruita, la faceva sentire ben protetta. Inscalfibile.
Nessuno poteva dire di conoscere davvero Rebecca e ciò era motivo d'orgoglio per lei. Come lo era anche la convinzione di non avere bisogno di nessuno: lei bastava a se stessa.
Aveva capito che alla fine s'impara a fare a meno di quello che non si può avere. E che cos'era quello che lei non aveva (o non aveva avuto)? «La consapevolezza sopraggiunge una volta analizzato ed elaborato il proprio passato, – diceva sempre la rivista. – Può aiutare quindi tracciare un albero genealogico della propria famiglia e scrivere quel che si pensa di ognuno dei componenti».
Era scettica, ma chissà perché continuò quel giochino.
Iniziò a scrivere i nomi dei suoi genitori: Paolo e Francesca.
Tanti anni prima, quando non erano ancora separati, solevano commentare, quando si presentavano agli altri: – Eh sí, con due nomi cosí siamo destinati a un grande amore –. Si riferivano ovviamente ai due personaggi della *Divina Commedia* votati a un legame eterno (anche se infernale).
Furono smentiti pochi anni dopo.
Si erano conosciuti al Master in sceneggiatura e si erano perdutamente innamorati, sposandosi dopo soli sei mesi di frequentazione. Da lí era anche cominciato un sodalizio lavorativo: le loro sceneggiature scritte a quattro mani avevano avuto grande successo nell'ambiente televisivo. Lui ci metteva ironia e arguzia, lei amalgamava il tutto con la «sensicomicità», come la definivano i critici, ovvero battute al fulmicotone spolverate da una sensibilità tipicamente femminile.

Neanche la nascita di Rebecca impedí loro di continuare la scalata al successo, e diventarono la coppia di scrittori piú richiesta sul mercato. Tutto procedeva a gonfie vele quando arrivò il fatidico patatrac, come in ogni storia che si rispetti (perché le storie hanno sempre un patatrac). Il suo nome era Giunia ed era l'attrice protagonista della sit-com cui stavano lavorando i due. E Paolo s'innamorò di lei.

Bye bye, Francesca.

Nello spazio di pochi mesi si rifecero tutti e due una vita sentimentale, come se Paolo & Francesca non fossero mai esistiti. Lui si mise con Giunia (creando una nuova coppia lavorativa) e lei si risposò con Ugo, un «normale» architetto che con il mondo televisivo non c'entrava proprio nulla (e forse lo scelse apposta).

Rebecca era rimasta lí, a bordo campo, ad assistere impotente al caos combinato dai genitori, mentre vedeva crescere ai lati della sua esistenza di bimba di sei anni due belle parentesi. In poco tempo divenne sorellastra di ben tre bambini, due gemelli di suo padre e un bimbo di sua madre.

Era stato lí che aveva cominciato a odiare tutti.

Rebecca si concentrò sulle pagine del suo taccuino e cercò una definizione adatta per i suoi genitori.

Paolo: pensa solo ai gemelli e con me vuole fare l'amicone. Invece, per quanto mi riguarda, è simpatico come una cicca nei capelli. Francesca: vuole fare troppe cose. E spesso ne dimentica qualcuna per strada.

Ci pensò su un attimo e cancellò l'ultima frase.

Dimentica di occuparsi delle persone. Sentí un nodo di malinconia stringerle la gola e preferí passare oltre. Vicino ai nomi dei suoi genitori tratteggiò una linea e scrisse quelli dei ri-

spettivi nuovi compagni. *Ugo, marito di mia madre: non pervenuto. Giunia, compagna di mio padre: nullità.*
Rilesse i due lapidari giudizi e si chiese dunque se valesse la pena tenere quei due intrusi nell'albero genealogico della sua famiglia. C'era da dire però che Ugo e Giunia avevano contribuito a produrre i suoi fratellastri, e in qualche modo quei bambini c'entravano con lei. In ogni caso tollerava molto piú Ugo di Giunia, perché lui almeno era arrivato dopo, mentre Giunia a suo parere era responsabile della rottura dei suoi genitori. Però, rifletté, sè toglieva uno, doveva togliere anche l'altro... Lasciò entrambi e continuò a compilare.
Marcello, figlio di Francesca e Ugo: uno scassapalle. I gemelli (Elisa e Lorenzo), figli di Paolo e Giunia: n.c. La diversità dei due giudizi dipendeva semplicemente dal fatto che lei, con Marcello, ci viveva ogni giorno; Elisa e Lorenzo, invece, li vedeva in modo sporadico, anche perché abitavano in un'altra città. Un problema in meno.
Nonno Antonio e nonna Maria... Lasciò momentaneamente i puntini di sospensione che equivalevano a una lunga moviola che ripercorreva la sua vita. I suoi nonni. Loro c'erano sempre stati, vicino a lei. Erano loro che l'avevano tenuta quando erano scoppiati i guai grossi tra i suoi genitori; erano loro che l'avevano consolata quando avevano preso strade diverse; erano sempre loro che l'avevano ospitata a pranzo ogni giorno (e seguita nei compiti); infine, erano loro che sopportavano i suoi sbalzi d'umore e cercavano di smussare le sue intemperanze.
Nonno Antonio e nonna Maria: a loro voglio bene. Le ultime parole le avevano scavato qualcosa di profondo, qualcosa di

molto nascosto, in un punto che non poteva fare male. Le montò un disagio misto a senso di colpa. Chiuse di scatto il taccuino e lo relegò nella parte piú remota dell'ultimo cassetto della sua scrivania. Quel gioco stupido l'aveva stufata, anzi innervosita.
Non doveva pensarci piú.

– A tavolaaa! – sentí urlare sua madre dalla sala da pranzo, ma ignorò il richiamo e alzò la musica del suo iPod, con i Muse a manetta. Dopo un po' sentí la stessa voce che si sovrapponeva di nuovo alla musica, ma questa volta in modo flebile e immaginò che fosse il secondo avvertimento. Zero risposta da parte sua. A quel punto la porta si spalancò ed entrò Marcello, il suo fratellastro.
– Te l'ho già detto di non entrare senza prima aver bussato! – lo apostrofò acida, togliendosi le cuffie che ancora pompavano la musica.
Lui alzò le spalle. – Ma io ho bussato, sei tu che non hai sentito. Con questi spaccatimpani... – Indicò gli auricolari. – La mamma mi ha mandato su a dirti che la cena è pronta.
Lei lo guardò e non si mosse dalla sedia.
Lui neppure.
– Che cavolo vuoi? – disse infine. – Ho capito, ora vattene.
– Mamma ha detto di non scendere senza di te.
Rebecca alzò gli occhi al cielo e sbuffò rumorosamente. – Che palle, 'sta casa. Dille che non ho fame.
Ma Marcello non si muoveva, le mani infilate nelle tasche. Nonostante avesse sei anni, sembrava piú piccolo della sua età. Era uno scricciolo biondo, secco secco. Mica come lei,

che era alta e dimostrava almeno due anni in piú. Il fatto poi che i suoi capelli fossero scuri la confortava non poco: meno assomigliava a quel sottoprodotto di sua madre e Ugo, e meglio era.

– Be'? Scendi? – Marcello non mollava. Testardo, il ragazzino.

Lei si alzò. – Ma sí, scendo! Che stress...

Uscí urtando il fratello e si buttò giú dalle scale senza aspettarlo. Lui cercò di starle dietro invano, anche perché Rebecca fece i gradini tre alla volta, con salto finale di cinque. Sembravano un'orda di barbari al galoppo.

– Prima! – urlò lei, atterrando di fronte alla sala da pranzo. Francesca e Ugo, che stavano mettendo la cena in tavola, si voltarono di scatto, appena in tempo per vedere Marcello che, per cercare di imitare la sorella, per poco non si sfracellava sull'ultimo gradino.

– Ahi! – urlò tenendosi il ginocchio e cadendo di lato.

Francesca mollò di colpo l'insalatiera e corse dal figlio. – Fammi vedere, su... – Controllò preoccupata. – È solo una botta. Andiamo a mettere il ghiaccio... – Poi alzò la testa verso Rebecca: il suo tono era duro e spazientito. – Ma non capisci che lui vuole imitare ogni cosa che fai? Cerca di usare la testa!

Lei fissò la madre per un lungo istante e poi, zitta, andò a sedersi a tavola.

– Abbiamo saputo che oggi sei stata chiamata dalla preside, – disse Ugo.

– Sí, e allora? – Iniziò a mangiare il suo piatto di pasta, seguita dalla madre e dal fratello. Marcello teneva appoggiato sul ginocchio un sacchetto pieno di ghiaccio. Tirò su col naso e si asciugò le ultime lacrime.

– Allora vuol dire che non è questo il modo di iniziare l'anno scolastico! – s'intromise Francesca, sempre piú spazientita. – Non è possibile che tu sia già in punizione! Ma che cosa dobbiamo fare con te?!

La figlia alzò le spalle e continuò a mangiare, gli occhi incollati al piatto.

– Mi vuoi guardare almeno quando ti parlo? – Francesca le alzò il mento e ottenne lo stesso sguardo scostante. Era uno di quei momenti in cui una madre si sente indecisa se rifilare l'ennesima punizione o calmarsi e cercare di parlare in modo piú tranquillo. Con estrema pazienza, scelse la seconda strada. Sospirò e addolcí il tono di voce. – Ti prego, cerca di prendere questo nuovo anno scolastico come un'occasione per iniziare da capo. Ho capito che non ti piace studiare, ma puoi sempre cercare di prendere ciò che di buono possono insegnarti i professori. È importante, sai, imparare. Ci sono bambini che...

Rebecca non la fece continuare e sbatté la forchetta sul piatto. Francesca sobbalzò.

– Oh, risparmiami la storia dei bambini sfortunati! Ognuno ha le sue sfighe, eh! – Si alzò e si pulí veloce la bocca col tovagliolo. – Io non ho piú fame.

– Rebecca!

E con la stessa velocità con cui aveva sceso i gradini, li risalí. La madre rimase con le braccia appoggiate sulla tavola, le spalle un po' ricurve. Aveva un'aria sconfitta, talmente mesta che pure Marcello le appoggiò la mano sulla sua.

– Le passerà... – cercò di consolarla Ugo.

– È da tre anni che diciamo che le passerà! E io non so piú che cosa fare.
Rimasero in silenzio, mentre si sentiva solo Marcello masticare. – Ma perché è cosí arrabbiata? – chiese infine.
Francesca gli fece un debole sorriso e gli accarezzò la testa. – Perché sta crescendo.
Ripresero tutti a mangiare, ma si vedeva che Francesca era rapita da mille pensieri.

Mentre Ugo e Francesca sparecchiavano, Marcello si era piazzato davanti al televisore. La regola era che prima di andare a dormire poteva guardare una mezz'oretta di cartoni animati, dopodiché, a nanna senza fare storie.
– E se la mandassimo all'estero a studiare? Magari in un paese straniero... e poi imparerebbe la lingua...
Ugo, che stava caricando la lavastoviglie, guardò la moglie basito. Lei corresse il tiro, ma solo perché si era resa conto che un anno intero, senza la sua Rebecca, non lo avrebbe tollerato. – Forse una vacanza di venti giorni a Natale, per imparare bene l'inglese...
– Stai scherzando, vero?
– Perché? Magari le dà l'incentivo giusto.
Ugo posò in malo modo i piatti sul piano della cucina. – Fammi capire: le facciamo cambiare per l'ennesima volta la scuola, e lei si fa punire fin dal primo giorno. E tu che cosa proponi? Una vacanza premio?!
Francesca rimase zitta, ma si vedeva che era offesa dal tono usato dal marito.
Lui continuò. – Senza contare l'iPhone nuovo che le hai rega-

lato la settimana scorsa, che va ad aggiungersi all'iPad che le ha comprato Paolo...

– Io non sapevo che Paolo gliel'avesse regalato!

– Franci, se continuiamo a darle cose, lei non imparerà mai. Non è cosí che facciamo il suo bene.

– Ma *tu* non sei suo padre, non hai vissuto con noi gli anni scorsi. Facile parlare! – Mollò i bicchieri vicino ai fornelli e se ne andò. A Ugo non rimase che riempire lentamente la lavastoviglie da solo, mentre dal salotto proveniva la musichetta dei cartoni animati.

Quella notte piovve.

Prima una pioggerella fine fine, che quasi non si sentiva. Poi si trasformò in un vero temporale, con lampi che strappavano il cielo, accompagnati da tuoni rombanti che facevano vibrare i vetri.

Marcello aveva il terrore dei temporali. Per questo, verso le due del mattino, comparve nella stanza di Rebecca. Scivolò dentro il suo letto e infilò i piedini tra i polpacci della sorella, circondandole la vita con un braccio.

Un lampo improvviso illuminò la stanza rischiarandola a giorno. Marcello spalancò gli occhi e subito dopo li strizzò, incassando la testa tra le spalle e stringendosi ancora piú forte a Rebecca.

– Ma che cavolo fai? – chiese lei assonnata.

Altro lampo, altro tuono. Marci sembrava uno di quei pupazzetti meccanici che, una volta caricati, vibrano sul tavolo. Rebecca si divincolò dal suo abbraccio. – Ehi, tornatene nel tuo letto.

– Ti prego, fammi rimanere qui, ho troppa paura, – piagnucolò lui.
– Non se ne parla. Fila.
– Dài, Rebi!
Ma lei, implacabile, lo spinse via. – Smamma ho detto!
C'era buio, nella stanza, e solo a tratti le pareti venivano illuminate dai lampi: i due fratelli si guardavano a intermittenza.
Rebecca, seduta sul letto, vide Marci scendere e rimanere fermo di fronte a lei. – Ti prego... – sussurrò con voce flebile.
Per tutta risposta lei abbandonò la testa sul cuscino e se la coprí con il lenzuolo. – Odio stare stretta a letto, – sentenziò.
Rimase sotto le coperte finché non sentí la porta aprirsi e due piedini strisciare via; solo allora riemerse dall'aria calda e viziata delle coperte.
Sentí un pizzicore agli occhi, ma non cedette e si aggrappò al pensiero che Marcello in realtà non era suo fratello. «E poi gli ho fatto un favore, cosí impara in fretta a stare al mondo».
Proprio come era accaduto a lei. Si rimboccò le coperte sotto il mento ma rimase a guardare il soffitto tutta la notte.

– Bene, ragazze, prendete il libro di antologia. Oggi faremo una verifica sui poeti romantici.
La classe esplose in un brusío e la Ramazzini, la professoressa di italiano, lo sedò immediatamente. – Vi avevo già avvertito che avremmo fatto un'esercitazione sul programma dell'anno precedente, quindi non voglio giustificazioni.
Sembravano tutte preoccupate; le ragazze bisbigliavano cer-

cando di ripassare veloci i punti salienti del programma. Rebecca le guardava con sufficienza pensando che fossero parecchio sfigate, a suo avviso.

La Ramazzini scrisse il titolo sulla lavagna (un tema su Leopardi) e poi si avvicinò al banco di Rebecca. – Te la senti di fare anche tu il compito, visto che vieni da un'altra scuola? Come te la cavi con Leopardi? – Le sorrise incoraggiante.

Lei fece spallucce. – Uno vale l'altro.

– Nel senso che ti piacciono tutti indistintamente?

Le ragazze della classe si voltarono verso di loro. – Nel senso che mi fanno schifo tutti, e comunque, se anche lei mi desse un po' piú di tempo per studiare, le consegnerei lo stesso il foglio bianco, prof.

Gelo. Rebecca era considerata una fuori di testa, ma da un certo punto di vista era guardata con ammirazione perché aveva il fegato di parlare ai professori con sfrontatezza.

Consegnò alla professoressa il suo foglio candido, tenendolo tra pollice e indice per un angolino. – Tenga, risparmiamoci inutili perdite di tempo.

Sconcertata, la Ramazzini lo prese e ritornò alla cattedra, accompagnata da risatine trattenute. Non voleva punire la Daltromare, non ancora almeno. Era stata avvertita dalla Odescalchi che (testuali parole) «il soggetto presenta particolari problemi e resistenze», ma solo adesso capiva fino a che punto.

Aspettò che le sue alunne terminassero la verifica e intanto osservò Rebecca, che guardava fuori dalla finestra dondolandosi indolente sulla sedia.

Dopo la lezione d'italiano, le ragazze della terza D si presentarono in palestra. O meglio, in quella specie di stanzone anonimo che doveva assomigliare a un luogo dedicato allo sport.

In realtà sarebbe stato piú adatto per delle lezioni di ricamo o di scacchi. Le alunne ormai erano abituate a praticare nel disagio le loro due ore di attività fisica.

Quando entrarono, Rebecca riconobbe subito la nuova insegnante. – Sono Agnese Pallavicini, la vostra nuova professoressa di ginnastica, – si presentò. – Come potete vedere, – continuò allargando le braccia per comprendere lo stanzone, – non siamo molto fortunate. Dovremo accontentarci.

– Tanto noi ci siamo abituate, prof, – sorrise una delle ragazze.

Lei sospirò. – Già, bisogna essere positivi. Su, andate a cambiarvi, ora. Voglio vedervi in pantaloncini, maglietta e scarpe tra meno di... – guardò l'orologio. – Cinque minuti.

Le alunne si scambiarono occhiate sconcertate, come se fosse stato chiesto loro di indossare una tuta da palombaro e immergersi in mare a quaranta metri. – Ma... noi non abbiamo portato nessuna divisa, prof.

– Come no? – Agnese aprí il registro e guardò la circolare appuntata con una graffetta. – Qui c'è scritto «maglietta bianca, pantaloncini blu e calze bianche: divisa della scuola Petrarca».

Le ragazze la guardarono bonarie. – Prof, lo sanno tutti che quella circolare è un pro forma. Abbiamo sempre usato le ore di educazione fisica per ripassare le altre materie.

La ragazza, che si chiamava Greta, mostrò il libro di matematica che teneva nella mano destra. Solo in quel momento Agnese si accorse che anche le altre alunne avevano portato libri e quaderni.

– E... e la preside lo sa?!

Sghignazzarono. – È stata lei a dircelo. E la Terzi, l'altra insegnante di ginnastica, era d'accordo. In fin dei conti siamo in terza media e l'educazione fisica è una perdita di tempo, prof. Un po' come religione. Almeno cosí studiamo e ripassiamo.

Agnese non poteva credere alle proprie orecchie. Guardava i visi tranquilli delle ragazze e sperò che le stessero facendo uno scherzo. Ma loro rimanevano serie e qualcuna addirittura si sedette su una panchina e aprí un libro. Altre si riunirono in un gruppetto per portarsi avanti con i compiti di arte; altre ancora nascosero la rivista per adolescenti dentro il libro di matematica.

Solo Rebecca era rimasta da sola, ma non sembrava esserne dispiaciuta. Anzi, si godeva la scena in cui qualcuno che non fosse lei si trovava sul punto di scoppiare. Perché era chiaro che la Pallavicini stava per scoppiare. E infatti...

– Con o senza quei dannati calzoncini, posate subito i libri e venite qui! – urlò puntando l'indice a terra.

Le teste si voltarono all'unisono. *Woooosh*. Come in una di quelle scene dei cartoni animati in cui tutti guardano il protagonista con tanto d'occhi, la gocciolina sulla tempia, e c'è solo una mosca che ronza in aria: cosí le alunne di terza fissarono Agnese. Lei aveva ancora l'indice puntato verso i piedi.

– Ma prof...

– Non interrompere! – continuò perentoria. – Non mi inte-

ressano le regole che ci sono state fino a questo momento, ora si fa a modo mio! Adesso fate dieci giri di corsa!
Corsa, slanci della gamba, passaggi della palla medica, salti, piegamenti, flessioni, squat, saltelli sul posto, allunghi: le ragazze della terza D non avevano mai fatto tanta attività in una sola volta. Ma il dramma fu svolgerla con vestiti del tutto inadeguati (i jeans skinny, indossati dalla maggior parte di loro, risultarono delle vere e proprie tenaglie).
Quel giorno tutte le alunne tornarono a casa con le gambe a pezzi.

Capitolo 3

L'azione continua finché la palla non tocca il campo, viene buttata fuori dal campo o non viene sanzionato un fallo.

Era trascorso quasi un mese dall'inizio della scuola e quelle che erano parse le avvisaglie di un anno difficile... erano diventate conferme. La punizione che aveva ricevuto Rebecca era già finita nel dimenticatoio per il semplice fatto che era già arrivata la prima sospensione.
Era innegabile che la sua presenza avesse creato scompiglio in un istituto scolastico che, fino al momento del suo arrivo, poteva annoverare come massima trasgressione la partecipazione di massa a un corteo per la pace nel mondo (al di là del fine, il fatto che tutte le classi avessero boicottato le lezioni aveva fatto imbestialire la Odescalchi). Non che il Petrarca fosse fucina esclusiva di anime pie, ma fino all'arrivo di Rebecca c'era stato solo bisogno di redarguire qualche ragazzina dal carattere «frizzante». Rebecca, invece, era recidiva. C'era una sorta di volontà sistemica in lei di creare caos. Per carità, niente gesti gravi o vandalici, come tappare con gli stracci gli scarichi dei lavandini e aprire i rubinetti: questi estremismi presuppongono azioni di gruppo, il sostegno di altri, mentre Rebi era una solitaria, una che non avrebbe fatto amicizia neppure con i suoi cantanti preferiti.

Il suo catalogo di prestazioni prevedeva (in scala crescente): sguardi di sfida, punzecchiature, risposte a tono, risate di scherno, abbattimento dell'autorità. Il tutto annaffiato da un'ampia dose di menefreghismo.
Solo una volta si era spinta a un gesto un po' piú «fisico» (dopo la rissa del primo giorno di scuola) e anche in quel caso c'entrava Gaia Biancardi. Dopo vari giorni trascorsi a osservarsi torve da lontano (Rebecca da una parte, Gaia e le sue amiche dall'altra) e dopo che Rebecca aveva lanciato provocazioni al gruppetto (le tre amiche si chiamavano Gaia, Allegra e Ilaria: Rebi le aveva ribattezzate T.T., il «Trio triste»), Gaia era passata al contrattacco. Complice una soffiata sulla situazione familiare di Rebecca, usò l'informazione per apostrofare la ragazza con un «saremo pure il Trio triste, ma almeno nelle nostre case ci sono solo due genitori».
All'uscita da scuola, le tre si ritrovarono i copertoni delle bici dilaniati e Rebecca lí vicino che le guardava con il coltellino svizzero in mano. – Ora andateci di corsa, alle vostre casette!
E questo le costò la sospensione.

Altre persone che odio: Gaia Biancardi, Allegra Patetta, Ilaria Bruni.
Per rincarare l'acredine, Rebecca disegnò vicino ai tre nomi tre teschietti. Poi continuò a scrivere sul suo taccuino.
Preside Odescalchi: disprezzo totale. Non merita quasi di essere nominata: scrivo di lei solo per dovere di cronaca.
D'ora in poi il Trio triste verrà soprannominato «Trio ebete»

mentre la preside si chiamerà «Cielo Alto», dalla marca della lacca con cui di sicuro si imbalsama la capigliatura.

Nonostante scrivesse durante il suo periodo di reclusione (dopo la sospensione era stata messa in castigo anche dalla madre, quindi niente uscite di pomeriggio, niente playstation, Wii, televisione, niente!), Rebecca trovò la forza di sorridere. Era liberatorio dileggiare quanto voleva le persone odiose: poteva spingere l'acceleratore fino in fondo e nessuno poteva dirle nulla. La padrona era lei. E scoprí che una critica graffiante era molto piú efficace dell'insulto piú volgare.

La porta si spalancò di colpo e Rebecca chiuse di scatto il taccuino. – Non si bussa piú in questa casa?! – abbaiò alla madre che era entrata insieme a Ugo.

– Zitta! Non sei proprio nelle condizioni di dettare regole, – rispose l'altra buttando la borsa a terra e sedendosi sul letto.

Ugo richiuse la porta pian piano. – Ci hanno chiamato per un colloquio a scuola ed erano presenti i tuoi insegnanti e la preside.

«Ecco il motivo di quegli occhi di brace» pensò Rebecca.

– Va male, Rebi, molto ma molto male. Per la prima volta mi sono vergognata davvero.

– Grazie mamma! Se questo è l'incoraggiamento...

Non poteva che peggiorare.

– Su, adesso calmatevi e parliamone senza litigare, – disse Ugo. Ma Francesca non lo ascoltò neppure e travolse la figlia.

– Non mi sono mai sentita cosí male. Hanno detto che sei indisciplinata, maleducata, strafottente. Non solo non partecipi alle lezioni, ma disturbi pure. Hai idea di cosa voglia dire sentire parlare della propria figlia in questi termini?

– Ti preoccupi per me o per te?
– PER TE, sciocca! – urlò la madre alzandosi dal letto.
Ugo le accarezzò un braccio per tranquillizzarla e lei alla fine si risedette. – Rebecca, – disse, – io non ce la faccio piú. Ci devi aiutare ad aiutarti, lo capisci?
– No. Non lo capisco. Io sto bene.
– Lo credi davvero? Non hai amiche, non parli con nessuno, tratti tuo fratello come una cimice fastidiosa e secondo te questo è stare bene in mezzo al mondo?
Spallucce. Bocca chiusa.
– Rebecca, se continui cosí ti butti via, e io non voglio –. Allungò una mano per prendere quella della figlia, ma lei la ritrasse.
Proprio allora Marcello fece capolino nella stanza. – Che succede? Perché litigate?
– Vattene, sgorbio! – urlò Rebecca tirando un bloc notes verso la porta. Lui la richiuse appena in tempo.
Da dietro la porta si sentí una pernacchia.
– Lo senti? – disse Rebi. – Mio fratello *è* una cimice.
Francesca scosse la testa in segno di resa e per la prima volta Rebecca notò quanto sua madre fosse invecchiata rispetto a un tempo. Da quanto non la osservava con attenzione? Era da molto che aveva gli occhi pesti? E lo sguardo stanco? Quando Francesca abbassò la testa per appoggiarsela sulle mani, Rebecca notò anche qualche filo bianco tra i capelli.
– Basta, io ci rinuncio, – concluse.
– Ehm... Rebi, – intervenne Ugo, – perché non ci dici cosa non va in quella scuola? Perché a me sembra che ci siano degli insegnanti molto validi; certo, la preside è un tipo un

po'... antiquato, ecco, ma per il resto... Da' loro la possibilità di farti crescere e...
– Dài, Ugo, risparmiami la filippica del padre attento! – lo interruppe Rebecca. – Non sei il mio genitore, hai capito? Odio quando fai finta di esserlo, nessuno te lo sta chiedendo!
– Magari sono io che ho voglia di farlo... – sussurrò lui a disagio.
– Certo, come no! E giochiamo tutti alla famiglia felice! Ma per piacere... sei patetico!
Fu un attimo: uno schiaffo secco, sonoro, a tutta guancia, che le lasciò cinque dita stampate sul viso.
Rebecca si tenne il volto e, in lacrime, guardò la madre con odio. – STREGA! – le urlò. – E tu, – si rivolse a Ugo, – tu sei un cagnolino scodinzolante!
– Andiamocene! – disse Francesca, scossa anche lei dalle lacrime. Si precipitò fuori dalla porta, abbandonando la figlia nel suo nido solitario.
Ugo rimase ancora un attimo nella stanza, mentre Rebecca lo fissava con occhi di ghiaccio.
Poi s'incamminò pian piano anche lui, ma a un certo punto si fermò. – Scegliere di stare vicino a tua madre è stata ed è una mia libera scelta, di uomo innamorato; come lo è non intromettermi troppo nelle vostre discussioni. Questo significa avere rispetto, non essere patetici.
Uscí e si richiuse la porta alle spalle in silenzio.

La preside Odescalchi e la professoressa Ramazzini non potevano considerarsi vere e proprie amiche, ma intrattenevano un rapporto confidenziale. Si davano del tu, si raccontavano qualche aneddoto sulle rispettive famiglie e ogni tanto andavano assieme al cinema, soprattutto quando davano i film presentati ai grandi festival, come Cannes, Berlino, Venezia. Le origini del loro rapporto risalivano ai tempi dell'università, quando sedevano insieme ai banchi della facoltà di lettere. Da lí, vuoi uno scambio di appunti, vuoi qualche pomeriggio trascorso a studiare, vuoi il lungo percorso verso la laurea, le due si erano ritrovate a frequentarsi assiduamente, anche se erano tipi diversi: tanto allegra e solare la Ramazzini, quanto seria e rigida la Odescalchi; sempre pronta ad andare alle feste la prima, chiusa e solitaria la seconda. Ma nonostante tutto si volevano bene e le qualità dell'una erano complementari a quelle dell'altra. Cosí era stato per anni, anche dopo la laurea, finché non si erano ritrovate, con piacevole e reciproca sorpresa, colleghe alla scuola Petrarca: la Odescalchi come preside, la Ramazzini come professoressa di italiano e vicepreside.

Perciò, quel pomeriggio di ottobre in cui preside e vicepreside si erano incontrate per pianificare le riunioni del corpo docenti, la Ramazzini poteva dire di conoscere abbastanza bene l'amica da sostenere che fosse nervosa.

– Ma no, ma no, ma no! – disse la preside sventolando i fogli del planning. – Qui è tutto un casino, un incredibile *casino*! Se andiamo avanti cosí, non riusciremo mai a trovare una data che vada bene a tutti. Ma cappero, possibile che la Adamanti debba mettere le esercitazioni di teatro proprio il 6 novembre? Chi gliel'ha detto? Chi?!

– Tu.

La preside rimase spiazzata. – Io?

La Ramazzini sorrise. – Non ricordi? Avevi insistito tu perché le prove fossero fissate quella settimana. Dài, vediamo di incastrare i giorni liberi della Adamanti con quelli di Boselli, – la incoraggiò.
– Ma cosa vuoi che incastriamo e incastriamo, qui sta andando tutto a quel paese, te lo dico io. Questa scuola ci sta sfuggendo di mano. Di mano, ripeto. E *come al solito*...
– Sí, sí: *come al solito* tocca a te mettere tutto a posto, – concluse la vicepreside andando verso il tavolino. Si versò una tazza di tè. La Odescalchi aveva l'abitudine molto inglese di tenere nel suo ufficio un bollitore sempre caldo con accanto un servizio in ceramica Wedgwood con teiera.
– Rilassati, Maria. Stiamo solo facendo un planning con gli orari dei professori, – cercò di minimizzare la Ramazzini. – Vuoi un po' di tè?
Ma la preside non ebbe il tempo di rispondere perché in quel momento bussarono alla porta, e quando vide comparire Agnese Pallavicini esplose in tutto il suo disappunto. – Oh no, pure lei oggi no!
La Ramazzini rimase sorpresa dalla reazione dell'amica.
– La prego, deve starmi a sentire! – disse la Pallavicini.
– No, ne abbiamo già parlato e la mia risposta rimane no.
– Ma si rende conto che sta facendo del male a queste ragazze?
– Oh, andiamo, nessuno è mai morto per poca ginnastica.
– Morto no, ma diventato obeso sí!
Anche se la Ramazzini non ci stava capendo nulla, guardava con interesse il botta e risposta, sorseggiando placida il tè. La discussione prometteva faville: sapeva che la sua amica era già

carica a molla, ma a quanto pareva anche la nuova insegnante era un tipino deciso. Si mise comoda.

– Non è possibile che in questa scuola l'educazione fisica sia relegata a materia di serie zeta, sempre sacrificata ad altre. Capisco che italiano, storia, matematica siano importanti, ma non possono andarci di mezzo sempre le mie lezioni. Le alunne del Petrarca sono state abituate a vedere le ore di educazione fisica come momento jolly dove inserire un po' di tutto, dal ripasso ai compiti veri e propri. Le pare giusto? E comunque non parlo solo delle mie ore. In questa scuola non esiste neppure un'attività extrascolastica sportiva.

– Non dica sciocchezze e s'informi: c'è il valido corso di «movimento corporale indoor» tenuto dalla cara professoressa Ambrosoli.

– Chi?! La signora che insegna ricamo?

La Ramazzini rise, e non valse a nulla l'occhiataccia che le gettò la preside. L'immagine della professoressa Ambrosoli che insegnava ricamo invece che esercizio fisico era irresistibile.

– Alessandra, contegno per cortesia! – sibilò la preside. Per riuscirci, la Ramazzini dovette pensare a gravi tragedie umane.

– Si dà il caso che il corso di movimento indoor sia tra i piú apprezzati della scuola, – puntualizzò la preside.

– Okay, benissimo, fantastico, ma aggiunga un'alternativa! Mi dia la possibilità di fare un corso vero, di sport, fatica, sudore, endorfine, squadra. Queste sono le cose che fanno crescere, assieme alle sue tanto amate italiano, matematica, storia!

La preside assunse un tono di sufficienza, come se fosse costretta a disquisire con una ragazzina petulante. – Ha mai sentito parlare di «acquisizione di una regola per abitudine»? Ecco, qui da noi è successo questo e dovrebbe farsene una ragione. Evidentemente, – continuò con un certo orgoglio, – le alunne del Petrarca considerano di maggior valore studiare materie che poi serviranno loro nella vita.

Di fronte al silenzio di Agnese, la preside si addolcí. – Su, – disse con fare consolatorio, – guardi il lato positivo della faccenda: lei viene pagata con uno stipendio pieno per dare asilo alle sue alunne, per offrire loro piú tempo per studiare. Conosco gente che farebbe carte false per essere al suo posto.

– Lei sottovaluta i benefici non solo dello sport, ma di tutto ciò che vi ruota attorno. Non può neppure immaginare i legami che si possono creare in uno spogliatoio.

– Infatti noi creiamo studentesse, non atlete. Io so di che cosa ha bisogno questa scuola. *Io lo so!*

«Quanto è fastidiosa quando fa la saputella!» pensò la vicepreside.

– Adesso mi scusi, ma avrei parecchie faccende *serie* da sbrigare –. Indirizzò ad Agnese un sorrisino affettato e ritornò dietro alla scrivania.

Agnese rimase in piedi, con aria assorta. Chissà che carta avrebbe giocato, adesso. Non sembrava pronta a incassare una sconfitta.

La preside alzò gli occhi. – Quindi? Ha bisogno di qualcosa d'altro?

– In effetti, mi domandavo...

«Dài, dimmi che stai scegliendo la carta, ragazza mia...» pensò la Ramazzini.

– ... visto che *lei lo sa:* di che cosa ha bisogno questa scuola?

La preside rispose come se stesse recitando una preghiera.

– Lustro e prestigio. Non saranno mai abbastanza.

Agnese incamerò la risposta. Fece un piccolo cenno con la testa e alla fine uscí.

– Bene, forse da adesso parleremo finalmente la stessa lingua, – disse la Odescalchi a voce alta.

– Non ci contare, – sentenziò la Ramazzini, alzandosi. Si serví un'altra tazza di tè.

– Be', se anche tornasse alla carica troverà un bel muro, – rispose la Odescalchi.

– Mi piace quella ragazza. Ha coraggio da vendere e ha detto cose molto vere.

– Alessandra! – La preside guardò l'amica con tanto d'occhi, come se fosse stata schiaffeggiata. – Non sarai mica dalla sua parte?

– E perché no? Si vede che ha un progetto in testa, che ha voglia di mettere in pratica quello che sa. Lasciaglielo fare.

La Odescalchi quasi non riusciva a parlare. – Mi stai dando contro?

– Non prenderlo come un fatto personale. A volte però rischi di essere un po'... miope, ecco. Nella tua testa hai già deciso che tu hai ragione e lei torto. Invece spesso gli insegnanti di educazione fisica hanno un modo diverso di vedere gli alunni, un modo piú vero. A mio avviso un approccio di questo tipo non potrebbe fare che del bene alle nostre ragazze. Senza contare a quanto potrebbe essere po-

sitivo per soggetti difficili, come quella Daltromare. Ci hai pensato?
– Per carità, Alessandra! Non crederai mica che due esercizi con la palla possano redimere quella ragazzetta indiavolata? La Daltromare ha solo bisogno di tanta, tanta disciplina, ovvero di ciò che non ha avuto in passato. E con questo chiudiamo l'argomento.
– Come vuoi, Maria, – disse la Ramazzini guardando l'amica da sotto in su. – Ma, se fossi in te, ci penserei.
– Ho ben altri pensieri! – rispose l'altra stizzita, agitando i fogli del planning. – Ora torniamo a lavorare?

Oggi papà mi ha scritto un messaggio sulla bacheca di Faccialibro. Una cosa rivoltante, la trascrivo qui: «Mi manchi, piccolina. Quando trascorriamo un week end assieme? I tuoi fratelli chiedono sempre di te! Dài, dài, dài organizziamoci. Xoxoxo Paolo». Ecco. Da dove posso cominciare a commentare le parole che mi mandano in bestia? Prima di tutto, la scelta di mettermi il messaggio sulla bacheca: esibizionista del cavolo. Vuole far vedere a tutti che è un padre modello, quando invece io so bene che se ne sbatte. «Piccolina»: da quando in qua mi chiama cosí?! E soprattutto, lo sanno anche i muri che è sempre lui a non riuscire a organizzarsi per uno straccio di week end. Ce n'è sempre una e la morale è sempre la stessa: io me ne rimango qui a casa con la mamma e lui sta con la sua famigliola. «I tuoi fratelli chiedono di te»: ma fammi il piacere. Quei mocciosi sanno a stento della mia esistenza. «Xoxoxo»: questa dove l'ha imparata?! Ha fatto uno stage in America? E che cosa vogliamo dire della firma? Bello avere un padre che vuole fare il gggiovane.

Rebecca aveva scritto come un fiume in piena. Aveva quasi il fiatone, come se avesse urlato quelle parole a pieni polmoni. Si voltò a guardare lo schermo del portatile, aperto sulla pagina di Facebook e rilesse ancora una volta la frase postata dal padre. Nausea.

Preferí cliccare sulla lista dei suoi amici. A differenza della maggior parte dei suoi coetanei, Rebi aveva solo venti contatti e piú che altro erano conoscenze, non amicizie vere. E tra questi c'erano pure suo padre e sua madre, quindi in realtà i contatti con i coetanei erano diciotto. Lei, poi, non caricava foto simpatiche, non usava applicazioni e giochini vari, non chattava con nessuno. Al posto della foto nel suo profilo c'era ancora una sagomina vuota.

Si mise a navigare sui profili degli altri che erano tutti molto simili: scatti di momenti felici, gente abbracciata, cuoricini, foto da Instagram, messaggi in bacheca, scritte con abbreviazioni, condivisioni di foto/messaggi/massime pescate da gruppi con nomi scemi (dai piú zuccherosi, tipo «Chi pensa che la mamma sia la persona migliore del mondo», a quelli piú dementi, come «Se non condividi entro cinque secondi morirai»). Rebecca cliccava, guardava, leggeva e accresceva il proprio disprezzo per tutti.

E per la strana legge che recita che alla fine tutti conoscono tutti, capitò sul profilo di Gaia Biancardi, colei verso cui aveva giurato odio eterno. Ovviamente la foto principale la ritraeva assieme alle due amiche di sempre, Allegra e Ilaria. Era una foto scattata in spiaggia, con loro tre ammucchiate su un'altalena, mentre stanno per crollare a terra e intanto ridono come matte. Spulciando negli album, Rebecca si accorse che la foto faceva parte di un intero servizio scattato e postato due mesi prima, quando era ancora estate. Le tre ragazze si erano divertite a farsi ritrarre («Da chi?» si chiese) nei loro giochi: gavettoni con i palloncini, piramidi umane sulla spiaggia, tuffi e verticali in acqua, baci, abbracci, gelati. Accanto a ogni foto, i commenti delle persone taggate: «Gaia, ti voglio bene», «Ma quanto è stato bello?!», «SIAMO LE MIGLIORIIII!», «Rimarremo amiche per sempre!».

Le labbra di Rebi si serrarono.

– Crepate! – Spense di scatto il computer. Doveva andarsene da lí, da quella stanza, da quella casa, dalla gente che le faceva venire il voltastomaco. Come facevano a non capire che al mondo c'è solo tanta ipocrisia, che le amicizie vere non esistono, che alla fine si è soli e prima lo capisci e meglio è, santo cielo. Zero aspettative, zero delusioni. Lei, almeno, l'aveva dovuto imparare in fretta...

Afferrò la giacca dall'attaccapanni e corse veloce giú per le scale, due gradini alla volta.

In salotto c'era solo Marcello, che giocava alla playstation.

Rebi afferrò le chiavi dal mobiletto. – Mammaaa, io stasera vado a mangiare dai nonni! Ciao!

La notizia sortí un doppio effetto: Marcello smise immediatamente di giocare e si catapultò dietro alla sorella; la madre uscí dal suo studio con gli occhiali sul naso. – Che cos'è questa storia?

– Vengo anch'io! Vengo anch'io! – urlò Marcello schizzando verso lo sgabuzzino delle scarpe. Sapeva che doveva fare in fretta, altrimenti la sorella l'avrebbe lasciato lí.

– Scordatelo, – rispose lei aprendo la porta. Poi si rivolse alla madre. – Ceno e torno subito, sta' tranquilla... Sí! Ho già fatto tutti i compiti, – la anticipò. – Ciao.
– Vengo anch'io, ti prego! – si sentí la voce di Marcello dallo sgabuzzino.
CLIC. La porta si era già chiusa e di Rebecca rimaneva solo l'odore, un profumo di iris che le aveva regalato il padre l'anno prima, per il suo compleanno.
Marci uscí con una scarpa calzata e l'altra ancora in mano. Gli occhi gli si riempirono di lacrime e scaraventò la scarpa a terra. – Ma perché non mi vuole mai?! Perché?!
Francesca si avvicinò e lo abbracciò.

I nonni abitavano a pochi isolati da lí.
Rebi fece la strada di corsa, emettendo nuvolette dalla bocca. Era un ottobre fresco, quello, ma in realtà il clima era cambiato in modo repentino la settimana prima, costringendo tutti a passare dalle magliette a maniche corte ai piumini invernali.
– Rebi, tesoro! Ma che cosa ci fai qui? – disse nonna Maria, sorpresa, quando aprí la porta. – È Rebecca! – urlò verso l'interno.
Comparve anche nonno Antonio, detto Toní. – Entra, piccirella, entra!
Rebecca sorrise e si lasciò accogliere dall'atmosfera umida dell'abitazione. C'era odore di zuppa, accompagnata dall'immancabile fischio della pentola a pressione: ai nonni piaceva molto mangiare una minestra, la sera, quando cominciava a fare freddo, e Rebecca aveva ereditato la stessa abitudine.
– Posso cenare con voi?

– Hai litigato con tua madre?
Quando la risposta a una tua domanda è un'altra domanda è normale indispettirsi. – Ho capito, non mi volete.
Rebecca stava facendo dietrofront quando Toní le sfilò il giubbotto con un gesto leggero e le prese la mano. – Ti vogliamo solo se mi dici che la mia è la zuppa piú buona del mondo! La condusse in cucina mettendole un braccio attorno alle spalle. Suo nonno era fatto cosí, la diplomazia fatta persona. E anche nonna Maria, in fondo, aveva una dose di tolleranza elevata. Rebecca sentiva di essere davvero a suo agio solo quando stava da loro. Cosí qualche barriera cadeva, qualche spigolo si smussava, il carattere si addolciva.
– Marcello è rimasto a casa? – chiese la nonna.
Rebi rispose al solito modo, scrollando le spalle. Non voleva che si parlasse di Marcello quando lei era lí. Voleva essere lei, solo lei. Rebecca e i suoi nonni. Lí era la protagonista e gli altri diventavano solo sbiadite comparse.
– Mangiamo? – chiese Toní trasportando il pentolone fino al tavolo, mentre la nonna aggiungeva un posto. Il nonno tolse il coperchio e la cucina fu avvolta da una nebbiolina di vapore. Rebi si sporse dalla sedia per guardare: zuppa di zucca!
– Mmm! Buona, nonno! Fa molto Halloween.
– Alluche?
– Niente, – sorrise lei. Gli allungò il piatto e si fece servire. Ben presto il liquido che scendeva nello stomaco la corroborò, allontanando del tutto il nervosismo di poco prima.
– Come va la scuola? – chiese la nonna. – Mamma mi ha detto che ci sono un po' di problemi...

– Nonna, ti prego, non parliamone, d'accordo? Non rovinare tutto –. Rebecca pronunciò la frase come una supplica. Voleva pace. Era venuta lí per chiudersi il mondo fuori.
– Va bene, va bene, – si affrettò a rispondere la nonna appoggiando la mano dura e nodosa su quella della nipote. – Dico solo che tua madre è preoccupata.
Rebi annuí, per far capire che aveva sentito ma che non intendeva affrontare il discorso.
Cosí finirono di mangiare in tranquillità fino al dolce, una semplice ma deliziosa crostata ai frutti di bosco. Era pazzesco, pensava Rebecca: i nonni riuscivano sempre ad avere qualcosa di buono in casa, come se dovessero festeggiare qualcuno. Andavi da loro e potevi essere certo di essere accolto come se stessero aspettando proprio te.
– Posso rimanere a dormire? – chiese addentando l'ultimo pezzetto di crostata.
– E come fai domani mattina con lo zaino?
– Parto un po' prima da qui e lo vado a recuperare a casa –. Rebi si alzò per abbracciare la nonna. – Dài, nonnina...
– Capito, – disse Toní alzandosi. – Vado a prendere le coperte da mettere sul divano.
– Yuhúúú! – Rebecca prese la rincorsa e spiccò un balzo oltre lo schienale del divano. – Qui starò benissimimissimo!
La nonna sorrise e le si avvicinò, sedendosi al suo fianco. Dopo averla guardata per un lungo istante negli occhi, le prese una ciocca dei capelli e gliela mise a posto dietro un orecchio.
– Mi raccomando, Rebi, cerca di non impensierire tua madre.

La ragazza afferrò un cuscino e se lo strinse forte al petto.
– Promesso, nonna.
Quella notte si godette un sonno senza pensieri.

La signorina Odescalchi era un tipo che molti erano soliti definire poco gentilmente una zitella. Aveva cinquantasei anni, non era sposata, non aveva figli e ne andava fiera; non tanto di non averne (a modo suo, aveva un certo spirito materno, anche se sconfinante nel militaresco) quanto di avere *scelto* quella vita. Certo, il fatto di non avere mai incontrato l'uomo giusto, pronto a dividere la vita con lei e l'anziana madre, che non era disposta a lasciare, aveva contribuito non poco.
A essere del tutto sinceri a un certo punto *uno* era arrivato. Uno che l'aveva illusa di essere la persona giusta: Laerte, professore di latino e greco, ma preciso come un chirurgo. Aveva conquistato Maria Speciosa con il suo ordine quasi maniacale e con un endecasillabo che decantava gli occhi della donna. Da lí avevano cominciato a uscire assieme e poi sempre piú spesso era successo che lui si fermasse a cena da lei e dalla madre.
A tavola Flanella, la madre, serviva Laerte sempre per primo, secondo l'antica tradizione che voleva le donne solerti e servizievoli con gli uomini di casa. Sí, perché ormai Laerte era considerato in tutto e per tutto il futuro padrone di casa Odescalchi. E alla fine era pure arrivata la fatidica proposta di matrimonio, che aveva permesso a Maria Speciosa di andare in giro per un mese sfoggiando orgogliosamente un brillante alla mano destra. Peccato che allo scoccare dei trenta giorni

Laerte aveva cominciato a farsi vedere sempre meno, finché un giorno la povera futura sposa lo aveva visto andare in giro mano nella mano con Giustina Garavaglia, professoressa di inglese, abbordata con un sonetto di William Shakespeare. In quel momento, con ancora le lacrime agli occhi, si era sfilata l'anello, l'aveva buttato nel water e aveva sentenziato:
– Mai piú uomini in casa Odescalchi!
E, sempre da quel momento, aveva preso l'abitudine di correggere con fierezza chiunque l'avesse chiamata «signora» con un «*Signorina*, prego».
Maria Speciosa e la madre Flanella vivevano ora in una casetta indipendente con un piccolo giardino intorno. Avevano due gatti rossi belli pasciuti che mettevano fuori la notte e tenevano dentro di giorno, tranne d'inverno, quando erano gli animali stessi a preferire il tepore confortevole della casa e le coccole delle due padrone. Andando spesso in giro assieme, la figlia aveva pian piano acquisito il ruolo di dama di compagnia della madre.
Quel giorno Maria Speciosa stava uscendo da scuola e si stava dirigendo verso la sua auto. Doveva sbrigarsi, perché sua madre la stava aspettando per fare la spesa del fine settimana. In quel momento poi era pure al telefono con il veterinario, a causa di una brutta tossetta di Papina, una delle gatte. – Sí, rantola, soprattutto di notte, svegliando mamma... – Aggirò l'auto per aprire la portiera e solo allora si accorse di un foglietto ripiegato e appoggiato sul parabrezza. Lo aprí mentre continuò a parlare al telefono. – E lei capisce che se una persona di ottant'anni si sveglia nel bel mezzo della notte, poi è difficile che ripren...

La Odescalchi si era persa nella lettura del foglietto. Era un volantino che pubblicizzava un famoso (a quanto pareva) torneo di pallavolo per ragazzi: la Coppa Primavera. Ma non era tanto quello che l'aveva colpita, quanto la sfilza dei loghi degli sponsor in calce al foglio, tra i quali campeggiava il prestigiosissimo Borsieri Club.

– Pronto? – si sentí dall'altra parte dell'apparecchio. – Signora, c'è ancora?

– Sí... sí... – Ma intanto la donna continuava a scorrere il foglio: il Borsieri Club avrebbe premiato nella sua esclusivissima sede il miglior club scolastico partecipante alla Coppa, donando al preside dell'istituto un cospicuo assegno.

– Pronto? Signora, è ancora lí? – si sentí di nuovo la voce del veterinario.

– Sí... *Signorina*, per la precisione, – puntualizzò lei sbrigativa. – Allora l'aspettiamo nel pomeriggio? Cosí ne parliamo meglio, intanto grazie.

Chiuse la comunicazione e finalmente rilesse il volantino con molta piú calma. – «Le scuole partecipanti alla Coppa Primavera saranno invitate a una serata del prestigiosissimo Borsieri Club. Per l'occasione saranno presenti le piú alte cariche cittadine, come il sindaco, l'assessore allo sport e gli altri circoli sportivi partecipanti. Inoltre il nome della scuola vincitrice verrà inserito nell'illustre annuario del circolo».

La donna piegò il foglio, lo ripose in borsa, salí in auto e partí sgommando.

Il giorno successivo, quando arrivò a scuola, per la prima volta da quando era preside di quell'istituto mise piede nella palestra, dove trovò Agnese che allestiva il campo centrale.

– Immagino che me l'abbia messo lei sul parabrezza, – disse a voce alta.
Agnese si voltò e vide la preside che agitava un foglio. Si avvicinò. – Buongiorno a lei –. Sorrise, poi diede un'occhiata al volantino. – Da che cosa l'ha intuito?
– Continueremo per molto a giocare a rimpiattino? – domandò. – Comunque, volevo dirle che... per me va bene –. La fine della frase era stata pronunciata con un tono di voce udibile solo ai pipistrelli.
– Come? Può ripetere? – la incalzò la Pallavicini, anche se aveva capito benissimo.
Insofferente, la preside guardò altrove e ripeté, questa volta un po' piú forte. – Ho detto che va bene.
– Mi scusi, ma non riesco a sentirla: ha detto che va bene?
– Ma sí, ho detto che va bene! – urlò la Odescalchi. – Le do la mia autorizzazione a formare la squadra, il mio permesso, il mio lasciapassare, il mio nullaosta, le do la fumata bianca, il mio okay, le alzo la sbarra per passare! È chiaro adesso?! – La pettinatura della Odescalchi aveva oscillato lateralmente, liberando un pettinino che ora penzolava appeso per una ciocca. Lei lo riprese e se lo ripiantò nel cranio. – Non voglio sapere nulla di tempi, metodi, nomi, nulla! Ma a due condizioni... anzi, tre: che l'attività sportiva non interferisca con quella scolastica e che il rendimento delle alunne convocate non subisca un peggioramento.
La Pallavicini alzò le sopracciglia sorpresa. – Certo, tutto chiarissimo! Manca una condizione, però...
La Odescalchi si avvicinò lenta e fissò la professoressa dritta negli occhi, come un serpente. – Che vinciate la Coppa Pri-

mavera, *ovvio*! – Fece un piccolo cenno e se ne andò. – Buon lavoro, signorina Pallavicini.

Era una bella soddisfazione, pensò Agnese. Certo, era molto difficile che vincessero la Coppa, visto che di solito al torneo partecipavano squadre collaudatissime, che si allenavano da anni. Ma l'importante era che la preside avesse accettato di comporre una squadra. Il resto (forse) sarebbe arrivato dopo.

Capitolo 4

Scopo del gioco è vincere ogni singola azione,
che dà diritto a un punto.

Le ragazze della terza D entrarono in palestra, guardandosi attorno con circospezione. Per la prima volta erano vestite con le loro nuovissime divise da ginnastica: pantaloncini blu e maglietta bianca, con sopra stampato ISTITUTO FRANCESCO PETRARCA. Alcune si erano premunite di indossare un paio di ginocchiere che ancora giacevano abbassate sulle caviglie.
Videro la professoressa Pallavicini al centro dello stanzone che fungeva da palestra; era seduta a una scrivania e stava compilando alcuni fogli. Sembrava molto seria.
– Prof, noi saremmo arrivate... – disse Gaia Biancardi rompendo il silenzio.
– Bene, disponetevi in fila sulla linea esterna del campo, – rispose la Pallavicini senza alzare lo sguardo.
Le ragazze obbedirono. Nei giorni precedenti si era sparsa la voce dei provini che la professoressa di ginnastica avrebbe tenuto per comporre una squadra di pallavolo. C'era stato un chiacchierio generale, sia durante le lezioni che a ricreazione: le alunne infatti erano rimaste parecchio sorprese dal fatto che una tale iniziativa fosse stata promossa proprio dalla preside. Da anni non c'era traccia di partecipazione

dell'istituto Petrarca a una qualche manifestazione che riguardasse lo sport, mentre ora ci si preparava addirittura alla Coppa Primavera, il famoso torneo studentesco aperto alle studentesse di terza media.

– Bene, – disse la Pallavicini alzandosi dalla scrivania, – vi spiego come funziona –. Si piazzò di fronte a loro, decisa, le gambe leggermente divaricate come un sergente pronto a massacrare i suoi soldati. – Ora vi chiamerò una alla volta, in ordine alfabetico. Ognuna dovrà compiere i fondamentali: servizio, alzata, bagher, recupero di palla con tuffo, schiacciata. Io metterò un voto da uno a cinque a ogni esercizio. Tutto chiaro?

Le alunne annuirono.

– Bene –. Lesse il primo foglio. – Anselmi.

Lara Anselmi arrossí fino alle orecchie e si piazzò al centro del campo, dritta come un fuso, le gambe rigide, torcendosi le mani sudate. Provò l'elementare servizio dal basso una decina di volte, senza mai oltrepassare la rete; colpiva la palla con i palmi delle mani invece che con i polpastrelli; le schiacciate erano tutte fuori tempo perché Lara accennava a saltare quando la palla era già troppo vicina al suo viso. Prese anche una pallonata in faccia e le compagne scoppiarono a ridere di fronte alla sua totale negazione. Lei si guardò attorno con aria sperduta, desiderando con tutta se stessa di scomparire.

– Silenzio! – urlò la Pallavicini severa. – Tanto poi tocca a tutte e non credo ci sia tanto da ridere.

Mutismo.

Agnese dedicò un po' di tempo a insegnare a Lara quando e

come saltare, finché la ragazza non riuscí a portare a segno una schiacciata decente.
La professoressa annuí soddisfatta e alzò il pollice a una quasi incredula Anselmi.
– Arrigoni, – disse la Pallavicini chiamando la seconda dell'elenco. Si presentò Claudia, la ragazza piú bassa della classe e per questo soprannominata «pulcino». Era una biondina tutto pepe, magra come un giunco ma, come ben presto si accorse la professoressa, potente. Sopperiva alla mancanza di centimetri in altezza con una velocità di spostamento sorprendente. Prese il massimo dei voti sul recupero palla, riuscendo a colpire palloni che la stessa Pallavicini dubitava potessero essere salvati.
– Chi avrebbe immaginato che dietro a un pulcino si nascondesse una leonessa? – commentò sorpresa la Pallavicini, compilando le votazioni della Arrigoni.
La ragazza si asciugò la fronte e sorrise soddisfatta.
– Biancardi, – chiamò poi la prof.
Gaia si alzò le ginocchiere ed entrò in campo: eseguí una discreta battuta, alzò alto e preciso, ricevette di bagher, riuscí a recuperare un pallone lanciato lateralmente dalla Pallavicini facendo una rullata, schiacciò in modo corretto ma non molto potente.
– Niente male, Biancardi. Proprio niente male... Hai già giocato, in passato?
– Sí, dalle elementari fino alla prima media, poi ho dovuto mollare.
Da qualche parte fuori dal campo si sentí qualcuno che faceva una specie di pernacchia, come se trattenesse una risata.

La Pallavicini non ci fece troppo caso e compilò il foglio. Poi chiamò la quarta. – Cassani.
Paola Cassani seguí la stessa trafila di Gaia, ma con risultati piú deludenti. – Okay. Ora tocca a... Daltromare.
Il campo rimase vuoto. Sia la Pallavicini che le ragazze allungarono il collo per vedere dove fosse Rebecca e perché non si presentasse. Alla fine la scorsero seduta a ginocchia unite vicino a una colonna, le braccia penzoloni, l'espressione arrogante.
Non si mosse.
– Su, Daltromare, tocca a te.
Rebecca fece una smorfia. – Non ci penso nemmeno. Io non gioco a pallavolo.
– E perché?
– Non gioco semplicemente perché mi fa schifo e perché non mi importa nulla di questa stupida audizione per dementi. Ma le guardi! – indicò le sue compagne. – E la Biancardi? «Gioco da quando andavo alle elementari». Patetica.
– Ehi, ehi, ehi! Moderiamo i termini –. La Pallavicini si avvicinò a Rebecca. – Se non ti va di fare il provino per entrare nella squadra va benissimo, ma non offendere le altre che si stanno impegnando, siamo intese?
– Ma vada a quel paese –. Rebecca si alzò e fece per andarsene, ma la professoressa le artigliò un braccio, costringendola a voltarsi. – Ehi!
– Ho detto: *siamo intese?*
– Mi sta facendo male! Se continua, urlo.
– Sto aspettando, Rebecca!
La ragazza cercava di divincolarsi dalla stretta, ma la professoressa era irremovibile e fissava l'alunna con occhi decisi.

Rebecca non era mai stata guardata in quel modo in tutta la sua vita e cosí sperimentò la severità, quella vera. I suoi occhi guizzarono attorno e videro le altre ragazze ammutolite.
– Voglio andarmene da qui! – tentò ancora di resistere, ma stava crollando all'autorità della Pallavicini. La spiazzava il fatto che la professoressa non avesse attaccato lei, bensí la sua maleducazione. Nonostante la rabbia, sapeva che aveva ragione lei. E riconoscerlo le faceva male.
– Benissimo. Rispondimi e sarai libera –. Ora il suo tono era calmo e rilassato, ma la prof continuava a tenere la mano stretta sul braccio di Rebecca.
E vinse.
– Sí. Siamo intese.
Le dita si sciolsero come nastri e Rebecca fu libera.
– Ora puoi andare, – disse la Pallavicini.
Le narici della ragazza si allargarono, il mento tremò, ma lei non permise che altri segni della sua debolezza diventassero visibili e scappò via.
Si precipitò verso la porta, ma tra lei e la via di fuga si frappose lui: un pallone da pallavolo.
Fu la collera a suggerirle quel gesto violento: afferrò la palla, la lanciò in aria e la colpí con tutte le sue forze, dopo aver creato una spinta a effetto con il braccio. Il suo bersaglio era la testa della Pallavicini.
– Attenta, prof! – urlò la Biancardi.
I riflessi di Agnese le consentirono di voltarsi di scatto e di colpire la palla con il braccio alzato, deviandone la direzione.
Rebecca fissò la professoressa per un lungo istante e uscí dalla palestra.

L'episodio lasciò non poco sconcerto, ma alla fine i provini ripresero. La Pallavicini concluse che la terza D era la sezione piú interessante, con diversi elementi adatti a comporre la squadra. La reazione di Rebecca però continuava a tormentarla: non aveva mai visto tanta furia esplodere a quel modo. E ancor di piú era impressionata da quanta forza era riuscita a dare al pallone quando lo aveva colpito.

E cosí la squadra fu formata. Agnese affisse in bacheca il foglio con i nomi delle convocate agli allenamenti. Il responso suscitò una grande curiosità, che sconfinò nell'agitazione. I provini avevano destato piú scompiglio di quel che si sarebbe mai immaginato e anche la Odescalchi lo notò. Quando era uscita dal suo ufficio e aveva visto la scena delle ragazze accalcate attorno alla bacheca, era rimasta senza parole: per lei era inconcepibile che ci fosse un tale trambusto per un gioco con la palla. Ma poi le era bastato rammentare due parole, Borsieri Club, per sentirsi un po' meno contrariata.

Le seguenti alunne: Biancardi, Patetta, Bruni, Costanera, Wek, Fogli, Coppi, Arrigoni, Novelli, Donati, Manservigi, sono convocate il giorno 20 ottobre presso la palestra della scuola Francesco Petrarca in occasione del primo allenamento ufficiale di pallavolo, in vista della prossima Coppa Primavera.

Urletti delle ragazze convocate, accavallarsi di domande e commenti («Ma quanti allenamenti faremo a settimana?», «Hai bisogno che ti presti le ginocchiere?», «Mio padre sarà strafelice: anche lui giocava quando era al liceo!»), delusioni delle altre mascherate da esternazioni tipo «tanto non me ne importava niente». Rebecca le guardava da dietro un angolo

e pensava quanto fossero penose. La rabbia del giorno del provino non era ancora sbollita. Anzi: in quel momento detestava la Pallavicini con tutte le sue forze, ancora piú della Odescalchi.
Voleva fargliela pagare, ma non sapeva ancora come. L'importante questa volta era non farsi espellere. L'aveva promesso a nonna Maria. E lei le promesse ai nonni le manteneva sempre.

Dopo i primi tre allenamenti, Agnese aveva cominciato a organizzare la squadra. Si era già fatta una vaga idea delle attitudini delle sue allieve, anche se sapeva perfettamente che tutto doveva ancora prendere forma. Aveva l'intero inverno davanti a sé per consolidare la compagine, non solo dal punto di vista tecnico, ma anche (e soprattutto) umano. Perché era proprio questa la sfida piú grande ed entusiasmante: mettere insieme tante ragazze diverse e farle diventare un team affiatato.
Anche lei, quando era ragazzina, aveva fatto parte di una squadra e sapeva bene gli effetti positivi che questo aveva avuto sulla sua formazione. Aveva imparato a collaborare, ad agire per un bene comune e non per il solo successo personale, aveva imparato a fidarsi delle sue compagne; lí erano nate amicizie vere, sincere, che facevano ancora parte della sua vita.
Agnese si versò una tazza di tisana calda e si sedette sul divano di casa sperando che questa volta il momento di pausa durasse un po' di piú. Erano le otto e mezzo del 31 ottobre, la sera di Halloween. Aveva già ricevuto otto visite da parte di

ragazzini che le avevano fatto la fatidica domanda dopo avere suonato alla porta: – Dolcetto o scherzetto?
Doveva ammettere però che le piaceva questa tradizione americana di Halloween.
Si era quindi premunita di comprare un po' di pacchetti di caramelle, cioccolatini a forma di lapide, rotelle di liquirizia, marshmallow. Lei stessa aveva ricevuto diversi inviti a feste horror, ma aveva declinato, poiché voleva a tutti i costi visionare i filmati degli allenamenti. Voleva avere le idee chiare. Voleva sezionare ogni singolo gesto, centrare il punto giusto in vista di future correzioni.
La stufa a pellets scoppiettava al centro della stanza contribuendo, assieme alla tisana, a scaldarla. Agnese si accomodò sotto il plaid con la luce confortante dell'abat-jour arancione che illuminava con grazia assieme al fuoco. Prese l'iPad e fece partire il primo filmato: era un video del riscaldamento cui seguiva un'esercitazione a coppie; una ragazza, spalle alla rete, palleggiava alla compagna che rispondeva o di palleggio o di bagher, a seconda dell'altezza della palla e della vicinanza. C'era sicuramente da lavorare sulle mani, troppi palleggi trattenuti o eseguiti con i palmi invece che con i polpastrelli; le alzate, quelle buone, erano ancora timide.
«In punta di dita, devono colpire in punta di dita!» pensò.
Prese un bloc notes e annotò qualche appunto, buttando ogni tanto l'occhio sullo schermo. Ma a un certo punto si bloccò di colpo e fermò il filmato; poi lo fece scorrere all'indietro, finché non riacciuffò il fotogramma che le interessava. Dietro la porta della palestra, affacciata alla finestrella, c'era la testa di una ragazza che osservava di soppiatto. Agnese ingrandí

toccando lo schermo con le dita... era Rebecca Daltromare! Che cosa ci faceva lí, dopo la scenata che aveva fatto? Forse la pallavolo non le era poi cosí indifferente...

Ripensò alla bordata che Rebecca le aveva scagliato contro quando si era arrabbiata. Aveva avuto una potenza incredibile, spropositata considerato il fisico esile della ragazza. Era riuscita a concentrare il suo peso sul colpo della mano, come un sasso scagliato da una fionda.

Suonarono alla porta.

– Ci risiamo, – sospirò.

Andò ad aprire. Sulla porta c'era un gruppetto di cinque ragazzini: uno vestito da Dracula, una da Morticia Addams, una da strega, uno da Freddy Krueger, con tanto di guanto con le lame al posto delle dita, e infine una da diavoletta.

– DOLCETTO O SCHERZETTO?! – dissero in coro.

– Un assedio spettrale, – esclamò lei sorridendo. Si allungò sulla mensola e pescò a caso un pacchetto di caramelle. Lo aprí e lo distribuí a quei mostri affamati di zuccheri. Se l'avesse vista suo padre avrebbe commentato in tono di rimprovero: «Tutte quelle caramelle faranno innalzare il picco glicemico. E questo non va bene, proprio per niente».

Lui, il samurai della vita sana...

– Scusi, non avrebbe anche qualche Chupa Chups? – chiese Dracula.

– No, mi spiace. Dovrai accontentarti delle rotelle di liquirizia.

Dracula fece spallucce e ne srotolò una facendola penzolare fino alla cintola, poi la risucchiò tutta d'un colpo, ammassandola in bocca come un gomitolo. Pure Morticia rabbrividí di raccapriccio. Ruminò trenta secondi e poi deglutí con uno schiocco di lingua, mentre i suoi compagni mettevano il loro bottino nei sacchetti.

– Va be', buon sonno eterno! – le augurarono.

Agnese richiuse la porta ridacchiando.

Ritornò al suo tablet e alla sua tisana. Il video partí di nuovo. Gaia non era affatto male nel palleggio, sembrava controllarlo già ottimamente. Segnò il suo nome sul bloc notes e scrisse accanto: *alzatrice?* Guardò di nuovo le immagini che ora riprendevano Claudia «pulcino» Arrigoni che schizzava da una parte all'altra del campo per prendere palloni impossibili. Sembrava un proiettile, aveva un'esplosività da fare invidia, pensava Agnese. *Jolly* scrisse vicino al suo nome. Quando toccò lo schermo per fare ripartire il video, l'appoggio del dito coincise con un nuovo trillo alla porta.

– Pietà! – esclamò. Forse lavorare proprio il giorno di Halloween non era stata un'idea azzeccatissima, pensò.

Andò di nuovo ad aprire.

– Non ho Chupa Ch... – disse spalancando la porta, ma fu subito annebbiata da una sostanza bianca e lattiginosa che qualcuno le stava spruzzando in faccia come un estintore. Agnese si piegò per il bruciore, mentre la crema le entrava anche in bocca, e capí che si trattava di schiuma da barba. Con le mani si liberò gli occhi e, anche se sfuocato, vide un essere vestito con una tunica nera. Sul viso indossava la maschera del film *Scream*.

– Cosí impara! – urlò.

Quella voce! Le erano bastate due sole parole per riconoscerla!

Si lanciò verso Scream, che però fu piú veloce di lei e s'infilò in ascensore. Le porte si richiusero dopo un secondo.
– Aspetta! – urlò Agnese. Picchiò sul riquadro del vetro lasciando un'impronta bianca, ma vide la cabina che cominciava a scendere.
Si voltò verso le scale e si precipitò giú con balzi che coprivano quattro-cinque gradini alla volta.
«Servirà pure a qualcosa essere un'insegnante di ginnastica!» pensò. In dieci secondi fu al piano terra prima dell'ascensore. Le porte si aprirono e Scream uscí, fermandosi di colpo: Agnese bloccava l'uscita a gambe larghe e braccia conserte. Scream era in trappola, non c'erano altre uscite, neppure per le cantine. In quel momento una signora uscí da casa per andare a buttare la spazzatura. Alla sua destra vide un essere senza orbite, con la faccia bianca e la bocca distorta, alla sua sinistra Agnese Pallavicini, la ragazza del terzo piano, con il viso completamente imbrattato di schiuma da barba. Normale che la poveretta decidesse di rientrare e rimandare l'incombenza.
Le due figure rimasero lí, fronteggiandosi a qualche metro di distanza.
– A te la scelta, – disse la Pallavicini, togliendosi un'altra striscia di schiuma dalla faccia. – Dolcetto: partecipi agli allenamenti di pallavolo. Scherzetto: spiffero tutto quanto alla preside. Ma secondo me un'altra espulsione ti metterebbe parecchio nei guai.
Scream rimase immobile, le mani guantate chiuse a pugno. Agnese poteva sentire il respiro da sotto la maschera ed era certa che dopo il suo discorso fosse aumentato di frequenza.

– Pensaci, allora. Ci alleniamo dopodomani, alle sei.
Si spostò di lato. Scream fece un passettino in avanti, poi un altro, infine infilò l'uscita di corsa, voltandosi solo un attimo prima di scavalcare il cancello e confondersi con la notte.

Un urlo acuto, lungo, a tratti rantolante.
Rebecca era seduta alla scrivania e con una penna scorticava la copertina del suo taccuino. Le mascelle serrate in una morsa, i denti digrignati. Poi fu la volta di colpi violenti e ripetuti con la punta della biro. In casa non c'era nessuno, quindi ne approfittò per sfogarsi.
Era stata scoperta e sbattuta con le spalle al muro.
E ora non aveva scelta.
Guardò il taccuino ridotto peggio di uno scolapasta e all'improvviso provò pena per lui.
Lo aprí e, impugnando la penna con maggiore delicatezza, si mise a scrivere.
Oggi è il primo di novembre, giorno di festa. Ero già d'accordo con papà che sarei andata a trascorrere la giornata da loro. Questa mattina, invece di venire a prendermi, mi ha telefonato, dicendo che non se ne faceva piú niente e che poi mi avrebbe spiegato. Ho scaraventato il telefono a terra mandandolo in pezzi. Poi però mi sono pentita, perché lui (il telefono) non mi aveva fatto niente. In realtà avrei voluto prendermela con papà, che non c'è mai, e quando fa il carino per cercare di vedermi (e io ci casco), poi accade sempre qualcosa. Lo fa apposta. Oppure è quella strega di Giunia che glielo impedisce. Io lo so che vorrebbe Paolo tutto per sé e i gemelli. Comunque adesso il cellulare giace privo di vita sul mio tavolo. La maschera dei tastini è saltata via e il vetro si è crepato. Come me,

dentro. Nessuno qui ha sentito niente, perché erano già usciti tutti per andare a pranzo dai genitori di Ugo. Eravamo già d'accordo cosí: io sarei andata da papà, loro dai nonni di Marcello. Ora invece io sono a casa da sola. Ma alla fine mi va bene cosí.

«Mi va bene davvero?»

Appoggiò lo sguardo sul cellulare, un mucchietto inerme di pezzi di plastica, e le venne da piangere. Anche se era stupido, perché in fin dei conti era solo un oggetto.

Poi me la sono presa pure col diario. Succede sempre cosí, quando mi arrabbio mi esplode qualcosa dentro. È una cosa fortissima, che mi brucia la pancia e monta fino alla testa. Spaccherei tutto, anche me stessa.

Si immaginò scagliata alla velocità della luce contro il muro. Muro. In quel momento ripensò alla serata del giorno prima.

Mi ha fregato. La Pallavicini mi ha fregato. Volevo fargliela pagare, e invece è stata lei a segnare punto.

Che boccone amaro. Ripensò al dialogo nell'atrio di casa della professoressa: «Scherzetto: spiffero tutto quanto alla preside». Se l'avessero espulsa di nuovo sua nonna ne avrebbe sofferto tantissimo, senza contare che le aveva fatto una promessa. Non aveva scelta. Pian piano la collera cedette il passo alla rassegnazione.

Una volta, sul digitale terrestre, aveva visto qualche puntata di un telefilm americano degli anni Settanta, messo in onda in uno di quei canali dedicati alle trasmissioni *vintage* (era un termine che aveva imparato proprio allora e significava «vecchio ma di classe»). La serie si chiamava *Happy Days* ed era ambientata in America alla fine degli anni Cinquanta.

La prima volta che aveva guardato una puntata, sua madre Francesca, passando dal salotto, si era bloccata con una mano sulla bocca, tutta emozionata, e poi si era seduta anche lei sul divano. – Oddio, *Happy Days*... quanto tempo...

E quando era apparso uno dei protagonisti vestito con il giubbotto di pelle e pettinato con una bananona sulla fronte, lei aveva lanciato un urletto da groupie. – No, dài! È Fonzie! Mi piaceva da morire, sai? – le aveva confidato con una risatina.

Rebecca aveva storto il naso, un po' come quando becchi i tuoi genitori a baciarsi (anche se a lei non capitava piú da un sacco di tempo) e rabbrividisci, perché un conto è immaginare loro due che stanno insieme, un conto è esserne spettatori.

Fonzie era un personaggio che faceva il figo, uno che aveva mille ragazze attorno, era l'idolo degli altri ragazzi, e soprattutto era capace di azionare il juke box del bar con un pugno, dicendo poi: «Ehi!»

Da vero figo, Fonzie era ipersicuro di sé e per questo, quando sbagliava, non riusciva ad ammetterlo; per dire un «mi dispiace» poteva metterci dieci minuti buoni senza andare oltre il «mi dis...».

Ecco, a Rebecca stava succedendo la stessa cosa: ci stava mettendo un'eternità a ricoprire quei pochi metri che la separavano dalla palestra. Faceva un passo avanti e due indietro.

Quando suo malgrado si ritrovò di fronte alla porta, si alzò in punta di piedi e spiò dal riquadro di vetro. Sembrava la bottega operosa dei folletti di Babbo Natale. La palestra era stata suddivisa in diverse postazioni, in ognuna delle quali un gruppetto di due o tre ragazze faceva qualcosa di diverso per scaldarsi: alcune, provviste di un elastico colorato legato a una sbarra, ne impugnavano l'estremità e lo tiravano per rafforzare muscoli e tendini delle spalle; altre erano distese di fronte a un muro, con una palla medica in mano. Dovevano mettersi sedute, lanciare la palla contro la parete e riafferrarla al volo; un altro gruppetto era sotto rete e si esercitava in rullate laterali; un altro ancora faceva potenziamento con squat e affondi sulle gambe seguiti da piegamenti sulle braccia.

Rebi aprí la porta con circospezione. Si sentiva un cicaleccio per tutta la palestra perché le ragazze, mentre facevano gli esercizi, chiacchieravano tra loro.

Provò lo stesso disagio che si sente quando si arriva in ritardo a una festa e si sono già creati i gruppetti di conversazione.

– Vi ho detto di riscaldare i muscoli, non la lingua! – le rimproverò Agnese dal centro del campo.

– Ma prof, anche la lingua è un muscolo! – sentenziò Giulia Coppi.

Le compagne risero.

– Bene, – disse la professoressa con una strana luce negli occhi. – Visto che avete tanto fiato per scherzare, ci mettiamo tutte schierate sulla linea piú corta della palestra...

Bastarono quelle parole per terrorizzarle. – No, la prego, il suicidio nooo!

– Oh, invece sí! Forza, mettersi in riga.

Rebecca approfittò di quel momento per aprire di nuovo la porta e filarsela via, ma per qualche inspiegabile ragione la porta cedette da un cardine, provocando la caduta dello spigolo da un lato. Lei cercò inutilmente di attutire il rumore afferrando all'ultimo momento lo stipite... ma ormai era fatta. TUMP!

– Oh! Bene arrivata! – disse la Pallavicini.

– Ma che ci fa *quella* qui?! – sussurrò Gaia all'orecchio di Ilaria.

Rebi chiuse gli occhi e si voltò: la Pallavicini le stava andando incontro con un sorrisino trionfante stampato in faccia. Che voglia di mollare la presa e lasciare che la porta schiacciasse la prof! Per un attimo visualizzò la Pallavicini con gambe e braccia che sbucavano a stella dalla porta stesa a terra.

– Lascia, ci penso io, – disse Agnese afferrando la porta. – Nello spogliatoio c'è una fantastica divisa che ti aspetta –. Abbassò la voce. – Ero certa che avresti preso la decisione giusta, Scream.

Insopportabile.

– Nessun ripensamento, per piacere, – la anticipò Agnese notando i segni di una probabile esplosione. Ormai aveva capito com'era Rebecca. Appoggiò la porta contro il muro. – Altrimenti mi costringerai a fare un salto dalla *preside* proprio ora che inizia... il bello!

Rebi fu costretta ad andare nello spogliatoio e intanto la Pallavicini iniziò a sistemare a terra i birilli per l'esercizio.

– Fate tre giri di corsa mentre io finisco, – disse alle ragazze in campo.

Loro partirono corricchiando in modo blando.

Il «suicidio» era un esercizio di velocità e resistenza: si disponevano tre birilli, a una distanza di circa tre metri l'uno dall'altro. La ragazza sulla linea di partenza partiva di corsa verso il primo birillo, si accosciava, lo toccava, e tornava indietro alla linea di partenza, toccando il pavimento con la mano; poi scattava di nuovo a tutta velocità fino al secondo birillo, si accosciava, lo toccava e tornava indietro; poi schizzava fino al terzo ripetendo la stessa trafila.

Era un esercizio massacrante, per questo si chiamava cosí.

– Mi domando che cosa sia venuta a fare qui quella fulminata, – disse Gaia arrotolandosi una ciocca della lunga coda. – Non aveva detto di odiare la pallavolo?

Lei, Ilaria e Allegra si erano messe in disparte ad aspettare che la professoressa terminasse di sistemare il percorso.

– Boh, – rispose Ilaria. – Lo sai com'è fatta, non c'è proprio tutta.

– Appunto. Viene qui a fare solo casino. Possibile che la prof non se ne renda conto?!

Gaia si voltò verso la Pallavicini e, dopo un attimo di esitazione, si mosse.

– Ma... che fai?! – disse Ilaria cercando di fermare l'amica.

Gaia però era già davanti alla professoressa.

– Non avevamo già la squadra al completo? – chiese.

Agnese sistemò l'ultimo birillo e si alzò. – Che cosa intendi, Biancardi?

– Quella là, – rispose Gaia, indicando lo spogliatoio. – Ci sono stati dei provini e lei non li ha fatti. Non vedo perché ora debba allenarsi con noi.

– Hai ragione. Diciamo che vorrei dare una possibilità a Rebecca: credo che possa farle bene. E anche lei può fare del bene a noi.

Gaia le si piazzò davanti. – Siamo già a un buon punto con

gli allenamenti e si è creato un bel clima equilibrato. Quella lí non va bene per noi –. L'aveva detto abbastanza forte perché sentissero anche le altre ragazze e infatti smisero subito di correre. Bastò uno scambio di sguardi per capire che condividevano.

– Parlavi di me? – Rebecca era ormai in mezzo al campo, con indosso la divisa.

Gaia strinse i denti. – Mi sembra ovvio.

– Be', mi dispiace deluderti, – disse legandosi velocemente i capelli, – ma ho tutta l'intenzione di godermi non solo questo allenamento, ma anche i prossimi –. Guardò la Pallavicini. – Allora? Mi spiega com'è questo suicidio?

Non era andata male, ma Agnese sapeva che sarebbe stata un'eccezione. La provocazione di Gaia aveva avuto il potere di solleticare l'orgoglio di Rebecca. Lei si era impegnata in ogni esercizio con l'unico obiettivo di battere la Biancardi. Era stata una continua competizione, e Rebecca aveva voluto dimostrare che la piú forte era lei. Si era impegnata al massimo e aveva vinto tutte le gare di velocità e di resistenza.

Ma la pallavolo è uno sport di tecnica, tattica, agilità, e Gaia aveva surclassato Rebecca negli esercizi piú legati al volley vero e proprio.

Alla fine dell'allenamento, mentre le ragazze erano entrate negli spogliatoi per fare la doccia, Rebi, ancora tutta sudata, si era infilata il giubbotto e se n'era andata senza salutare nessuno.

Agnese l'aveva osservata allontanarsi tutta imbacuccata, con

il cappuccio sulla testa e le mani in tasca, le gambe nude che spuntavano da sotto e le ginocchiere molli alle caviglie. Sembrava un gattino randagio pronto a soffiare e graffiare chiunque avesse cercato di allungare una mano, anche solo per accarezzarlo.
O per aiutarlo.

Novembre fu un mese molto difficile, proprio come Agnese si era aspettata. Gli allenamenti proseguivano, ma con fatica. C'era qualcosa che non ingranava e impediva alla squadra di compattarsi.
E purtroppo quel qualcosa era Rebecca.
Dopo l'exploit della prima lezione, la ragazza si era adagiata nel solito menefreghismo, salvo litigare ogni tanto con la Biancardi. E allora Agnese, in qualità di allenatrice, doveva fare di tutto per dividerle.
Agnese però sapeva quello che faceva, e sapeva anche che stava arrivando il momento della resa dei conti. Certo, era riuscita a farla allenare con uno stratagemma; poi le aveva permesso di ambientarsi; infine era stata accondiscendente verso i suoi sbalzi d'umore.
Ma ora era arrivato il momento che Rebecca facesse come diceva *lei*.

– Oh, io vado in palestra! – urlò Rebecca afferrando le chiavi di casa.
Francesca uscí dal suo studio per salutarla. – Buon allenamento, allora. Stasera faccio la pizza, sai?
– Ah. Okay. Be', io vado...

– Aspetta! – Francesca le prese una mano.
La figlia la guardò sospettosa. – Che c'è?
– Cosí, volevo parlare un po'... Hai iniziato questa avventura della pallavolo e... mi sembra una bella cosa, insomma.
No, ti prego. La chiacchiera tra madre e figlia no. Non poteva reggerla. – Mamma, io dovrei andare.
– Oh, sí, scusa, scusa. Solo che... sí, insomma... ti piace? Non manchi un allenamento, quindi immagino che tu ti stia appassionando e... – Rebecca raccolse lo zaino e sua madre capí che la conversazione era durata già abbastanza. – Okay, recepito –. Le baciò veloce la fronte, prima ancora che potesse protestare. – Vai. E pensa che stasera ti aspetta una bella... pizza fuuumanteee! – ridacchiò, cercando di contagiarla con il suo entusiasmo.
Rebecca tirò le labbra cercando di abbozzare un sorriso e uscí.
«Lei crede che la pallavolo mi piaccia davvero, – pensò. – Se sapesse che vado lí solo per non avere storie con la Pallavicini...»
Salí sulla bici, accese il led a intermittenza, attraversò il centro e dopo aver percorso la strada del cimitero arrivò a scuola.
C'era una porta d'ingresso alla palestra che dava direttamente sulla strada, cui si poteva accedere senza passare per i corridoi, e Rebecca entrò da lí.
I neon erano accesi e il rumore dei palloni che rimbalzavano in campo echeggiava come un rullo di tamburi. L'allenamento era già iniziato da un pezzo, le ragazze erano a coppie e si passavano la palla di bagher urlando ogni volta «MIA!».
Rebecca si diresse verso gli spogliatoi strascicando i piedi.
– Sei in ritardo! – si sentí apostrofare alle spalle.

Si voltò e vide la Pallavicini a bordo campo, con le braccia conserte e un'espressione severa.
Rebecca alzò le spalle. – Ma prof, è successo altre volte.
– Ora cambiati e vieni in campo, – tagliò corto lei.
La ragazza alzò le mani. – Okay, okay... calmiamoci... – Andò verso gli spogliatoi senza modificare l'andatura. Quando riemerse, non era ancora pronta: le ginocchiere erano ancora alle caviglie, i capelli le ricadevano ribelli sugli occhi, e la maglietta era per metà dentro e per metà fuori dai pantaloncini.
– Credi di riuscire a vedere la palla con quei capelli sugli occhi?
Rebecca allungò il collo e squadrò la prof, sorpresa: ma che aveva? Cos'era quel tono secco e fastidioso?
La Pallavicini indicò le ragazze in campo. – Guardale.
Rebecca vide una schiera di ragazze con i capelli ordinatamente raccolti in code o trecce, e fermagli che imprigionavano le ciocche piú ribelli. Alcune esibivano addirittura studiati abbinamenti tra cerchietti e colore delle stringhe delle scarpe. Le ginocchiere erano al posto giusto: sulle ginocchia. Le magliette erano fuori dai pantaloncini e qualcuna aveva vezzosamente arrotolato le maniche sulle spalle.
La Pallavicini frugò nella tasca e prese un elastico, che porse alla ragazza. – Fatti la coda, poi prendi un pallone.
Rebecca si legò i capelli con un risultato non proprio esaltante.
– Oggi ci alleniamo nelle schiacciate, – disse Agnese. – Mettetevi a coppie e voglio vedere le palleggiatrici alzare la palla in avanti e poi anche all'indietro. Per le schiacciatrici: occhio

al tempo del salto sul pallone. E mi raccomando, chiudere il polso alla fine del colpo.
Le ragazze si rimisero a coppie e Rebecca si stava dirigendo verso Giulia, l'unica che la sopportava.
– Rebecca con Gaia, e Giulia con Ilaria, – disse la Pallavicini.
– Che cosa?! – esclamò Gaia. Scambiò un'occhiata disperata con Ilaria, la sua compagna di sempre. Non poteva credere che la professoressa non solo scindesse l'antico sodalizio, ma si divertisse anche a creare quella strana coppia.
Lei e Rebecca?! Tanto valeva buttare un candelotto di dinamite in campo.
Anche Rebecca sembrava non averla presa con la solita strafottenza, perché era rimasta impalata con il pallone in mano, come se non avesse capito bene. E infatti...
– Come, scusi? – chiese.
Nonostante le facce delle due ragazze, la Pallavicini rispose con un'impassibilità da fare invidia ai mimi di strada. – Siete ancora lí? Forza Rebecca, tu schiacci, mentre la Biancardi alza.
Le due si trascinarono sotto rete (il solito filo tirato da parte a parte) e, senza neppure guardarsi, iniziarono a eseguire l'esercizio, imitate dalle altre compagne dislocate in altre zone del campo. La professoressa lasciò le alunne provare diverse volte per prendere confidenza con i tempi di stacco dei piedi, l'inarcamento della schiena e la successione dei movimenti della schiacciata. Soprattutto i tempi del salto erano quelli che davano piú problemi: c'era chi si alzava troppo presto, risultando in anticipo sulla discesa della palla, e chi invece si muoveva troppo tardi, rischiando anche di prendere qualche pallonata in faccia.

La Pallavicini correggeva le alunne ma l'occhio le ricadeva spesso su Rebecca e Gaia, anche perché la prima non faceva che lamentarsi a ogni colpo. Troppo vicina, troppo lontana, troppo bassa, troppo a destra, non farla sfarfallare: era un continuo. Tanto che alla fine Gaia sbottò. – Senti, perché non te la alzi tu la palla, visto che sei cosí brava?

– Certo, di sicuro farei un lavoro migliore, – rispose l'altra.

Le due si guardarono in cagnesco.

– Non mi sembra di avere detto di fermarvi, – disse la Pallavicini.

– Io voglio cambiare compagna, lei non è capace, – protestò Rebecca.

– Sei tu che sei uno zero a schiacciare!

– Ah sí?!

Fu una scena tutta al rallentatore.

Rebecca lanciò la palla in alto, sopra la sua testa, poi si piegò sulle ginocchia; le altre compagne fermarono i palloni e si voltarono verso di lei; Gaia, capendo che si stava mettendo male, si voltò e iniziò a correre per non farsi centrare; Rebecca spiccò il salto, dandosi la spinta con le braccia; qualche ragazza si portò la mano alla bocca; Gaia continuava a correre e per un attimo si voltò a controllare la situazione; Rebecca inarcò la schiena e spinse la spalla destra all'indietro, per caricare il braccio; la Pallavicini smise di respirare; la palestra era avvolta in un silenzio irreale; Rebecca colpí la palla.

Una schiacciata perfetta, precisa, potente, tanto che la professoressa si rammaricò di non averla filmata.

La palla colpí come un siluro la chiappa destra di Gaia.

– Ahia! – urlò la ragazza voltandosi di colpo.

Okay, pensò Agnese: era arrivato il momento di fare due chiacchiere con le sue allieve.

Aveva disposto tutte le ragazze in cerchio, stando bene attenta a separare Gaia e Rebecca, perché la tensione era alta. La prima, massaggiandosi ancora il sedere, fissava la seconda in tralice.
– Avete capito che cosa stiamo costruendo, voi e io?
La domanda spiazzò l'uditorio.
Agnese, piazzatasi al centro come il fulcro di un orologio, guardò a turno tutte le ragazze: prima Giulia, quella buffa, poi Irene, Ginevra, Federica, Silvia, Claudia, detta pulcino, poi ancora Ilaria, Allegra, Gaia, Rebecca, Isabel, la ragazza spagnola, e Karin, dell'Uganda.
Nessuna si azzardò a rispondere.
– Va bene, allora ve lo dico io. O, almeno, vi dico a che cosa aspiro. Prima di tutto a me non interessa vincere la Coppa Primavera.
Su molte facce apparve la domanda: «E allora che cosa ci facciamo qui?!»
– Quello che voglio fare è costruire una squadra, ma una squadra con la S maiuscola. Voglio che siate un gruppo, che lavoriate in team, che impariate a fare le cose una per l'altra, e per un bene maggiore, – le fissò, facendo una lunga pausa. – La *vostra* squadra.
Non volava una mosca.
– Ognuna di voi è preziosa, ognuna ha un ruolo fondamentale. Quando vedo che date il meglio di voi stesse, io sono la persona piú felice del mondo; quelle che non sopporto invece sono le scaricabarile.

In quel momento aveva guardato Rebecca e lei era istintivamente arrossita.
– Quello che sto per raccontarvi è un bellissimo discorso di Julio Velasco, un grande allenatore della squadra nazionale italiana maschile degli anni Novanta. Velasco si arrabbiava tantissimo con i suoi schiacciatori quando la schiacciata veniva male, e loro davano la colpa all'alzatore che non aveva passato bene la palla. Velasco infatti sosteneva che, se lo schiacciatore cominciava a dire cosí, allora anche l'alzatore, durante una partita, si sarebbe sentito autorizzato a dire al ricevitore: «Lo vedi? Ho alzato male, quindi passami meglio la palla, cosí io riesco ad alzare meglio». E a quel punto il ricevitore con chi avrebbe potuto prendersela?
– Con nessuno. È il primo che tocca la palla dopo il servizio degli avversari, – rispose Isabel.
– Brava! – disse Agnese. – A meno che non si dica agli avversari: «Ehi, battete piano, cosí io ricevo facile e posso passare comodamente la palla all'alzatore!»
Le ragazze risero.
– Capite anche voi che cosí non se ne esce? – Fissò di nuovo Rebecca. – Secondo Velasco in questo modo nessuno si prendeva le proprie responsabilità e non si faceva il bene della squadra. Quindi, come diceva lui, lo ripeto io a voi: voglio schiacciatrici che schiaccino bene le palle alzate male –. E questa volta fissò Gaia, che abbassò lo sguardo. – Perché poi, quando le palle saranno alzate bene, le schiacciatrici schiacceranno benissimo. E io voglio questo dalla mia squadra.
Le ragazze sprofondarono in un silenzio pensieroso.

– Ah, per la cronaca, – aggiunse Agnese, sorridendo, – Julio Velasco e la sua squadra hanno vinto due volte il campionato del mondo e tre volte quello europeo. Senza contare l'argento alle Olimpiadi del '96. Insomma, vorrà pur dire qualcosa, no? – Guardò l'orologio. – Ora potete andare a cambiarvi, l'allenamento è finito.
Vide sfilare la combriccola verso gli spogliatoi. Rebecca era rimasta per ultima.
La chiamò. – Rebi, vieni qui –. E quando lei arrivò, le parlò con dolcezza. – Io sono convinta di una cosa: che tu sei brava. Anzi, bravissima. Aiutami ora a dimostrarlo anche a te stessa.
Quella frase le si infilò dritta nel cuore. Era cosí strano sentire il suo nome accostato a quell'aggettivo. Un piccolo incendio le esplose all'altezza del petto e cercò di uscire sotto forma di lacrime. No, non poteva, non poteva permetterselo! Ma c'era qualcosa che, dopo essersi sbriciolato, adesso si stava sciogliendo. Forse per sempre.
– Io non conosco la tua storia, Rebecca, quello che hai vissuto fino a ora. Anzi, se un giorno vorrai raccontarmela, forse ti capirò ancora meglio.
Lacrime, lacrime, lacrime, eccole, dannazione.
– Credo che tu abbia i tuoi motivi per comportarti come ti comporti, – continuò la Pallavicini, – cercando sempre di allontanare gli altri.
Mento che trema, e ogni tremito produce altre lacrime che scendono. Vergogna e liberazione.
– Che dici, facciamo un passo alla volta? Iniziamo intanto a incanalare tutta questa rabbia in un sano spirito agonistico.

Come una formula magica, quella semplice richiesta riuscí a calmarla.
E, altrettanto semplicemente, Rebecca rispose di sí.

Gaia ritornò lentamente nello spogliatoio con la felpa in mano e una delle maniche che strisciava per terra.
L'aveva dimenticata in palestra, sulla panca accanto alla porta, e quando era tornata per recuperarla aveva visto la professoressa e Rebecca parlare. Senza farsi scorgere, aveva ascoltato e visto tutto, comprese le lacrime di Rebecca.
Era stata una botta.
È strano come alle volte anche solo un'immagine possa cambiare il proprio modo di considerare qualcosa.
O qualcuno.
Sí, perché ora la Gaia che stava rientrando negli spogliatoi, da dove provenivano i rumori delle altre ragazze che si cambiavano, era una Gaia non piú tanto sicura che Rebecca fosse solo una grandissima stronza.

Capitolo 5

La squadra ha a disposizione tre tocchi per ogni azione di gioco.

Dal diario di Rebecca:
Non so che cosa mi stia succedendo, ma è un periodo strano. Non mi sento piú forte come un tempo, ma scoperta, vulnerabile. Spesso, poi, mi viene da piangere.
Certo, anche prima piangevo, ma lo facevo di nascosto, nessuno doveva vedermi. Tutti dovevano pensare che ero inscalfibile; ma solo io sapevo com'ero davvero.
Poco tempo fa mi è capitato di piangere davanti a una persona quasi estranea, la prof di ginnastica, quella che ci allena anche a pallavolo. Sí, quella a cui ho fatto lo scherzo di Halloween... Lei. Ha detto qualcosa che mi ha fatto crollare e da allora mi sento cosí. Carne viva.
Prima, mi alzavo ogni mattina e la prima cosa cui pensavo era che odiavo il mondo. La rabbia faceva parte del mio DNA, non potevo farci niente. Anzi, ne ero quasi orgogliosa, ormai, perché quello stato d'animo mi aveva costruito una fantastica corazza che mi calzava a pennello.
Ora sono solo burro.
Faccio pure fatica a fingere.
Ieri sera ho cercato di mandare a quel paese quella zecca di mio fratello, ma non ci sono riuscita. Me ne sono andata in camera,

per evitare la lite. Io che mi allontano da uno scontro... una scena che non si era mai vista.
Mi faccio pena.
Accetto gli eventi, ecco qual è il mio stato d'animo. Non posso neppure dire di essere rassegnata, è una sensazione diversa, perché non mi sento una sconfitta.
Molle, però, sí.

Arrivò all'allenamento volutamente in anticipo. Era surreale camminare per i corridoi vuoti della scuola, sentire i passi rimbombare su quegli stessi pavimenti che fino a qualche ora prima erano stati rumorosissimi.
Incrociò una bidella.
– Anche tu del gruppo della pallavolo? Guarda che la Pallavicini deve ancora arrivare.
Rebecca annuí. – Sí, sí, lo so. Inizio solo a cambiarmi.
In realtà voleva andare in palestra e fare qualche esercizio in solitaria prima che arrivassero le altre.
Mentre aprí la porta dello spogliatoio, si chiese perché la bidella le avesse detto «anche tu».
Entrò e lo capí.
C'era una ragazza, di cui però non riuscí a vedere il viso perché si stava infilando la maglietta.
Quando Rebi richiuse la porta, la ragazza fece riemergere la testa. Era Gaia.
Nessuna delle due seppe cosa dire.
Allora Rebecca appoggiò la borsa sulla panca.
E Gaia andò in bagno.
Rebi svuotò la borsa.

Gaia uscí dallo spogliatoio.
Rebi si infilò la divisa e poi andò in palestra. Vide che Gaia stava facendo qualche palleggio sopra la testa, ma poi fermò il pallone e finalmente le due si guardarono.
Gaia le andò incontro. – Tieni, – disse, porgendole un elastico. – Ti conviene legarti i capelli. Lo sai che la Pallavicini non li sopporta cosí in disordine.
Dopo un attimo di esitazione, Rebi accettò.
– Ti va di fare qualche schiacciata? – propose Gaia. – E dimmi come vuoi che te la passi, cosí magari ti alzo meglio dell'ultima volta.
Era un chiaro riferimento all'episodio degenerato in lite, ma Rebi non lesse la frase come una provocazione, anzi. Fece un cenno quasi invisibile con la testa e si alzò le ginocchiere.
Andarono sotto rete e replicarono pari pari l'ultimo esercizio, solo che questa volta lo eseguirono in maniera piú evoluta: Rebi passava a Gaia la palla di bagher, come se avesse appena ricevuto il servizio dalla squadra avversaria, Gaia alzava sotto rete e Rebi, dopo aver preso la rincorsa, schiacciava.
I primi non riuscirono benissimo, ma poi le ragazze iniziarono a carburare, a conoscersi meglio, e quando la Pallavicini mise piede in palestra per preparare il campo trovò una vera sorpresa: davanti a lei c'erano due giocatrici affiatate, due ragazze che fino a qualche giorno prima si sarebbero cavate gli occhi a vicenda.
Senza fare rumore, si sedette su una panca e rimase a guardarle. Era la sua vittoria personale.
Arrivarono alla spicciolata anche le altre e per tutte la reazione fu la medesima: stupore e sconcerto.

– Ma è uno scherzo? – chiese Giulia, indicando con il pollice il campo.
– Spero proprio di no, – rispose Agnese tenendo gli occhi incollati sulle due. – Su, prendete anche voi un pallone e iniziate a scaldarvi.
Le allieve entrarono in campo, affiancando Rebi e Gaia.
Quel giorno la Pallavicini si era messa in testa di fare un bel po' di esercizi sul palleggio per vedere quali delle sue ragazze erano piú portate per essere alzatrici. Sicuramente Gaia era una delle papabili, visto che la sua tecnica era già affinata; inoltre aveva dimostrato piú volte di avere la giusta lucidità in campo, qualità fondamentale per il ruolo di regista della squadra.
Mise le ragazze a coppie a passarsi la palla; intanto le correggeva e le riprendeva con il tablet, per far vedere loro in seguito gli errori.
– Piú alta quella palla, Irene! E quando la ricevi devi metterti sotto, in traiettoria verticale... Piega quelle gambe, accompagna il gesto!... Giulia, le dita! Quella palla è trattenuta! Non lo senti che il palleggio è disarmonico? Alte quelle mani, le voglio vedere sopra la testa! Ragazze, punta di dita! I palleggi devono essere fatti in punta di dita! E questo vale per tutte!... Okay, stooooop! Passiamo ai fondamentali.
Le ragazze fermarono i palloni; la Pallavicini ne prese uno e scompose l'esercizio in varie fasi. – Quando arriva il palleggio della compagna, dovete spostarvi verso la palla, piegare leggermente le gambe, braccia tese e pronte sopra la testa. All'impatto con la palla, accompagnatela distendendo braccia e gambe. Il peso del vostro corpo viene trasferito sulla palla, avete capito? Cosí.

I suoi palleggi erano alti e precisi. Fluidi.
– Vedete come alzo la palla? In punta di dita. Ci vuole leggerezza.
Rebi provò a imitare la professoressa con una serie di palleggi sopra la testa.
A quel punto si avvicinò Giulia e fece il verso della prof. – In punta di dita, Daltromare. Ho detto in punta di dita!
A Rebecca venne da ridere, e Giulia le fece l'occhiolino.
Si sentí confusa. Perché quel giorno (anzi, in quel periodo) stavano capitando un bel po' di cose a cui non era abituata. Come ci si comportava, in quelle occasioni? Perché lei non era preparata al tepore che ci si sente dentro quando qualcuno ci si avvicina sinceramente.
Abbozzò un sorriso, e si disse che per il momento poteva bastare. La tecnica sarebbe migliorata.

Dopo l'allenamento, come al solito Rebi, se ne tornò a casa senza farsi la doccia in palestra. Quando arrivò, trovò la madre che cucinava e intanto buttava un occhio al computer. Aveva questa mania di fare due cose nello stesso tempo, e spesso le due cose erano stare ai fornelli e scrivere le ultime battute di un copione. Per questo il mouse del suo portatile era sempre sporco di unto o di incrostazioni di cibo.
– Ciao, sono tornata.
– Ciao... – rispose Francesca distratta.
Quando scriveva, staccava la spina dal resto del mondo.
Rebi si avvicinò. – Che fai? – Alzò il coperchio di una pentola sul fuoco. – Che cucini?
– Arrosto...

– Contorno?
Francesca alzò finalmente gli occhi dallo schermo, si tolse gli occhiali e appoggiò il mento su una mano. – Come mai tutto questo interesse per la cena? Non te ne è mai importato.
Alzò le spalle. – Boh, cosí. Senti, ti va se ora vado a lavarmi e poi torno per... aiutarti?
Il mento di Francesca scivolò dalla mano e lo scherzo quasi le costò gli incisivi inferiori. – Cos'hai detto?!
– Oh, se ti va, eh...
– *Se* mi va?! Rebi, io...
Si bloccò. Che cosa doveva fare? Seguire il proprio impulso e saltarle al collo, baciarla ripetutamente e urlarle: «Finalmente fai un passo verso di me!», oppure imporsi di stare calma e invitarla a venire in cucina con lei una volta fatta la doccia (se ancora ne aveva voglia, ovviamente)?
Santo cielo, che fatica crescere.
– Va' pure a lavarti, io ti aspetto qui, se vuoi.
Rebi prese una foglia di finocchio e la sgranocchiò mentre saliva le scale. – Okay. Dammi dieci minuti.
– Io ti do anche dieci giorni, tesoro... – sussurrò tra sé Francesca, con il cuore gonfio.
Rebi andò in camera sua e uscí dai vestiti sudati. Una volta lavata, si infilò il pigiama (che poi era una maglietta con pantaloni della tuta), proprio come quando era bambina e cenava assieme ai suoi genitori.
Prima di scendere si osservò allo specchio; poi il suo sguardo si posò sui vestiti sparsi a terra, in attesa che qualcuno li raccogliesse. Che casinista!
Con il passare degli anni, il caos era diventato il suo stato abi-

tuale: era un po' come i topi, cui piace vivere nella spazzatura. La confusione era dentro e fuori di lei, ricreata ogni volta con insistenza e metodo.
Si chinò, raccolse gli indumenti e li ripose in bagno, nel cesto della roba sporca.

E arrivò Natale, portando con sé una nevicata storica, come non se ne vedevano da anni. Agnese convocò le sue ragazze per l'ultimo allenamento prima della pausa festiva. Le massacrò, ma questa volta facendole giocare a palla avvelenata.
Le ragazze pensavano di averci guadagnato, invece non si accorsero che, con la scusa del gioco, la Pallavicini riuscí a farle correre da una parte all'altra della palestra per due ore abbondanti. Aveva portato un tabellone dove aveva scritto i nomi di quattro squadre: i mufloni, le blatte, i chiurli e i tafani.
– Ma che razza di nomi si è inventata, prof? – esclamò Claudia, quando lesse il tabellone. Anche le altre ragazze protestarono, sostenendo che erano «animali sfigati».
– Io non voglio essere una blatta! – Isabel, leggendo il suo nome in quella formazione, si ingrugní.
– Ah, perché invece è bello essere un tafano? – commentò Ginevra. – Su, prof, cambi i nomi, fanno schifo.
La Pallavicini fece tanto d'occhi. – Non ci posso credere che alla vostra età facciate tutte queste scene per i nomi delle squadre. Adesso, piuttosto, datevi da fare, perché chi vince guadagna un bel bottino –. Indicò il suo zaino appoggiato a terra: era visibilmente pieno e pesante.
Gli occhi delle ragazze brillarono.

Da quel momento nessuna osò piú protestare, e anzi, tutte si diedero da fare per guadagnarsi il premio. Certo, c'era da dire che la squadra dei mufloni era avvantaggiata dalla presenza di Claudia «Missile» Arrigoni, il cui nuovo nomignolo aveva scalzato quello precedente.

All'inizio le ragazze pensavano solo a rincorrere la palla, senza una vera strategia. – Consultatevi, datevi dei ruoli! Fate parte di una squadra, santo cielo! – urlò la Pallavicini dopo i primi momenti di gioco. – Ognuna di voi ha una qualità, sfruttatela per il bene comune: la vostra vittoria!

A quel punto tutte capirono che per vincere dovevano seguire i consigli della professoressa, e quindi chi correva veloce veniva spedito avanti, chi saltava alto si preoccupava dei recuperi al volo, chi era potente era usato come lanciatore.

Alla fine, nonostante la forza della squadra delle blatte, con Rebecca, Gaia, Karin e Isabel, vinse inaspettatamente quella dei chiurli, con Allegra, Ilaria, Federica e Silvia, quelle che erano riuscite fin da subito a creare una strategia.

All'urlo di vittoria delle ragazze, la Pallavicini sganciò il bottino: quattro magliettine a maniche lunghe di una marca di grido.

– Prof, ma sono fighissime! – esclamò Silvia Manservigi, la piú modaiola di tutte. – Ma che cosa ne sa lei di...

– ... moda? – concluse Agnese. – Anche se ho almeno dieci anni piú di voi, non vuol dire che non sia informata sulle ultime tendenze! E poi non è che io vada sempre in giro con la tuta da ginnastica!

Le altre ragazze osservarono le vincitrici. – Tutta fortuna, – mugugnò Gaia.

– Eh, no, cara, – sorrise la Pallavicini. – Loro sono state piú veloci di voi a organizzarsi. Su, ora doccia.
I chiurli si batterono il cinque, soddisfatte della loro prestazione, e si avviarono verso gli spogliatoi.
– Tu che fai? – chiese Gaia, voltandosi verso Rebecca.
Ebbe un attimo d'incertezza, poi scosse la testa. – Faccio la doccia a casa, grazie. Ci vediamo –. Si infilò il piumino sulla divisa e si diresse verso la porta.
– Aspetta! – la fermò Gaia. – Senti... sabato volevo invitare tutte le ragazze della squadra da me per un pigiama party. Una cosa semplice, bisogna portare i sacchi a pelo... Vuoi venire anche tu?
– Io?
Sorrise. – Sí, tu.
Rebi si guardò la punta delle scarpe, ma la risposta non era lí. Santo cielo, che cosa doveva dire? Perché sembrava tutto troppo semplice e aveva come l'impressione di tradire la Rebi arrabbiata col mondo. Non era piú lei, ecco che cosa stava succedendo, i suoi contorni si confondevano.
– Basta dire di sí, – la imboccò Gaia, come se le leggesse nel pensiero. – In realtà è semplice.
Anche Gaia la capiva piú di quanto lei stessa riusciva a fare? Forse bastava davvero lasciarsi guidare. E fidarsi.
– Va bene, ci sarò.

Sabato.
Rebi navigava nell'indecisione piú totale su che cosa dovesse infilare nello zaino. Va bene, era un pigiama party, quindi in teoria doveva bastare... un pigiama.

Peccato che era da anni che lei non dormiva piú con quell'indumento, ma si limitava a usare una maglietta e un paio di pantaloni della tuta. Che ora non andavano bene, non erano adatti...

Si fermò di colpo. Ma che cosa stava facendo?!

Si faceva problemi per come sarebbe stata giudicata per un accidenti di pigiama?! Percorse la stanza a lunghi passi, andando a piazzarsi di fronte allo specchio. Scrutò il suo volto per cercare di ritrovare un'espressione a lei nota, segni familiari di una Rebecca sempre piú evanescente. Non voleva cambiare, non voleva confondersi. Ma non voleva neanche stare piú male come un tempo, il tempo della rabbia.

Fissò se stessa allo specchio e, improvvisamente, vide una mano che la schiaffeggiò forte sul volto. La mano era la sua.

– Adesso prendi quel cavolo di pigiama e lo ficchi nel tuo cavolo di zaino e vai a quella cavolo di festa. Intesi?! Ecchecavolo.

La porta si aprí leggermente e sbucò il ciuffetto biondo di Marcello. Il fratello squadrò Rebi, soprattutto le dita stampate sulla guancia. – Ehi... ma con chi stavi parlando?

– Chi ti ha detto di entrare?! – urlò. Prese la prima cosa che le capitò sotto tiro e la alzò, pronta a scattare come una catapulta. Ma la mano rimase ferma a mezz'aria.

Marci, che aveva richiuso la porta come un razzo, la riaprí lentamente. – Be'? Non mi tiri la spazzola?

Rebi l'appoggiò a malincuore sul mobile. – No, peste che non sei altro.

Si voltò e andò verso il suo letto, dove era appoggiato lo zaino; vi infilò maglietta e pantaloni della tuta e lo richiuse.

– Ma dove vai? – le chiese Marcello. – A dormire dalla nonna? Marcello non sopportava che ci andasse senza di lui.
– No.
– E allora dove?
Gli sembrava cosí strano che andasse da qualcuno che non fosse la nonna? La sua vita era diventata cosí prevedibile?
– Vado da... da delle... – Il termine le morí sulle labbra, perché suonava strano anche a lei. – Dormo fuori, okay?
– Ah.
Marci si sedette sulla sedia della scrivania e prese a scribacchiare su un foglio, imbronciato. Va bene che sua sorella non era mai stata un mostro di affetto, ma si sentiva ferocemente escluso da quella novità: Rebecca che dormiva fuori.
Lei, sbrigativa, richiuse lo zaino, poi lo guardò mentre lui rimaneva seduto dondolandosi da una parte e dall'altra con la sedia girevole.
Ecco che le scattò qualcosa dentro, qualcosa che assomigliava tanto... oddio, cos'era?!
Era una cosa che la fece avvicinare al fratello, chinarsi in un modo talmente gentile da far trasalire pure lui, che si era coperto la testa con le braccia, temendo la solita reazione di mani-a-mulinello.
– Facciamo una cosa. Chiediamo alla nonna se sabato prossimo ospita tutti e due a dormire da lei. Eh?
La fissò incredulo. – Ma dici sul serio o è il solito scherzo?
– Dico sul serio.
Le scrutò gli occhi da vicino, in cerca di un segno infinitesimale di bugia, ma alla fine dovette arrendersi. – Allora è vero!

– Certo, ma tu non mi credi mai! – Sorrise, poi gli scompigliò i capelli. – Ora devo andare. 'Notte Marci.

Quando Rebi scese le scale, trovò Francesca e Ugo che la stavano aspettando. Sembrava un comitato di saluto.

– Tieni, – le disse la madre porgendole il giubbotto. – Ti veniamo a prendere domani mattina verso le undici.

– Okay, – rispose Rebi infilandoselo. – Mamma, ma che cos'hai?

– Io?! Niente! – Nascose il volto e partí una risata nervosa. – Va', su. Ci vediamo domani –. Quando la figlia uscí, Francesca si lasciò finalmente andare tra le braccia del marito.

– Non pensavo che avrei provato ancora sollievo per qualcosa che riguardava Rebecca. Sono talmente felice per lei che quasi mi fa male –. Si staccò di colpo. – Vado subito a chiamare Paolo per dargli la notizia.

La casa di Gaia non era grande. Era enorme.

La ragazza abitava nel nuovo quartiere residenziale, in una villa a tre piani, di quelle che hanno anche il giardino abitato da un cane grosso e coccoloso: era un labrador di nome Brandy, che saltò addosso a Rebecca appena lei varcò la soglia del cancello.

– Giú, Brandy, a cuccia! – urlò Gaia uscendo dalla porta di casa. L'afferrò per il collare e lo sgridò bonariamente con l'indice alzato. – Ti ho detto mille volte che non si fa, monello!

Brandy rispose con una poderosa leccata sull'indice.

Rebi sorrise. – È bellissimo. Quanto ha?

– Due anni, – rispose. – Vieni, le altre sono già arrivate.

Le fece strada verso la porta.
L'interno della casa era arredato in modo particolare, sembrava di essere in montagna con tutto quel legno per terra e sulle pareti.
– La mia camera è al primo piano, ma per questa sera dormiremo tutte nella taverna.
Ah, aveva pure *una taverna*.
Scesero le scale in pietra e sbucarono in un ampio salone già arredato per l'occasione, con materassini a terra, sacchi a pelo, cuscini. Il camino era acceso e sul grande tavolo di legno c'erano bibite, pizze, focacce, patatine, fette di torta.
– Ciao, Rebi! – disse Giulia addentando un pezzo di pizza.
– Qui abbiamo già iniziato, eh!
– Dài, serviti anche tu! – le disse Gaia. E andò a sedersi vicino al caminetto.
Erano tutte in pigiama e stravaccate sui sacchi a pelo; aleggiava un'atmosfera calda e sfrigolante. C'erano Allegra, Ilaria, Karin, Giulia, Silvia e Claudia.
– E le altre? – chiese Rebi, accomodandosi vicino ad Allegra.
– Boh, avevano altri impegni, – rispose lei. – Hai portato il pigiama?
Rebi annuí, arrossendo leggermente al pensiero della sua tuta da ginnastica.
– Ragazze, che si guarda? – chiese Claudia gattonando fino al televisore, dove c'era il lettore dvd. – Io ho voglia di un film d'azione.
– Uno *sparaspara*? Ma no, io voglio qualcosa di strappalacrime, – disse Ilaria passando in rassegna la videoteca di casa Biancardi.

– Per favore no, non è proprio il momento! – esclamò Allegra che quel giorno, a scapito del nome, appariva alquanto mesta. Ma la frase cadde inascoltata.
– Forse c'è qualcosa di mooolto triste in quel cassetto, – disse Gaia con la bocca piena. – Prova a guardare, Cla.
La ragazza obbedí e dopo qualche secondo tirò fuori due custodie. – *Fiori d'acciaio* e *Voglia di tenerezza*. Santo cielo, ma che polpettoni sono?
Gaia glieli prese di mano e li osservò. – Sono di mia madre, roba dell'anteguerra, mi sa.
Rebi se ne stava seduta in un angolo e osservava le sue compagne. Usavano codici e modi cui lei non era abituata e sapeva che qualsiasi cosa avesse detto se ne sarebbe pentita. Si sentiva un pesce fuor d'acqua, ma nello stesso tempo era decisa a stare lí.
– Uh! Idea! – esclamò di colpo Gaia. – Proprio ieri mio fratello mi ha scaricato una serie fichissima! Vado a prendere l'hard disk.
Si alzò veloce. – Rebi, ti va di aiutarmi?
Cioè, aveva sentito bene? Lo aveva chiesto proprio a lei?
– Sí, okay.
La guardò mentre salivano le due rampe di scale. Non si era mai accorta di quanto Gaia fosse aggraziata, di quanto i suoi movimenti fossero flessuosi. Per questo le riusciva bene giocare a pallavolo, pensò. Lei era diversa, invece, era potente e basta.
– Sei molto brava a saltare, – le disse improvvisamente Gaia, voltandosi. Sembrava quasi che le avesse letto nella mente, perché la sua frase completava i pensieri di Rebecca.

– Hai talento. Io non riesco a saltare cosí, – rise. – Forse è per questo che la Pallavicini mi ha messo come alzatrice.
Erano già alla seconda rampa di scale, quella per le camere da letto.
– Ma l'alzatrice è la regista della squadra, l'ha detto anche la prof.
– Già. Vieni, ci siamo.
Entrarono nella camera di Gaia, anche questa enorme. Al centro campeggiava un letto matrimoniale, vero fulcro della stanza; poi una scrivania di legno antico, parecchi scaffali pieni di libri, un televisore al plasma da almeno quaranta pollici finivano di arredare il tutto.
– La tua casa è una reggia! – esclamò Rebi.
– Sí, è piuttosto grande. Anche troppo –. Si accorse all'improvviso che anche il cane era entrato nella sua camera. – Brandy, se la mamma ti vede sono guai! Esci! – lo rimproverò.
Ma il cane si limitò a guardarla con i suoi occhi profondi e liquidi, come solo quelli dei cani sanno essere.
Gaia si sciolse e lo abbracciò frizionandogli il collo. – Ma come si fa a imporsi con questo coso, dico io?! Come si fa? – E gli schioccò un bacio sulla testa.
Brandy strinse gli occhi felice. Chi ama cosí i cani non poteva essere una stronza, rifletté Rebi.
– Vieni, ti faccio vedere che cosa mi ha scaricato mio fratello, – disse Gaia. Prese Rebi per mano e la trascinò alla scrivania, dove c'era il computer, e lo accese.
Rebi fissò per un momento la mano della ragazza stretta alla sua.
– Ecco, tra un po' ci siamo... *Voilà!* – Gaia sorrise e indicò lo

schermo. Scorrevano le immagini di un cartone animato proprio sulla pallavolo. Nella sigla d'apertura c'era una ragazzina con la coda che schiacciava bordate da paura.
– Ma che roba è? – chiese Rebi divertita.
– Cara mia, questo è *vintage*, ma di quello buono. È una serie vecchissima di cartoni animati. S'intitola *Mimí e le ragazze della pallavolo*. Le altre impazziranno. Ho dato un'occhiata alle prime due puntate e sono fe-no-me-na-li!
L'entusiasmo di Gaia era contagioso e Rebi si sorprese a ridere anche lei. Staccarono l'hard disk per portarlo in taverna, ma a un certo punto Gaia si voltò e parlò tutto d'un fiato. – Sono contenta che tu sia venuta –. E, vedendo che Rebi non riusciva a replicare nulla, continuò. – Abbiamo iniziato male, anzi malissimo e credo che ognuna di noi abbia avuto le sue ragioni per pestare i piedi all'altra. Ma spesso dagli inizi sbagliati nasce invece qualcosa di buono, e il fatto che tu sia qui ne è la conferma.
– Io...
– Perciò, per quello che può valere, ti chiedo scusa se qualche volta ho esagerato –. Le porse la mano. – Ricominciamo?
Rebecca la guardò e finalmente si rilassò in un sorriso. – Ricominciamo.

A mezzanotte erano ancora piazzate davanti al televisore a guardare le puntate di *Mimí*, distese in fila fronte schermo, tutte con calzettoni e pigiama. Sí, anche Rebecca: era uscita timidamente dal bagno con indosso la sua tuta da ginnastica, ma nessuna l'aveva notato. Rebi si era sentita molto alleggerita.

– Ma dài! I bagher con le catene ai polsi?! – esclamò Giulia, ed esplose in una sonora risata.
Gaia bevve un lungo sorso di bibita e le scappò pure un ruttino. – Oh, scusate... Te l'avevo detto, Giulia, che era una serie di livello. Solo un giapponese può concepire una soglia cosí alta di patimento –. Indicò la televisione. – Guardate quanto soffre Mimí!
A un certo punto le immagini mostrarono il perfido allenatore di Mimí e delle sue compagne che le bombardava con una serie di palloni per saggiare la loro prontezza di riflessi.
– Pazzesco, – commentò Claudia a occhi sgranati. – Neppure io riuscirei a recuperare tutti quei palloni...
– Pensate se a un certo punto la Pallavicini impazzisse e ci sottoponesse ad allenamenti del genere, – esclamò Rebecca.
Tutte scoppiarono a ridere, compresa lei.
– Ragazze, io sono stanca, – disse Allegra all'improvviso.
– Che ne dite se ci mettiamo a dormire?
Le altre si guardarono, prese in contropiede. In teoria avevano preventivato di fare mattina, non si era ancora parlato di spegnere la luce.
– Ma dài, Allegra, non fare la guastafeste, – esplose Silvia, ridendo. – Rilassati, stenditi e torna a guardare un altro po' di supplizi.
Le altre risero. Allegra, no.
Fu Gaia, la sua migliore amica, ad accorgersi finalmente che qualcosa non andava, che Allegra non era la stessa di sempre.
– Ehi, Ally, tutto bene?
Di fronte alla faccia seria di Gaia e a quella tormentata di Allegra, anche le altre capirono che non c'era piú da scherzare.

Si misero a sedere, qualcuna con le gambe incrociate, altre distese. I calzettoni colorati si confusero gli uni con gli altri. Rebi osservò Allegra e le sembrò strano per una volta non essere lei quella spinta al limite.
Tre, due, uno... bum. Iniziò a piangere.
– Ehi, ma che c'è? – Gaia se la prese accanto, circondandole le spalle.
Allegra non riuscí a rispondere, scossa com'era dai singhiozzi.
Le ragazze si scambiarono occhiate, come a chiedere «Ma tu sai qualcosa?», ma ricevettero solo spalle alzate in risposta.
Anche Ilaria si mise accanto ad Allegra e le prese la mano. Loro tre formavano da sempre il gruppo storico, erano state in classe insieme fin dai tempi della scuola materna. Avevano sempre saputo tutto l'una dell'altra. Almeno fino a quel momento.
Allegra pianse ancora un po' finché gli occhi non furono gonfi abbastanza da non far passare piú altre lacrime. Ora si guardava le mani abbandonate in grembo.
– Allora, – disse Ilaria mettendole una ciocca di capelli biondi dietro l'orecchio, – ci dici che cosa succede?
– È la scuola? – chiese Gaia.
Ma Allegra scosse la testa.
– Stai male? – chiese Karin.
Ma la risposta fu la stessa.
– È successo qualcosa a casa? – chiese Giulia.
Questa volta Allegra rimase immobile.
– I tuoi si stanno separando, vero?
Tutte si voltarono all'unisono verso Rebecca: era lei che aveva fatto quella domanda cosí secca.

Allegra piantò i suoi occhi in quelli di Rebi e annuí sfinita.
– Me l'hanno detto stasera, prima che uscissi. «Cosí almeno ti distrai e non ci pensi troppo» ha detto mio padre.
– Nooo! Ma che bas... oh, scusa, Allegra, – arrossí Silvia. – Non volevo.
– Ma no, sapessi quante ne ho dette io mentre venivo qui, – disse lei. Si mise la testa tra le mani. – È pazzesco, – continuò, – perché mentre i miei me lo dicevano c'è stata una parte di me che si è come estraniata, come se guardassi la scena dall'alto, con mio padre, mia madre e io seduti attorno al tavolo. E quella parte era come anestetizzata, non sentiva dolore, ma diceva cose sciocche, tipo: «Wow, con questa faccenda della separazione sarai al centro dell'attenzione». Io ero inorridita. Poi invece prendeva il sopravvento la mia parte vera, quella che urlava e diceva...
– ... che niente sarà mai piú come prima, – l'anticipò Rebecca. – Giusto?
L'altra annuí.
– Poi ti assale la vergogna per quello che ti è capitato, – continuò Rebecca, con gli occhi delle altre puntati addosso, – e ogni mattina ti svegli sperando che sia stato un sogno e che i tuoi siano di là, a dormire assieme. E dopo la vergogna arriva la rabbia, una rabbia pazzesca contro le persone che ti hanno messo al mondo, che alla fine non ti hanno protetto come dovevano. Anzi, sono proprio loro quelli che ti hanno provocato la ferita piú lancinante di tutta la tua vita.
Si diffuse un silenzio irreale attorno a lei; un silenzio un po' imbarazzato, ma rispettoso.
Gli occhi di Rebi erano lucidi ma il dolore rimase intrappo-

lato lí, perché ormai non era piú cosí forte: faceva capolino solo ogni tanto. E ora, lei, era piú tranquilla.

– Si vede che sono figlia di separati, eh? – disse e si lasciò scappare una sonora risata, che fu seguita da quelle liberatorie delle altre, Allegra compresa.

Iniziarono a ridere una dopo l'altra, ed erano risate che stavano incollando le loro vite come un unico mosaico.

– Certo... che... con questa storia... – continuò Rebi ridendo tra le lacrime, – non c'è da stare... molto... *allegra*, Allegra!

Fu la fine. Giulia dovette correre in bagno per non rischiare di farsela addosso; Gaia si teneva la pancia, le ginocchia raccolte al petto; Ilaria era riversa sul mobile del televisore, la fronte appoggiata su un braccio; Silvia si massaggiava i muscoli delle guance; Karin continuava a esclamare «Oddio, oddio!»; Rebecca e Allegra si tenevano abbracciate e intanto singhiozzavano.

Da allora quella serata fu definita come «la serata della svolta».

Capitolo 6

Se la palla tocca rete e torna indietro, la si può rigiocare nel limite dei tocchi rimasti a disposizione della squadra.

Dopo la serata della svolta arrivarono il Natale, il Capodanno e una serata di Rebecca e Marcello a casa dei nonni, ai primi di gennaio, dove lei accettò addirittura di dormire assieme a lui, nello stesso letto.

– Solo per cinque minuti, però...

– Poi smammo, lo so, – l'anticipò lui. Ma intanto si godette quei cinque minuti da fratelli.

Arrivò anche l'Epifania, che Rebecca trascorse a casa di papà Paolo, con Giunia e i gemelli; e quel giorno capí un bel po' di cose dell'ultimo periodo, durante il quale era arrivata a odiare il padre con tutte le sue forze.

Successe che, dopo pranzo, lui la chiamò nel suo studio che fungeva anche da ufficio. Lei entrò, scontrandosi subito con una rosa di sensazioni forti e discordanti, dalla tenera familiarità degli oggetti da lavoro usati anche da sua madre, come computer, stampante e vocabolario, alla secca consapevolezza che lí, lei, era quasi un'estranea, visto che abbondavano foto solo dei gemelli.

Le passò in rassegna una a una, scoprendo momenti nuovi e privati cui lei non era stata presente. Lesse per immagini la storia di una nuova famiglia che, con la sua, aveva Paolo come comune denominatore. Ma a tal proposito si chiese quale fosse, poi, la sua. Quella di Francesca, Ugo e Marcello? Piuttosto non era successo che lei, in tutto quel casino, era l'unica rimasta fuori da tutto?

Paolo la distolse dai suoi pensieri. – Sediamoci, devo parlarti.

Lei si sedette con diffidenza. «Ecco, sentiamo che cos'avrà da dirmi» pensò.

Ma lui l'abbracciò di slancio, spiazzandola. – Devi scusarmi, Rebi. In questo periodo sono stato assente e solo oggi, dopo mesi e mesi, siamo riusciti finalmente a ricavarci questa giornata assieme. Un bel regalo della Befana, eh?

Lei però, nonostante le scuse, rimase impassibile.

– So che ti sei sentita abbandonata, tua madre me l'ha detto.

Ah, perché parlavano di lei?, pensò.

– Ma mi ha detto anche che ultimamente le cose vanno molto meglio, che fai sport e ti vedi con le tue compagne di pallavolo.

– Papà! – Rebecca lo esortò ad arrivare al dunque.

– Io sono una frana, lo so, ho tre figli ma è come se non avessi mai fatto il padre. Sembra quasi che sia andato per tentativi. Ecco, forse con i gemelli sono migliorato un po', ma con te... caspita, Rebi, eri la prima e...

– Papà! – si spazientí ancora lei.

– Sí, okay, concludo –. Le prese una mano e sperò con tutto se stesso che lei non ritraesse la sua.

Non successe.

– Dovevo spiegarti subito perché i nostri appuntamenti continuavano a saltare. Elisa stava male.

– Che cosa?! Elisa?!

– È successo tutto all'improvviso.
Stava male?! – E c-che cos'ha? – chiese.
Lui le sorrise. – Ora niente. Cioè, niente di grave. Abbiamo semplicemente scoperto che è celiaca, cioè intollerante al glutine, quello che è contenuto anche nella pasta. Prima che lo scoprissimo, però, assistevamo impotenti a sintomi spaventosi: pancia gonfia, dissenteria, vomito. Ed era dimagrita di parecchio. Abbiamo pensato al peggio.
Il peggio. «Tipo un tumore?» pensò Rebi.
– Andavamo dentro e fuori dagli ospedali, analisi su analisi. Per questo tutti i nostri appuntamenti saltavano! – Sospirò. – Sembrava fatto apposta, ma ogni volta che tu e io fissavamo una data c'era un'urgenza –. Scosse la testa. – Mi spiace, Rebi, dovevo dirtelo prima, cosí avresti capito subito e ci saremmo risparmiati un bel po' di stress, sia tu che io –. Scrutò la sua espressione. – Per questo, – continuò, – cercavo ogni tanto di stabilire un contatto con te, anche se in modo goffo.
– Tipo scrivermi su Facebook?
Lui rise, passandosi una mano tra i capelli. – Sí, tipo scriverti su Facebook. Tentar non nuoce.
Lei sospirò. C'era ancora una fiammella di rabbia che le ardeva dentro, ma almeno adesso tutto assumeva un aspetto meno ostile.
Sí, ecco cos'era: lei aveva sentito che la vita stava cospirando contro di lei con l'unico intento di renderla infelice. E lei? Lei a un certo punto l'aveva assecondata, però.
– Ma adesso Elisa come sta?
– Molto meglio. Anzi, bene! L'hai vista, no? Mangia sempre con appetito, ora.

– Quindi è per questo che oggi abbiamo mangiato pollo e verdure... – commentò lei ripensando al pranzo di poco prima.
– Già.
Già.
Bene, ora che si erano parlati, che cosa dovevano (o potevano) fare ancora assieme? Rebi si guardò attorno, in cerca di un argomento di conversazione. Vedeva che suo padre era a disagio e anche lei non è che si sentisse proprio sciolta.
Ma voleva aiutarlo.
Passò in rassegna gli oggetti della stanza, quelli sulla scrivania, le tende alle finestre, il computer...
Il computer!
– Dài, fammi vedere a che cosa stai lavorando, – lo esortò.
– Qualche bella serie?
Lui s'illuminò. – Vieni, ti mostro una cosa, – le disse, accendendosi di colpo.
Andarono dietro la scrivania, con le spalle alla finestra, e si sedettero. Suo padre accese il portatile e iniziò a spulciare le cartelle sul desktop.
– Questa no... questa neppure...
– Ma che cosa stai cercando? – chiese lei.
– Un trailer. È l'ultima sit-com cui ho lavorato, – rispose.
– Ah, eccola!
Cliccò sopra e partí il filmato. Si chiamava *Rigor mortis*, ed era la storia surreale di un gruppo di zombie che giocava a calcio, con qualche problema con i pezzi di corpo che si staccavano a ogni tiro in porta.
Rebi sorrise, poi rise: sembrava carina.

– Aspetta, con questa luce che colpisce lo schermo non si vede un tubo, – disse lui a un certo punto.
Si alzò e tirò le tende con un gesto secco. Si risedette svelto, ma si accorse che la figlia era rimasta con gli occhi incollati alla finestra, impietrita.
– Che c'è? – le chiese.
Gli occhi della ragazza divennero all'improvviso lucidi. – Papà, le tende...
Lui si voltò e sorrise imbarazzato.
A coprire la grande finestra c'erano le tende chiuse, di quelle fatte a listarelle, con tante fascette di tessuto che, chiudendosi, formano un unico pannello. E su quel pannello era stampata un'immagine: il primo piano in bianco e nero di una sorridente Rebecca di cinque anni, sulla spiaggia, che toccava i petali di un fiore rosso infilato tra i capelli, unico particolare colorato...
– Non le avevi ancora viste, già, – disse lui. – Quando le ho fatte fare, mesi fa, ho pensato che cosí saresti stata sempre con me, anche quando non potevi essere qui davvero. Grande e bellissima come sei.

Con la fine delle feste arrivò anche la ripresa degli allenamenti di pallavolo. Rebecca non vedeva l'ora di tornare in palestra. Si sentiva carica, non solo perché voleva allenarsi, ma anche perché si sarebbe vista con le altre. La Coppa Primavera si stava avvicinando e ora si doveva fare parecchio sul serio.
Anche la Pallavicini lo sapeva, infatti la ripresa degli allenamenti fu un vero massacro. Fece correre le ragazze attorno

al campo per venti minuti, intervallando la corsa lenta con scatti, salti sul posto, piegamenti sulle braccia. Portò un cesto pieno di palloni nuovi di zecca (suo regalo per il nuovo anno) e dopo averle schierate sulla linea di mezzo fondo lanciò loro palloni a raffica da recuperare in rullata. Le palleggiatrici e le schiacciatrici furono messe sotto rete e per l'occasione furono piazzate anche due ragazze nella parte opposta del campo a fare muro, ovvero impedire che la schiacciata passasse la rete.

Ciliegina sulla torta: partita finale al meglio dei tre set, ovvero vittoria alla squadra che conquistava per prima due set su tre.

– Altro che polsi incatenati di Mimí, eh! – commentò Rebi girandosi verso Allegra e Gaia.

E poi, per la prima volta, alla fine dell'allenamento fece la doccia in palestra, insieme alle compagne. Di solito scappava via, infilandosi veloce il giaccone e fuggiva a casa come un ladro, evitando ogni contatto con le altre, ogni occasione per approfondire i rapporti. Non sopportava i discorsi inutili accanto alle panche, gli scherzi idioti, il chiacchiericcio sotto la doccia. Odiava tutto, perché odiava tutti.

E anche lei, fino a poco tempo prima, era stata considerata odiosa dalle altre. Ma a quell'età capita spesso che faccende considerate fino a un momento prima drammatiche si risolvano poi rapidamente.

Infatti, l'allenamento appena trascorso aveva segnato la fine (e l'inizio) di qualcosa. Lei se n'era accorta, e pure le altre. I discorsi non le erano parsi piú cosí inutili e gli scherzi facevano ridere anche lei, soprattutto quelli di Giulia, una vera

maestra di imitazioni. La sua parodia della Odescalchi era irresistibile.
In doccia provò il piacere di usare shampoo e bagnoschiuma prestati e di sentire poi sulla sua pelle un odore diverso dal solito. Un profumo che la accomunava a qualche altra.
Non aveva il phon per asciugarsi i capelli, ma faceva lo stesso, perché Allegra le prestò il suo. Sembrava un po' piú tranquilla, Allegra.
Quel giorno Rebecca ci prese talmente gusto da uscire per ultima dallo spogliatoio. Infilò le ultime cose alla rinfusa nello zaino e controllò di non avere dimenticato nulla, dando un'occhiata rapida alla stanza: c'erano solo pozze d'acqua a terra, formate poco prima dai corpi ancora sgocciolanti.
Uscí dalla porta secondaria, passando dalla palestra, ma sentí alcune voci provenire dal corridoio antistante. Una apparteneva di sicuro alla Pallavicini, mentre l'altra...
Si appostò dietro un angolo e spiò con circospezione: la professoressa di ginnastica parlava in modo piuttosto concitato con la preside. Quell'arpia!
– Ma lei mi aveva detto che mi avrebbe dato a disposizione tutto l'anno, non avevamo parlato di una scadenza, – disse la Pallavicini.
– Confesso di essere stata allettata da quella storiella del Borsieri Club e della premiazione finale, – rispose la preside. – Ma le cose sono cambiate e ora è il Club stesso che chiede *a me*, a me, capisce?!, – squittí compiaciuta, – di mettere a disposizione la palestra della *mia* scuola per permettere ai suoi soci di giocare a burraco finché i lavori di ristrutturazione della loro sede non saranno terminati.

«Che cavolo è il burraco?» si chiese Rebecca.
– Quindi lei mi sta dicendo che manda all'aria tre mesi di allenamento delle *sue* ragazze, – precisò la Pallavicini, – per permettere a dei perfetti estranei di giocare a carte per loro diletto, occupando una palestra, quando potrebbero benissimo ritrovarsi a casa di qualcuno?!
Agnese era esasperata, non poteva crollare tutto cosí, ancora prima di cominciare. No, non adesso! Un conto sarebbe stato dopo, in caso di sconfitta, ma non ora, senza neppure provarci!
– Suvvia, professoressa, detta cosí mi fa apparire fredda e superficiale...
– Non si cambiano le regole in corsa, signora preside. Da lei non me lo sarei aspettato.
– A parte il fatto che sono *signorina*, noi due non avevamo stretto alcun patto riguardo a questo *divertissement* della pallavolo.
«Divertisseche?!»
– Non credo che nessuna della *nostre* ragazze, – continuò la preside, – si butterà sotto un treno alla notizia di non potere piú allenarsi. Potranno sempre dedicarsi a qualche altra attività pomeridiana. Ma certo! Potrei chiedere al presidente del Borsieri Club di allargare il torneo di burraco alle *mie* alunne! Chissà che successo!
I tratti di Agnese si modificarono: se avesse potuto azzannare la giugulare della Odescalchi, l'avrebbe sicuramente fatto.
– A lei non importa niente, vero? – le chiese.
L'altra si irrigidí. – Non capisco a che cosa...

– A lei non importa niente del lavoro che è stato fatto, dell'impegno che ci hanno messo le ragazze, delle loro aspettative sul torneo. Niente. Lei pensa solo alla scuola, al prestigio, a soddisfare il suo bisogno di conferme.
– E lei invece ha fatto di questa idea balzana una malattia! Si svegli, professoressa, il mondo non gira attorno a un pallone da pallavolo!
Le due si guardarono in cagnesco. Era inutile: erano e rimanevano su due posizioni estreme, inconciliabili.
La Odescalchi si addolcí, con finto fare materno. – Mi ascolti, sono comunque stati tre mesi di allenamento, e nessuno ve li toglie. Abbiamo fatto fare movimento alle ragazze e le loro famiglie ci ringrazieranno; abbiamo fatto conoscere loro uno sport nuovo; si sono divertite. Certo, – ridacchiò, – anche se faccio fatica a capire che divertimento sia sudare dietro una palla per buttarla in porta.
– Nella pallavolo non ci sono le porte, *signorina* Odescalchi.
– Va be', ha capito benissimo il concetto, – replicò l'altra spazientita.
– Comunque, – puntualizzò Agnese, – è quantomeno *bizzarro* che lei usi il «noi» quando parla del lavoro svolto in questi mesi, considerando che non sa nemmeno di che cosa sta parlando.
La preside gonfiò il petto e si avvicinò alla professoressa per concludere la conversazione. – Mi ascolti bene, credo di essere stata già abbastanza magnanima da permetterle di esprimere la sua opinione con modi che io considero al limite dello sgradevole. Quindi abbassi la testa e incassi. I suoi metodi personali li potrà usare in qualche altra scuola, quando e se

gliene daranno la possibilità. Ora, sia gentile, vediamo di concludere l'anno con le migliori intenzioni.
La preside si voltò per andarsene.
– Chi glielo dice alle ragazze? – chiese la Pallavicini d'un tratto.
– Come, scusi? – La Odescalchi si voltò.
– Chi dirà alle ragazze che non potranno piú allenarsi né partecipare al torneo?
– Sono sicura che la loro professoressa di ginnastica sia la persona piú indicata. Buonasera.
Si sentirono i tacchi della preside allontanarsi e uscire dalla porta principale. Solo allora la Pallavicini si sedette su una panca a fissarsi le scarpe.
Rebi, ancora nascosta, era indecisa se uscire e farsi vedere o tenere l'episodio per sé. Si accucciò sulle ginocchia.
Le due, separate solo da un muro, rimasero cosí per un bel pezzo, legate dagli stessi preoccupati interrogativi.
Alla fine, Agnese si alzò e mise i palloni nella rete; poi rientrò in palestra per sincerarsi che le luci fossero spente. Erano ancora accese. Rebecca sbirciò, ancora nascosta dal muro.
La professoressa andò verso gli interruttori ma, prima di premerli, guardò quel pavimento piastrellato che tanto aveva fatto impazzire le ragazze a ogni tuffo a terra; la rete formata solo da un filo tirato, ma della quale loro si erano accontentate; la mancanza di linee di campo, cui loro sopperivano attaccando metri e metri di scotch da pacchi.
Quella era l'ultima volta che guardava la palestra, almeno come allenatrice di pallavolo.
Spense e uscí.

Nel buio della stanza rimasero solo gli occhi di Rebecca, bianchi e luminosi, che si aprivano e chiudevano veloci, con la stessa cadenza dei pensieri che le affollavano la mente.

No, non poteva finire tutto cosí.
Rebecca tornò verso casa incavolata nera, ma questa volta era una rabbia diversa, una rabbia che la faceva riflettere veloce per cercare una soluzione. No, non ci si poteva arrendere ora solo perché una vecchia megera non capiva niente di quello che era stato costruito fino a quel momento. *Loro* avevano sudato, *loro* avevano formato la squadra pezzo dopo pezzo, erano diventate un corpo unico che marciava verso la stessa direzione.
E l'autrice di tutto ciò, il collante, era stata la Pallavicini, che ci aveva creduto fin dall'inizio.
No, non poteva finire cosí.
Prese il cellulare e avvertí a casa che avrebbe tardato. Poi chiamò Gaia e le disse di fare un giro di telefonate tra le compagne di squadra per vedersi. C'era un'emergenza.
– Okay, dammi il tempo di contattare tutte, – rispose l'altra.
– Ci vediamo da me.
Dopo un quarto d'ora Rebecca era seduta davanti al camino di Gaia, con un cartone di pizza sulle ginocchia, mentre le altre arrivavano una alla volta: prima Allegra e Ilaria, poi Karen, Giulia, Silvia, Irene, infine Claudia, Ginevra, Federica, Silvia e Isabel. Squadra al completo.
Rebi raccontò loro l'episodio cui aveva assistito alla fine dell'allenamento.
– Che bastardata! – commentò Claudia. Prese un cartone di

pizza e si avventò sulla sua quattro stagioni. – Quindi che si fa?
– L'allenamento è tra due giorni, e sarà l'occasione in cui la prof ci dirà che la squadra è sciolta, – rispose Rebecca. – Prima di allora dobbiamo trovare un posto alternativo dove allenarci e proporglielo. Io quel torneo lo voglio fare!
– Anche noi! – esclamò Irene.
– Non se ne parla che ci si arrenda prima, – disse Federica.
– Avete per caso idea se ci siano palestre libere? Potremmo iniziare da lí, chiedendo disponibilità, – propose Karin.
– Io abito vicino al centro Venticinque Aprile, – disse Ilaria. – Avete presente?
– Credo che sia già occupato dalla Volley 1988. Tra l'altro, è una squadra nostra concorrente, – commentò Allegra.
– E le palestre degli oratori? – domandò Silvia.
– Hanno solo campi da calcio, – rispose Ginevra, – nessuna palestra al chiuso. Mio fratello gioca proprio all'oratorio.
Gaia sbuffò. – Ci sarà qualche palestra comunale o privata ancora libera...
– Le palestre private di solito sono piccole e sono usate per corsi tipo aerobica, step, pilates, – saltò su Giulia. – Lo so perché mia mamma va al Virgin per rassodare i glutei.
Risero.
– E poi spesso hanno colonne in mezzo alla sala, – intervenne Isabel, – e sarebbe impossibile giocare a pallavolo.
– Per noi nulla è impossibile, visto il posto dove abbiamo giocato finora, – disse Gaia.
– Va be', abbiamo capito che non sarà facile, – concluse Rebecca. – Però sappiamo che dobbiamo darci da fare. Lo

dobbiamo... anche alla prof. Ci ha messo l'anima in questo progetto e... ed è diventato anche nostro –. Era tutta rossa per la concitazione, ma era bello sentire quel sangue caldo che le scaldava il viso.

Gaia le sorrise. – Allora, facciamo cosí: ci informiamo sulle palestre e ci aggiorniamo domani verso sera. Chiamata comune su skype?

– Fatta.

Il giorno seguente, dopo la scuola, le ragazze della quasi ex squadra Francesco Petrarca si sguinzagliarono per la città alla ricerca d'informazioni. Rebecca ne aveva parlato anche con Ugo e Francesca, chiedendo la loro opinione su quali zone battere. – Sarà dura, – aveva commentato Ugo, – perché come avete già pensato voi le palestre private sono piccole, mentre quelle pubbliche temo siano già tutte occupate.

Rebecca ci provò lo stesso e si dedicò a oratori e palestre della sua zona. I primi contavano solo campi all'aperto (impensabile allenarsi cosí a gennaio), mentre scoprí che le seconde venivano assegnate a settembre alle varie società sportive che ne facevano domanda. Anche la Giovanni Boldini, un buco di palestra comunale, aveva già giorni e orari prenotati.

«E adesso?» si chiese, mentre tornava a casa.

Sperava che qualcuna delle altre ragazze fosse stata piú fortunata.

Verso le nove salí in camera per accendere il computer. Quando aprí il programma di chat vide che le sue amiche erano già tutte verdi, pronte a comunicare.

Infilò le cuffie e partí la chiamata. – Allora?

– Zero, – rispose Gaia.
– Anche per me, tutto occupato, – aggiunse Giulia.
– Anche qui.
– Pure per me.
Le risposte negative si accavallavano, senza piú distinzione.
– E ora? Io non so piú che cosa inventare, e domani vediamo pure la Pallavicini, – disse Allegra.
– Cavolo, speravo almeno che una di noi fosse stata un po' piú fortunata! – esclamò Rebi abbattuta.
Sospiro generale.
– E se andassimo tutte dalla Odescalchi a parlarle? – propose Ilaria.
– Sí, certo, cosí se la legherebbe ancora piú al dito: una specie di sommossa generale delle sue alunne, – disse Gaia. – Vi ricordate quando abbiamo partecipato a quella manifestazione? Rebi, tu non c'eri, ma ti assicuro che l'espressione della preside quando si è resa conto che a scuola c'era il cinquanta per cento delle presenze era da foto. Ce l'ha fatta pagare per tutto il mese successivo.
– La Ramazzini però è molto piú indulgente, – disse Allegra, pensierosa, – ed è la vicepreside. È una a posto. È pure amica di Comealsolito e forse l'unica che riuscirebbe a farla ragionare.
– Ragazze, dormiamoci su, – disse Ginevra. – Scervellarci adesso non ha senso.
– Non è che abbiamo cosí tanto tempo, però, – disse Rebecca preoccupata.
Si salutarono, sperando davvero che la notte avrebbe resettato teste e idee.

Il giorno seguente Rebecca si sentiva a pezzi: non aveva fatto altro che sognare campi che non c'erano e partite che non si sarebbero disputate.
Si trascinò a scuola e, incontrando le amiche di fronte all'entrata, notò che tutte avevano la stessa faccia pesta.
Si guardarono e scossero mestamente la testa.
La mattinata si trascinò stanca, fino all'ora di italiano. La professoressa Ramazzini assegnò un compito di epica da svolgere in classe, con correzione immediata. Quando fu il momento di consegnare e Rebi si ritrovò in prossimità della cattedra, le venne in mente la conversazione della sera prima. E si buttò.
– Lei sapeva che la preside ci ha tolto l'uso della palestra?
La Ramazzini alzò il viso sorpresa. – Come, scusa?
– Non potremo piú allenarci per la Coppa Primavera.
La professoressa si mosse a disagio sulla sedia. – Avrà avuto le sue buone motivazioni.
Dal modo in cui lo disse, sembrava che neanche lei ci credesse troppo. D'altronde sapeva pure lei che a volte la preside esagerava e prendeva decisioni discutibili.
– La buona motivazione è dare asilo al Club... faccia lei.
– Ah.
– Pensavo che, in qualità di vicepreside, lei ne fosse a conoscenza –. Le porse il suo compito. – Secondo me non è giusto, ma non ci vuole una laurea alla Normale di Pisa per capirlo. A domani, prof.

Anche se vedeva le possibilità di continuare a giocare allontanarsi sempre piú, Rebi non si arrendeva.

Molto spesso succede che volere tanto intensamente qualcosa faccia sí che le nostre possibilità di ottenerlo aumentino di parecchio, nonostante le avversità.
E Rebi voleva la pallavolo con tutta se stessa. Non una qualsiasi, ma quella giocata dalla sua squadra e diretta dalla sua allenatrice.
Non si sarebbe arresa, a costo di convincere le sue compagne ad allenarsi sotto la neve...
Ma non ce ne fu bisogno. Quando tornò a casa, trovò Ugo sulla porta ad aspettarla. – Forse mi è venuta un'idea.

Capitolo 7

I giocatori in difesa non possono eseguire un muro,
ma solo un tentativo di muro.

Correre, correre, correre, doveva fare in fretta e arrivare in palestra prima possibile, prima che si parlassero, che si scoraggiassero a vicenda, le sue compagne e la Pallavicini. E anche se ciò fosse avvenuto, non vedeva l'ora di arrivare.
Anche oggi era in ritardo, ma questa volta il motivo era valido, aveva parlato tutto il pomeriggio con Ugo e insieme avevano fatto mille telefonate.
Non aveva mai pedalato cosí veloce come quel pomeriggio, le ginocchia un po' larghe per fare posto alla borsa appoggiata sulla canna. Era già accaldata, la maglietta sudata sotto il piumino; il berretto calcato sulla fronte le pizzicava la pelle.
Eccola la scuola, ed ecco le luci della palestra che si intravedevano dai finestroni accanto alla porta secondaria. Si notavano ombre all'interno, sagome di persone immobili. Statue.
Rebi mollò la bici vicino a un palo ed entrò trafelata, trovandosi improvvisamente in mezzo a un gruppo dall'aria tesa: le sue compagne. Le statue.
– Scusi il ritardo, prof! – esordí, togliendosi il cappello e posando la borsa a terra. – Ma ho notizie incredibili.
C'erano alcune ragazze, come Isabel e Ginevra, con gli occhi

lucidi; e anche la professoressa Pallavicini non mostrava la solita espressione gioviale.
Quando Rebi si tolse il giubbotto, tutte videro che indossava la divisa da allenamento.
– Rebi, ma che cosa fai? – le chiese Gaia. Lei era vestita normalmente, come tutte le altre. – La prof ci ha detto tutto e anche noi le abbiamo raccontato quello che abbiamo cercato di fare in questi giorni.
– Sí, ma io ho delle novità, ragazze, e se mi fate...
Agnese le si avvicinò e le mise una mano sulla spalla. – Dirò quello che ho detto alle tue compagne: vi ringrazio per l'impegno che ci avete messo, davvero. Ma dobbiamo accettare la sconfitta e considerare che comunque è stato bello fare un pezzo di strada assieme –. Quando Rebi scosse la testa, Agnese interpretò il gesto come quello di una che non voleva arrendersi. – Rebi, piú vi ribellate piú sarà difficile che...
– No, è lei che non capisce, – la interruppe. – Sto cercando di dirvi che un'alternativa c'è e io sono qui per parlarvene!
Finalmente la Pallavicini capí che la fermezza della ragazza era supportata da qualcosa di concreto. – Che vuoi dire?
Rebi prese fiato. – Okay. Ugo, il marito di mia mamma, fa l'architetto, – iniziò. – Sta finendo di ristrutturare un capannone che diventerà un grosso centro fitness, con sale enormi e parquet dappertutto.
Agnese e le ragazze ascoltavano attente.
– Il problema sono i permessi, e pare che prima della primavera non potrà aprire. Per farla breve, questa mattina Ugo ha parlato con il proprietario dell'immobile, un tipo a posto e pure un ex sportivo.

– E...?
– Be', si è reso disponibile a concederci l'uso di una delle sale per i prossimi mesi!
Le ragazze esplosero in un urlo generale e iniziarono a saltare e abbracciarsi a vicenda.
Solo Agnese cercava di rimanere lucida e di non lasciarsi trascinare dall'emozione.
– Sí, mi rendo conto che è una soluzione temporanea, – continuò Rebi nel baccano, – ma intanto non sarebbe male, no? Eh, prof?
Agnese prese il viso di Rebi tra le mani e le scrutò le pupille. – Tu sei sicura al cento per cento di quello che mi stai dicendo? Rebi, se è uno scherzo come quello che mi hai fatto a Halloween...
Al ricordo, la ragazza arrossí violentemente, ma intanto sostenne lo sguardo della professoressa. – Le giuro che è tutto vero. Tenga, – le porse il cellulare, – chiami Ugo: le dirà le stesse cose che le ho appena detto io.
Il gesto bastò a far crollare ogni resistenza e la prof abbracciò stretta Rebecca. Tempo venti secondi e le due stavano saltando assieme alle altre, tenendosi per le spalle.
A un certo punto la ragazza si avvicinò all'orecchio dell'insegnante e le sussurrò: – Ah, prof... comunque mi spiace per quella storia della schiuma da barba...

Il fatto di avere rischiato di dover rinunciare alla pallavolo fece sí che le ragazze della squadra Petrarca si buttassero negli allenamenti con ancora piú dedizione.
La nuova palestra era piú bella di quella della scuola, anche

se non ci voleva poi molto. Ampia, rivestita di parquet, senza colonne al centro che avrebbero costretto a pericolosi quanto repentini cambi di direzione. Dulcis in fundo: il proprietario si era pure premunito di segnare il campo da pallavolo con uno scotch colorato e di affittare una rete regolamentare. Rispetto allo stanzone piastrellato della scuola, non c'era confronto.

La professoressa Pallavicini aveva voluto ringraziare personalmente sia Ugo che il signor Lucchini, il proprietario-benefattore del capannone. Si scoprí che era un ex atleta specialista del mezzofondo e che conosceva benissimo suo padre.

Quanto poteva essere piccolo il mondo. E generoso.

– Già prima mi faceva piacere poter dare una mano a delle vere sportive, – disse il signor Lucchini, – ma adesso che so che lei è la figlia di Ettore Pallavicini, la soddisfazione è doppia.

Un po' di fortuna non guastava, dopo il tiro mancino della Odescalchi. E a proposito della preside, lei credeva ancora che la squadra del Petrarca fosse stata definitivamente sciolta. Peccato per lei invece che le ragazze, capitanate ufficialmente da Gaia e trascinate moralmente da Rebecca, fossero piú motivate che mai a diventare protagoniste della Coppa Primavera.

Si allenavano ormai tutti i pomeriggi e gli esercizi dei fondamentali avevano lasciato il posto a partite per studiare tattiche di gioco e colpi segreti. La professoressa non si separava mai dal suo tablet, che usava per filmare ogni azione da fare rivedere alle allieve subito dopo.

L'unico argomento di conversazione tra le ragazze era la pallavolo e anche dopo gli allenamenti, magari davanti a una pizza, si ritrovavano a discutere su che cosa migliorare della squadra.

Si correggevano a vicenda, ma sempre in modo costruttivo, mai con doppi fini. Non erano piú Gaia, Rebecca, Allegra, Ilaria, Ginevra, Silvia, Isabel, Karin, Giulia, Claudia, Federica, Irene, ma un «noi» compatto.

Nonostante le settimane passassero con il loro carico di verifiche e interrogazioni, giugno sembrava lontanissimo e nessuno pensava agli esami. La Pallavicini però era stata chiara: le ragazze dovevano continuare ad avere la sufficienza in tutte le materie, pena l'allontanamento dagli allenamenti.

Quella che patí di piú, ovviamente, fu Rebecca, che doveva recuperare l'avvio difficile dell'anno scolastico.

– Vedi di non farmi brutti scherzi, – l'aveva avvertita la Pallavicini, con una severità che in realtà nascondeva affetto e preoccupazione.

Rebi l'aveva capito: era passato il tempo in cui viveva tutto come un'eterna critica. Quindi si era messa sotto e per lei il ripasso di storia e inglese aveva acquistato la stessa importanza dell'elevazione nelle schiacciate.

Viveva giornate pazzesche sotto lo sguardo esterrefatto dei genitori, naturali e acquisiti. Si svegliava prestissimo («Proprio lei, che non apre gli occhi nemmeno con le cannonate», commentò la madre) per ripassare e si sedeva alla scrivania ancora in pigiama e calzettoni, avvolta nel plaid.

Poi andava a scuola e assisteva alle lezioni senza fiatare, prendendo appunti come una locomotiva. Tornava a casa e, prima di andare ad allenarsi, si immergeva nello studio, sempre

chiusa nella sua stanza. L'unico momento di pausa era la merenda assieme al fratello.
– Accidenti, Rebi, sei diventata un carro armato! – le disse Marci.
Lei si limitò a sorridergli.
Dopo avere studiato andava alla nuova palestra, e per raggiungerla doveva pedalare per quattro chilometri, visto che il capannone si trovava nella zona industriale della città. Quindi, alle due ore di allenamento si univano gli otto chilometri di ciclismo.
Sí, Rebecca era diventata un carro armato. Con una volontà e una determinazione degne di un marine, aggiungeva Ugo.

Arrivò la fine di febbraio e da lí a quindici giorni sarebbe iniziata la Coppa Primavera. Non erano ancora stati fatti i sorteggi, quindi il Petrarca non sapeva quale squadra avrebbe affrontato per prima.
C'era molta trepidazione.
– Silvia, alza bene quella palla, la voglio vedere alta, sopra la testa! In punta di dita! – urlò la Pallavicini.
Erano in palestra e la professoressa stava arbitrando la partita tra titolari e riserve. La prima squadra ormai era stata scelta: Gaia, Silvia, Isabel, Allegra, Claudia e Rebecca.
Gaia era alla battuta e il fischio della Pallavicini le diede il via. Lancio, ricezione facile di Ilaria, alzata di Karin e schiacciata di Ginevra; ricezione in rullata di Claudia, alzata veloce di Silvia, finta di schiacciata e successivo pallonetto di Rebecca, che oltrepassò il muro avversario. Fischio della Pallavicini che decretò il punto!

La squadra titolare batté le mani e si diede qualche pacca sul sedere. – Forza, ragazze, andiamo avanti cosí.
Rebecca si bloccò di colpo, con lo sguardo rivolto verso la porta basculante della palestra che si stava ancora muovendo.
– Ehi, hai visto un fantasma? – le chiese Gaia.
– Quasi, – rispose la ragazza.
La Pallavicini si avvicinò, mentre Rebecca continuava a guardare la porta.
– Sono sicura che ci fosse la Ramazzini a osservarci, – disse.
– La Ramazzini?! – Gaia si voltò preoccupata verso la Pallavicini. – Prof!
Agnese rimase calma. – Riprendiamo a giocare, ora.
– E se spiffera tutto a Comealsolito? – domandò Giulia.
– Tanto ormai nessuno può farci nulla, – rispose la professoressa. – Quello che dovevamo fare l'abbiamo fatto e mancano solo due settimane all'inizio della Coppa. Su, state tranquille e pensiamo a giocare. Silvia, voglio vederti usare le punte delle dita, va bene? La palla deve volare dove vuoi tu, leggera.
La ragazza annuí e ripresero la partita.
Battuta di Claudia, ricezione di Ilaria, alzata all'indietro di Karin e schiacciata di Ginevra.
Muro della squadra titolare e punto!
Alla fine dell'allenamento l'episodio della Ramazzini era stato quasi dimenticato.

– La Fortitudo?! Ma prof, è la squadra piú forte del campionato! – si lamentò Gaia.
Erano state fatte le estrazioni e per la Petrarca non era andata

benissimo: incontrare lo scoglio piú grosso all'inizio significava partire in salita.
Le ragazze erano state convocate a casa della professoressa per una riunione speciale, dopo avere ricevuto la lettera con le accoppiate.
Il torneo era strutturato in gironi all'italiana, ovvero ogni squadra si sarebbe scontrata con tutte le altre.
– Mettiamola cosí, – disse la professoressa parlando dalla cucina, mentre preparava il tè per tutte. – Se però battete la Fortitudo, dopo sarà tutta una discesa.
Le ragazze intanto si erano accomodate sul divano e su alcuni grossi cuscini a terra.
– Lei la fa facile, prof, – commentò Claudia, – perché saremo noi a giocare in campo, non lei.
– Risposta sbagliata! – disse Agnese, finalmente comparendo dalla porta della cucina con un vassoio in mano. – Perché io, dalla panchina, soffrirò cento volte piú di voi, credimi.
Appoggiò il vassoio sul tavolino, spostando i piedi di Giulia.
– Sarà impossibile, diciamocelo subito, – disse Allegra, incassata sul divano tra Gaia e Rebecca.
– Già, – mugugnò qualche altra voce.
La professoressa fulminò Allegra. – Ecco, se c'è una parola che non voglio sentire è *proprio* questa. Mi fa montare il sangue alla testa, ci siamo capite?!
Si era infervorata talmente che la ragazza annuí decisa.
– Tutto dipende da come fate funzionare questa cosa qui, – disse Agnese picchiettando la tempia. – Si chiama «valutazione cognitiva», e influenza terribilmente il vostro modo di affrontare le situazioni: se voi le pensate insormontabili,

state pure certe che lo diventeranno davvero. Ma se le giudicate difficili, sí, ma alla vostra portata, e pensando che tutto dipenda dal vostro impegno, allora sarete sulla buona strada per vincere.

Le ragazze rimasero in silenzio per un pezzo, mentre nelle loro teste aleggiava ancora il nome della Fortitudo.

Agnese si sedette anche lei a terra, insieme a Ginevra, Silvia e Federica, e iniziò a versare il tè nelle tazze, con un tintinnio di porcellane e cucchiaini. – Chi vuole miele? Una fettina di limone?

Si alzarono per servirsi.

Agnese mescolò il suo. – Sta a voi ora decidere come affrontare la vostra prima partita. Ma non credete che sia un po'... comodo darvi per spacciate? – Di fronte alle espressioni sorprese delle ragazze, continuò. – Sí, avete sentito bene: comodo. In fin dei conti avreste già la giustificazione pronta in caso di sconfitta, «tanto erano piú forti di noi». Cosí è partire già perdenti –. Si alzò, fece una pausa e poi le guardò di nuovo, una per una. – Io però mi aspetterei qualcosa di diverso da ragazze che si sono battute come leonesse anche solo per trovare un nuovo posto dove allenarsi.

Tintinnio di cucchiaini pensieroso.

Agnese si chinò a prendere la sua tazza e sorseggiò il tè a occhi chiusi. – Mmm, buonissimo. Chi vuole un biscottino?

La sera prima della partita.

Rebecca si trovava a casa sua, a preparare lo zaino per il mattino dopo e la sacca per la partita del pomeriggio.

La sua prima partita.

Non aveva ancora affrontato la faccenda con i suoi, ma a dire il vero non sapeva come avrebbe dovuto fare per invitarli. Avrebbe voluto tantissimo averli lí, ma si vergognava troppo a chiederlo e forse preferiva affrontare la partita da sola, senza un suo pubblico. Anche se era sicura che tutte le altre avrebbero avuto la loro tifoseria.
Pure Allegra aveva confessato che i suoi genitori sarebbero venuti a vederla, deponendo le armi per un pomeriggio.
Ma sí, ci sarebbero state altre occasioni, e sarebbero arrivate in modo piú naturale, senza che lei dovesse elemosinare la loro presenza.
Ma quando arrivò il momento della cena, capitò qualcosa che quasi le fece cambiare idea.
Mentre era a tavola con Ugo, Francesca e Marcello, Rebi si bloccò di colpo e li osservò ridere per uno scherzo di Marci. Anche lei aveva riso, ma poi c'era stato qualcosa che l'aveva catturata, forse la risata spontanea del fratello, o forse la sensazione di ritrovarsi sospesa in un momento magico e rilassato. Fatto sta che disse all'improvviso: – Devo dirvi una cosa.
Le risate della famiglia si spensero pian piano per lasciare spazio alla curiosità. La fissarono, aspettando il seguito.
Rebi giocò con il tappo dell'acqua e alcune briciole di pane.
– Quindi? – chiese Francesca.
La ragazza alzò la testa e fece un piccolo sorriso. – Niente. La cena è molto buona.
– Wow, che rivelazione! – esclamò Marcello.
Anche Francesca era sorpresa. – Tutto qui?
Alzò le spalle. – Tutto qui.
Sí, non aveva voglia di chiedere la loro presenza, voleva che

tutto avvenisse in modo spontaneo. E se loro ancora non le avevano domandato nulla, voleva dire che in realtà non erano molto interessati alla sua partita.

In ogni caso, c'era ancora qualcosa che voleva e doveva assolutamente fare. Cosí, dopo avere sparecchiato la tavola assieme a Marci, andò da Ugo, che si era già seduto in poltrona. Si accucciò vicino a lui, in modo da avere la testa all'altezza del bracciolo.

– Senti, Ugo, riguardo alla storia della palestra...

Lui si voltò. – Sí?

– Niente, volevo solo dirti che sei stato grande. Tutto qui.

Gli picchiettò la mano sulla sua, poi si alzò e salí in camera.

Era questo che voleva fare già da alcune settimane: un colpo di spugna su tutte le parole brutte dette in passato.

E adesso ce l'aveva fatta.

21 marzo.

E venne il giorno.

Quello dei cuori che battono forte sotto la divisa bianca e blu, delle ginocchiere pronte a strisciare a terra, delle code ai capelli fermate dalle forcine. Quello delle emozioni che ti stringono il collo, delle mille domande e dell'unica risposta che conta, dei continui «ce la faremo?». Quello delle pacche sul sedere, degli schemi chiamati con le dita dietro la schiena, del sudore in campo. Quello degli abbracci, dei grandi obiettivi, della grande resa dei conti. Quello delle mani che si stringono, della fatica, del «voglio farcela a tutti i costi».

Venne il giorno d'inaugurazione della Coppa Primavera.

Il primo incontro tra Petrarca e Fortitudo si sarebbe tenuto nel palazzetto dello sport, un luogo un po' defilato dal centro città, ma sufficientemente conosciuto da fare accorrere un bel po' di spettatori visto anche l'orario di gioco: le sei del pomeriggio. Compagne di classe, genitori, parenti, amici. Un pubblico ampio e variegato si sarebbe riversato sugli spalti, pronto a godersi lo spettacolo.
Si scoprí che la Coppa Primavera era un torneo molto piú conosciuto di quanto le ragazze credessero. Noto agli addetti ai lavori da anni, contava già la quindicesima edizione, con tanto di albo d'oro dei vincitori. In occasione del terzo lustro, l'organizzazione aveva pensato di stampare un lungo striscione con le foto di tutte le partecipanti.
Cosí, quando le ragazze della squadra Petrarca entrarono nel palazzetto e sbirciarono il campo centrale, ancora vuoto, fu una vera sorpresa guardare il lungo poster e scorgere all'improvviso un viso noto, solo un po' piú giovane.
– Prof, ma... anche lei?! – esclamò sorpresa Gaia.
La foto di Agnese Pallavicini si trovava tra i volti delle atlete di una decina di anni prima.
La professoressa arrossí leggermente e ridacchiò. – Be', come avrei fatto altrimenti a trasmettervi tutta questa passione per la pallavolo se non avessi giocato anch'io, a suo tempo?
– Prof, questa ce la paga, – disse Giulia con aria minacciosa. – Noi adesso faremo il nostro dovere e giocheremo, ma alla fine della partita dovrà raccontarci tutto.
Agnese annuí. – Ora però pensate solo alla Fortitudo, okay? È già un pensiero sufficientemente impegnativo...
Proprio in quel momento entrò la squadra avversaria e si

avviò nello spogliatoio delle ospiti. Era formata da ragazzone forti e ben piantate, guidate da un allenatore che sembrava un giocatore di football.

– Ma che cosa sono?! Valchirie? – commentò Giulia.

Poi tutte si voltarono verso Claudia, la «pulcina» del gruppo: lei, accanto a una qualsiasi della Fortitudo, le sarebbe arrivata alla spalla.

– Scommetto però che nessuna è veloce come il nostro missile! – commentò Allegra, lapidaria.

Si diedero il cinque con qualche «già», «puoi dirlo forte» ed entrarono anche loro nello spogliatoio assegnato.

Fu una preparazione lunga, con pettinature che mai erano state cosí accurate, un modo per trovare concentrazione e spirito di gruppo.

Intanto Agnese era andata in campo a sistemare i palloni e a sbrigare le faccende burocratiche con organizzazione e arbitri.

Pian piano il palazzetto cominciò a riempirsi. Mancava mezz'ora all'inizio dell'incontro cosí le due squadre entrarono in campo per cominciare la fase di riscaldamento. Un po' di corsa, scatti e cambi di ritmo; palleggi a coppie; prove di schiacciate; bagher e alzate.

La Pallavicini guardava le sue allieve in piedi davanti alla panchina, a braccia conserte. Nonostante l'espressione calma del volto e l'atteggiamento sicuro del corpo, dentro si sentiva morire ed era emozionata tanto quanto le sue ragazze.

Era buffo, fino a quel momento era stata lei la loro guida; aveva dovuto mostrarsi sicura e sempre presente, come un

faro. Ora... forse era meglio prendersi un momento solo per loro, prima che la baraonda iniziasse e tutte fossero inglobate nel duro gioco di compiti e responsabilità.
Batté le mani per richiamare la loro attenzione. – Torniamo nello spogliatoio, devo parlarvi, – disse una volta che furono attorno a lei.
Le ragazze la seguirono con gli asciugamani attorno al collo; entrarono e la professoressa richiuse la porta.
Sembrava quasi nervosa. – Sedetevi, su, – disse.
– Prof, siamo già sedute, – rispose Giulia e fece un gesto con la mano per mostrarle che si erano tutte accomodate sulle panche.
La Pallavicini sorrise. – Ah, sí. Ascoltate... – Come facevano gli allenatori a fare quei discorsoni prima delle partite importanti? Cercò di ricordare quelli che lei aveva sentito anni prima, quando giocava, ma non le venne in mente nulla.
– Prof? – Rebecca la guardò da sotto in su. – Tra un po' inizia la partita...
Agnese annuí, ma rimase lo stesso zitta, a cercare le parole nei pertugi del cervello. Ecco, forse era quello che stava sbagliando, il luogo: era un po' piú giú che doveva guardare...
– Ne abbiamo passate tante, eh, ragazze?
Le osservò una a una e cercò di ricordarsele quando le aveva viste la prima volta, quando avevano cominciato a giocare. Gaia, la regista; Rebecca, l'irruenta; Claudia, il missile; Allegra, la dolce; Karin, la razionale; Ginevra, la docile; Isabel, la temeraria; Ilaria, la gregaria; Giulia, la giullare; Silvia, la decisa; Federica, la testarda.
Le ragazze si guardarono tra loro incuriosite.

– Vi confesso che quando vi ho reclutato la Coppa era secondaria. Il mio scopo principale era di farvi amare questo gioco e la vostra squadra. In un certo senso, non importava come sarebbe andata una volta arrivate qui –. Camminò avanti e indietro, un po' piú sciolta. Le parole giuste stavano arrivando. – Ora però ci siamo arrivate, perbacco. E dopo che abbiamo fatto questo pezzo di strada assieme, che vi ho conosciuto e so come siete fatte... oggi, che inizia la Coppa Primavera, io vi dico: è di gran lunga alla vostra portata.

Occhi sgranati.

– Certo, ci sono squadre molto piú esperte della nostra, Fortitudo in testa. Ma voi avete lavorato sodo e si vede.

Pupille dilatate.

– Oggi, su quel campo, ci sarete voi: un mosaico di vite, passioni e talenti, – continuò la Pallavicini. – E ognuna di voi è stata fondamentale per la costruzione di questa squadra, sia nel bene che nel male. – Appoggiò una mano sulla spalla di Rebecca e la ragazza la guardò. – Perché a volte nessuno può immaginare quanto da un fatto brutto possa nascerne uno bello.

Abbassò gli occhi sull'orologio. – Bene, ci siamo, è scattata l'ora X.

Le ragazze si alzarono.

– Ora non vi resta che giocare come *io* mi aspetto che voi giochiate, d'accordo?

– Tanto per non metterci sotto pressione, eh, prof? – scherzò Giulia.

– Sono qui apposta, – sorrise Agnese. – E ricordate...

– In punta di dita, tocchi leggeri, la palla deve volare! – la anticipò Gaia. – Giusto?
– Non potevi dirlo meglio.

Rientrarono in campo e un boato le accolse. Il palazzetto era pieno, come se fosse stata la partita della finale. Le ragazze fissarono gli spalti alla ricerca di facce note da pescare in mezzo al pubblico: amici, parenti, genitori. C'erano anche alcune compagne che avevano partecipato alla selezione iniziale della squadra e non erano state prese.
La Fortitudo aveva già fatto la trafila della chiamata dei cognomi abbinati ai numeri delle maglie, ora toccava alla Petrarca. L'arbitro lesse l'elenco davanti alle ragazze.
– Biancardi.
– Gaia –. La ragazza si voltò per fare vedere la maglia. – Numero cinque.
– Arrigoni.
– Claudia, numero sei.
– Daltromare.
– Rebecca, numero dieci.
Quando alzò la mano e si voltò, una piccola ma significativa claque esplose dagli spalti sopra di lei. Solo allora Rebi alzò il viso e il cuore le balzò in gola.
Il piú rumoroso era Marcello, che si sbracciava sventolando uno striscione con sopra scritto *Io sono il fratello della numero 10*. Poi c'era sua mamma, che la salutò emozionata, accanto a Ugo, che alzò il pollice. E poi, da non crederci: era venuto anche Paolo con i gemelli, che di sicuro non sarebbero stati fermi un attimo. Suo padre sfoderò un sorriso orgoglioso

prima di inseguire Lorenzo, che aveva preso la rincorsa e si era fatto tutto il corridoio del palazzetto in scivolata sulle ginocchia.
Rebecca finalmente sorrise e la sorpresa iniziale lasciò il posto a un tepore lieve nel cuore, come quando si sta accoccolati sul divano con la cioccolata calda, a guardare il proprio programma preferito.
Mancava davvero poco all'inizio della partita e le ragazze furono richiamate all'ordine dalla loro allenatrice. Si misero in cerchio con le mani sulle spalle e le teste vicine, dopodiché esplosero in un urlo liberatorio. – Pe-trar-ca! Pe-trar-ca!
La parte di pubblico che teneva per loro fece un grido d'incoraggiamento. Ma fra tutte le mani che applaudivano e i piedi che pestavano a terra, si potevano scorgere due figure, delle quali una sembrava decisamente fuori luogo.
– Ma si può sapere perché mi hai portato qui? Ti giuro, Alessandra, che questa me la paghi.
– Sta' zitta per un attimo e goditi lo spettacolo, Maria! – le rispose l'altra, irritata. – Sono io invece a giurarti che, se alla fine della partita non avrai cambiato idea, non ti parlerò piú per il resto della mia vita e dovrai trovarti un'altra vicepreside. Sono stata chiara?
La Odescalchi si zittí offesa e guardò verso il campo, dove si stavano dirigendo le ragazze. Le riconobbe tutte: la Biancardi, la Foglia, la Daltromare, la Patetta...
– Invece di essere sempre in guerra con le tue studentesse, ascoltale. Guardale.
La Odescalchi fissava il campo, muta e contrariata.
– E spiana quella ruga in mezzo alla fronte, santo cielo, – le

disse la Ramazzini. – Non è difficile, basta essere orgogliosa di quelle alunne là sotto, le stesse che portano alto l'onore della scuola!

La preside fissò le ragazze che si disponevano in campo dandosi il cinque per spronarsi a vicenda.

– La Petrarca ora *è anche questo*, Maria. E se vuoi essere una preside amata e rispettata, devi capirlo anche tu. Guardale: sono serie, determinate, forti. Devi ammettere che la Pallavicini ha fatto un lavoro incredibile.

Maria Speciosa Odescalchi non disse nulla, ma finalmente si accomodò sulla panchina, con la borsetta sulle ginocchia.

Rebi era alla battuta. Proprio lei aveva la responsabilità di aprire l'incontro.

Mentre palleggiava il pallone davanti a sé, con lo sguardo fisso sulla sfera, sapeva che già dal primo colpo si sarebbe capita la partita, e lei voleva dire alla Fortitudo che loro le avrebbero dato filo da torcere.

Fischio dell'arbitro. Sguardi puntati su di lei.

Rebecca prese la palla e se la piazzò di fronte, a braccia tese, guardando in contemporanea il campo avversario per intercettare il punto scoperto su cui battere.

Sí, doveva far capire fin da subito che loro erano toste.

Per questo lanciò la palla alta e lunga davanti a sé, prese la rincorsa e saltò in elevazione.

Quell'attimo, sospesa in aria, le parve un secolo. In quel breve spazio temporale si accorse di tutto attorno a lei: delle compagne in campo che aspettavano il colpo, delle avversarie che si abbassavano sulle ginocchia, pronte a ricevere, della Pal-

lavicini che si stringeva le mani sulle braccia, di suo fratello che tratteneva il respiro, di Paolo che faceva cenno a Elisa di tacere perché la sorella si doveva concentrare, di Francesca che si avvicinava a Ugo, emozionata.
Si inarcò e colpí la palla con tutta la sua forza.

Epilogo

Sí, lo so, era parecchio che non ti scrivevo, ma sono successe tante di quelle cose nel frattempo e ho avuto le giornate talmente piene che non ne ho davvero avuto il tempo.
O forse il bisogno.
Adesso però ti ho visto, con la tua copertina rotta e bucherellata (ricordo ancora il pomeriggio in cui l'ho fatto) e mi è venuta la voglia improvvisa di parlare ancora un po' di me, proprio oggi che è stata una giornata faticosissima, ma fondamentale.
Oggi c'è stata la prima partita della Coppa Primavera. E questa è sicuramente una notizia. Ma soprattutto, oggi ho assistito a uno spettacolo ancora piú incredibile, che mi ha fatto riflettere, ed è per questo che sono qui, a scrivere.
Oggi per la prima volta ho visto tutta quanta la mia famiglia assieme e... mi è piaciuta.
Piú che altro ho sentito di farne veramente parte. Di tutte quante.
Provo a spiegarmi meglio, perché è un pensiero complicato.
C'era una volta l'insieme A, formato da Paolo, Francesca e Rebecca.
Un giorno Paolo decide di lasciare l'insieme A e di formare l'insieme B, assieme a Giunia, Elisa e Lorenzo.
Ma B interseca A, perché Paolo è componente sia dell'insieme A che dell'insieme B.
Poi Francesca forma l'insieme C con Ugo e Marcello.
C interseca A tramite Francesca.

In tutti questi anni, io mi sono intestardita a vedere me, Rebecca, come il solo elemento dell'insieme A, abbandonato da tutti. Per me contava solo questo: io ero l'unica superstite!
Incaponita, non mi ero resa conto che invece facevo parte allo stesso tempo di ben tre insiemi: A, B e C.
Ecco, oggi ho capito questo.
Ho capito che le situazioni assumono un aspetto completamente diverso a seconda della prospettiva da cui le si osserva. E ora la mia vita mi appare piú ricca, ma anche piú leggera.
Lieve. Come in punta di dita.
E nello stesso tempo, osservando le mie compagne in campo, ho capito quanto a un certo punto della vita le amicizie diventino importanti, perché quelle, a differenza della famiglia, te le scegli.
Arriva un momento in cui devi prendere piú amore possibile da chi ti gira attorno: ogni persona ti aiuta a crescere un po' di piú.
Per esempio, la professoressa Pallavicini. Quella volta, quando lei mi parlò in palestra e mi disse quella cosa sulla rabbia da indirizzare in modo piú sano, ho capito che cos'è successo, che cosa ha fatto sciogliere tutto. Sí, perché quel momento lo considero un po' come il giorno della mia seconda nascita.
A fare la differenza sono state le parole scelte dalla prof. Per la prima volta, qualcuno non pensava solo ad accusarmi, partendo dal presupposto che io fossi quella sbagliata. Per la prima volta, qualcuno cercava davvero di capirmi senza pregiudizi. E soprattutto credeva in me, nelle mie capacità, e pensava che avrei potuto fare qualcosa di buono.
Di questo devo ringraziare solo lei, che mi ha permesso di uscire dal mio bozzolo. «Iniziamo intanto a incanalare tutta questa rabbia in un sano spirito agonistico» mi disse.

Be', ha mantenuto la promessa, alla grande.
E adesso sono qui. Diversa. Cresciuta.
E mi piaccio un bel po'.

P.S. Comunque oggi abbiamo vinto...

Indice

Finito di stampare nel mese di maggio 2013
per conto delle Edizioni EL
presso Grafica Veneta S.p.A., Trebaseleghe (Pd)

Rosner

Mathe gut erklärt
Abitur 2021

Baden-Württemberg
Leistungsfach Mathematik
Allgemeinbildende Gymnasien

7. Auflage

Freiburger
Verlag

Stefan Rosner, geb. 1979,
studierte Mathematik in
Mannheim und unterrichtet
seit 2005 in der Oberstufe.

PEFC/04-31-1867

PEFC zertifiziert

Dieses Produkt stammt aus nachhaltig bewirtschafteten Wäldern und kontrollierten Quellen.

www.pefc.de

Gedruckt in Deutschland
www.freiburger-verlag.de

Inhaltsverzeichnis

Vorwort

Liebe Schülerinnen und Schüler,

dieses Buch und die Videos sollen Sie dabei unterstützen,

- sich in den letzten beiden Schuljahren optimal auf Klausuren und auf das Abitur in Mathematik vorzubereiten.
- sich alle Lehrplaninhalte anhand verständlicher und übersichtlicher Stoffzusammenfassungen anzueignen.
- die Abitursaufgaben der vergangenen Jahrgänge zu bearbeiten, da Sie hiermit ein Nachschlagewerk zur Verfügung haben.
- durch Erfolge neue Motivation für das Fach Mathematik zu bekommen.

Liebe Fachkolleginnen und Fachkollegen,

dieses Buch und die Videos sollen Sie dabei unterstützen,

- die zeitintensive Stoffwiederholung, Klausur- und Abiturvorbereitung teilweise aus dem Unterricht auslagern zu können.
- auf diese Weise mehr Zeit für verständnisorientierten Unterricht zu gewinnen.
- sicherzustellen, dass Ihre Schülerinnen und Schüler über ausreichendes Basiswissen verfügen.

NEU

Über 80 Videos des Autors, in welchen alle Stoffzusammenfassungen nochmals erklärt werden. Zugriff über Kurzadresse oder QR-Code aus dem Buch.

I. Grundlagen Analysis

1. Funktionen

1.1 Ganzrationale Funktionen (Polynome)

1. Grades (Geraden)

Hauptform : $y = mx + b$

Vorgehen zum Einzeichnen:

$$y = \frac{hoch\,/\,runter}{rechts} \cdot x + \quad \text{y-Achsen-abschnitt}$$

Steigung aus 2 Punkten: $m = \dfrac{y_2 - y_1}{x_2 - x_1}$

Steigungswinkel aus Steigung bestimmen:
$m = \tan(\alpha)$

Parallele Geraden:
$m_1 = m_2$ (gleiche Steigung)

Senkrechte (orthogonale) Geraden:
Steigungen sind negative Kehrwerte voneinander: $m_2 = -\dfrac{1}{m_1}$ bzw. $m_1 \cdot m_2 = -1$

1. Winkelhalbierende: $y = x \quad (m = 1)$
2. Winkelhalbierende: $y = -x \quad (m = -1)$

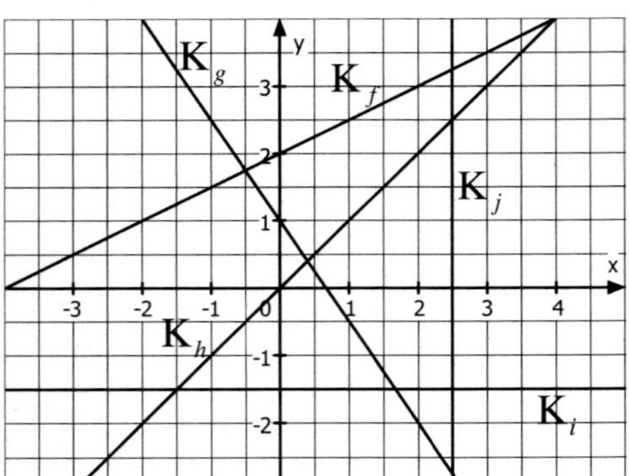

K_f: $y = \frac{1}{2}x + 2$ $\qquad$ K_g: $y = -\frac{3}{2}x + 1$

K_h: $y = x$ (1. Winkelhalbierende)

K_i: $y = -1{,}5$ $\qquad$ K_j: $x = 2{,}5$

2. Grades (Parabeln)

Allg.: $f(x) = ax^2 + bx + c$

Scheitelpunkt-Ansatz:
$f(x) = a \cdot (x - x_s)^2 + y_s$ mit $S(x_s \mid y_s)$

$a > 0$: nach oben geöffnet bzw. Verlauf von II nach I

$a < 0$: nach unten geöffnet bzw. Verlauf von III nach IV

Schnittpunkt mit y-Achse: $S_y(0 \mid c)$

Bei Symmetrie zur y-Achse:
$f(x) = ax^2 + c$ (nur gerade Hochzahlen)

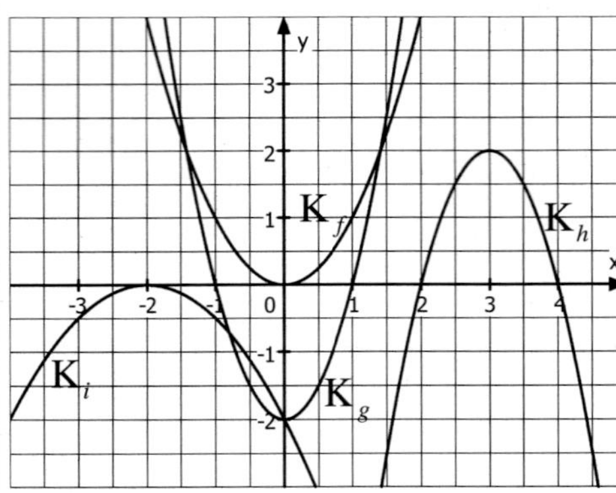

K_f: $f(x) = x^2$ $\qquad$ K_g: $g(x) = 2x^2 - 2$

K_h: $h(x) = -2(x-3)^2 + 2$

K_i: $i(x) = -0{,}5x^2 - 2x - 2$

http://frv.tv/5s

3. Grades

Allg.: $f(x) = ax^3 + bx^2 + cx + d$

$a > 0$: Verlauf von III nach I

$a < 0$: Verlauf von II nach IV

Schnittpunkt mit y-Achse: $S_y(0 \mid d)$

Ansatz bei Symmetrie zum Ursprung:
$f(x) = ax^3 + cx$ (nur ungerade Hochzahlen)

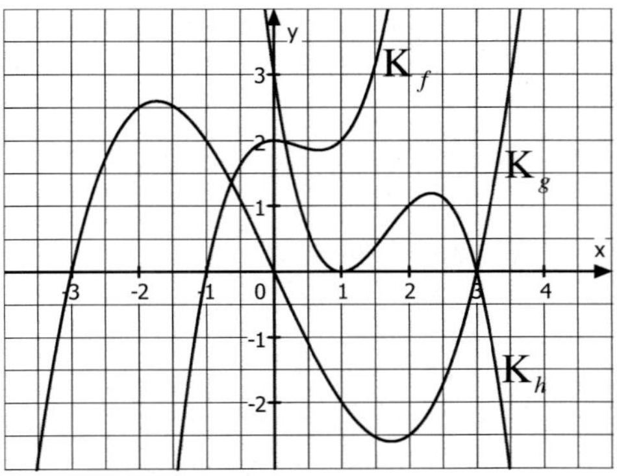

K_f: $f(x) = x^3 - x^2 + 2$

K_g: $g(x) = \frac{1}{4}x^3 - \frac{9}{4}x$

K_h: $h(x) = -x^3 + 5x^2 - 7x + 3$

4. Grades

Allg.: $f(x) = ax^4 + bx^3 + cx^2 + dx + e$

$a > 0$: Verlauf von II nach I

$a < 0$: Verlauf von III nach IV

Schnittpunkt mit y-Achse: $S_y(0 \mid e)$

Ansatz bei Symmetrie zur y-Achse:
$f(x) = ax^4 + cx^2 + e$ (nur gerade Hochzahlen)

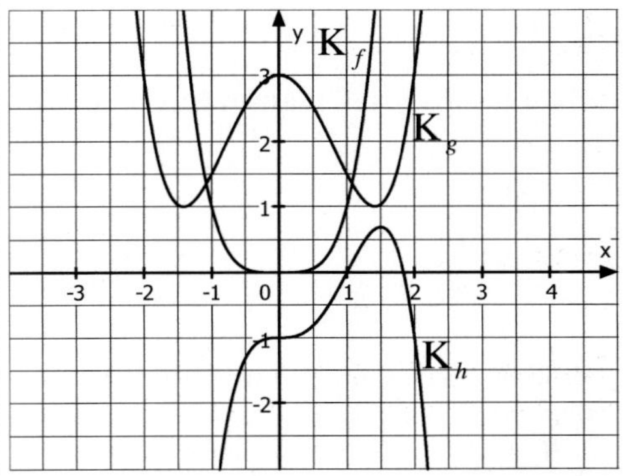

K_f: $f(x) = x^4$

K_g: $g(x) = 0{,}5x^4 - 2x^2 + 3$

K_h: $h(x) = -x^4 + 2x^3 - 1$

Die Quadranten

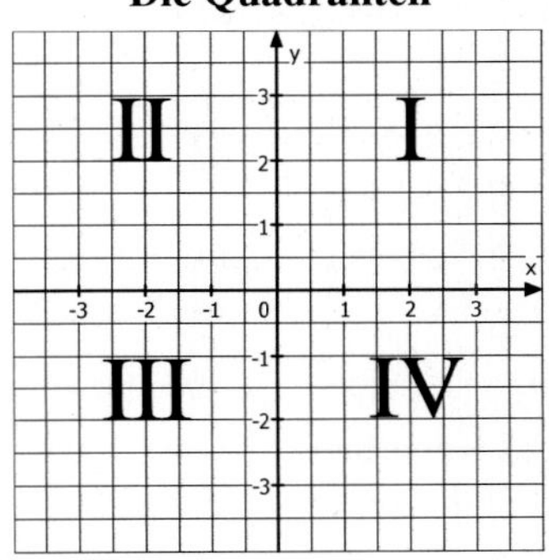

1.2 Der Nullstellenansatz und die Vielfachheit von Nullstellen

Beispiele

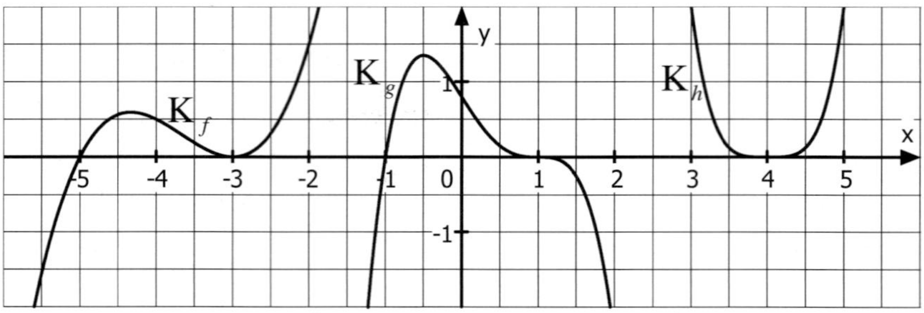

K_f: $f(x)=0{,}5\cdot(x+5)\cdot(x+3)^2$ K_g: $g(x)=-0{,}8\cdot(x+1)\cdot(x-1)^3$ K_h: $h(x)=2\cdot(x-4)^4$

Aufbau des Nullstellenansatzes (am Beispiel)

$$g(x)=-0{,}8\cdot(x+1)\cdot(x-1)^3$$

Verlauf von III nach IV	$x_0=-1$ ist einfache Nullstelle	$x_{1/2/3}=+1$ ist dreifache Nullstelle

Übersicht (für ganzrationale Funktionen)

Vielfachheit Nullstelle	**Faktor im Nullstellenansatz**	**Skizze**	**Beschreibung**
Einfache Nullstelle: x_0	$f(x)=\ldots\cdot(x-x_0)\cdot\ldots$	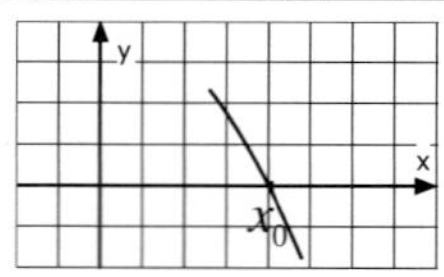	Schaubild **schneidet** x-Achse (mit Vorzeichenwechsel VZW)
Doppelte Nullstelle: x_0	$f(x)=\ldots\cdot(x-x_0)^2\cdot\ldots$	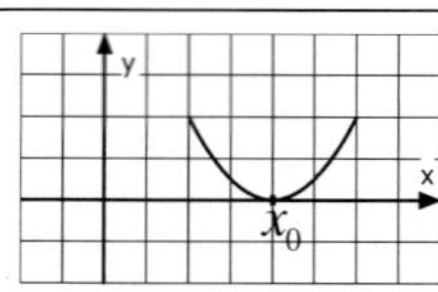	Schaubild **berührt** x-Achse (ohne VZW)
Dreifache Nullstelle: x_0	$f(x)=\ldots\cdot(x-x_0)^3\cdot\ldots$	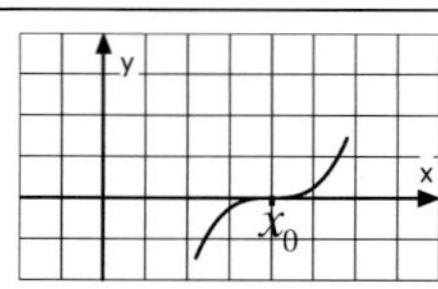	Schaubild **schneidet** und **berührt** x-Achse (mit VZW)
Vierfache Nullstelle: x_0	$f(x)=\ldots\cdot(x-x_0)^4\cdot\ldots$	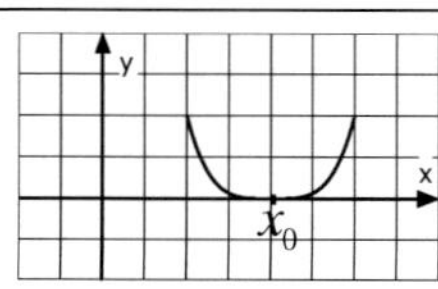	Schaubild **berührt** x-Achse (ohne VZW) („breiter" geformt als doppelte Nullstelle)

http://frv.tv/5t

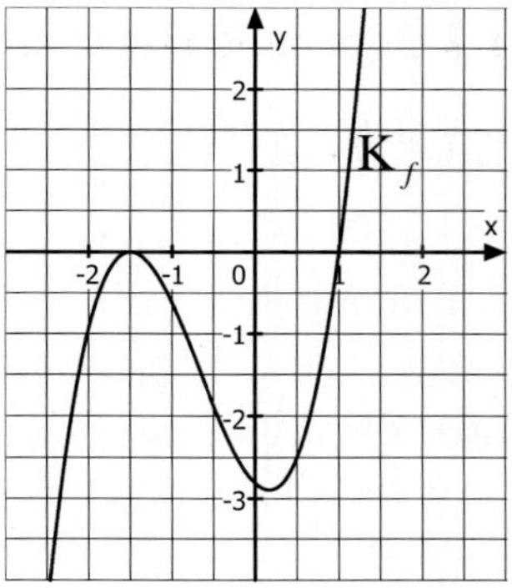

Beispiel

Gesucht ist der Funktionsterm zum nebenstehenden Schaubild.

Lösung

Da die Nullstellen $\left(x_{1/2} = -1,5;\ x_3 = 1\right)$ des Schaubildes ablesbar sind, kann der Nullstellenansatz der Funktion weitgehend aufgestellt werden:

$f(x) = a \cdot (x+1,5)^2 \cdot (x-1)$

Dann werden die Koordinaten eines weiteren Punktes, der kein Schnittpunkt mit der x-Achse ist, eingesetzt:

P(0,5 | −2,5):

$$\begin{aligned} f(x) &= a \cdot (x+1,5)^2 \cdot (x-1) \\ -2,5 &= a \cdot (0,5+1,5)^2 \cdot (0,5-1) \\ -2,5 &= -2a \\ \frac{5}{4} &= a \end{aligned}$$

$$\Rightarrow f(x) = \frac{5}{4} \cdot (x+1,5)^2 \cdot (x-1)$$

1.3 Gebrochenrationale Funktionen

Allg. $\boldsymbol{f(x)=\dfrac{(ganzrationale)\ Funktion}{(ganzrationale)\ Funktion}}$ Beispiel: $f(x)=\dfrac{-2x^2+3x}{x+2}$ $\left(\text{mit } D=\mathbb{R}\setminus\{-2\}\right)$

1. Untersuchung auf senkrechte Asymptoten

x-Werte, die im **Nenner** zum **Wert 0** führen, nennt man **Definitionslücken**. Solche x-Werte sind nicht in der Definitionsmenge der Funktion enthalten.
An einer Definitionslücke kann das Schaubild eine **senkrechte Asymptote** aufweisen.
(Hinweis: Asymptote = Näherungsgerade)

Fall 1 : Polstelle mit Vorzeichenwechel (einfache Nullstelle des Nenners)

Beispiel: $f(x)=\dfrac{1}{x-1}$ $\left(\text{mit } D=\mathbb{R}\setminus\{1\}\right)$

Senkrechte Asymptote: $\boldsymbol{x=1}$

Für $x\to 1\ (x<1)$ gilt: $f(x)\to -\infty$
Für $x\to 1\ (x>1)$ gilt: $f(x)\to +\infty$

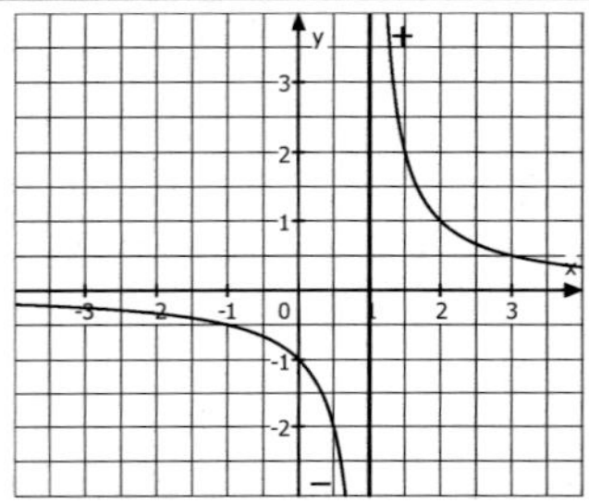

Fall 2 : Polstelle ohne Vorzeichenwechel (doppelte Nullstelle des Nenners)

Beispiel: $f(x)=\dfrac{1}{(x-1)^2}$ $\left(\text{mit } D=\mathbb{R}\setminus\{1\}\right)$

Senkrechte Asymptote: $\boldsymbol{x=1}$

Für $x\to 1\ (x<1)$ gilt: $f(x)\to +\infty$
Für $x\to 1\ (x>1)$ gilt: $f(x)\to +\infty$

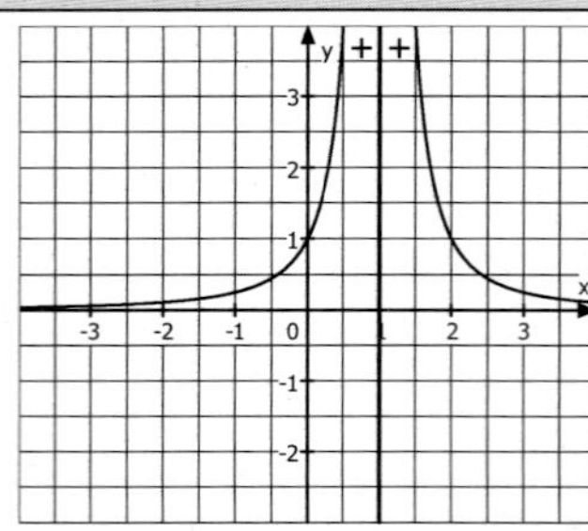

Hinweise

- x-Werte, für die der **Nenner** gleich **0** ist sind **Definitionslücken** $\left(\dfrac{\dots}{0}=?\right)$
- x-Werte, für die der **Zähler** gleich **0** ist sind **Nullstellen** $\left(\dfrac{0}{\dots}=0\right)$

http://frv.tv/5u

2. Untersuchung auf waagrechte Asymptoten (Verhalten für $x \to \pm\infty$)

Fall 1: Zählergrad < Nennergrad: x - Achse ist waagrechte **Asymptote**

$$f(x) = \frac{1}{2x+4} \quad \left(\frac{\text{Grad } 0}{\text{Grad } 1}\right)$$

waagrechte Asymptote: $\boldsymbol{y = 0}$ (x-Achse)

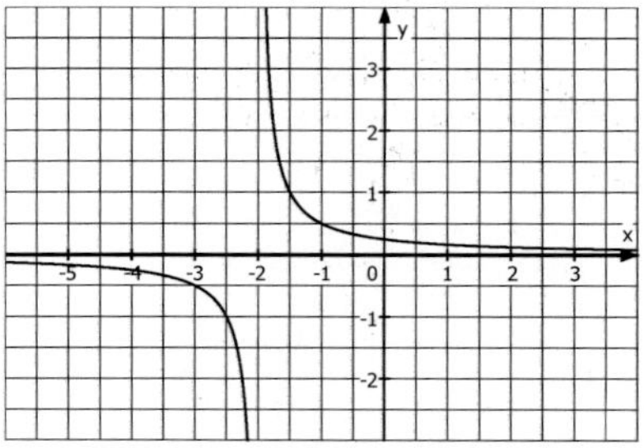

$$f(x) = \frac{-2x+1}{3x^2} \quad \left(\frac{\text{Grad } 1}{\text{Grad } 2}\right)$$

waagrechte Asymptote: $\boldsymbol{y = 0}$ (x-Achse)

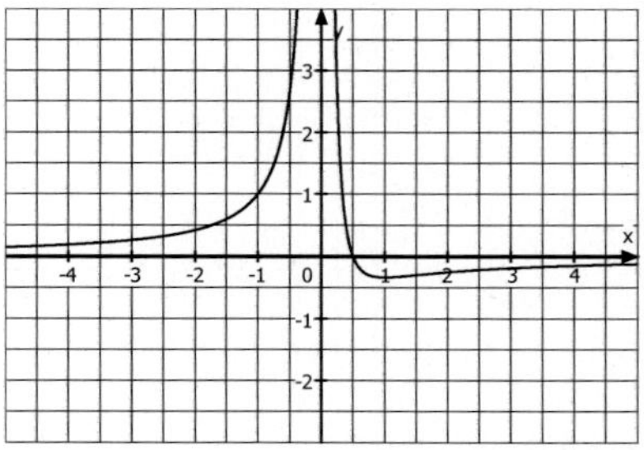

Fall 2: Zählergrad = Nennergrad: Waagrechte Asymptote, jedoch nicht x-Achse

$$f(x) = \frac{\mathbf{1}x}{\mathbf{2}x+4} \quad \left(\frac{\text{Grad } 1}{\text{Grad } 1}\right)$$

waagrechte Asymptote: $\boldsymbol{y = \frac{1}{2}}$

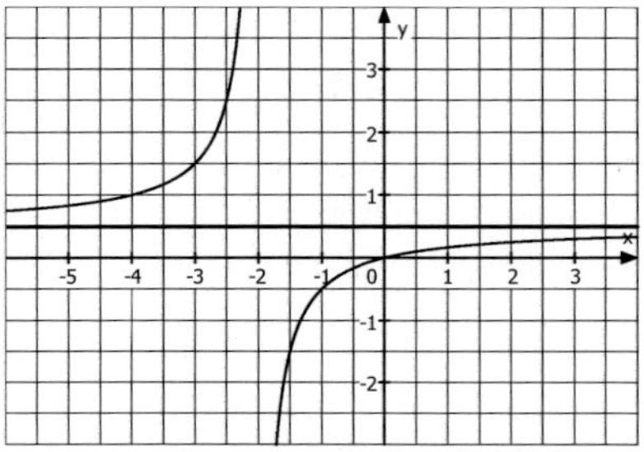

$$f(x) = \frac{\mathbf{-2}x^2+1}{\mathbf{3}x^2} \quad \left(\frac{\text{Grad } 2}{\text{Grad } 2}\right)$$

waagrechte Asymptote: $\boldsymbol{y = -\frac{2}{3}}$

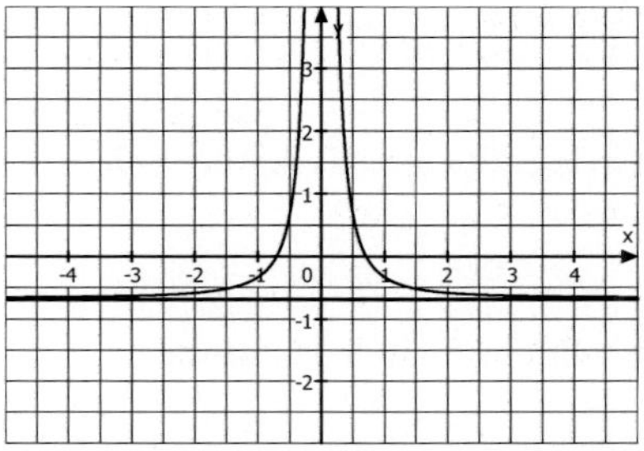

Fall 3: Zählergrad > Nennergrad: Keine waagrechte Asymptote.

(Keine Beispiele, da nicht relevant für das Abitur.)

1.4 Exponentialfunktionen

1. Verlauf : $f(x)=e^x$

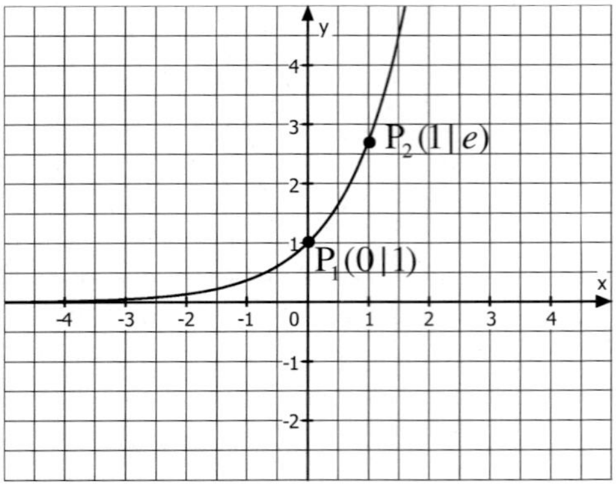

2. Spiegelungen

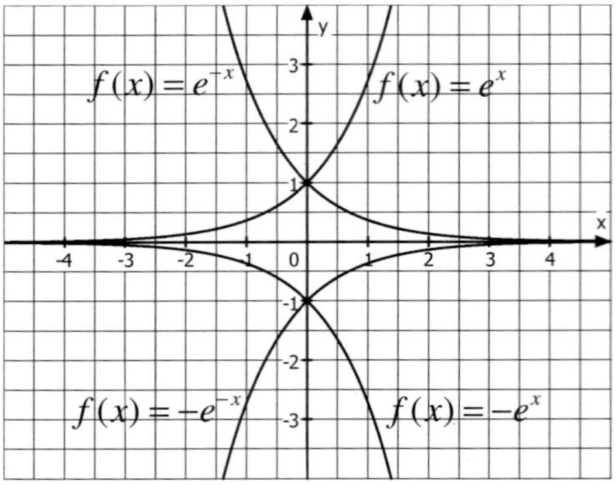

3. Koeffizienten in : $f(x)=a\cdot e^{b\cdot(x-c)}+d$

a **- Streckung / Stauchung in *y*-Richtung**
$a>1$: „steiler“
$0<a<1$: „flacher“
($a<0$: an der x-Achse gespiegelt)

b **- ansteigendes oder fallendes Schaubild**
$b>0$: ansteigendes Schaubild
$b<0$: fallendes Schaubild
(bzw. an der y-Achse gespiegelt)

c **- Verschiebung in *x*-Richtung**
$c>0$: nach rechts
$c<0$: nach links

d **- Verschiebung in *y*-Richtung**
($y=d$ ist Asymptote)
$d>0$: nach oben
$d<0$: nach unten

Vorsicht beim Koeffizienten *c*

Das Schaubild zu $f(x)=e^{x-3}$ wurde um 3 Einheiten nach *rechts* verschoben!
Der Koeffizient c hat hier den Wert $+3$, das Minuszeichen kommt vom allgemeinen Ansatz der Funktion.

Entsprechend $f(x)=e^{x+2}$: Verschiebung um 2 nach *links*!

http://frv.tv/7k

4. Asymptoten (Näherungsgeraden)

Beispielfunktion	Asymptote	Schaubilder
$f(x) = e^{x}$	$y = 0$ (x – Achse) für $x \to -\infty$	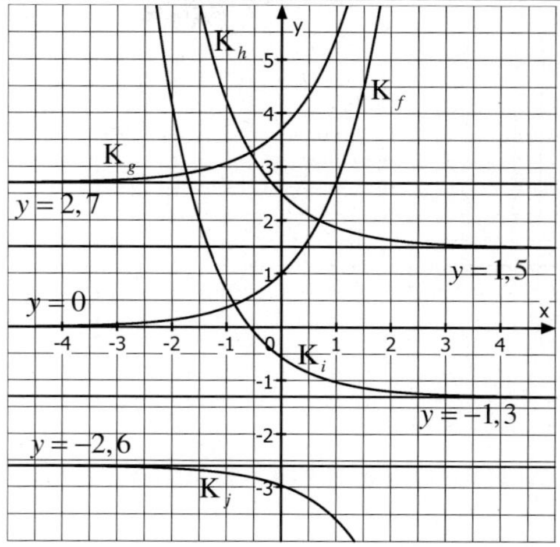
$g(x) = e^{x} + 2{,}7$	$y = 2{,}7$ für $x \to -\infty$	
$h(x) = e^{-x} + 1{,}5$	$y = 1{,}5$ für $x \to +\infty$	
$i(x) = 2e^{-x-1} - 1{,}3$	$y = -1{,}3$ für $x \to +\infty$	
$j(x) = -e^{x-1} - 2{,}6$	$y = -2{,}6$ für $x \to -\infty$	

Regeln :

1. Asymptotengleichung : y = „Exponentialgleichung ohne $e^{\dots x}$“

2. Annäherungsrichtung : Bei $e^{„+x“}$ für $x \to -\infty$ bzw. **bei $e^{„-x“}$ für $x \to +\infty$**

5. Anwendungen

Wachstum mit $f(x) = e^{„+x“}$

Beispiel: Angelegter Geldbetrag vermehrt sich

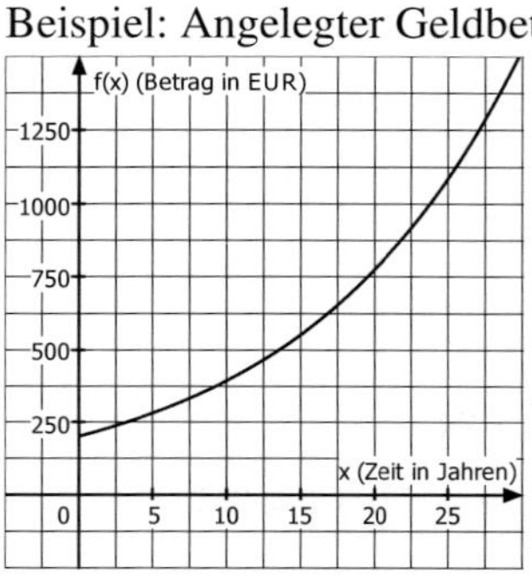

Zerfall mit $f(x) = e^{„-x“}$

Beispiel: Chemischer Stoff zerfällt

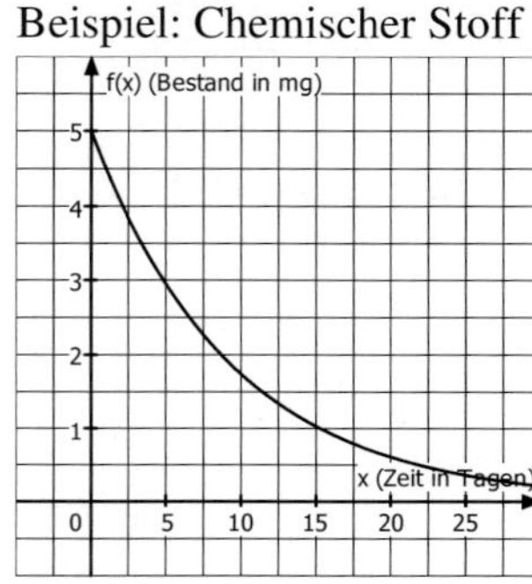

1.5 Trigonometrische Funktionen

1. Verlauf

$f(x) = \sin(x)$

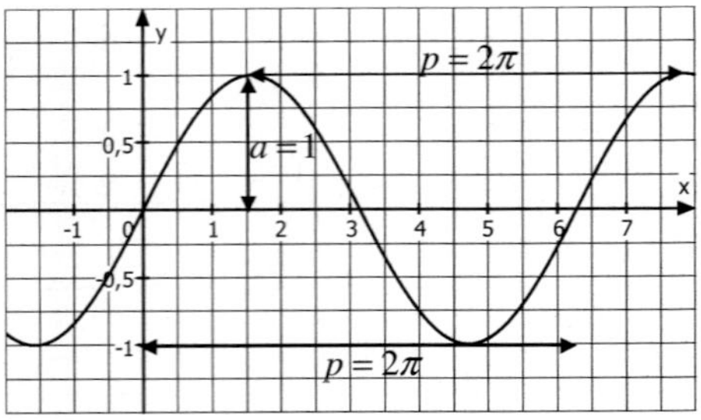

$f(x) = \cos(x)$

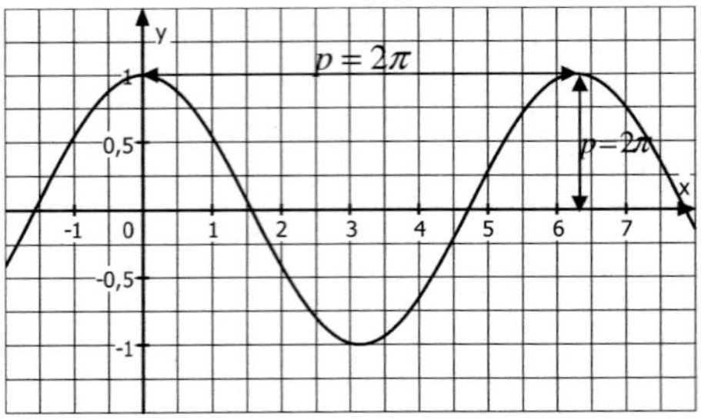

2. Koeffizienten: $f(x) = a \cdot \sin(b \cdot (x - c)) + d$ und $f(x) = a \cdot \cos(b \cdot (x - c)) + d$

a **- Amplitude**
($|a|$, also „Zahl a ohne Vorzeichen“, gibt max. Abstand zur „Mittellinie“ an)
(Streckung in y-Richtung)

$\left(a < 0: \text{ an der } x\text{-Achse gespiegelt} \right)$ $\left(a = \frac{y_{\max} - y_{\min}}{2} \right)$

b **- entscheidet Periodenlänge**
(„Dauer eines Durchlaufes“)
$\left(\text{Streckung in } x\text{-Richtung um } \frac{1}{b} \right)$

$b = \frac{2\pi}{p}$ (p entspricht der Periodenlänge)

c **- Verschiebung in** ***x*****-Richtung**

$c > 0$: nach rechts
$c < 0$: nach links

d **- Verschiebung in** ***y*** **- Richtung**
(„Höhe der Mittellinie“)

$d > 0$: nach oben
$d < 0$: nach unten

$\left(d = \frac{y_{\max} + y_{\min}}{2} \right)$

Vorsicht beim Koeffizienten *c*

Das Schaubild zu $f(x) = \sin(x - 3)$ wurde um 3 Einheiten nach *rechts* verschoben!
Der Koeffizient c hat den Wert $+3$, das Minuszeichen kommt vom allgemeinen Ansatz der Funktion.

Entsprechend $f(x) = \sin(x + 2)$: Verschiebung um 2 nach *links*!

http://frv.tv/1e

Beispiel 1 (Zusätzlich ist das Schaubild von $f(x) = \sin(x)$ gestrichelt eingezeichnet.)

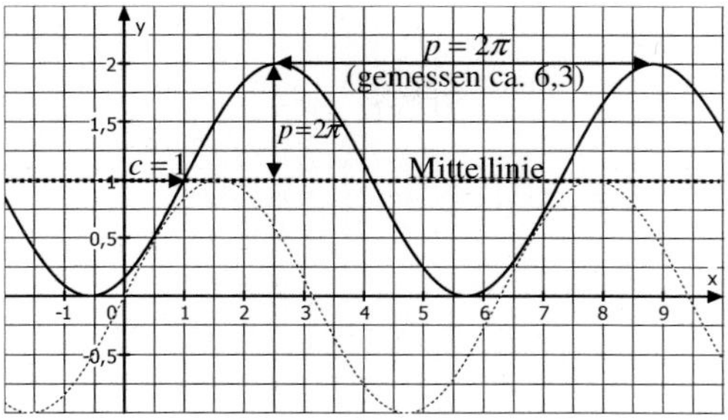

$\Rightarrow f(x) = \sin(x-1)+1$

$\left(\text{Alternativ: } f(x) = \cos(x-2{,}57)+1\right)$

Mit $\boldsymbol{f(x) = a \cdot \sin\left(b \cdot (x-c)\right) + d}$:

- $d = 1$ Mittellinie auf Höhe $+1$ $\left(\text{oder mit } \frac{2+0}{2} = \frac{2}{2} = 1\right)$
- $a = 1$ (max. Abstand von 1 zur Mittellinie) $\left(\text{oder mit } \frac{2-0}{2} = \frac{2}{2} = 1\right)$
- $c = 1$ Verschiebung um 1 nach rechts
- $b = \frac{2\pi}{p} = \frac{2\pi}{2\pi} = 1$

Beispiel 2

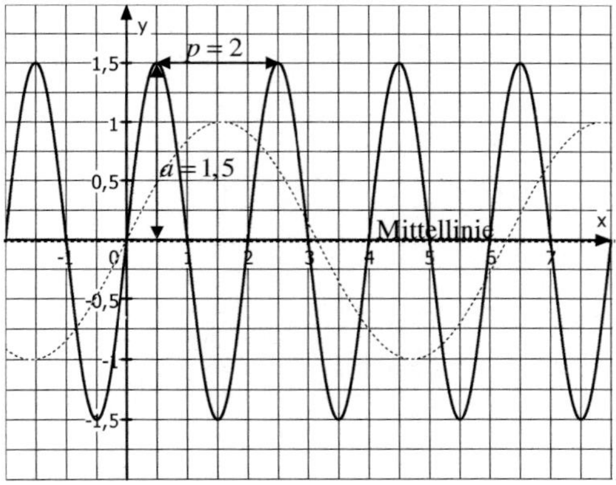

$\Rightarrow f(x) = 1{,}5 \cdot \sin(\pi \cdot x)$

$\left(\text{Alternativ: } f(x) = 1{,}5 \cdot \cos\left(\pi \cdot (x-0{,}5)\right)\right)$

Mit $\boldsymbol{f(x) = a \cdot \sin\left(b \cdot (x-c)\right) + d}$:

- $d = 0$ Mittellinie auf Höhe 0 $\left(\text{oder mit } \frac{1{,}5+(-1{,}5)}{2} = \frac{0}{2} = 0\right)$
- $a = 1{,}5$ max. Abstand von 1,5 zur Mittellinie $\left(\text{oder mit } \frac{1{,}5-(-1{,}5)}{2} = \frac{3}{2}\right)$
- $c = 0$ keine Verschiebung bei sin
- $b = \frac{2\pi}{p} = \frac{2\pi}{2} = \pi$

3. Anwendungen

Periodische Vorgänge, also Vorgänge, die sich in gleichen Zeitabschnitten wiederholen, werden oft mit trigonometrischen Funktionen modelliert.

Beispiel: Wasserstand bei Ebbe und Flut

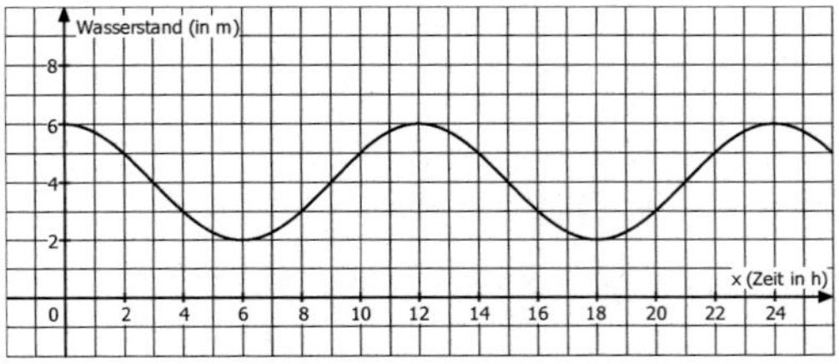

1.6 Wurzelfunktion

$f(x) = \sqrt{x}$

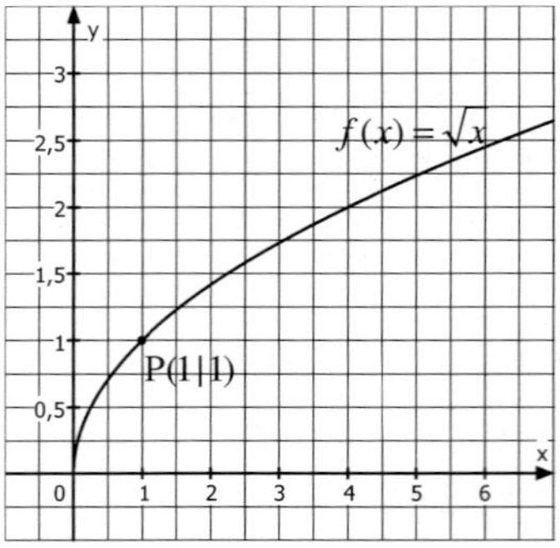

- **Definitionsmenge:** $D = \{x \in \mathbb{R} \mid x \geq 0\}$

Es dürfen nur positive x-Werte und der x-Wert 0 selbst eingesetzt werden.
(Aus einer negativen Zahl kann keine Wurzel „gezogen" werden.)

- **Wertemenge:** Man erhält nur positive y-Werte und den y-Wert 0 selbst.

Hinweis

$f(x) = \sqrt{x}$ ist die Umkehrfunktion (s. nächste Seite) zu $g(x) = x^2$ (für $x \geq 0$).

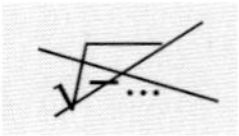

1.7 Natürliche Logarithmusfunktion

Allg. $f(x) = \ln(x)$

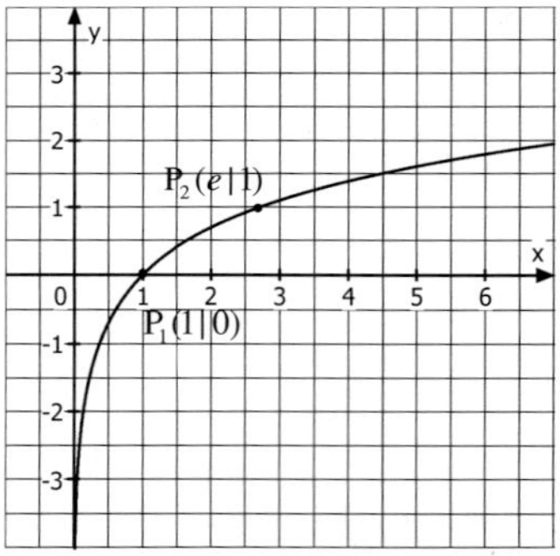

- **Definitionsmenge:** $D = \{x \in \mathbb{R} \mid x > 0\}$

Es dürfen nur positive x-Werte eingesetzt werden.
(Der Logarithmus ist nur für positive Zahlen definiert.)

- **Wertemenge:** Man erhält alle reellen Zahlen als y-Werte.

Grenzwerte

- Für sehr kleine positive x-Werte streben die y-Werte gegen $-\infty$ (für $x \to 0$ $(x > 0)$ gilt: $f(x) \to -\infty$).
- Für sehr große positive x-Werte streben die y-Werte gegen $+\infty$ (für $x \to \infty$ gilt: $f(x) \to +\infty$).

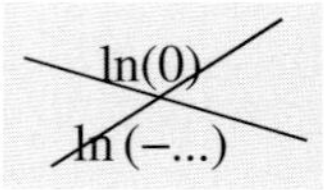

Hinweis

$f(x) = \ln(x)$ ist die Umkehrfunktion (s. nächste Seite) zu $g(x) = e^x$.

1.8 Zusatz : Umkehrfunktion $f^{-1}(x)$

• **Begriffserklärung**

Stellen Sie sich die Wertetabelle zu einer gegebenen Funktion vor. Vertauschen Sie nun gedanklich die x- und y-Werte aller Kurvenpunkte (Beispiel: P(1 | 4) $\rightarrow$ P´(4 | 1)).
Das Schaubild welcher Funktion verläuft durch alle Punkte der „neuen" Wertetabelle?
Das Schaubild der zugehörigen Umkehrfunktion!

Beispiel : Umkehrfunktion zu $f(x) = 2x + 2$.

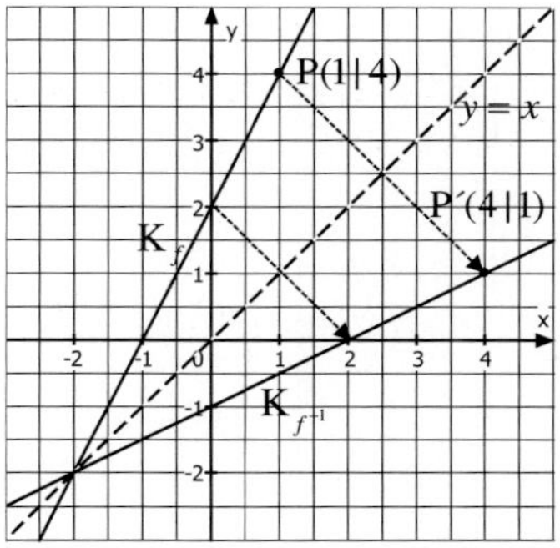

• **Rechnerische Bestimmung**

1. Schritt : Vertauschen von *x* und *y*.

$y = 2x + 2$

$x = 2y + 2$

2. Schritt : Auflösen nach *y*. Ersetzen durch $f^{-1}(x)$.

$x = 2y + 2 \quad | -2$

$x - 2 = 2y \quad | : 2$

$0{,}5x - 1 = y \;\Rightarrow\; f^{-1}(x) = 0{,}5x - 1$

• **Grafische Bestimmung**

Spiegelung an der 1.Winkelhalbierenden ($y = x$).

• **Spezielle Umkehrfunktionen**

$f(x) = x^2$ (für $x > 0$) und $f^{-1}(x) = \sqrt{x}$

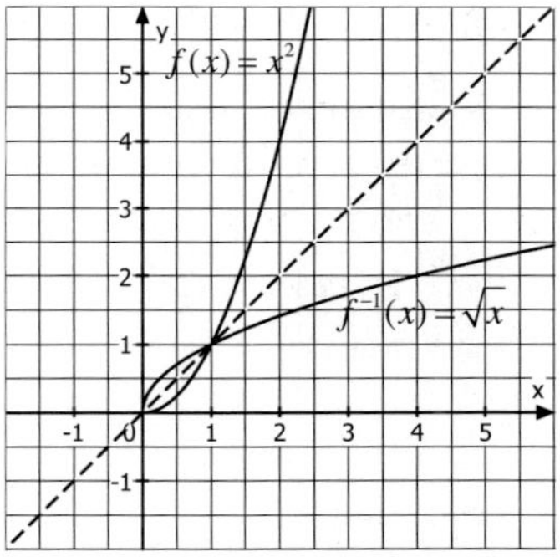

$g(x) = e^x$ und $g^{-1}(x) = \ln(x)$

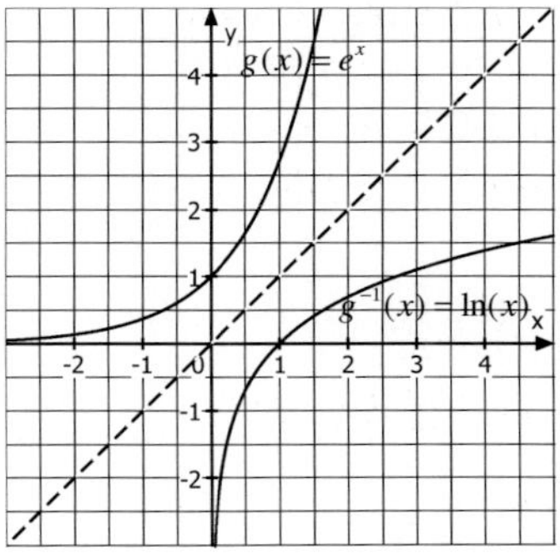

1.9 Übersicht: Spiegeln, Strecken und Verschieben $f(x) \to$

<table>
<tr><td></td><td colspan="2">Spiegeln an ...</td><td>Strec -</td></tr>
<tr><td></td><td>... x - Achse</td><td>... y - Achse</td><td>... y - Richtung</td></tr>
<tr><td>$f(x)=x^2$</td><td>$g(x)=-x^2$
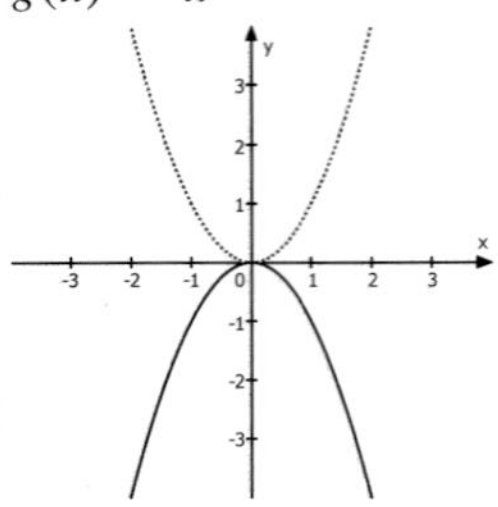</td><td>$g(x)=(-x)^2=x^2$
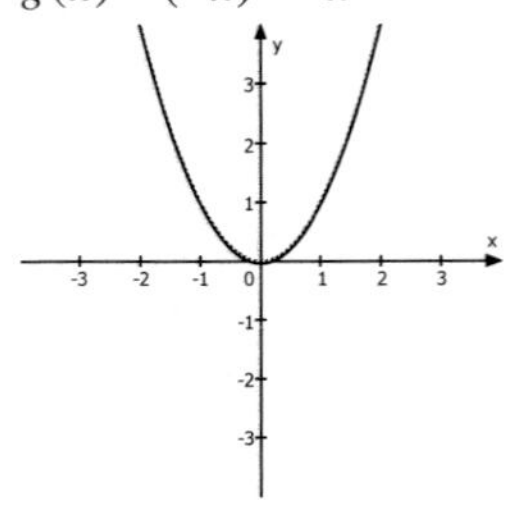</td><td>$g(x)=2\cdot x^2$
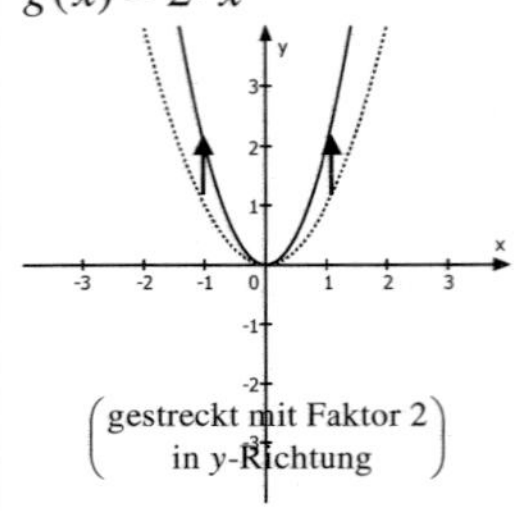
</td></tr>
<tr><td>$f(x)=e^x$</td><td>$g(x)=-e^x$
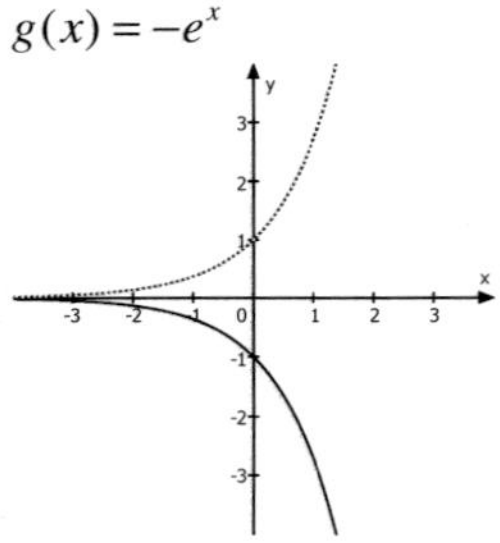</td><td>$g(x)=e^{-x}$
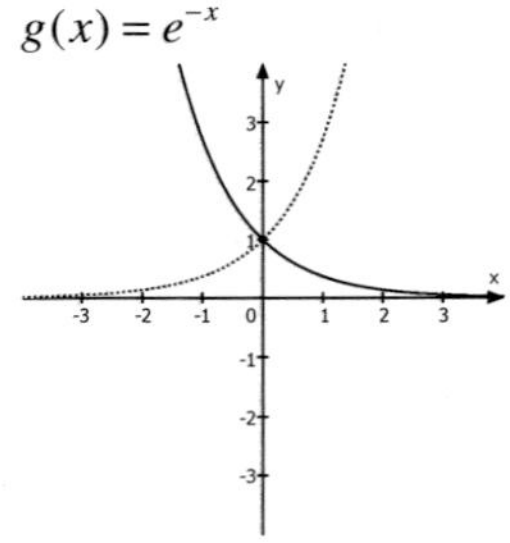</td><td>$g(x)=0,5\cdot e^x$
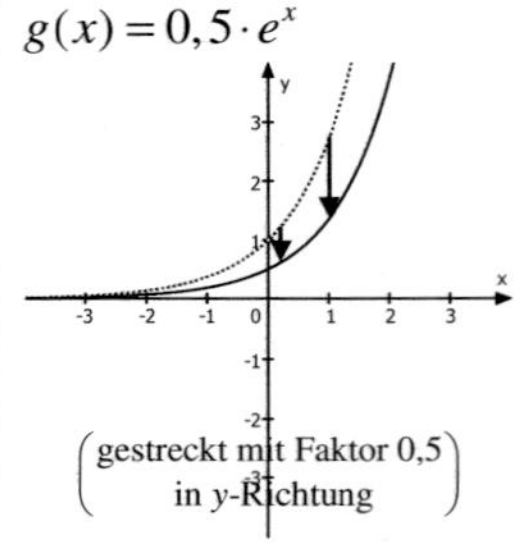
</td></tr>
<tr><td>$f(x)=\sin(x)$</td><td>$g(x)=-\sin(x)$
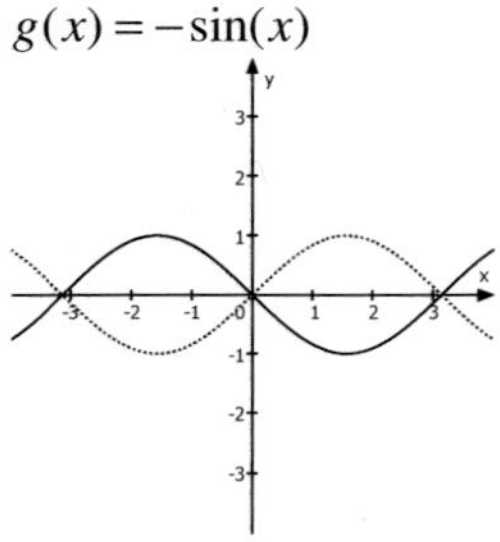</td><td>$g(x)=\sin(-x)$
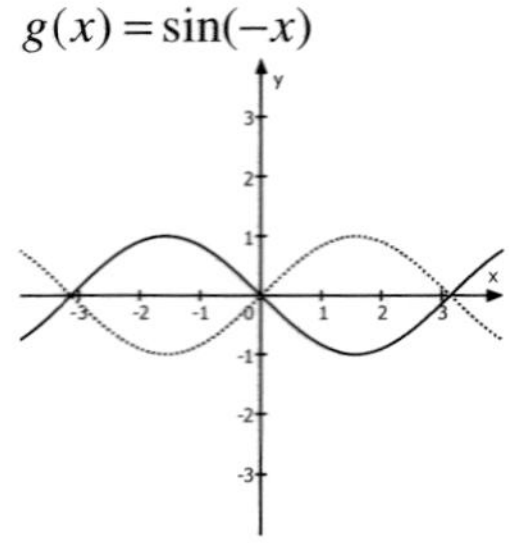</td><td>$g(x)=2\cdot\sin(x)$
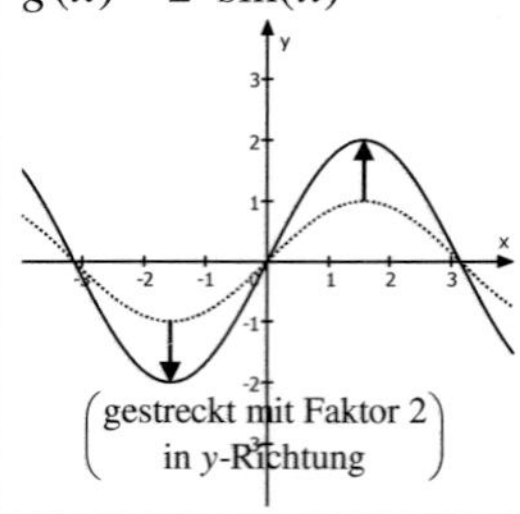
</td></tr>
<tr><td></td><td>$g(x)=-f(x)$
„–" vor Funktionsterm</td><td>$g(x)=f(-x)$
„x" durch „$-x$" ersetzt</td><td>$g(x)=\boldsymbol{a}\cdot f(x)$
Streckung mit Faktor $|\boldsymbol{a}|$ in y-Richtung</td></tr>
</table>

http://frv.tv/1f

$\rightarrow \quad g(x) = a \cdot f\left(b \cdot (x-c)\right) + d$

ken in ...	**Verschieben in ...**	
... x - Richtung	$g(x) = e^{-x}$	**... x - Richtung**
$g(x) = (2x)^2 = 4x^2$ 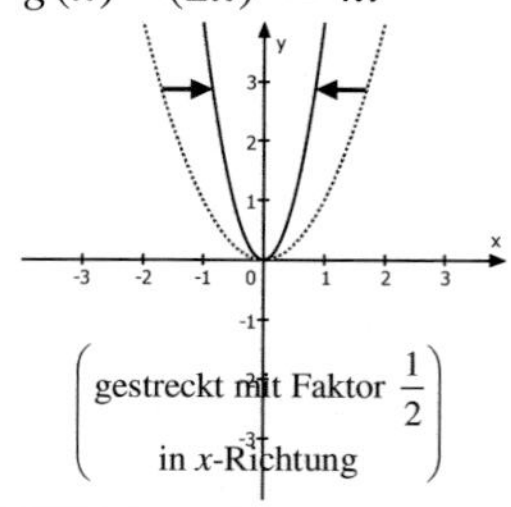	$g(x) = x^2 - 2$ 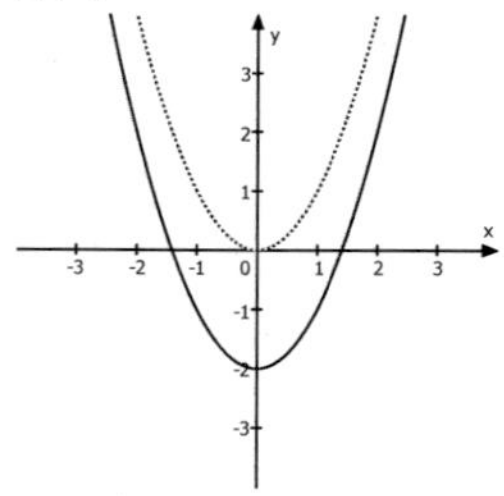	$g(x) = (x-2)^2$ 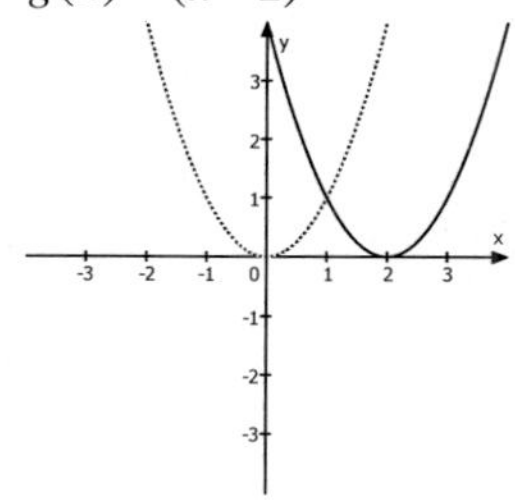
$g(x) = e^{0,5x}$ 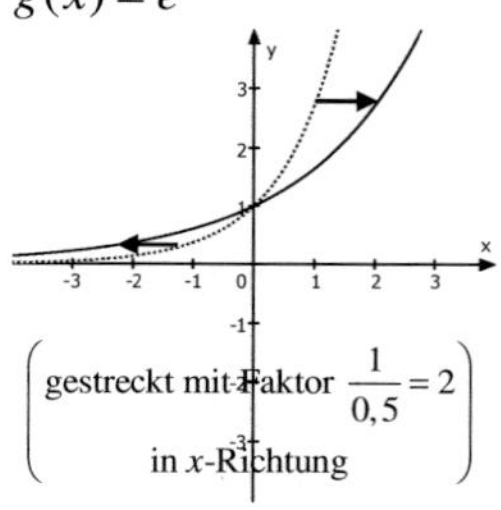	$g(x) = e^x + 2$ 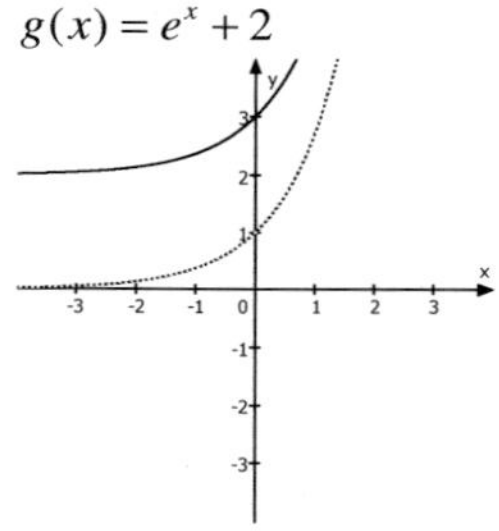	$g(x) = e^{x-2}$ 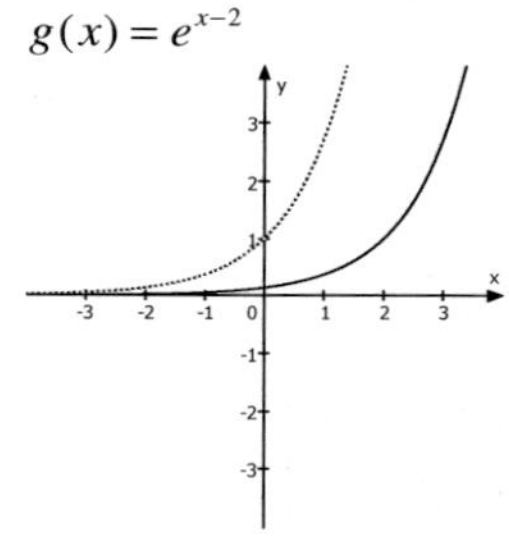
$g(x) = \sin(2x)$ 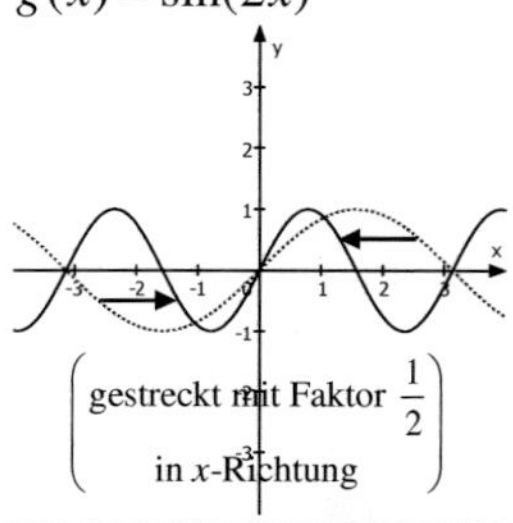	$g(x) = \sin(x) + 2$ 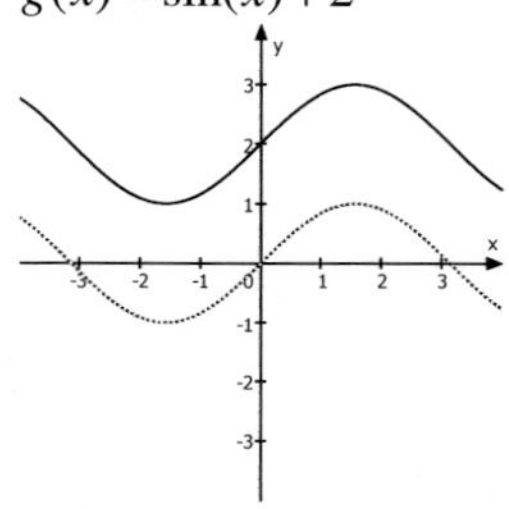	$g(x) = \sin(x+2)$ 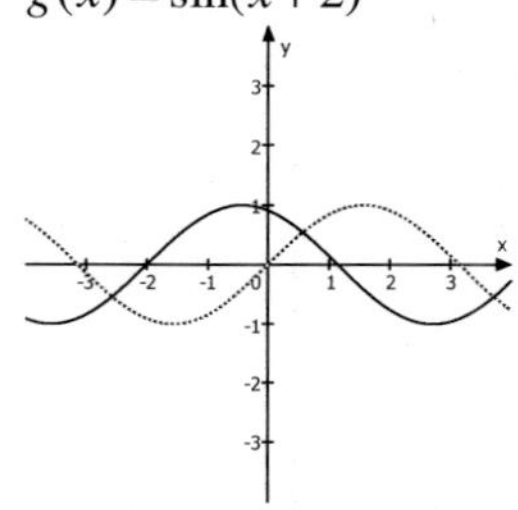
$g(x) = f(\boldsymbol{b} \cdot x)$ Streckung mit Faktor $\frac{\mathbf{1}}{\lvert \boldsymbol{b} \rvert}$ in x-Richtung	$g(x) = f(x) \pm \boldsymbol{d}$ z.B. $\ldots + 2$: Versch. nach oben $\ldots - 2$: Versch. nach unten	$g(x) = f(x \pm \boldsymbol{c})$ z.B. $(x-2)$: V. nach rechts $(x+2)$: V. nach links

1.10 Funktionenscharen

1. Begriffserklärung

Eine Funktionenschar besteht aus vielen einzelnen Funktionen, welche durch eine gemeinsame Schargleichung $f_t(x)$ beschrieben werden können.
Man erhält eine bestimmte Funktion aus der Schar, indem man „ihren" t-Wert (ihren Parameterwert) in $f_t(x)$ einsetzt.

Beispiel

Gleichung der Funktionenschar: $f_t(x) = x^2 + t \quad (t \in \mathbb{R})$

Einzelne Funktionen hieraus (z.B):
$t = 1$: $f_1(x) = x^2 + 1$
$t = 3$: $f_3(x) = x^2 + 3$
$t = -1$: $f_{-1}(x) = x^2 - 1$
...

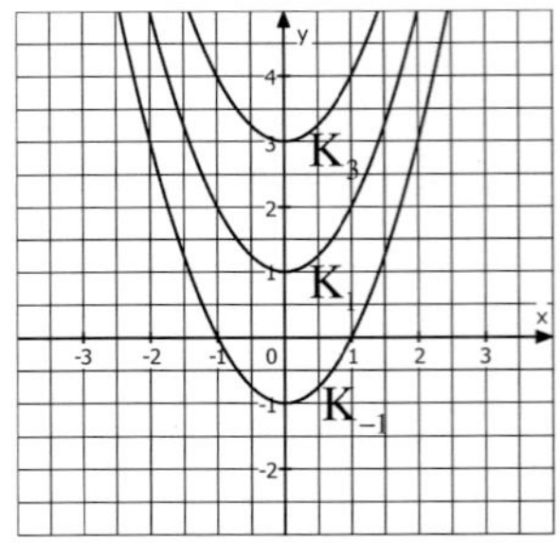

2. Wirkung des Parameters auf die Schaubilder

Wenn eine bestimmte Funktion aus der Schar ausgewählt wird, geschieht dies, indem deren t-Wert in die Schargleichung eingesetzt wird (s.o.). Durch das Einsetzen dieser Zahl bildet sich der spezielle Funktionsterm der ausgewählten Funktion, der sich von allen anderen Funktionen der Schar unterscheidet.
Ebenso unterscheidet sich das Schaubild der ausgewählten Funktion von allen anderen Schaubildern der Schar. Die Art dieses Unterschiedes wird von der Position bestimmt, an welcher der Parameter in der Schargleichung steht.

Beispiele

$f_t(x) = x^2 + t$

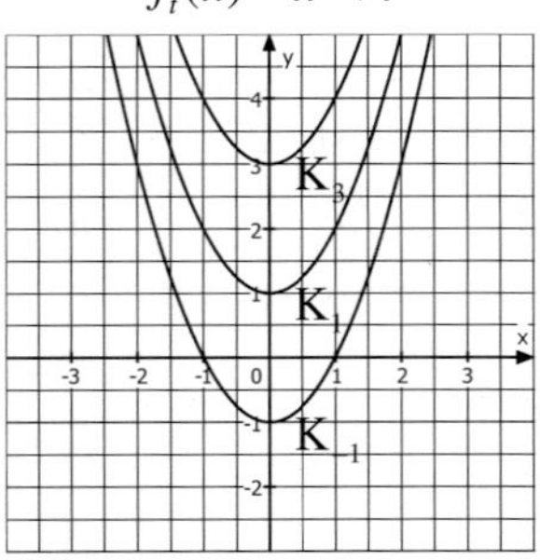

Parameter verschiebt die Schaubilder nach oben bzw. unten

$f_t(x) = tx^2$

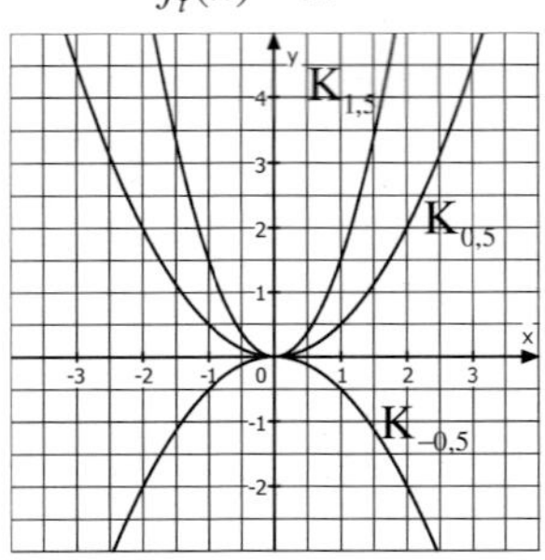

Parameter verändert den Verlauf und die Streckung des Schaubildes in y - Richtung

$f_t(x) = -0,2tx^3 + 0,2t^2x - t$

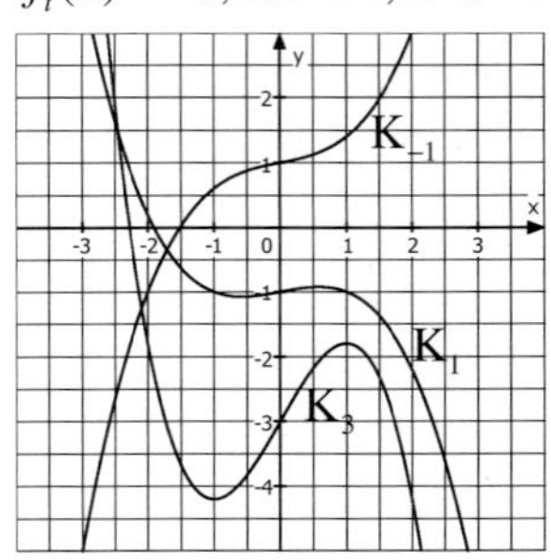

Parameter besitzt eine komplexe Wirkung (u.a. auf Verlauf, Verschiebung, Streckung, ...)

http://frv.tv/5v

3. Umgang mit Funktionenscharen

Dieser ist deutlich schwieriger als der Umgang mit Funktionen, was vor allem an den nachfolgenden Punkten liegt. Diese sollten beachtet werden.

	Funktion $f(x)$	**Funktionenschar $f_t(x)$**
Schaubilder	ein konkretes Schaubild	unendlich viele Schaubilder
Gleichungen	enthalten nur die Variable x: z.B.: $x^2 - 2 = 0$	enthalten weiteren „Buchstaben“: z.B.: $x^2 - 2t = 0$
Interpretation der Ergebnisse	z.B. Schnittpunkt mit x-Achse: $N(2\mid 0)$; Konkreter Punkt im Koordinatensystem	z.B. Schnittpunkt mit x-Achse: $N_t(2t-1\mid 0)$; Parameterabhängige „Vorschrift“, die erst durch das Einsetzen von einem t-Wert zu einem konkreten Punkt führt

4. Grundregel für das Rechnen mit Funktionenscharen

Rechnungen mit Funktionenscharen werden meist zunächst allgemein, also ohne das Einsetzen einer Zahl für t, durchgeführt. Dies hat den Vorteil, dass so die Rechenergebnisse für alle Funktionen aus der Schar gelten.
Erst in diese Rechenergebnisse wird dann eine Zahl für t eingesetzt, um ein konkretes Ergebnis für eine einzelne Funktion aus der Schar zu erhalten.
Der Parameter t ist somit lediglich ein „Platzhalter“ für eine einzusetzende Zahl. Deshalb lautet die Grundregel für das Rechnen mit Funktionenscharen:

Grundregel	**Der Parameter (t) wird beim „Rechnen“ stets selbst wie eine Zahl behandelt!**

1.11 Symmetrie zur y-Achse bzw. zum Ursprung

Bei **ganzrationalen Funktionen** kann anhand der **Hochzahlen** (nur **gerade** bzw. **ungerade** Hochzahlen oder gemischt) entschieden werden, ob ein gegebenes Schaubild symmetrisch zur y-Achse bzw. zum Ursprung ist, oder ob keine dieser beiden Symmetriearten vorliegt.

Bei **anderen Funktionstypen** müssen hingegen die **allgemeinen Bedingungen** zur Symmetrieuntersuchung verwendet werden.

1. Allgemeine Bedingung für Achsensymmetrie zur y-Achse: $f(-x) = f(x)$

Bedingung in Worten

An den Stellen x und $-x$ sind die y-Werte gleich groß.

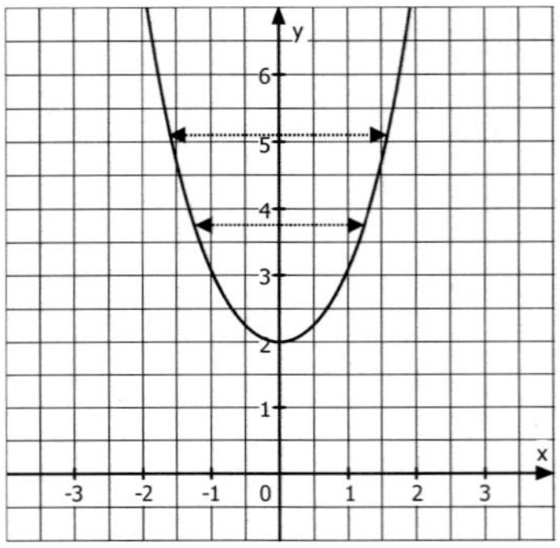

Beispiel

Ist das Schaubild der Funktion f mit $f(x) = e^{-x} + e^{x}$ achsensymmetrisch zur y-Achse?

$$\left.\begin{array}{l} f(-x) = e^{-(-x)} + e^{-x} = \underline{e^{x} + e^{-x}} \\ f(x) = \underline{e^{-x} + e^{x}} \end{array}\right\} \begin{array}{l} \text{Es gilt:} \\ f(-x) = f(x) \end{array}$$

$\Rightarrow$ Somit symmetrisch zur y-Achse!

2. Allgemeine Bedingung für Punktsymmetrie zum Ursprung: $f(-x) = -f(x)$

Bedingung in Worten

An den Stellen x und $-x$ haben die y-Werte den gleichen „Zahlenwert", jedoch mit verschiedenen Vorzeichen. Mit dem Minuszeichen vor $f(x)$ sind die Werte gleich.

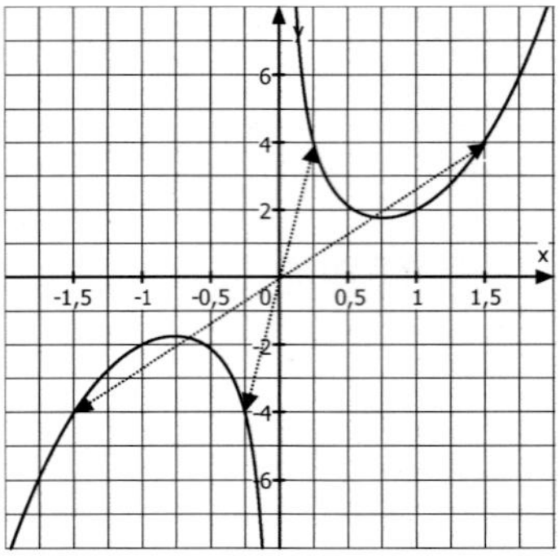

Beispiel

Ist das Schaubild der Funktion f mit $f(x) = x^3 + \frac{1}{x}$ punktsymmetrisch zum Ursprung?

$$\left.\begin{array}{l} f(-x) = (-x)^3 + \dfrac{1}{-x} = \underline{-x^3 - \dfrac{1}{x}} \\ -f(x) = -\left(x^3 + \dfrac{1}{x}\right) = \underline{-x^3 - \dfrac{1}{x}} \end{array}\right\} \begin{array}{l} \text{Es gilt:} \\ f(-x) = -f(x) \end{array}$$

$\Rightarrow$ Somit punktsymmetrisch zum Ursprung!

http://frv.tv/1h

1.12 Umgang mit Funktionen: Rechenansätze

Aufgabenstellung	Rechenansatz	
y-Wert bei $x = 2$?	$\boldsymbol{f(2)} = \ldots$	(x - *Wert einsetzen, ausrechnen*)
Schnittpunkt mit y-Achse?	$\boldsymbol{f(0)} = \ldots$	(*0 für x einsetzen, ausrechnen*)
x-Wert bei $y = 5$?	$\boldsymbol{f(x) = 5}$	($f(x)$ *gleich* y - *Wert setzen, Gleichung lös.*)
Schnittpunkt mit x-Achse?	$\boldsymbol{f(x) = 0}$	($f(x)$ *gleich 0 setzen, Gleichung lösen*)
Liegt P(2 | 3) auf K_f?	$\boldsymbol{f(2) = 3}$	(Punktprobe: x - *und* y - *Wert einsetzen*)
Schnittpunkt von K_f mit K_g?	$\boldsymbol{f(x) = g(x)}$	(*gleichsetzen, Gleichung lösen*)

2. Gleichungen

2.1 Gleichungstypen: Übersicht

	Typ 1	**Typ 1S**
Gleichung 1. Grades (linear) (S. 28)	$2x-4=0$	
Gleichung 2. Grades (quadratisch) (S. 28)	$2x^2-4=0$	
Gleichung 3. Grades (S. 28)	$2x^3-4=0$	
Gleichung 4. Grades (S. 29)	$2x^4-4=0$	
Exponentialgleichung (S. 29)	$e^x=0,5$ oder $e^{2x-1}=0,5$	
Sinusgleichung (S. 32)	$\sin(x)=0,5$	$\sin(2x)=0,5$
Kosinusgleichung (S. 32)	$\cos(x)=0,5$	$\cos(2x)=0,5$
Wurzelgleichung (S. 34)	$\sqrt{x}-1=1$	
Merkmal	umformbar auf $\left\{\begin{matrix} x \\ x^2 \\ x^3 \\ x^4 \\ e^x \text{ oder } e^{\text{„nicht nur }x\text{“}} \\ \sin(x) \\ \cos(x) \\ \sqrt{x} \end{matrix}\right\} = ...$	umformbar auf $\left\{\begin{matrix} \sin(\text{„}\textit{nicht nur x}\text{“}) \\ \cos(\text{„}\textit{nicht nur x}\text{“}) \end{matrix}\right\} = ...$
Lösungsvorgehen	**Gegenoperation** $\left\{\begin{matrix} : \\ \sqrt{} \\ \sqrt[3]{} \\ \sqrt[4]{} \\ \ln \\ \sin^{-1} \\ \cos^{-1} \\ (...)^2 \end{matrix}\right\}$	**Substitution:** $u=$„*nicht nur x*“ **führt zu** $\left\{\begin{matrix} \mathbf{\sin(u)} \\ \mathbf{\cos(u)} \end{matrix}\right\} = ...;$ Trig. Gleichung vom Typ 1 lösen; **Rücksubstitution**

Abkürzung: ... steht für eine Zahl.

http://frv.tv/4q

Typ 2	**Typ 3**	**Typ S**
$2x^2-4x=0$	$x^2-8x+15=0$	
$2x^3-4x=0$		
$2x^4-4x=0$		$x^4-8x^2+15=0$
$2e^{2x}-e^x=0$		$e^{2x}-8e^x+15=0$
$(\sin(x))^2-0{,}5\sin(x)=0$		
$(\cos(x))^2-0{,}5\cos(x)=0$		
Alle Summanden enthalten mindestens x (bzw. $e^x/\sin(x)/\cos(x)$). Kein Summand besteht nur aus einer „Zahl". Somit kann „etwas mit x" ausgeklammert werden.	umformbar auf $\ldots x^2+\ldots x+\ldots=0$	umformbar auf $\left.\begin{Bmatrix} \ldots x^4 + \ldots x^2 + \ldots \\ \ldots e^{2x} + \ldots e^x + \ldots \end{Bmatrix}\right.=0$
(evtl.) Ausklammern; **Satz vom Nullprodukt** (S. 36)	**abc -** bzw. **pq - Formel**	**Substitution führt zu** $\boldsymbol{\ldots u^2+\ldots u+\ldots=0}$**;** abc- bzw. pq-Formel; **Rücksubstitution**

Bemerkung: Eine Gleichung, die keinem dieser Gleichungstypen zuordenbar ist, kann in der Regel nicht „von Hand" gelöst werden.

2.2 Gleichungstypen: Konkretes Lösungsvorgehen

1. Polynomgleichungen

Typ 1 **Gegenoperation**	**Typ 2** **Satz vom Nullprodukt**	**Typ 3** **abc - bzw. pq - Formel**
$2x-4=0 \quad \vert +4$ $2x=4 \quad \vert :2$ $x=2$		
$2x^2-4=0 \quad \vert +4$ $2x^2=4$ $x^2=2 \quad \vert \sqrt{\ }$ $x_1=\sqrt{2}\approx 1{,}41$ $x_2=-\sqrt{2}\approx -1{,}41$	$2x^2-4x=0$ $x\cdot(2x-4)=0$ **S. v. Nullpr.** (S. 36) $x_1=0$ $\qquad$ $2x-4=0$ $2x=4$ $x_2=2$	$x^2-8x+15=0$ mit **abc - Formel**: $(a=1;\ b=-8;\ c=15)$ $x_{1/2}=\frac{-b\pm\sqrt{b^2-4ac}}{2a}$ $=\frac{8\pm\sqrt{8^2-4\cdot 15}}{2}$ $=\frac{8\pm 2}{2}$ $x_1=5;\quad x_2=3$ oder mit **pq - Formel**: $x_{1/2}=-\frac{p}{2}\pm\sqrt{\left(\frac{p}{2}\right)^2-q}$ (*Bei dieser Formel muss vor dem* x^2 *stets eine* $+1$ *stehen!*)
$2x^3-4=0$ $2x^3=4$ $x^3=2 \quad \vert \sqrt[3]{\ }$ $x=\sqrt[3]{2}$ $x\approx 1{,}26$	$2x^3-4x=0$ $x\cdot(2x^2-4)=0$ **S. v. Nullpr.** $x_1=0$ $\qquad$ $2x^2-4=0$ $2x^2=4$ $x^2=2 \quad \vert \sqrt{\ }$ $x_2=\sqrt{2}\approx 1{,}41$ $x_3=-\sqrt{2}\approx -1{,}41$	

http://frv.tv/1j

Typ 1 **Gegenoperation**	**Typ 2** **Satz vom Nullprodukt**	**Typ S** **Substitution führt zu** $\ldots u^2 + \ldots u + \ldots = 0$
$2x^4 - 4 = 0 \quad \vert +4$ $2x^4 = 4 \quad \vert :2$ $x^4 = 2 \quad \vert \sqrt[4]{}$ $x_1 = \sqrt[4]{2} \approx 1{,}19$ $x_2 = -\sqrt[4]{2} \approx -1{,}19$	$2x^4 - 4x = 0$ $x \cdot \left(2x^3 - 4\right) = 0$ **S. v. Nullpr.** $x_1 = 0 \qquad 2x^3 - 4 = 0$ $2x^3 = 4$ $x^3 = 2$ $x_2 = \sqrt[3]{2}$ $x_2 \approx 1{,}26$	$x^4 - 8x^2 + 15 = 0$ **Substitution :** $\left(x^4 = u^2;\ x^2 = u\right)$ $u^2 - 8u + 15 = 0$ $u_{1/2} = \dfrac{8 \pm \sqrt{8^2 - 4 \cdot 15}}{2}$ (abc-Formel) $= \dfrac{8 \pm 2}{2}$ $u_1 = 5; \qquad u_2 = 3$ **Rücksubstitution :** $x^2 = 5 \qquad x^2 = 3$ $x_1 = \sqrt{5} \approx 2{,}34 \qquad x_3 = \sqrt{3} \approx 1{,}73$ $x_2 = -\sqrt{5} \approx -2{,}34 \qquad x_4 = -\sqrt{3} \approx -1{,}73$

2. Exponentialgleichungen

Typ 1 **Gegenoperation**	**Typ 2** **Satz vom Nullprodukt**	**Typ S** **Substitution führt zu** $\ldots u^2 + \ldots u + \ldots = 0$
$e^x = 0{,}5 \quad \vert \ln$ $x = \ln(0{,}5)$ $x \approx -0{,}69$ oder $e^{2x-1} = 0{,}5 \quad \vert \ln$ $2x - 1 = \ln(0{,}5) \quad \vert +1$ $2x = \ln(0{,}5) + 1 \quad \vert :2$ $x = \dfrac{\ln(0{,}5) + 1}{2}$ $x \approx 0{,}153$	$2e^{2x} - e^x = 0$ $e^x \cdot (2e^x - 1) = 0$ **S. v. Nullpr.** $e^x = 0 \qquad 2e^x - 1 = 0$ $x = \ln(0) \qquad e^x = 0{,}5$ keine Lösung $\qquad x = \ln(0{,}5)$ $x \approx -0{,}69$	$e^{2x} - 8e^x + 15 = 0$ **Substitution :** $\left(e^{2x} = u^2;\ e^x = u\right)$ $u^2 - 8u + 15 = 0$ $u_{1/2} = \dfrac{8 \pm \sqrt{8^2 - 4 \cdot 15}}{2}$ (abc-F.) $= \dfrac{8 \pm 2}{2}$ $u_1 = 5; \qquad u_2 = 3$ **Rücksubstitution :** $e^x = 5 \qquad e^x = 3$ $x_1 = \ln(5) \approx 1{,}6 \qquad x_2 = \ln(3) \approx 1{,}1$

3. Trigonometrische Gleichungen

Vorgehen und Erklärung am Beispiel

Sinusgleichung $\sin(x) = 0,5$	**Kosinusgleichung** $\cos(x) = 0,5$

1. Schritt : x_1 durch WTR (Einstellung: *rad*)	
$\sin(x) = 0,5 \quad \vert \sin^{-1}$ $x = \sin^{-1}(0,5)$ $x_1 = \frac{1}{6}\pi \approx 0,52$	$\cos(x) = 0,5 \quad \vert \cos^{-1}$ $x = \cos^{-1}(0,5)$ $x_1 = \frac{1}{3}\pi \approx 1,05$

2. Schritt : x_2 aus x_1 berechnen	
$x_2 = \boldsymbol{\pi} - x_1 \approx \boldsymbol{\pi} - 0,52 \approx 2,62$	$x_2 = \boldsymbol{2\pi} - x_1 \approx \boldsymbol{2\pi} - 1,05 \approx 5,23$

Erklärung

In den unten stehenden Koordinatensystemen werden die Gleichungen $\sin(x) = 0,5$ und $\cos(x) = 0,5$ veranschaulicht.
Jeder x-Wert, welcher eine Lösung der Gleichung $\sin(x) = 0,5$ darstellt, muss bei der Kurve zu einem Punkt mit y-Wert 0,5 führen. Bei $x_1 \approx 0,52$, der ersten Lösung der Gleichung, erreicht die Kurve einen Punkt mit diesem y-Wert. Bevor die Kurve bei $x = \pi$ die x-Achse durchquert, erreicht es jedoch abermals, beim gesuchten x-Wert x_2, einen Punkt mit dem y-Wert $0,5$.
Aufgrund der Achsensymmetrie des Schaubildes muss der Abstand zwischen x_2 und π dem Abstand zwischen 0 und x_1 entsprechen und damit x_1 bzw. 0,52 betragen.
Hierdurch kann x_2 errechnet werden: $x_2 = \boldsymbol{\pi} - x_1 \approx \boldsymbol{\pi} - 0,52 \approx 2,62$.

Im Unterschied hierzu führt die Achsensymmetrie des Schaubildes der Kosinusfunktion dazu, dass x_2 errechnet werden kann, indem x_1 von 2π subtrahiert wird: $x_2 = \boldsymbol{2\pi} - x_1$.

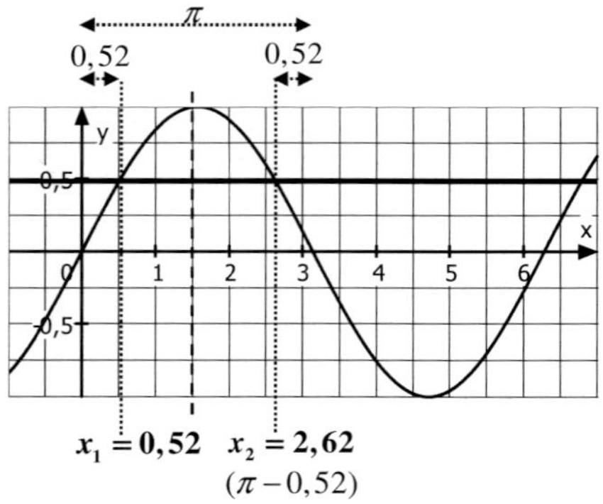

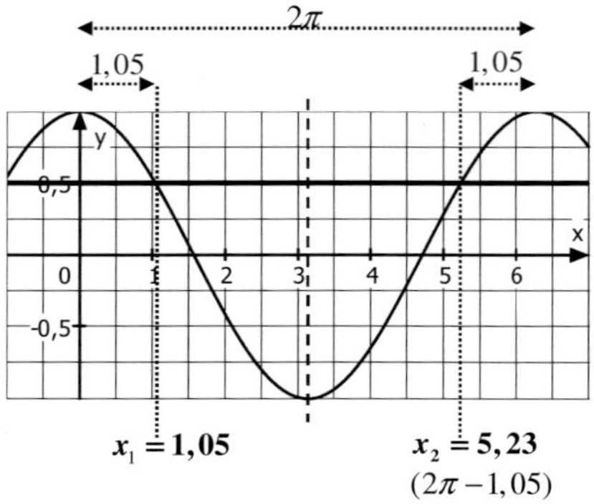

http://frv.tv/5w

3. Schritt : Weitere Lösungen der Gleichung berechnen	
$x \approx 0{,}52 \pm 1 \cdot 2\pi;\quad x \approx 0{,}52 \pm 2 \cdot 2\pi;\ \ldots$ und $x \approx 2{,}62 \pm 1 \cdot 2\pi;\quad x \approx 2{,}62 \pm 2 \cdot 2\pi;\ \ldots$	$x \approx 1{,}05 \pm 1 \cdot 2\pi;\quad x \approx 1{,}05 \pm 2 \cdot 2\pi;\ \ldots$ und $x \approx 5{,}23 \pm 1 \cdot 2\pi;\quad x \approx 5{,}23 \pm 2 \cdot 2\pi;\ \ldots$

Erklärung (Am Beispiel: $\sin(x) = 0{,}5$)

Das Schaubild einer Sinus- oder Kosinusfunktion besitzt eine Periodenlänge von 2π ($\approx 6{,}3$). Nach dem Durchlaufen einer Periode wiederholt sich stets ihr Ablauf.
Die Sinuskurve erreicht beim x-Wert von 0,52 einen Punkt mit y-Wert 0,5.
Eine Periode „später“, beim x-Wert von $0{,}52 + 1 \cdot 2\pi$ ($\approx 6{,}8$) erreicht die Kurve jedoch ebenfalls einen Punkt mit diesen y-Wert.
Ebenso gelangt man zu einer weiteren Lösung, indem man beispielsweise 4 Periodenlängen subtrahiert und beim x-Wert $0{,}52 - 4 \cdot 2\pi \approx -24{,}61$ landet.
Insgesamt gesehen erhält man aus den beiden Basislösungen $x_1 \approx 0{,}52$ und $x_2 \approx 2{,}62$ alle weiteren Lösungen, indem man zu diesen schlicht eine beliebige Anzahl von Periodenlängen (2π) addiert oder subtrahiert.

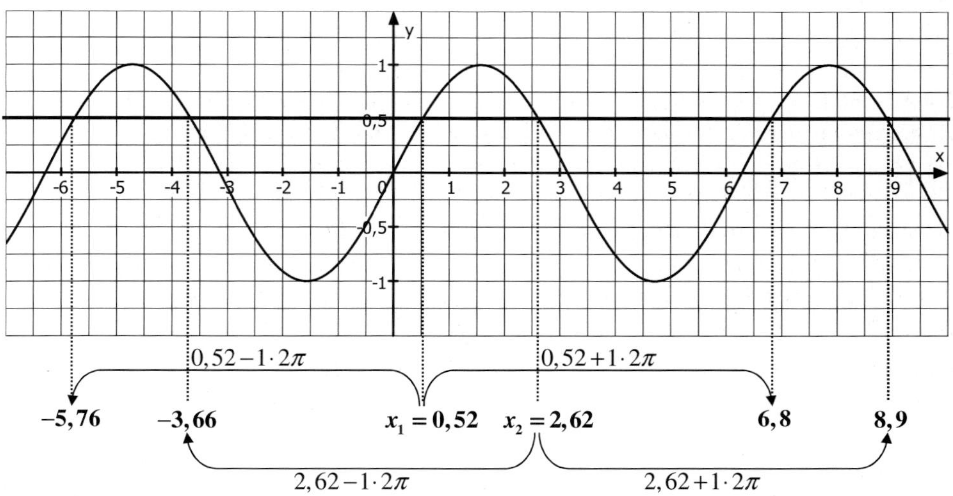

Konkretes Lösungsvorgehen bei trigonometrischen Gleichungen

Das Vorgehen zur Lösung von Sinus- und Kosinusgleichungen erfolgt weitgehend analog.
Ein grundsätzlicher Unterschied besteht lediglich im 2. Schritt bei der Berechung von x_2.
Deshalb werden hier die Gleichungstypen nur anhand von Sinusgleichungen dargestellt.

Einziger Unterschied

Sinusgleichung: $\boldsymbol{x_2 = \pi - x_1}$

Kosinusgleichung: $\boldsymbol{x_2 = 2\pi - x_1}$

Typ 1 **Gegenoperation**	**Typ 1S** **Substitution führt zu** $\left\{\begin{matrix} sin(u) \\ cos(u) \end{matrix}\right\} = ...$
	$\sin(2x) = 0{,}5$ **Substitution :** $(2x = u)$
$\sin(x) = 0{,}5 \quad \mid \sin^{-1}$ $x = \sin^{-1}(0{,}5)$ $x_1 = \frac{1}{6}\pi$ (TR) $x_2 = \pi - x_1 = \pi - \frac{1}{6}\pi = \frac{5}{6}\pi$ weitere Lösungen: $x = \frac{1}{6}\pi \pm 1 \cdot 2\pi; \quad x = \frac{1}{6}\pi \pm 2 \cdot 2\pi; \; ...$ $x = \frac{5}{6}\pi \pm 1 \cdot 2\pi; \quad x = \frac{5}{6}\pi \pm 2 \cdot 2\pi; \; ...$	$\sin(u) = 0{,}5 \quad \mid \sin^{-1}$ $u = \sin^{-1}(0{,}5)$ $u_1 = \frac{1}{6}\pi$ (TR) $u_2 = \pi - x_1 = \pi - \frac{1}{6}\pi = \frac{5}{6}\pi$ weitere Lösungen: $u = \frac{1}{6}\pi \pm 1 \cdot 2\pi; \quad u = \frac{1}{6}\pi \pm 2 \cdot 2\pi; \; ...$ $u = \frac{5}{6}\pi \pm 1 \cdot 2\pi; \quad u = \frac{5}{6}\pi \pm 2 \cdot 2\pi; \; ...$
	Rücksubstitution : $(u = 2x)$ $2x = \frac{1}{6}\pi \pm 1 \cdot 2\pi \; \mid :2 \; ; \quad 2x = \frac{1}{6}\pi \pm 2 \cdot 2\pi \; \mid :2$ $x = \frac{1}{12}\pi \pm 1 \cdot \pi \qquad x = \frac{1}{12}\pi \pm 2 \cdot \pi$ ... $2x = \frac{5}{6}\pi \pm 1 \cdot 2\pi \; \mid :2 \; ; \quad 2x = \frac{5}{6}\pi \pm 2 \cdot 2\pi \; \mid :2$ $x = \frac{5}{12}\pi \pm 1 \cdot \pi \qquad x = \frac{5}{12}\pi \pm 2 \cdot \pi$ ...

http://frv.tv/7p

Typ 2 (Satz vom Nullprodukt)

$\left(\sin(x)\right)^2 - 0{,}5\sin(x) = 0$

$\sin(x) \cdot \left(\sin(x) - 0{,}5\right) = 0$

S. v. Nullpr.

$\sin(x) = 0$ $\qquad \sin(x) - 0{,}5 = 0 \quad | +0{,}5$

$x = \sin^{-1}(0)$ $\qquad \sin(x) = 0{,}5 \quad | \sin^{-1}$

$x_1 = 0$ (TR) $\qquad x = \sin^{-1}(0{,}5)$

$x_2 = \pi - 0 = \pi$ $\qquad x_3 = \frac{1}{6}\pi$ (TR)

$x_4 = \pi - \frac{1}{6}\pi = \frac{5}{6}\pi$

weitere Lösungen:

$x = 0 \pm 1 \cdot 2\pi$ $\qquad x = \frac{1}{6}\pi \pm 1 \cdot 2\pi$

und

$x = \pi \pm 1 \cdot 2\pi$ $\qquad x = \frac{5}{6}\pi \pm 1 \cdot 2\pi$

...

4. Wurzelgleichungen

<table>
<tr><th colspan="2">Typ 1 (Gegenoperation)</th></tr>
<tr><td>

Beispiel 1

$\sqrt{x} - 1 = 1 \quad |+1$

$\sqrt{x} = 2 \quad |(...)^2$

$x = 4$

Probe: $\sqrt{4} - 1 = 1$

$2 - 1 = 1$

$1 = 1$

Lösung : $x = 4$

</td><td>

Beispiel 2

$\sqrt{x+4} + 2 = x \quad |-2$

$\sqrt{x+4} = x - 2 \quad |(...)^2$

$x + 4 = (x-2)^2 \quad$ (1. Binom. Formel)

$x + 4 = x^2 - 4x + 4 \quad |-x-4$

$0 = x^2 - 5x$

$0 = x \cdot (x-5)$

S. v. Nullpr.

$x_1 = 0 \qquad x - 5 = 0$

$x_2 = 5$

Probe:

$\sqrt{0+4} + 2 = 0 \qquad \sqrt{5+4} + 2 = 5$

$2 + 2 = 0 \qquad \sqrt{9} + 2 = 5$

$4 \neq 0 \qquad 3 + 2 = 5$

(„Scheinlösung“) $\qquad 5 = 5$

Lösung : $x = 5$

</td></tr>
</table>

Hinweis: Immer eine **Probe** machen, um **„Scheinlösungen“** auszuschließen.

5. Bruchgleichungen

Beispiel 1

$$\frac{3x^2-6x}{x-2}=0$$

1. Definitionsmenge bestimmen („Nenner = 0“)

$$x-2=0 \quad |+2$$
$$x=2$$

$D=\mathbb{R}\setminus\{2\}$ (alle reellen Zahlen außer 2)

2. Lösen der Gleichung

$$\frac{3x^2-6x}{x-2}=0 \quad |\cdot(x-2)$$
$$3x^2-6x=0$$
$$x\cdot(3x-6)=0$$

S. v. Nullpr.

$$x_1=0 \qquad 3x-6=0 \quad |+6$$
$$3x=6 \quad |:2$$
$$x_2=2$$

3. Lösungsmenge notieren

$L=\{0\}$

($x_2=2$ nicht, da nicht in D)

Beispiel 2

$$\frac{x+1}{x}=\frac{-x}{x-1}$$

1. Definitionsmenge bestimmen

$$x=0 \quad \text{bzw.} \quad x-1=0 \quad |+1$$
$$x=1$$

$D=\mathbb{R}\setminus\{0;\,1\}$

2. Lösen der Gleichung

$$\frac{x+1}{x}=\frac{-x}{x-1} \quad |\cdot x\cdot(x-1)$$
$$(x+1)\cdot(x-1)=-x\cdot x$$
$$x^2-1=-x^2 \quad |+1+x^2$$
$$2x^2=1$$
$$x^2=\frac{1}{2}\,|\sqrt{}$$
$$x_{1/2}=\pm\sqrt{\frac{1}{2}}\approx\pm 0,707$$

3. Lösungsmenge notieren

$$L=\left\{-\sqrt{\frac{1}{2}};\,\sqrt{\frac{1}{2}}\right\}$$

Hinweise

- „Durchmultiplizieren“ mit dem Hauptnenner führt stets auf einen der bekannten Gleichungstypen4. Deshalb stellen Bruchgleichungen selbst auch keinen „eigenen Gleichungstyp“ dar.
- x-Werte, welche im Nennerterm der Ausgangsgleichung zu einem Wert von 0 führen, gehören nicht zur Definitionsmenge der Gleichung und dürfen damit nicht in diese eingesetzt werden (da man sonst durch 0 teilen würde). Ein solcher x-Wert kann demnach auch nicht Lösung der Gleichung sein (siehe Beispiel 1).

Bruchgleichungen

Eine Nullstelle des Nenners kann nicht Lösung sein.

2.3 Goldene Regeln zum Lösen von Gleichungen

1. Regel: Der Satz vom Nullprodukt als wichtiges Werkzeug

- **Wozu?**

Eine schwierige Gleichung kann hiermit in zwei (oder mehr) einfache Gleichungen zerlegt werden.

- **Beispiel** $e^{2x}x^2 - 2x^2 = 0$ *(schwierige Gleichung)*

$$\underline{x^2 \cdot (e^{2x}-2) = 0}$$

S. v. Nullpr.

(1. einfache Gleichung)

$x^2 = 0 \quad |\sqrt{\ }$

$x_{1/2} = 0$

(2. einfache Gleichung)

$e^{2x} - 2 = 0 \quad |+2$

$e^{2x} = 2 \quad |\ln$

$2x = \ln(2) \quad |:2$

$$x_3 = \frac{\ln(2)}{2}$$

- **Wann anwendbar?**

Wenn eine Gleichung in der Form: $\underline{\text{Faktor 1} \cdot \text{Faktor 2} \cdot \ldots = 0}$ gegeben ist, oder durch Ausklammern auf diese Form gebracht werden kann.
Die Gleichung sollte also insbesondere kein Absolutglied („keine Zahl ohne x“) enthalten.
„Mischgleichungen“ wie $e^x x^2 - 2x^2 = 0$, die beispielsweise sowohl Polynombausteine (x^2) als auch Exponentialbausteine (e^x) enthalten, können in der Regel nur über den Satz vom Nullprodukt von Hand gelöst werden.

- **Weshalb gilt der Satz vom Nullprodukt?**

Wenn zwei Zahlen multipliziert werden, sodass das Ergebnis die Zahl 0 ist, kann dies nur gelingen, wenn die eine oder die andere der beiden Zahlen selbst 0 ist. (*Oder haben Sie ein Gegenbeispiel?*)
Übertragen auf die obige Gleichung $x^2 \cdot (e^{2x} - 2) = 0$ kann das Produkt aus x^2 und $(e^{2x} - 2)$ nur dann zu 0 werden, wenn entweder x^2 oder $(e^{2x} - 2)$ den Wert 0 annimmt. Deshalb werden alle x-Werte berechnet, die mindestens einen dieser beiden Faktoren zu 0 machen.

2. Regel: Das Teilen durch x ist VERBOTEN

• **Falsch**

$$\begin{aligned} 4x^2 &= x \quad &|:x \\ 4x &= 1 \quad &|:4 \\ x &= \frac{1}{4} \end{aligned}$$

• **Grund**

$x_2 = 0$ ist eine weitere Lösung dieser Gleichung (Probe!), diese ging jedoch im Lösungsvorgang „verloren", da durch x geteilt wurde.

• **Stattdessen: Satz vom Nullprodukt**

$$\begin{aligned} 4x^2 &= x \quad &|-x \\ 4x^2 - x &= 0 \\ x \cdot (4x-1) &= 0 \end{aligned}$$

S. v. Nullpr.

$$x_1 = 0 \qquad \begin{aligned} 4x-1 &= 0 \quad &|+1 \\ 4x &= 1 \quad &|:4 \\ x_2 &= \frac{1}{4} \end{aligned}$$

• **Bemerkung**

Hingegen ist das Teilen durch e^x erlaubt (da $e^x \neq 0$).

3. Regel: Gleichungen mit einem Parameter

• Eine Gleichung löst man immer nach der Variablen (x) auf, niemals nach dem Parameter (t).

• Der Parameter wird hingegen wie eine Zahl behandelt.

• Zu welchem Typ eine Gleichung gehört, hängt nur von der Variablen, nicht vom Parameter ab. Beispiel: $t^3 - t^2 \cdot \sin(x) + 1 = 0 \rightarrow$ Trigonometrische Gleichung!

2.4 Ungleichungen

Vorgehen zur Lösung

1. Zunächst wird die zugehörige Gleichung gelöst.

2. Dann betrachtet man die (eventuell umgestellte) Gleichung als Funktionsterm und skizziert das Schaubild in das Koordinatensystem. Die Lösungen der Gleichung aus 1. sind die Nullstellen der Funktion.

3. Durch Betrachtung, an welchen x-Werten das Schaubild ober- bzw. unterhalb der x-Achse verläuft, erhält man die Lösungsmenge.

a) $4x-2>0$

1. Zugehörige Gleichung lösen

$4x-2=0$

$4x=2$

$x=0,5$

2. Betrachtung im Koordinatensystem

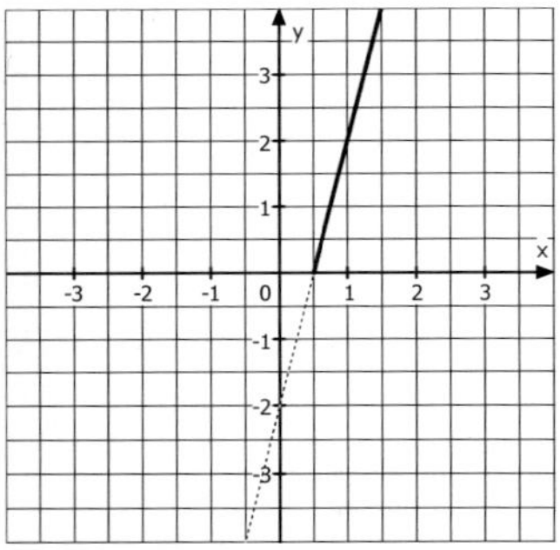

Schaubild zu $y=4x-2$

3. Lösungen notieren

$x>0,5$

b) $(x+3)\cdot(x-1)\ \leq 0$

1. Zugehörige Gleichung lösen

$(x+3)\cdot(x-1)\ =0$

S. v. Nullpr.

$x_1=-3;\qquad x_2=1$

2. Betrachtung im Koordinatensystem

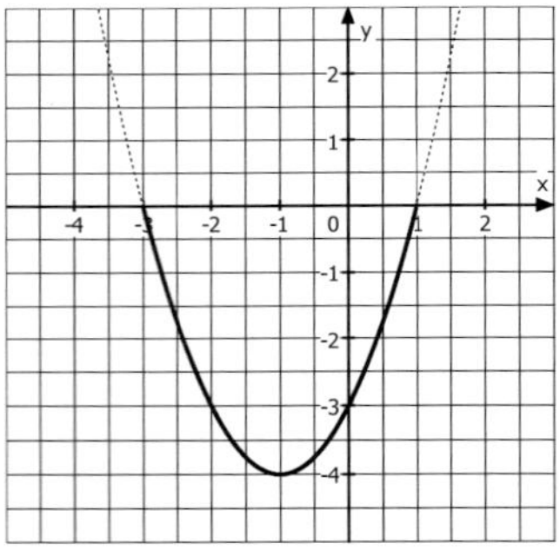

Schaubild zu $y=(x+3)\cdot(x-1)$
(Parabel, nach oben geöffnet)

3. Lösungen notieren

$-3\leq x\leq 1$

Alternative zum 2. bzw. 3. Schritt (am Beispiel b))

Schritt 1 ergibt die beiden Nullstellen $x_1=-3$ und $x_2=1$.

Z.B. $x=0$ liegt zwischen den beiden Nullstellen und wird eingesetzt:

$(0+3)\cdot(0-1)=3\cdot(-1)=-3$

Zwischen den Nullstellen liegen also (die gesuchten) negativen Werte.

(Für $x<-3$ und $x>1$ liegen somit positive Werte vor.)

Der Lösungsbereich befindet sich also zwischen den Nullstellen: $-3\leq x\leq 1$

http://frv.tv/5z

c) $-x^2+2x+1<x-1$

1. Zugehörige Gleichung lösen

$$-x^2+2x+1=x-1 \quad |-x+1$$

$$-x^2+x+2=0$$

$$x_{1/2}=\frac{-1\pm\sqrt{1^2-4\cdot(-1)\cdot 2}}{2\cdot(-1)}=\frac{-1\pm 3}{-2}$$

$x_1=-1;\ x_2=2$

2. Betrachtung im Koordinatensystem

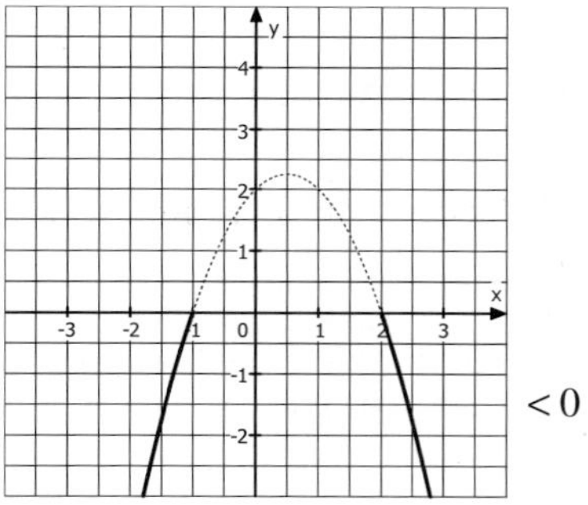

Schaubild zu $y=-x^2+x+2$
(Parabel, nach unten geöffnet)

3. Lösungen notieren

$x<-1$ und $x>2$

d) $(2x-1)\cdot e^x>0$

1. Zugehörige Gleichung lösen

$(2x-1)\cdot e^x=0$

S. v. Nullpr.

$2x-1=0 \qquad e^x=0$

$x=\frac{1}{2}$; keine Lösung da $e^x>0$

2. Betrachtung im Koordinatensystem

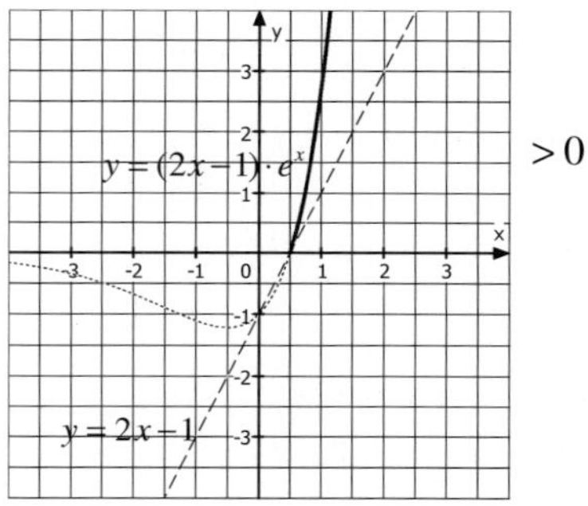

Das Einzeichnen des Schaubildes zu $y=(2x-1)\cdot e^x$ ist schwierig.

Alternatives Vorgehen:

- $y=2x-1$ kann leicht skizziert werden. Hat negative Werte für $x<0,5$ und positive Werte für $x>0,5$.
- e^x nimmt nur positive Werte an.
- Das Produkt $(2x-1)\cdot e^x$ hat also die gleichen Vorzeichen wie $y=2x-1$ und somit positive Werte für $x>0,5$.

3. Lösungen notieren

$x>0,5$

2.5 Lineare Gleichungssysteme

1. Lösungsvorgehen (an Beispielen)

Beispiel 1

$$\begin{aligned} 2a+b+c &= 5 \\ -2a+3c &= -1 \\ 2a+2b-2c &= 2 \end{aligned}$$

$$\left(\begin{array}{ccc|c} 2 & 1 & 1 & 5 \\ -2 & 0 & 3 & -1 \\ 2 & 2 & -2 & 2 \end{array}\right) \begin{array}{l} \\ \mathrm{I}+\mathrm{II} \\ \mathrm{II}+\mathrm{III} \end{array}$$

$$\left(\begin{array}{ccc|c} 2 & 1 & 1 & 5 \\ 0 & 1 & 4 & 4 \\ 0 & 2 & 1 & 1 \end{array}\right) \begin{array}{l} \\ \\ 2\cdot\mathrm{II}-\mathrm{III} \end{array}$$

$$\left(\begin{array}{ccc|c} 2 & 1 & 1 & 5 \\ 0 & 1 & 4 & 4 \\ \mathbf{0} & \mathbf{0} & \mathbf{7} & \mathbf{7} \end{array}\right)$$

LGS hat
eindeutige Lösung

$\mathrm{III}: 7c = 7$

$c = 1$

in $\mathrm{II}: b + 4\cdot 1 = 4$

$b = 0$

in $\mathrm{I}: 2a + 0 + 1 = 5$

$a = 2$

Beispiel 2

$$\begin{aligned} 2a-2b+c &= -2 \\ a-c &= 1 \\ -a-2b+4c &= 0 \end{aligned}$$

$$\left(\begin{array}{ccc|c} 2 & -2 & 1 & -2 \\ 1 & 0 & -1 & 1 \\ -1 & -2 & 4 & 0 \end{array}\right) \begin{array}{l} \\ \mathrm{I}-2\cdot\mathrm{II} \\ \mathrm{II}+\mathrm{III} \end{array}$$

$$\left(\begin{array}{ccc|c} 2 & -2 & 1 & -2 \\ 0 & -2 & 3 & -4 \\ 0 & -2 & 3 & 1 \end{array}\right) \begin{array}{l} \\ \\ \mathrm{II}-\mathrm{III} \end{array}$$

$$\left(\begin{array}{ccc|c} 2 & -2 & 1 & -2 \\ 0 & -2 & 3 & -4 \\ \mathbf{0} & \mathbf{0} & \mathbf{0} & \mathbf{-5} \end{array}\right)$$

LGS hat
keine Lösung

da $\mathrm{III}: 0c = -5$
(Widerspruch)

Beispiel 3

$$\begin{aligned} 2a-3b+4c &= 1 \\ -2a+2b-2c &= 2 \\ a-b+c &= -1 \end{aligned}$$

$$\left(\begin{array}{ccc|c} 2 & -3 & 4 & 1 \\ -2 & 2 & -2 & 2 \\ 1 & -1 & 1 & -1 \end{array}\right) \begin{array}{l} \\ \mathrm{I}+\mathrm{II} \\ \mathrm{I}-2\cdot\mathrm{III} \end{array}$$

$$\left(\begin{array}{ccc|c} 2 & -3 & 4 & 1 \\ 0 & -1 & 2 & 3 \\ 0 & -1 & 2 & 3 \end{array}\right) \begin{array}{l} \\ \\ \mathrm{II}-\mathrm{III} \end{array}$$

$$\left(\begin{array}{ccc|c} 2 & -3 & 4 & 1 \\ 0 & -1 & 2 & 3 \\ \mathbf{0} & \mathbf{0} & \mathbf{0} & \mathbf{0} \end{array}\right)$$

LGS hat
unendlich viele Lösungen

Setzen von $c = t \quad (t \in \mathbb{R})$

in II:

$$\begin{aligned} -b+2t &= 3 \\ -b &= -2t+3 \\ b &= 2t-3 \end{aligned}$$

in I:

$$\begin{aligned} 2a-3\cdot(2t-3)+4t &= 1 \\ 2a-6t+9+4t &= 1 \\ 2a &= 2t-8 \\ a &= t-4 \end{aligned}$$

Hinweis: Sobald bei zwei Gleichungen in der ersten Spalte eine Null steht, sollte nur noch mit diesen beiden Gleichungen gerechnet werden. Grund: Wenn die andere Gleichung mit einbezogen wird, verschwindet eine Null aus der ersten Spalte wieder.

http://frv.tv/5y

2. **Übersicht** (vereinfacht)

Gegebenes LGS: $\left(\begin{array}{ccc|c} \bullet & \bullet & \bullet & \bullet \\ \bullet & \bullet & \bullet & \bullet \\ \bullet & \bullet & \bullet & \bullet \end{array}\right)$

Umformungen :
- Zeile mit Zahl multiplizieren bzw. durch Zahl dividieren (außer 0)
- Vielfache von Zeilen addieren oder subtrahieren
- Zeilentausch
- Spaltentausch

LGS in Dreiecksform: $\left(\begin{array}{ccc|c} \bullet & \bullet & \bullet & \bullet \\ 0 & \bullet & \bullet & \bullet \\ 0 & 0 & \bullet & \bullet \end{array}\right)$

Letzte Zeile entscheidet über Lösbarkeit

$\left(\begin{array}{ccc|c} \bullet & \bullet & \bullet & \bullet \\ 0 & \bullet & \bullet & \bullet \\ \mathbf{0} & \mathbf{0} & \mathbf{\neq 0} & \bullet \end{array}\right)$

LGS hat
eine Lösung

$\left(\begin{array}{ccc|c} \bullet & \bullet & \bullet & \bullet \\ 0 & \bullet & \bullet & \bullet \\ \mathbf{0} & \mathbf{0} & \mathbf{0} & \mathbf{\neq 0} \end{array}\right)$

LGS hat
keine Lösung

$\left(\begin{array}{ccc|c} \bullet & \bullet & \bullet & \bullet \\ 0 & \bullet & \bullet & \bullet \\ \mathbf{0} & \mathbf{0} & \mathbf{0} & \mathbf{0} \end{array}\right)$

LGS hat **unendlich viele Lösungen**

Homogenes LGS

• Falls auf der **„rechten Seite“** eines LGS alle Zahlen den Wert **0** haben, wird das LGS als **homogen** bezeichnet.

• Ein homogenes LGS hat entweder eine eindeutige Lösung oder unendlich viele Lösungen, aber niemals keine Lösung. Falls ein homogenes LGS eine eindeutige Lösung hat, lautet diese stets $\boldsymbol{a = 0}$; $\boldsymbol{b = 0}$; $\boldsymbol{c = 0}$.

3. Differenzialrechnung

3.1 Ableitungsregeln

Nr.	Beispiel	Vorgehen
Elementarregeln		
1	$f(x) = x^5$ $f'(x) = 5 \cdot x^{5-1} = 5x^4$ $f(x) = x^2$ $f'(x) = 2 \cdot x^1 = 2x$ $f(x) = x$ $f'(x) = 1 \cdot x^0 = 1 \cdot 1 = 1$ $f(x) = \frac{1}{x^2} = x^{-2}$ $f'(x) = -2 \cdot x^{-3} = -\frac{2}{x^3}$ $f(x) = \sqrt{x} = x^{\frac{1}{2}}$ $f'(x) = \frac{1}{2} \cdot x^{-\frac{1}{2}} = \frac{1}{2 \cdot x^{\frac{1}{2}}} = \frac{1}{2 \cdot \sqrt{x}}$	$f(x) = x^{Exponent}$ $f'(x) = Exponent \cdot x^{Exponent-1}$ (Potenzregel) **Vor dem Ableiten** $\frac{1}{x^n} = x^{-n}$ $\sqrt{x} = x^{\frac{1}{2}}$
2	$f(x) = e^x$ $f'(x) = e^x$	*Abschreiben*
3	$f(x) = \ln(x)$ $f'(x) = \frac{1}{x}$	„*In den Nenner*“
4	$f(x) = \sin(x)$ $f'(x) = \cos(x)$	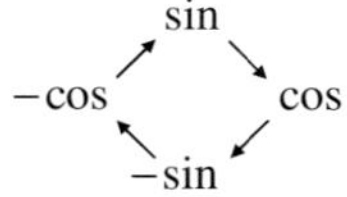 (*Im Uhrzeigersinn!*)
5	$f(x) = \cos(x)$ $f'(x) = -\sin(x)$	

http://frv.tv/1o

Nr.	Beispiel	Vorgehen
Vorgehensregeln		
6	$f(x) = \mathbf{3} \cdot x^2$ $f'(x) = \mathbf{3} \cdot 2x = 6x$	*„Zahlen" mit · oder : „bleiben"* (Faktorregel)
7	$f(x) = x^2 \mathbf{+2}$ $f'(x) = 2x$	*„Zahlen" mit + oder − „verschwinden"*
8	$f(x) = x^2 - 4x$ $f'(x) = 2x - 4$	*+ und − Zeichen unterteilen die Funktion in Teilfunktionen, welche einzeln abgeleitet werden* (Summenregel)

Hinweis : Ableiten bei Funktionenscharen

Der Parameter t wird beim Ableiten wie eine Zahl und nicht wie die Variable x behandelt.

Beispiel: $f_t(x) = t^2x^3 + t$

$f_t'(x) = 3t^2x^2$

Produktregel		
9	$f(x) = x^2 \cdot \sin(x)$ $f'(x) = 2x \cdot \sin(x) + x^2 \cdot \cos(x)$	$f(x) = u(x) \cdot v(x)$ $f'(x) = u'(x) \cdot v(x) + u(x) \cdot v'(x)$ *Ableiten · Abschreiben + Abschreiben · Ableiten*

Aber: Die Produktregel nur dann anwenden, wenn zwei Faktoren, die **beide *x*** enthalten, miteinander **multipliziert** werden.

$f(x) = 3x + \sin(x)$
$f'(x) = 3 + \cos(x)$
(Keine Produktregel, da keine Multiplikation)

$f(x) = 3 \cdot \sin(x)$
$f'(x) = 3 \cdot \cos(x)$
(Produktregel unnötig, Faktor 3 enthält kein x)

$f(x) = 3x \cdot \sin(x)$
$f'(x) = 3 \cdot \sin(x) + 3x \cdot \cos(x)$
(Produktregel)

Nr.	Beispiel	Vorgehen
Anwendungen der Kettenregel		
10	$f(x)=(2x+3)^5$ $f'(x)=5\cdot(2x+3)^4\cdot 2$ $=10\cdot(2x+3)^4$ $f(x)=\frac{1}{(x^2+3)^5}$ $=(x^2+3)^{-5}$ $f'(x)=-5\cdot(x^2+3)^{-6}\cdot 2x$ $=-\frac{10x}{(2x+3)^6}$	$f(x)=(\mathit{Klammerinhalt})^{\mathit{Exponent}}$ $f'(x)=\mathit{Exponent}\cdot(\mathit{Klammerinhalt})^{\mathit{Exponent}-1}\cdot \mathit{Klammerinhalt\ abgeleitet}$
11	$f(x)=e^{2x+3}$ $f'(x)=e^{2x+3}\cdot 2$	$f(x)=e^{\mathit{Exponent}}$ $f'(x)=e^{\mathit{Exponent}}\cdot \mathit{Exponent\ abgeleitet}$
12	$f(x)=\ln(2x+3)$ $f'(x)=\frac{1}{2x+3}\cdot 2$	$f(x)=\ln(\mathit{Klammerinhalt})$ $f'(x)=\frac{1}{\mathit{Klammerinhalt}}\cdot \mathit{Klammerinhalt\ abgeleitet}$
13	$f(x)=\sin(2x+3)$ $f'(x)=\cos(2x+3)\cdot 2$	$f(x)=\sin(\mathit{Klammerinhalt})$ $f'(x)=\cos(\mathit{Klammerinhalt})\cdot \mathit{Klammerinhalt\ abgeleitet}$
14	$f(x)=\cos(2x+3)$ $f'(x)=-\sin(2x+3)\cdot 2$	$f(x)=\cos(\mathit{Klammerinhalt})$ $f'(x)=-\sin(\mathit{Klammerinhalt})\cdot \mathit{Klammerinhalt\ abgeleitet}$

Die allgemeine Kettenregel, aus welcher sich die Regeln 10-14 ergeben, lautet:

$$f(x)=u(v(x)) \rightarrow f'(x)=\underbrace{u'(v(x))}_{\text{Äußere Abl.}}\cdot\underbrace{v'(x)}_{\text{Innere Abl.}}$$

3.2 Tangente und Normale

1. Aufgabentyp

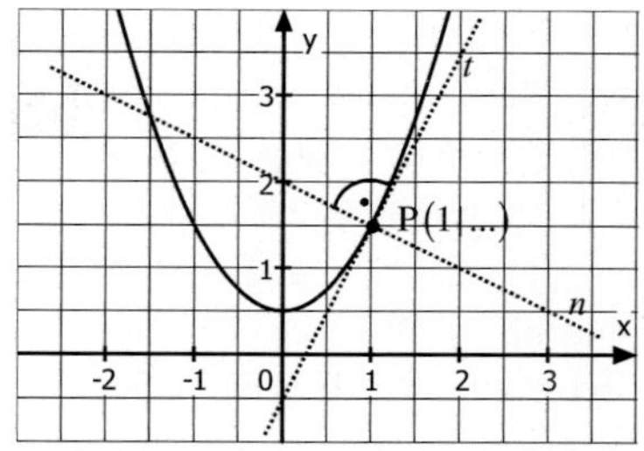

Gegeben ist die Funktion f mit $f(x) = x^2 + 0{,}5$.

In $x = 1$ wird eine Tangente an das Schaubild angelegt. Berechnen Sie deren Gleichung.

In $x = 1$ wird eine Normale an das Schaubild angelegt. Berechnen Sie deren Gleichung.

Tangente im Kurvenpunkt (geg. $f(x)$ und x-Wert des Kurvenpunktes)	**Normale im Kurvenpunkt** (geg. $f(x)$ und x-Wert des Kurvenpunktes)
Vorgehen **1. y - Wert des Kurvenpunktes berechnen** $f(1) = 1^2 + 0{,}5 = 1{,}5 \quad \rightarrow \mathrm{P}(1 \mid 1{,}5)$ **2. Tangentensteigung berechnen** $f'(x) = 2x$ $f'(1) = 2 \cdot 1 = 2 \quad (= m_t)$ **3. Tangentengleichung berechnen** $y = m_t \cdot x + b$ $1{,}5 = 2 \cdot 1 + b$ $1{,}5 = 2 + b \quad \mid -2$ $-0{,}5 = b$ $\Rightarrow$ Tangente: $y = 2x - 0{,}5$ (Alternativ mit: $y = f'(u) \cdot (x - u) + f(u)$)	**Vorgehen** **1. y - Wert des Kurvenpunktes berechnen** $f(1) = 1^2 + 0{,}5 = 1 \quad \rightarrow \mathrm{P}(1 \mid 1{,}5)$ **2. Tangentensteigung berechnen** $f'(x) = 2x$ $f'(1) = 2 \cdot 1 = 2 \quad (= m_t)$ **3. Normalensteigung berechnen** **(senkrecht zu m_t $\rightarrow$ neg. Kehrwert)** $m_n = -\frac{1}{m_t} = -\frac{1}{2} = -0{,}5$ **4. Normalengleichung berechnen** $y = m_n \cdot x + b$ $1{,}5 = -0{,}5 \cdot 1 + b$ $1{,}5 = -0{,}5 + b \quad \mid +0{,}5$ $2 = b$ $\Rightarrow$ Normale: $y = -0{,}5x + 2$ (Alternativ mit: $y = -\frac{1}{f'(u)} \cdot (x - u) + f(u)$)

http://frv.tv/1p

2. Aufgabentyp

Gegeben ist die Funktion f mit $f(x) = x^2 + 0{,}5$.

Es gibt eine Tangente an das Schaubild, welche die Steigung 2 besitzt. Berechnen Sie deren Gleichung.

Es gibt eine Normale an das Schaubild, welche die Steigung 2 besitzt. Berechnen Sie deren Gleichung.

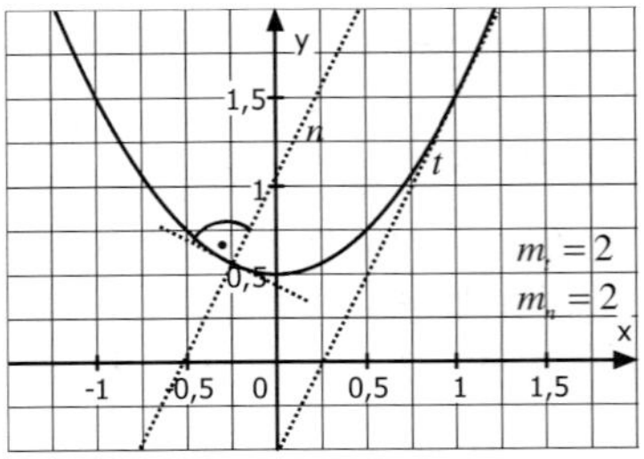

Tangente mit gegebener Steigung (geg. $f(x)$ und Steigung der Tangente)	**Normale mit gegebener Steigung** (geg. $f(x)$ und Steigung der Normale)
Vorgehen	**Vorgehen**
	1. Zu m_n senkrechte Steigung berechnen $m = -\frac{1}{m_n} = -\frac{1}{2} = -0{,}5$
1. $f'(x) = m_t$ liefert x - Wert des Kurvenpunktes $f'(x) = 2x$ $f'(x) = m_t$ $2x = 2$ $x = 1$ *(An dieser Stelle hat die Parabel die gegebene Steigung.)*	**2. $f'(x) = m$ liefert x - Wert des Kurvenpunktes** $f'(x) = 2x$ $f'(x) = m$ $2x = -0{,}5$ $x = -0{,}25$ *(An dieser Stelle hat die Parabel die Steigung – 0,5 und ist damit senkrecht zur gesuchten Normalen.)*
2. y - Wert des Kurvenpunktes berechnen $f(1) = 1^2 + 0{,}5 = 1{,}5 \quad \to \mathrm{B}(1 \mid 1{,}5)$	**3. y - Wert des Kurvenpunktes berechnen** $f(-0{,}25) = (-0{,}25)^2 + 0{,}5 = 0{,}5625$ $\to \mathrm{P}(-0{,}25 \mid 0{,}5625)$
3. Tangentengleichung berechnen $y = m_t \cdot x + b$ $1{,}5 = 2 \cdot 1 + b$ $1{,}5 = 2 + b \quad \mid -2$ $-0{,}5 = b$ $\Rightarrow$ Tangente: $y = 2x - 0{,}5$	**4. Normalengleichung berechnen** $y = m_n \cdot x + b$ $0{,}5625 = 2 \cdot (-0{,}25) + b$ $0{,}5625 = -0{,}5 + b \quad \mid +0{,}5$ $1{,}0625 = b$ $\Rightarrow$ Normale: $y = 2x + 1{,}0625$

3. Aufgabentyp

Gegeben ist die Funktion f mit $f(x) = x^2$.
Zwei Tangenten an die Parabel verlaufen durch den Punkt P(0 | −1), welcher nicht auf der Parabel liegt.
Berechnen Sie deren Gleichungen.

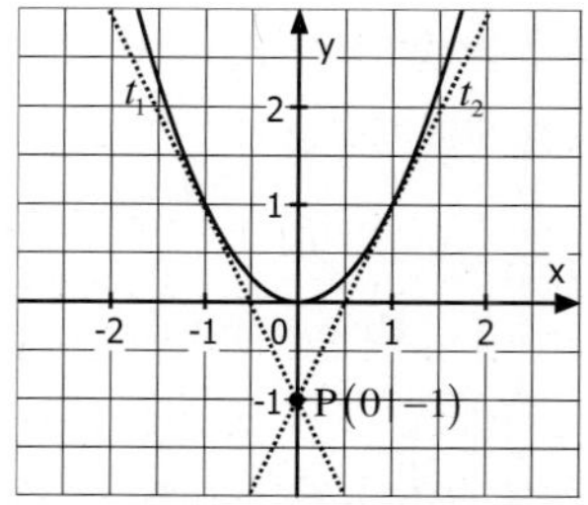

<table>
<tr><th>Tangente von Punkt aus
(geg. $f(x)$ und Punkt, nicht auf Kurve)</th><th>Normale von Punkt aus
(geg. $f(x)$ und Punkt, nicht auf Kurve)</th></tr>
<tr><td>
Vorgehen

1. Allg. Tangentengleichung notieren
$y = f'(u)\cdot(x-u)+f(u)$

2. $f(u)$ und $f'(u)$ einsetzen
$f(x) = x^2$; $f'(x) = 2x$
$f(u) = u^2$; $f'(u) = 2u$
$y = 2u\cdot(x-u)+u^2$

3. P(0 | −1) einsetzen und Gleichung nach u auflösen
$-1 = 2u\cdot(0-u)+u^2$
$-1 = -2u^2+u^2$
$-1 = -u^2 \quad |\cdot(-1)$
$1 = u^2 \quad |\sqrt{}$
$u_1 = -1;\quad u_2 = 1$
(x-Werte der Berührpunkte)

4. u-Werte in Tangentengleichung aus 2. einsetzen
$u_1 = -1$ eingesetzt:
$y = 2\cdot(-1)\cdot(x-(-1))+(-1)^2$
$y = -2x-1$ (1. Tangente)

$u_2 = 1$ eingesetzt:
$y = 2x-1$ (2. Tangente)
</td><td>
Dieser Aufgabentyp ist sehr unüblich und wird deshalb nicht behandelt.
</td></tr>
</table>

http://frv.tv/1q

3.3 Schnittpunkte (Berührpunkt, senkrechter Schnitt, Schnittwinkel)

Zwischen Schaubild und x - Achse $\left(\text{Ansatz}: f(x)=0\right)$		
Berührpunkt	**Senkrechter Schnitt**	**Schnittwinkel**
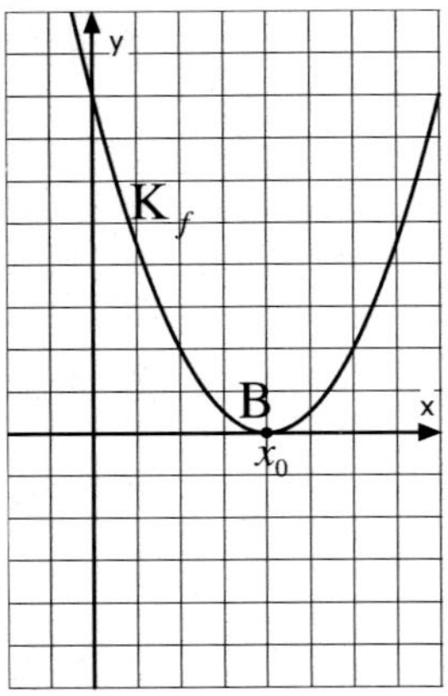	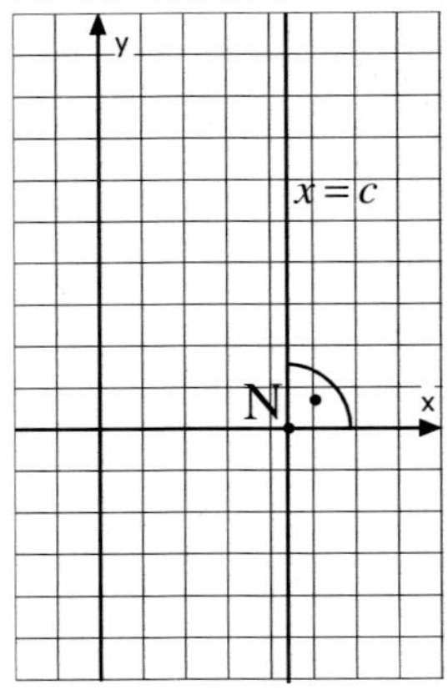	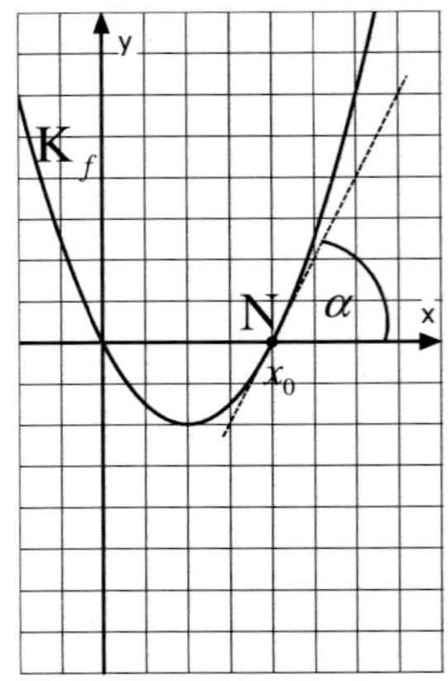
Beschreibung mit $f'(x)$ Hier gelten: **1. $f(x_0)=0$ (*Nullstelle*)** **2. $f'(x_0)=0$ (*Steigung* 0)** bzw. **Beschreibung ohne $f'(x)$** (für ganzrat. Funktionen) x_0 ist **doppelte** (bzw. dreifache oder vierfache, S. 10) **Lösung von $f(x)=0$** (*Diskriminante = 0 bei quadratischer Gleichung für doppelte Lösung!*)	**Bemerkung** Bei Geraden, die parallel zur y-Achse verlaufen, möglich. (z.B. $x=2,2$)	**Vorgehen zur Berechnung** **1. m berechnen** $f'(x_0)=m$ (Steigung K_f) **2. α berechnen** $m=\tan(\alpha) \quad \vert \tan^{-1}$ $\alpha=\left\vert\tan^{-1}(m)\right\vert$ ($\vert\ \vert$ *steht für den Betrag. Dieser wird verwendet, da das Vorzeichen des Winkels nicht relevant ist.*) **Achtung** WTR hierfür von Bogenmaß (*rad*) auf Winkelmaß (*deg*) stellen!

http://frv.tv/1r

Zwischen zwei Schaubildern (Ansatz: $f(x) = g(x)$)

Berührpunkt

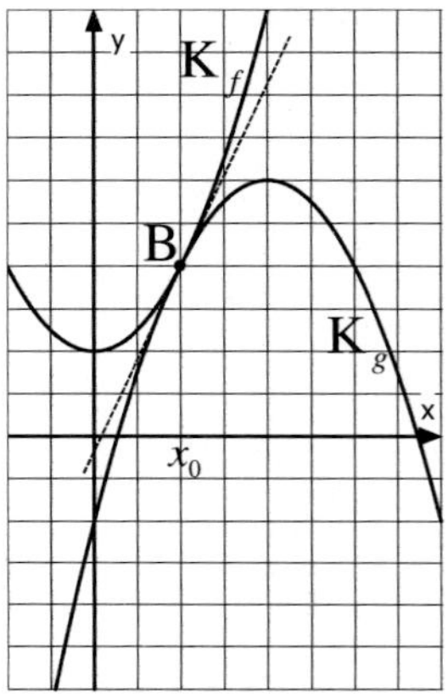

Beschreibung mit $f'(x)$

Hier gelten:

1. $f(x_0) = g(x_0)$
(gemeinsamer Punkt)

2. $f'(x_0) = g'(x_0)$
(gleiche Steigung)

bzw.

Beschreibung ohne $f'(x)$
(für ganzrat. Funktionen)

x_0 ist **doppelte** (bzw. dreifache oder vierfache)
Lösung von $f(x) = g(x)$
(Diskriminante = 0 bei quadratischer Gleichung für doppelte Lösung!)

Senkrechter Schnitt

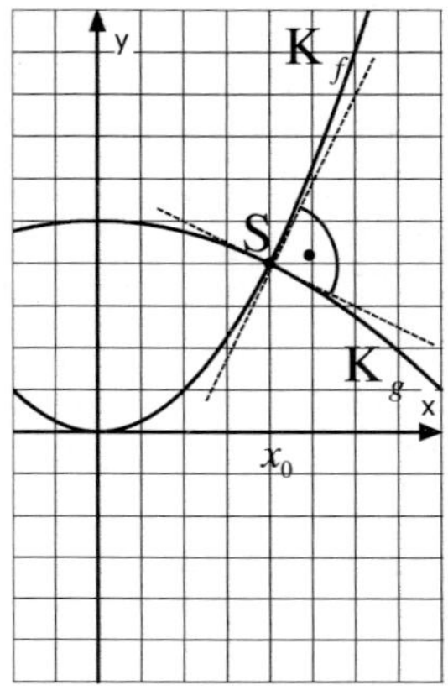

Beschreibung (mit $f'(x)$)

Hier gelten:

1. $f(x_0) = g(x_0)$
(gemeinsamer Punkt)

2. $f'(x_0) = \dfrac{-1}{g'(x_0)}$

(*allg.* $m_2 = -1/m_1$ *bzw.* ***Steigungen sind negative Kehrwerte voneinander***)

Schnittwinkel

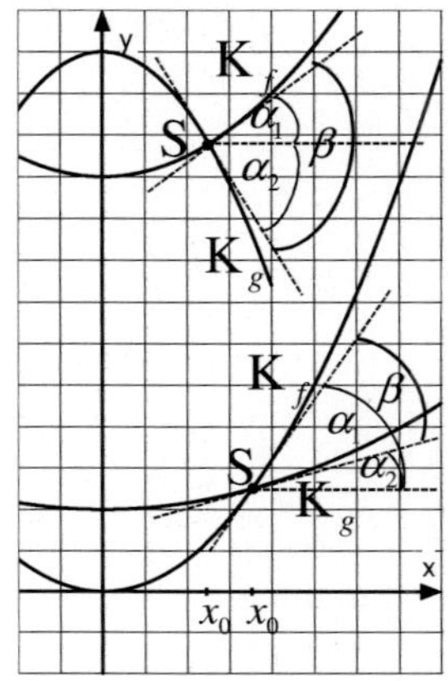

Vorgehen zur Berechnung

1. m_1 und m_2 berechnen
$f'(x_0) = m_1$ (*Steigung* K_f)
$g'(x_0) = m_2$ (*Steigung* K_g)

2. α_1 und α_2 berechnen
$m_1 = \tan(\alpha_1) \quad | \tan^{-1}$
$\alpha_1 = |\tan^{-1}(m_1)|$
(*Steigungswinkel* K_f)
$m_2 = \tan(\alpha_2) \quad | \tan^{-1}$
$\alpha_2 = |\tan^{-1}(m_2)|$
(*Steigungswinkel* K_g)

3. β berechnen
$\beta = \alpha_1 + \alpha_2$ (*oberes Bsp.*)
bzw.
$\beta = \alpha_1 - \alpha_2$ (*unteres Bsp.*)

Alternativ kann auch mit nachfolgender Formel gearbeitet werden:

$$\beta = \tan^{-1}\left|\frac{f'(x_0) - g'(x_0)}{1 + f'(x_0) \cdot g'(x_0)}\right|$$

3.4 Monotonie

(Vereinfachte) Definition	Beispiel

(Vereinfachte) Definition

Gilt am x-Wert: $\boldsymbol{x_0}$

- $\boldsymbol{f'(x_0) > 0}$ → so nennt man die Funktion hier **streng monoton steigend** → Männchen geht bergauf
- $\boldsymbol{f'(x_0) < 0}$ → so nennt man die Funktion hier **streng monoton fallend** → Männchen geht bergab

Beispiel

Einzunehmende Perspektive:
Sie sehen **von der Seite** auf das Männchen, welches ein hügeliges Gelände durchläuft. Das Gelände sehen Sie im Profil.

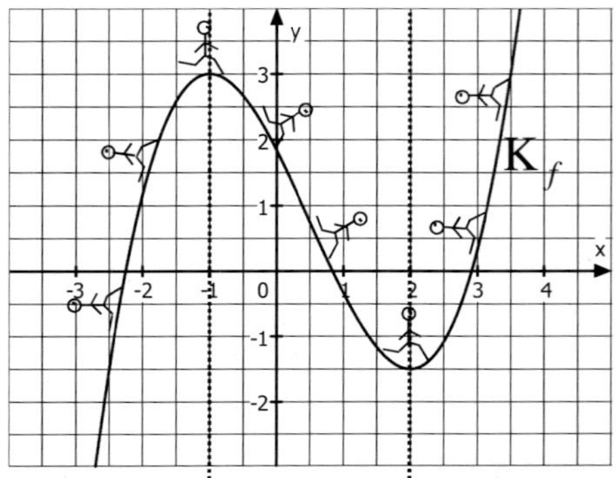

streng monoton steigend	streng monoton fallend	streng monoton steigend
$f'(x) > 0$	$f'(x) < 0$	$f'(x) > 0$

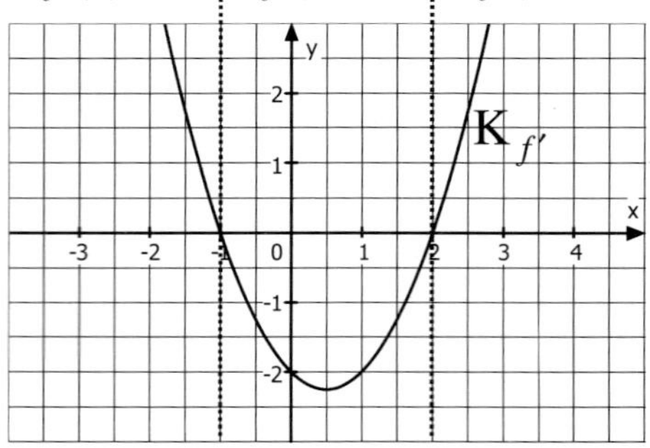

„Normale“ Monotonie

Die Funktion ist nicht (überall) streng monoton steigend, jedoch (überall) monoton steigend.
Unterschied zwischen „normaler“ und strenger Monotonie?
Bei normaler Monotonie sind auch Stellen, an welchen das Schaubild die **Steigung 0** besitzt, **erlaubt**.

$f'(x_0) \geq 0 \rightarrow$ monoton steigend
$f'(x_0) \leq 0 \rightarrow$ monoton fallend

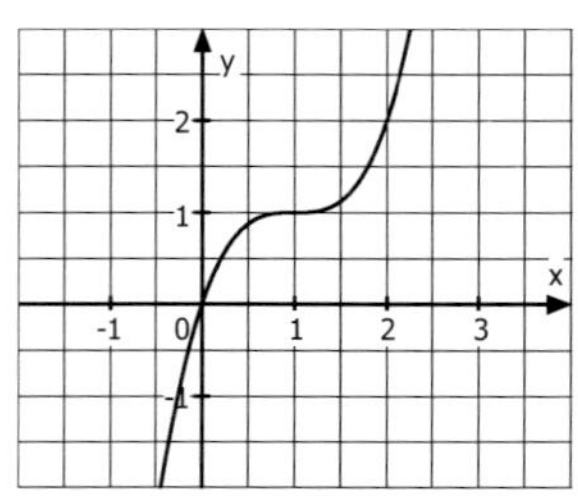

Steigung 0 bei $x = 1$

http://frv.tv/1s

3.5 Krümmung

(Vereinfachte) Definition

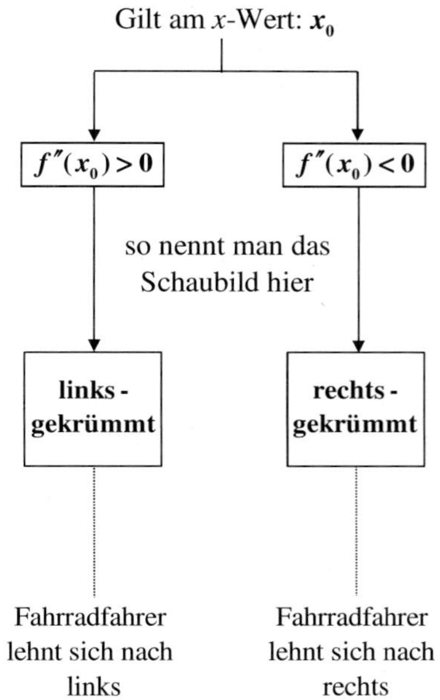

Beispiel

Einzunehmende Perspektive:
Sie sehen **von oben (Vogelperspektive)** auf den Fahrradfahrer, welcher eine kurvige Straße durchfährt und sich hierbei zunächst nach rechts, dann nach links lehnt.

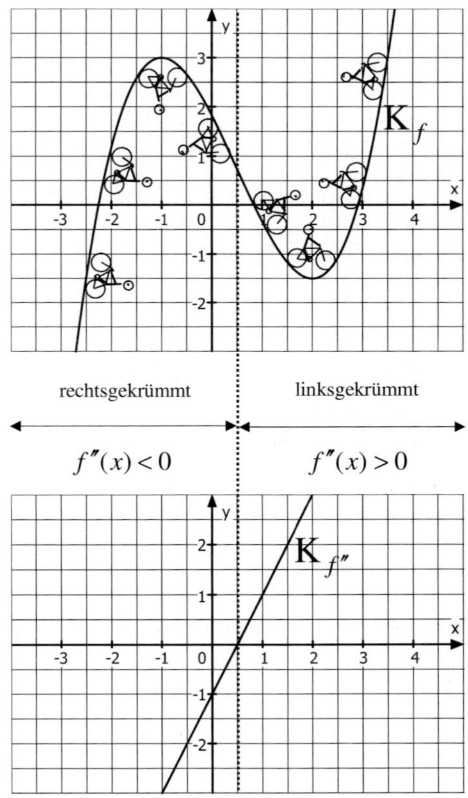

$f''(x)$ n**e**gativ $\Rightarrow$ r**e**chtsgekrümmt
($f''(x)$ pos**i**tiv $\Rightarrow$ l**i**nksgekrümmt)

3.6 Extrempunkte (Hochpunkte und Tiefpunkte)

Vorgehen zur Ermittlung von Hoch- und Tiefpunkten (am Beispiel)	
1. Schritt: $f'(x)=0$ Stellen mit waagrechter Tangente (Steigung von 0) ermitteln.	$f(x)=\frac{1}{3}x^3-\frac{1}{2}x^2-2x+\frac{11}{6}$ (Beispiel) $f'(x)=x^2-x-2$ $f''(x)=2x-1$ $\boldsymbol{f'(x)=0}$ $x^2-x-2=0$ $x_{1/2}=\frac{-(-1)\pm\sqrt{(-1)^2-4\cdot1\cdot(-2)}}{2\cdot1}$ $=\frac{1\pm\sqrt{1+8}}{2}=\frac{1\pm3}{2}$ $\Rightarrow \boldsymbol{x_1=-1;\ x_2=2}$
2. Schritt: Einsetzen in $f''(x)$ Falls $\begin{cases}f''(x)<0\\ f''(x)>0\end{cases}$ liegt $\begin{cases}\textbf{Hochpunkt}\\ \textbf{Tiefpunkt}\end{cases}$ vor.	$\boldsymbol{f''(-1)}=2\cdot(-1)-1=-3$ **<0 $\to$ H** $\boldsymbol{f''(2)}=2\cdot2-1=3$ **>0 $\to$ T**
3. Schritt: Einsetzen in $f(x)$ y-Koordinaten der Hoch- bzw. Tiefpunkte bestimmen.	$\boldsymbol{f(-1)}=\frac{1}{3}\cdot(-1)^3-\frac{1}{2}\cdot(-1)^2-2\cdot(-1)+\frac{11}{6}$ $=\boldsymbol{3}$ $\to$ $\mathbf{H(-1\,\vert\,3)}$ $\boldsymbol{f(2)}=\frac{1}{3}\cdot2^3-\frac{1}{2}\cdot2^2-2\cdot2+\frac{11}{6}$ $=\boldsymbol{-1{,}5}$ $\to$ $\mathbf{T(2\,\vert\,-1{,}5)}$

Alternative zum 2. Schritt: Untersuchung auf Vorzeichenwechsel

Hat f' eine Nullstelle mit Vorzeichenwechsel, dann hat das Schaubild von f hier einen Extrempunkt.

Bei einem Vorzeichenwechsel von $\begin{cases}+\text{ nach }-\\ -\text{ nach }+\end{cases}$ liegt ein $\begin{cases}\text{Hochpunkt}\\ \text{Tiefpunkt}\end{cases}$ vor.

z.B. bei $x_2=2$:

$f'(1)=1^2-1-2=-2\ <0$

$f'(3)=3^2-3-2=4\ >0$

VZW von $-$ nach $+$

$\Rightarrow$ somit Tiefpunkt

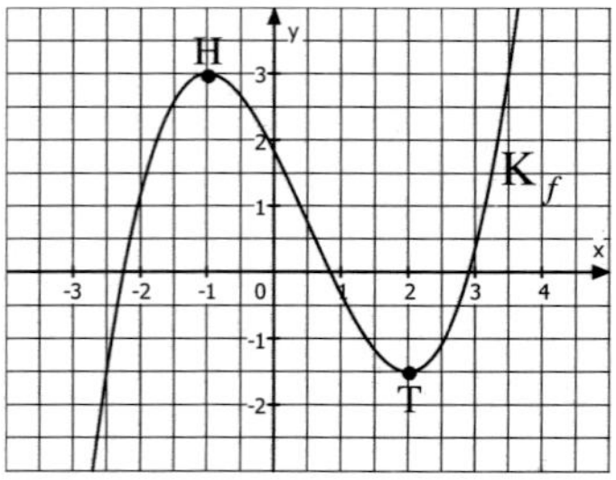

http://frv.tv/1t

3.7 Wendepunkte

Vorgehen zur Ermittlung von Wendepunkten (am Beispiel)	
1. Schritt: $\boldsymbol{f''(x) = 0}$ Stellen „ohne Krümmung“ ermitteln.	$f(x) = \frac{1}{3}x^3 - \frac{1}{2}x^2 - 2x + \frac{11}{6}$ (Beispiel) $f'(x) = x^2 - x - 2$ $f''(x) = 2x - 1$ $f'''(x) = 2$ $\boldsymbol{f''(x) = 0}$ $2x - 1 = 0 \quad \vert +1$ $2x = 1 \quad \vert :2$ $\boldsymbol{x = 0{,}5}$
2. Schritt: Einsetzen in $\boldsymbol{f'''(x)}$ Wendepunkt, falls $\boldsymbol{f'''(x) \neq 0}$.	$\boldsymbol{f'''(0{,}5)} = 2 \quad \boldsymbol{\neq 0} \quad \rightarrow \quad \mathbf{W}$
3. Schritt: Einsetzen in $\boldsymbol{f(x)}$ y-Koordinaten der Wendepunkte bestimmen.	$\boldsymbol{f(0{,}5)} = \frac{1}{3} \cdot 0{,}5^3 - \frac{1}{2} \cdot 0{,}5^2 - 2 \cdot 0{,}5 + \frac{11}{6}$ $= \boldsymbol{0{,}75} \rightarrow \mathbf{W(0{,}5 \vert 0{,}75)}$

Alternative zum 2. Schritt: Untersuchung auf Vorzeichenwechsel

Hat f'' eine Nullstelle mit Vorzeichenwechsel, dann hat das Schaubild von f hier einen Wendepunkt.

am Beispiel: $x = 0{,}5$:

$f''(0) = 2 \cdot 0 - 1 = -1 \quad < 0$

$f''(1) = 2 \cdot 1 - 1 = 1 \quad > 0$

VZW

$\Rightarrow$ somit Wendepunkt

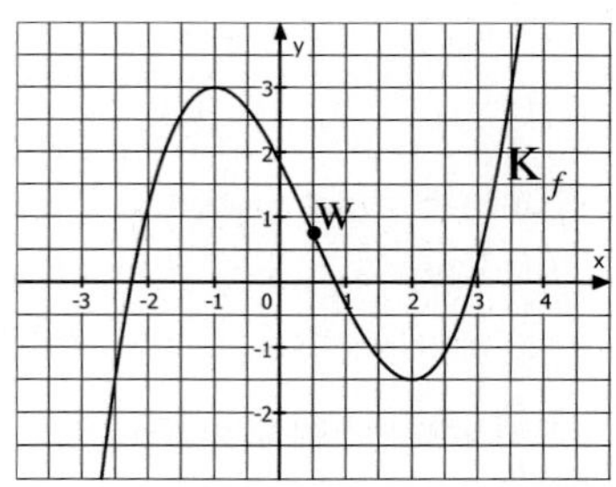

Bemerkungen

- Als **Wendetangente** wird eine Tangente bezeichnet, welche das Schaubild im Wendepunkt berührt. Die **Wendenormale** steht senkrecht zur Wendetangente und verläuft ebenfalls durch den Wendepunkt.
- An einer **Wendestelle** hat das Schaubild entweder die **größte** oder die **kleinste Steigung**. Das Schaubild von f' hat hier deshalb entweder einen Hochpunkt oder einen Tiefpunkt.

http://frv.tv/1u

3.8 Sattelpunkte

Ein Sattelpunkt ist ein **Wendepunkt mit waagrechter Tangente**, also mit einer Steigung von 0.
Somit hat ein Sattelpunkt neben den Eigenschaften eines Wendepunktes $\left(f''(x)=0 \text{ und } f'''(x)\neq 0\right)$ noch die **zusätzliche Eigenschaft $f'(x) = 0$**.

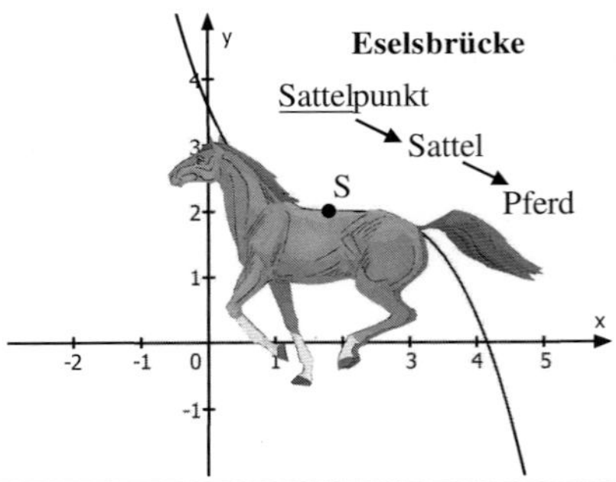

Vorgehen zur Ermittlung von Sattelpunkten (am Beispiel)

(1. bis 3. Schritt: Ebenso wie bei der Ermittlung von Wendepunkten)

1. Schritt: $f''(x)=0$ Stellen „ohne Krümmung" ermitteln.	$f(x)=\frac{1}{4}x^4-\frac{2}{3}x^3+2$ (Beispiel) $f'(x)=x^3-2x^2$ $f''(x)=3x^2-4x$ $f'''(x)=6x-4$ $\mathbf{f''(x)=0}$ $3x^2-4x=0$ $x\cdot(3x-4)=0$ **S. v. Nullpr.** $x_1=0$ $3x-4=0$ $3x=4$ $x_2=\frac{4}{3}$
2. Schritt: Einsetzen in $f'''(x)$ Wendepunkt, falls $f'''(x)\neq 0$.	$f'''(0)=6\cdot 0-4=-4 \quad \neq 0 \rightarrow W$ $f'''\left(\frac{4}{3}\right)=6\cdot\frac{4}{3}-4=4 \quad \neq 0 \rightarrow W$
3. Schritt: Einsetzen in $f(x)$ y-Koordinaten der Wendepunkte bestimmen.	$f(0)=\frac{1}{4}\cdot 0^4-\frac{2}{3}\cdot 0^3+2=2 \quad \rightarrow W(0\mid 2)$ $f\left(\frac{4}{3}\right)=\frac{1}{4}\cdot\left(\frac{4}{3}\right)^4-\frac{2}{3}\cdot\left(\frac{4}{3}\right)^3+2=\frac{98}{81} \rightarrow W\left(\frac{4}{3}\mid\frac{98}{81}\right)$

(4. Schritt: **Zusätzlich**)

4. Schritt: Gilt $f'(x)=0$? In diesem Fall liegt ein Sattelpunkt vor. Ansonsten handelt es sich um einen „gewöhnlichen" Wendepunkt.	$f'(0)=0^3-2\cdot 0^2 \quad =0 \rightarrow S(0\mid 2)$ $f'\left(\frac{4}{3}\right)=\left(\frac{4}{3}\right)^3-2\cdot\left(\frac{4}{3}\right)^2=-\frac{32}{27} \quad \neq 0 \rightarrow W$

http://frv.tv/1v

Im Koordinatensystem finden Sie das Schaubild der Funktion f mit $f(x)=\frac{1}{4}x^4-\frac{2}{3}x^3+2$ und den berechneten Sattelpunkt.

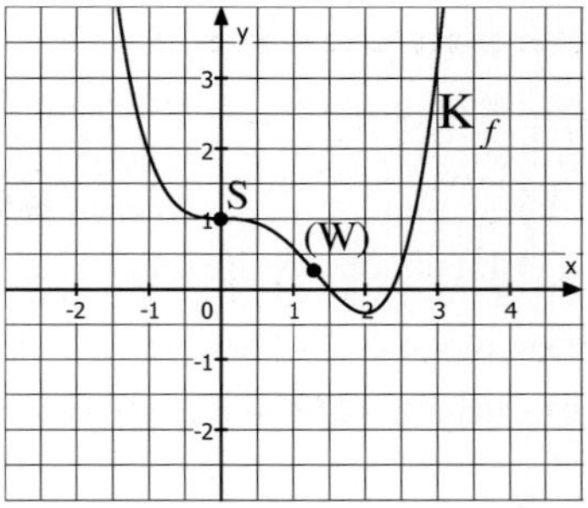

Jeder Sattelpunkt ist auch ein Wendepunkt, aber nicht jeder Wendepunkt ist auch ein Sattelpunkt!

Beispiel : Gegeben ist die Funktion f mit $f(x)=0,25x^4-2x^3+4x^2-1$.

a) Berechnen Sie den Schnittpunkt des Schaubildes mit der y-Achse.
b) Berechnen Sie die Koordinaten der Extrempunkte.
c) Berechnen Sie die Koordinaten der Wendepunkte.
d) Berechnen Sie die Gleichung einer Wendetangente.

Lösung

a) Ansatz: $f(0)=0,25\cdot 0^4-2\cdot 0^3+4\cdot 0^2-1$
$=-1 \quad \rightarrow \quad S_y(0|-1)$

b) $f(x)=0,25x^4-2x^3+4x^2-1$
$f'(x)=x^3-6x^2+8x$
$f''(x)=3x^2-12x+8$

1. Schritt:

$$f'(x)=0$$
$$x^3-6x^2+8x=0$$
$$x\cdot\left(x^2-6x+8\right)=0$$

S. v. Nullpr.

$x_1=0 \qquad x^2-6x+8=0$

$$x_{2/3}=\frac{-(-6)\pm\sqrt{(-6)^2-4\cdot 1\cdot 8}}{2\cdot 1}=\frac{6\pm\sqrt{36-32}}{2}=\frac{6\pm 2}{2}$$

$$x_2=\frac{6-2}{2}=2;$$
$$x_3=\frac{6+2}{2}=4$$

2. Schritt:

$f''(0)=3\cdot 0^2-12\cdot 0+8=8 \quad >0 \quad \rightarrow \text{T}$
$f''(2)=3\cdot 2^2-12\cdot 2+8=-4 \quad <0 \quad \rightarrow \text{H}$
$f''(4)=3\cdot 4^2-12\cdot 4+8=8 \quad >0 \quad \rightarrow \text{T}$

3. Schritt:

$f(0)=0,25\cdot 0^4-2\cdot 0^3+4\cdot 0^2-1=-1 \rightarrow \text{T}(0|-1)$
$f(2)=0,25\cdot 2^4-2\cdot 2^3+4\cdot 2^2-1=3 \rightarrow \text{H}(2|3)$
$f(4)=0,25\cdot 4^4-2\cdot 4^3+4\cdot 4^2-1=-1 \rightarrow \text{T}(4|-1)$

c) 1. Schritt:
$$f''(x) = 0$$
$$3x^2 - 12x + 8 = 0$$

$$x_{1/2} = \frac{-(-12) \pm \sqrt{(-12)^2 - 4 \cdot 3 \cdot 8}}{2 \cdot 3} = \frac{12 \pm \sqrt{48}}{6}$$
$$x_1 = \frac{12 - \sqrt{48}}{6} \approx 0{,}85;$$
$$x_2 = \frac{12 + \sqrt{48}}{6} \approx 3{,}15$$

2. Schritt:
$f'''(x) = 6x - 12$
$f'''(0{,}85) = 6 \cdot 0{,}85 - 12 = -6{,}9 \quad \neq 0 \rightarrow \text{W}$
$f'''(3{,}15) = 6 \cdot 3{,}15 - 12 = 6{,}9 \quad \neq 0 \rightarrow \text{W}$

3. Schritt:
$$f(0{,}85) = 0{,}25 \cdot 0{,}85^4 - 2 \cdot 0{,}85^3 + 4 \cdot 0{,}85^2 - 1 \approx 0{,}79 \rightarrow \text{W}_1\left(0{,}85 \,|\, 0{,}79\right)$$
$$f(3{,}15) = 0{,}25 \cdot 3{,}15^4 - 2 \cdot 3{,}15^3 + 4 \cdot 3{,}15^2 - 1 \approx 0{,}79 \rightarrow \text{W}_2\left(3{,}15 \,|\, 0{,}79\right)$$

d) Berechnung der Wendetangente in $\text{W}_1(0{,}85 \,|\, 0{,}79)$:

1. Schritt: $\text{W}_1(0{,}85 \,|\, 0{,}79)$ (Berührpunkt)

2. Schritt: Tangentensteigung berechnen
$f'(0{,}85) = 0{,}85^3 - 6 \cdot 0{,}85^2 + 8 \cdot 0{,}85 \approx 3{,}08 \ \left(= m_t\right)$

3. Schritt: Tangentengleichung berechnen
$$y = m_t \cdot x + b$$
$$0{,}79 = 3{,}08 \cdot 0{,}85 + b$$
$$0{,}79 = 2{,}62 + b \qquad |-2{,}62$$
$$-1{,}83 = b$$
$\Rightarrow$ Tangente: $y = 3{,}08x - 1{,}83$

3.9 Ortskurve

Begriffserklärung

Bei einer Funktionenschar $f_t(x)$ sind die Koordinaten besonderer Punkte, wie Hochpunkte, Tiefpunkte und Wendepunkte, meist vom Wert des Parameters t abhängig.

Für jeden Wert des Parameters, also für jede Funktion aus der Schar, haben diese Punkte deshalb verschiedene Koordinaten.
Eine **„Verbindungslinie“**, die beispielsweise durch alle Tiefpunkte der Schar verläuft, wird als die Ortskurve der Tiefpunkte bezeichnet.

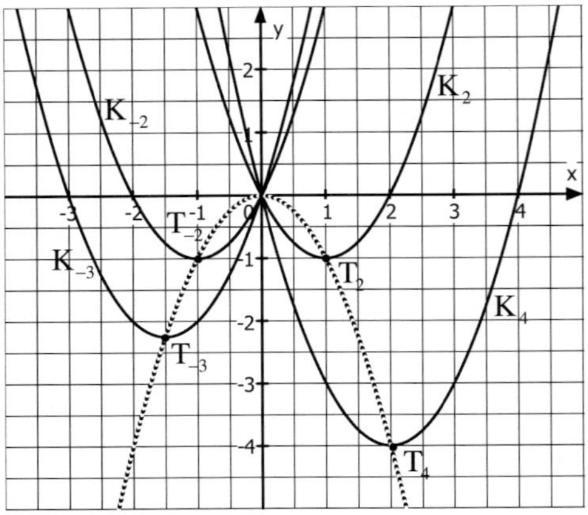

Beispiel

Die Parabelschar $f_t(x) = x^2 - tx$ mit $t \in \mathbb{R}$

hat den allgemeinen Tiefpunkt $T_t\left(\frac{t}{2}\middle|-\frac{t^2}{4}\right)$

$\left(\text{z.B. } T_2(1|-1);\ T_4(2|-4);\ ...\right)$.

Die **Ortskurve der Tiefpunkte** hat die Funktionsgleichung: $\boldsymbol{y = -x^2}$

Ermittlung der Koordinaten des allgemeinen Tiefpunktes

$f_t(x) = x^2 - tx$

$f_t'(x) = 2x - t$

$f_t''(x) = 2$

1. Schritt:
$$\begin{aligned} f_t'(x) &= 0 \\ 2x - t &= 0 \quad |+t \\ 2x &= t \quad |:2 \\ x &= \frac{t}{2} \end{aligned}$$

2. Schritt: $f_t''\left(\frac{t}{2}\right) = 2 > 0 \rightarrow T$

3. Schritt: $f_t\left(\frac{t}{2}\right) = \left(\frac{t}{2}\right)^2 - t \cdot \frac{t}{2} = \frac{t^2}{4} - \frac{t^2}{2} = -\frac{t^2}{4} \quad \rightarrow \quad T_t\left(\frac{t}{2}\middle|-\frac{t^2}{4}\right)$

http://frv.tv/6a

Vorgehen zur Ermittlung der Funktionsgleichung der Ortskurve	
1. Schritt Koordinaten des allg. Tiefpunktes bestimmen	$T_t\left(\frac{t}{2}\middle\vert-\frac{t^2}{4}\right)$ (siehe Vorseite)
2. Schritt x- und y-Koordinaten explizit notieren, man erhält ein Gleichungssystem	$x=\frac{t}{2}$ $y=-\frac{t^2}{4}$
3. Schritt x- Gleichung nach t auflösen	$x=\frac{t}{2} \quad \vert\cdot 2$ $2x=t$
4. Schritt t-Wert in y-Gleichung einsetzen	$y=-\frac{t^2}{4}$ $y=-\frac{(2x)^2}{4}$ $y=-\frac{4x^2}{4}$ $\boldsymbol{y=-x^2}$ (Gleichung der Ortskurve)

Hinweis : Einschränkung im Parameter

Falls der Parameter t laut Aufgabenstellung beispielsweise nicht den Wert 0 annehmen kann ($t \neq 0$) gibt es auch keinen Tiefpunkt $T_t\left(\frac{t}{2}\middle\vert\ldots\right)$ mit dem x-Wert 0.

Somit ist in diesem Fall der Punkt (0|0) auf dem Schaubild von $y=-x^2$ nicht Teil der Ortskurve.

3.10 Zusammenhang zwischen den Schaubildern von Funktion und Ableitung

1. Grundsätzlicher Zusammenhang

Der y-Wert des Schaubildes von f' entspricht an jedem x-Wert der Steigung des Schaubildes von f.

2. Zusammenhang zwischen den besonderen Punkten

Kurzversion (Merkregel: In jeder Zeile steht das englische Wort für „neu"; 3-stufig)

$f(x)$	**N**	**E**	**W**		
$f'(x)$		**N**	**E**	**W**	
$f''(x)$			**N**	**E**	**W**

Ausführliche Version (nur 2-stufig dargestellt)

$f(x)$ bzw. $f'(x)$	**N**	**H**	**T**	**W** (von **Lk** zu **Rk**)	**W** (von **Rk** zu **Lk**)	**S**
$f'(x)$ bzw. $f''(x)$		**N** „von + nach –"	**N** „von – nach +"	**H**	**T**	**N** ohne **VZW** (z.B. doppelte N) bzw. **H** oder **T** auf der x-Achse

Abkürzungen		
	Nullstelle	**W**endepunkt
	Extrempunkt (**H**och- oder **T**iefpunkt)	**S**attelpunkt
	Links**k**rümmung / **R**echts**k**rümmung	**V**or**Z**eichen**W**echsel

Bemerkungen

- Die obigen Zusammenhänge gelten natürlich auch zwischen der Stammfunktion F und der zugehörigen Funktion f.
- Die Symmetrieart eines Schaubildes „pendelt" beim Ableiten.

Beispiel: K_f ist symmetrisch zur y-Achse $\Rightarrow K_{f'}$ ist symmetrisch zum Ursprung $\Rightarrow K_{f''}$ ist symmetrisch zur y-Achse $\Rightarrow ...$

http://frv.tv/1x

Beispiel

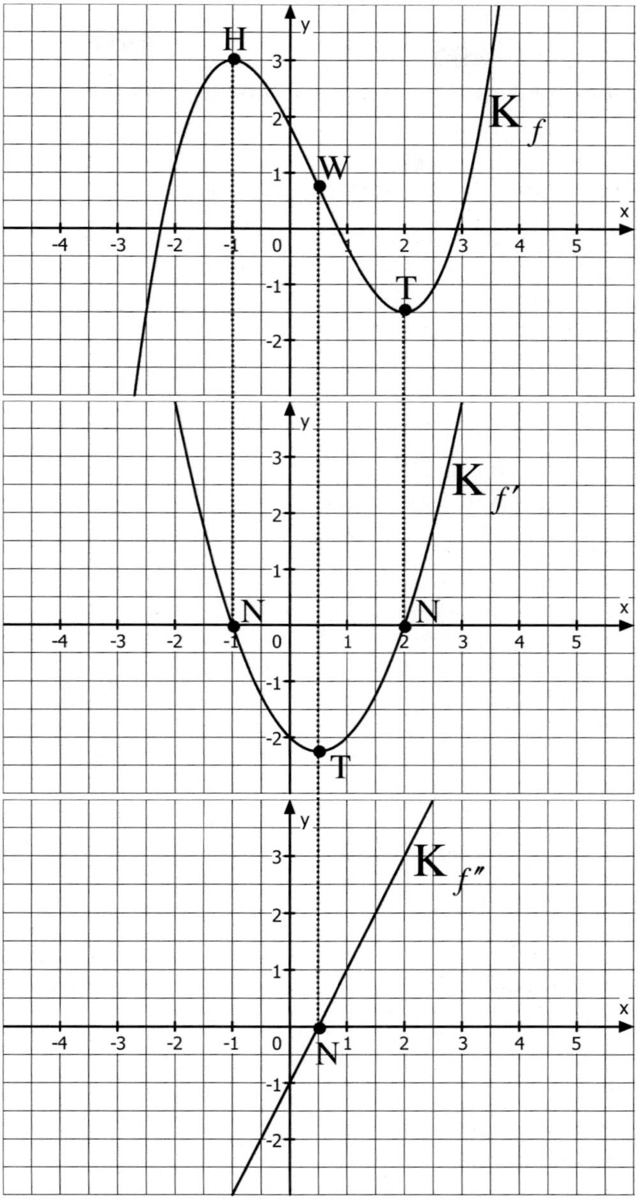

3.11 Ermittlung von Funktionsgleichungen

1. Möglichkeit: „Steckbriefaufgaben"

Beispiel

Gesucht ist die Gleichung einer Funktion 4. Grades, deren Schaubild symmetrisch zur y-Achse ist. Das Schaubild hat den Tiefpunkt T(2 | 1) und besitzt an der Stelle 1 die Steigung $-2{,}4$.

Lösung

Allgemeiner Ansatz: $f(x) = ax^4 + bx^3 + cx^2 + dx + e$

Da symm. zur y-Achse: $f(x) = ax^4 + cx^2 + e$ (*nur gerade Hochzahlen*)

$f'(x) = 4ax^3 + 2cx$

Bedingungen

T(2 | 1) (*Punktprobe*): $f(2) = a\cdot 2^4 + c\cdot 2^2 + e = 1 \Rightarrow 16a + 4c + e = 1$

T(2 | 1) (*Bed.* $f'(x)=0$): $f'(2) = 4a\cdot 2^3 + 2c\cdot 2 = 0 \Rightarrow 32a + 4c = 0$

In $x=1$ Steigung $-2{,}4$: $f'(1) = 4a\cdot 1^3 + 2c\cdot 1 = -2{,}4 \Rightarrow 4a + 2c = -2{,}4$

Lösen des LGS

$$\left(\begin{array}{ccc|c} 16 & 4 & 1 & 1 \\ 32 & 4 & 0 & 0 \\ 4 & 2 & 0 & -2{,}4 \end{array}\right) \sim \left(\begin{array}{ccc|c} 16 & 4 & 1 & 1 \\ 0 & 2 & 1 & 1 \\ 0 & -4 & 1 & 10{,}6 \end{array}\right) \sim \left(\begin{array}{ccc|c} 16 & 4 & 1 & 1 \\ 0 & 2 & 1 & 1 \\ 0 & 0 & 3 & 12{,}6 \end{array}\right)$$

(Hinweis: Schnelleres Lösen des LGS durch Tausch der 1. mit der 3. Spalte möglich.)

$\text{III}: 3e = 12{,}6$

$e = 4{,}2$

in $\text{II}: 2c + 1\cdot 4{,}2 = 1$

$c = -1{,}6$

in $\text{I}: 16a + 4\cdot(-1{,}6) + 1\cdot 4{,}2 = 1$

$a = 0{,}2$

Man erhält: $f(x) = 0{,}2x^4 - 1{,}6x^2 + 4{,}2$

Notwendig

Mindestens so viele Bedingungen bzw. Gleichungen wie unbekannte Koeffizienten im Ansatz vorhanden (im Beispiel: 3 Bedingungen bzw. Koeffizienten).

http://frv.tv/6b

Typische Beschreibungen von Schaubildern und zugehörige math. Bedingungen

Beschreibungen des Schaubildes	Mathematische Bedingungen
Schaubild ist punktsymmetrisch zum Ursprung	$f(x)$ *enthält nur ungerade Hochzahlen* *z.B.* $f(x)=ax^3+cx$ *bei Grad 3*
Schaubild ist achsensymmetrisch zur y-Achse	$f(x)$ *enthält nur gerade Hochzahlen* *z.B.* $f(x)=ax^4+cx^2+\mathrm{e}$ *bei Grad 4*
Schaubild verläuft durch P(3 | 8)	$f(3)=8$
Schaubild besitzt an der Stelle 2 die Steigung 5 (oder: besitzt am x-Wert 2 eine Tangente mit Steigung 5)	$f'(2)=5$
Schaubild berührt an der Stelle 3 die x-Achse	$\begin{cases} f(3)=0 & (\textit{verläuft durch } \mathrm{P}(3\mid 0)) \\ f'(3)=0 & (\textit{hier Steigung } 0) \end{cases}$
Schaubild besitzt den Hochpunkt H(−2 | 3)	$\begin{cases} f(-2)=3 & (\textit{verläuft durch } \mathrm{P}(-2\mid 3)) \\ f'(-2)=0 & (\textit{hier Steigung } 0) \end{cases}$
Schaubild besitzt den Tiefpunkt T(−2 | 3)	*gleiche Bedingungen wie bei* H(−2 | 3)
Schaubild besitzt den Wendepunkt W(5 | 7)	$\begin{cases} f(5)=7 & (\textit{verläuft durch } \mathrm{P}(5\mid 7)) \\ f''(5)=0 & (\textit{hier „keine Krümmung“}) \end{cases}$
Schaubild besitzt den Sattelpunkt S(1 | 4)	$\begin{cases} f(1)=4 & (\textit{verläuft durch } \mathrm{P}(1\mid 4)) \\ f'(1)=0 & (\textit{hier Steigung } 0) \\ f''(1)=0 & (\textit{hier „keine Krümmung“}) \end{cases}$
Schaubild schneidet das Schaubild der bekannten Funktion $g(x)$ an der Stelle 2	$f(2)=g(2)$ $(\textit{hier gleicher } y\textit{-Wert})$
Schaubild berührt das Schaubild der bekannten Funktion $g(x)$ an der Stelle 4	$\begin{cases} f(4)=g(4) & (\textit{hier gleicher } y\textit{-Wert}) \\ f'(4)=g'(4) & (\textit{hier gleiche Steigung}) \end{cases}$

2. Möglichkeit: Regression

Beispiel:
Gesucht ist die Gleichung einer Parabel (2. Grades), deren Schaubild **näherungsweise** durch die dargestellten Punkte verläuft.

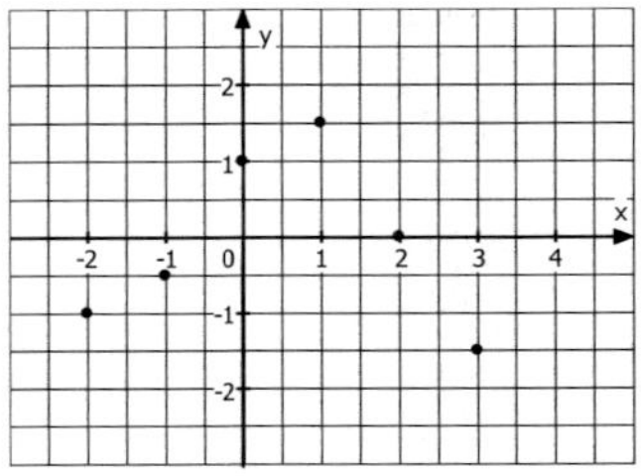
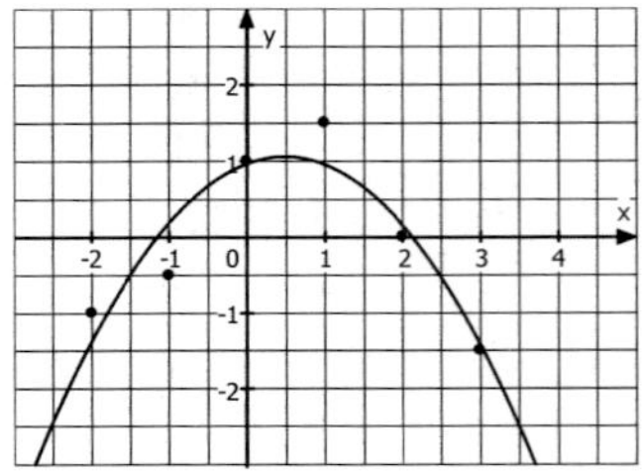

CASIO fx-87DE X		TI-30X Plus MultiView	
[MENU] [3]		[data]	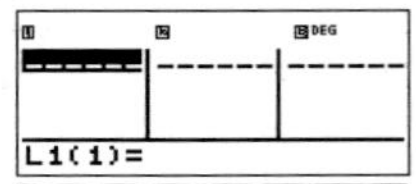
[3]	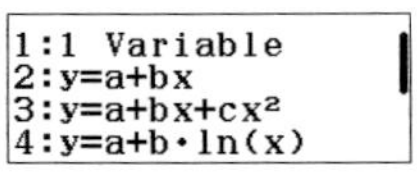	Koordinaten aller Punkte eintragen;	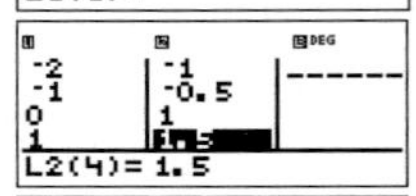
Koordinaten aller Punkte eintragen;	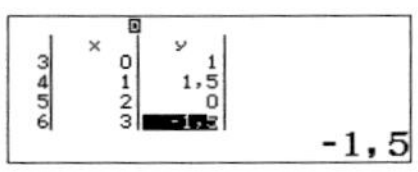	[2nd]; [mode]	
[AC]	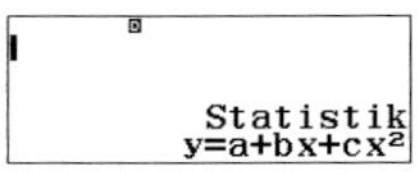	[2nd]; [data]	
[OPTN]; [3]	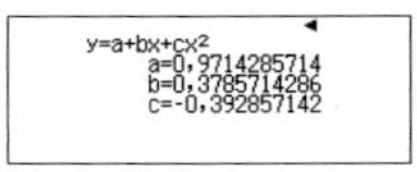	[↓]; [↓]; [↓]; [↓]	
Achtung: Der CASIO-WTR geht von $y = a + bx + cx^2$ aus!		[enter]	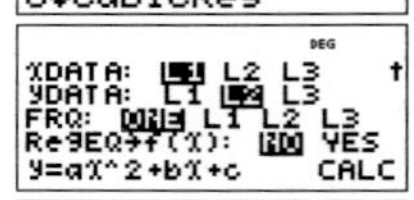
		[↓]; [↓]; [↓]; [→]; [↓]; [enter]	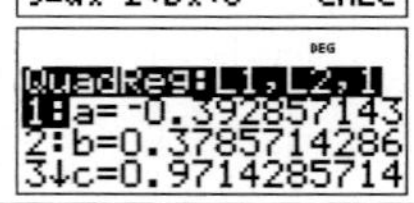

Gleichung der Regressionsfunktion: $f(x) = -0{,}393x^2 + 0{,}379x + 0{,}971$

Notwendig: Mindestens so viele Punkte wie unbekannte Koeffizienten im Ansatz.

Das Bestimmtheitsmaß r^2

- Gibt die **Güte einer Regression** an, beurteilt also, wie „genau" die Kurve durch die Punkte verläuft.
- r^2 kann hierbei Werte zwischen 0 (Kurve „passt nicht" zur Punktwolke) und 1 (Kurve verläuft durch alle Punkte) annehmen.

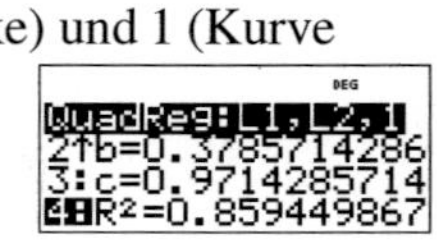

Im Beispiel gilt $r^2 \approx 0{,}86$, was auf eine „recht hohe" Anpassung der Kurve an die Punkte hindeutet.

http://frv.tv/6o

3. Möglichkeit: Nullstellenansatz bei ganzrationalen Funktionen

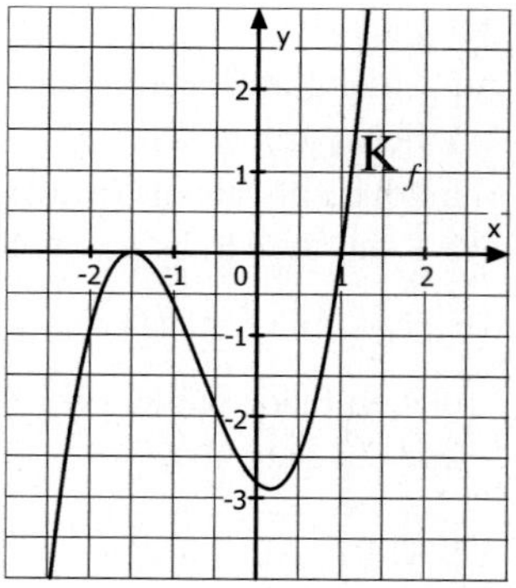

Beispiel

Gesucht ist die Funktionsgleichung zum nebenstehenden Schaubild.

Lösung

Da die Nullstellen $\left(x_{1/2}=-1{,}5;\ x_3=1\right)$ des Schaubildes ablesbar sind, kann der Nullstellenansatz der Funktion (S. 10) weitgehend aufgestellt werden:

$f(x)=a\cdot(x+1{,}5)^2\cdot(x-1)$

Dann werden die Koordinaten eines weiteren Punktes, der kein Schnittpunkt mit der x-Achse ist, eingesetzt:

P(0,5 | −2,5):

$$\begin{aligned} f(x) &= a\cdot(x+1{,}5)^2\cdot(x-1)\\ -2{,}5 &= a\cdot(0{,}5+1{,}5)^2\cdot(0{,}5-1)\\ -2{,}5 &= -2a\\ \frac{5}{4} &= a \end{aligned}$$

$$\Rightarrow f(x)=\frac{5}{4}\cdot(x+1{,}5)^2\cdot(x-1)$$

Notwendig

$\begin{cases}2\\3\\4\end{cases}$ Nullstellen bei einer ganzrationalen Funktion $\begin{cases}2.\\3.\\4.\end{cases}$ Grades und mind. ein weiterer Punkt.

3.12 Extremwertaufgaben

Beispiel

Aus einer parabelförmigen Holzplatte soll ein möglichst großes Dreieck (s. Skizze, mit rechtem Winkel rechts unten) herausgesägt werden. Der Rand der Holzplatte wird durch das Schaubild der Funktion f mit $f(x) = -\frac{7}{72}x^2 + \frac{7}{2}$ beschrieben. Welchen Flächeninhalt kann ein solches Dreieck höchstens haben?

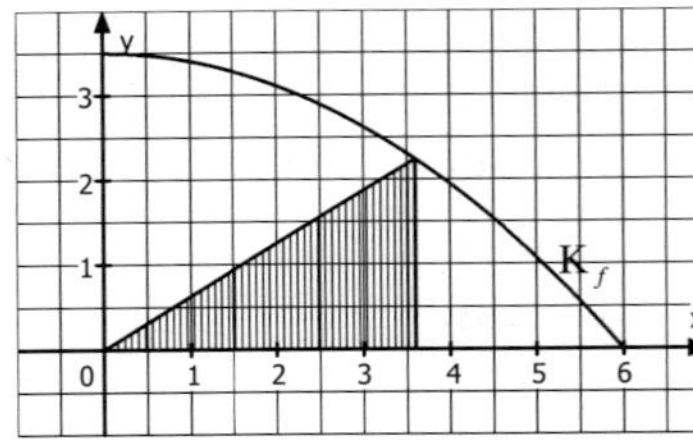

Das Rezept	
Zutaten 	
1. Skizze machen: Alles einzeichnen was in der Aufgabenstellung beschrieben wird.	(hier gegeben)
2. Koordinaten möglichst vieler relevanter Punkte (eventuell in Abhängigkeit von u) angeben. Hierbei beachten: Ein Punkt, der „irgendwo auf dem Schaubild" liegt, besitzt die Koordinaten $(u \mid f(u))$.	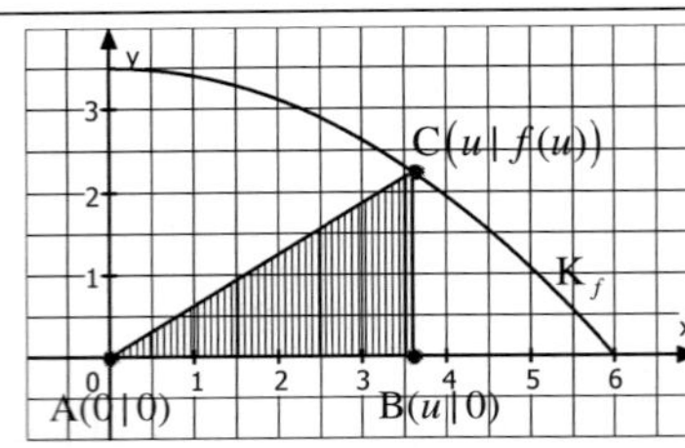
Kochen 	
3. Allgemeine Zielfunktion bestimmen. Formel für die Größe suchen, die maximal (bzw. minimal) werden soll. (z.B. $A = \frac{1}{2} \cdot a \cdot b$; $A = \frac{1}{2} \cdot c \cdot h_c$; $A = a \cdot b$; $U = 2 \cdot a + 2 \cdot b$; ...)	Flächeninhalt rechtwinkliges Dreieck: $A = \frac{1}{2} \cdot a \cdot b$ (Allgemeine Zielfunktion)
4. Benötigte Strecken (a, b, c, h_c, ...) für Allgemeine Zielfunktion in **Skizze einzeichnen**.	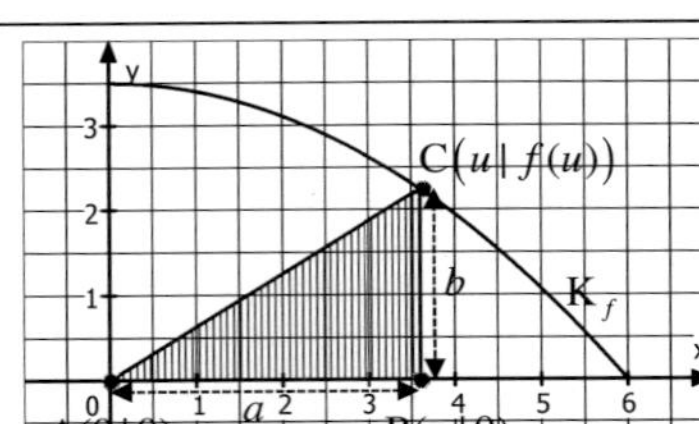

http://frv.tv/3r

5. Konkrete Zielfunktion bestimmen. **Streckenlängen** durch die Koordinaten der Punkte aus 2. **ausdrücken**. Hierbei beachten: - waagr. Streckenlänge: $x_{\text{rechts}} - x_{\text{links}}$ - senkr. Streckenlänge: $y_{\text{oben}} - y_{\text{unten}}$ **Funktionsterm** aus Aufgabenstellung **einsetzen**.	$A(u)=\frac{1}{2}\cdot a \cdot b$ $A(u)=\frac{1}{2}\cdot (u-0) \cdot (f(u)-0)$ $A(u)=\frac{1}{2}\cdot u \cdot \left(-\frac{7}{72}u^2+\frac{7}{2}-0\right)$ (Konkrete Zielfunktion)
6. Schaubild der **Konkreten Zielfunktion** auf **Hochpunkt** (bzw. Tiefpunkt) **untersuchen**.	$A(u)=\frac{1}{2}\cdot u\cdot\left(-\frac{7}{72}u^2+\frac{7}{2}\right)=-\frac{7}{144}u^3+\frac{7}{4}u;$ $A'(u)=-\frac{7}{48}u^2+\frac{7}{4};\ A''(u)=-\frac{7}{24}u$ 1. $A'(u)=0:\ -\frac{7}{48}u^2+\frac{7}{4}=0$ Lösung: $u_1\approx 3{,}46$ ($u_2\approx -3{,}46$ nicht in D) 2. $A''(3{,}46)\approx -\frac{7}{24}\cdot 3{,}46<0 \rightarrow$ H 3. $A(3{,}46)\approx -\frac{7}{144}\cdot 3{,}46^3+\frac{7}{4}\cdot 3{,}46\approx 4{,}04$ $\rightarrow H(3{,}46 \mid 4{,}04)$
7. Randwertuntersuchung **Grenzen des Definitionsbereiches** für *u* in Konkrete Zielfunktion **einsetzen**. Erhaltene *y*-Werte mit dem *y*-Wert des Hochpunktes (bzw. Tiefpunktes) **vergleichen**.	Definitionsbereich: $D=[0;\ 6]$ (s. Skizze) $A(0)=0\ <4{,}04$ $A(6)=0\ <4{,}04$
Servieren	
8. Antwortsatz Für $u=$... (x-Wert Extrempunkt) wird ... (gesuchte Größe) maximal (bzw. minimal). Diese beträgt dann ... (y-Wert Extrempunkt).	**Antwortsatz** Für $u\approx 3{,}46$ wird der Flächeninhalt des Dreiecks maximal. Dieser beträgt dann ungefähr 4,04 Flächeneinheiten.

3.13 Wachstum und Zerfall

In der **Abiturprüfung** werden die nachfolgenden Inhalte zu natürlichem und beschränktem Wachstum bzw. Zerfall **nicht als bekannt** vorausgesetzt. Trotzdem sind sie hier aufgeführt, da sie als „Vorwissen" bei entsprechenden Aufgabenstellungen hilfreich sein können.

1. (Natürliches) exponentielles Wachstum bzw. Zerfall

<table>
<tr><th>Exponentielles Wachstum</th><th>Exponentieller Zerfall</th></tr>
<tr><td colspan="2">Beispiel</td></tr>
<tr><td>Ein Geldbetrag von 500 EUR wird bei einer Bank zu einem Zinssatz von 5 % angelegt.</td><td>Von dem radioaktiven Jod 131 sind zu Beginn 7 mg vorhanden. Täglich zerfallen 8 % der vorhandenen Menge.</td></tr>
<tr><td colspan="2">Funktionsterm $f(t) = a \cdot q^t$ (ohne Basis e)
$(a$: Anfangsbestand $= f(0)$; q: Wachstums- bzw. Zerfallsfaktor$)$</td></tr>
<tr><td>$f(t) = 500 \cdot (1 + \frac{5}{100})^t = 500 \cdot 1{,}05^t \quad (q > 1)$</td><td>$f(t) = 7 \cdot (1 - \frac{8}{100})^t = 7 \cdot 0{,}92^t \quad (q < 1)$</td></tr>
<tr><td colspan="2">Funktionsterm $f(t) = a \cdot e^{k \cdot t}$ (mit Basis e)
$(a$: Anfangsbestand $= f(0))$</td></tr>
<tr><td>$f(t) = 500 \cdot e^{\ln(1+\frac{5}{100}) \cdot t} = 500 \cdot e^{0{,}0488 \cdot t}$
$(k > 0)$</td><td>$f(t) = 7 \cdot e^{\ln(1-\frac{8}{100}) \cdot t} = 7 \cdot e^{-0{,}0834 \cdot t}$
$(k < 0)$</td></tr>
<tr><td colspan="2">Schaubild</td></tr>
<tr><td>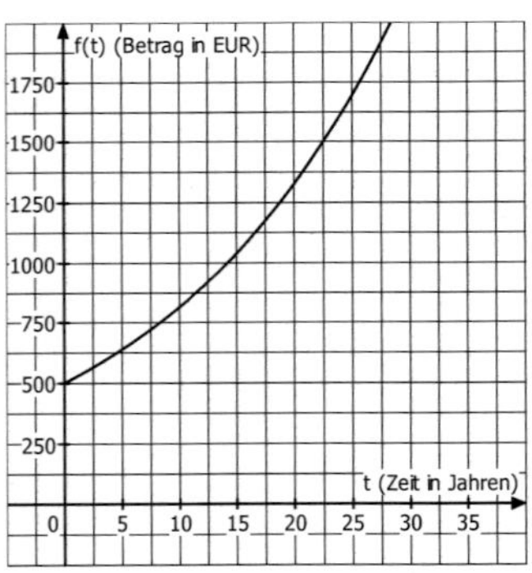</td><td>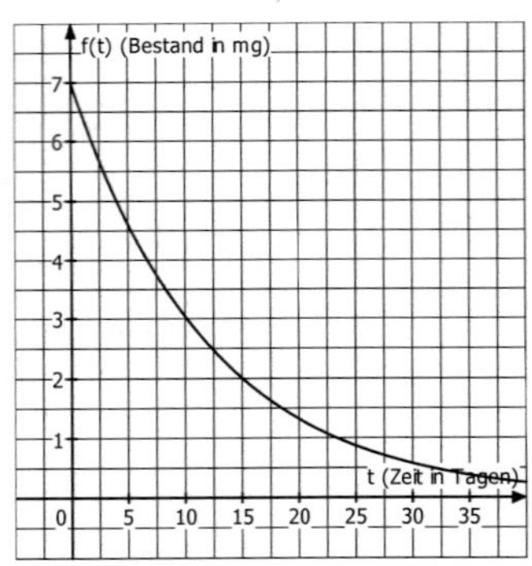</td></tr>
<tr><td colspan="2">Merkmal
Bestand ändert sich von Zeitschritt zu Zeitschritt stets um den gleichen Faktor bzw. Prozentsatz.</td></tr>
</table>

http://frv.tv/6c

2. Beschränktes Wachstum bzw. Zerfall

Beschränktes Wachstum	Beschränkter Zerfall
Beispiel	
Ein Glas mit Milch wird aus dem Kühlschrank (5 °C) genommen und ins Wohnzimmer (20 °C) gestellt.	Eine Pizza wird aus dem Backofen (160 °C) genommen und ins Wohnzimmer (20 °C) gelegt.

Funktionsterm : $\boldsymbol{f(t) = \mathrm{S} - a \cdot e^{-k \cdot t}}$ (mit Basis e)

$\left(\text{S: Schranke; } a = \mathrm{S} - f(0) = \text{Schranke} - \text{Anfangsbestand}\right)$

($k = 0,2$ hier gegeben)

Beschränktes Wachstum	Beschränkter Zerfall
$f(t) = 20 - (20-5) \cdot e^{-0,2 \cdot t} = 20 - 15 \cdot e^{-0,2 \cdot t}$	$f(t) = 20 - (20-160) \cdot e^{-0,2 \cdot t} = 20 + 140 \cdot e^{-0,2 \cdot t}$
(Wachstum, da $a = \mathrm{S} - f(0) > 0$; Schranke größer als Anfangsbestand)	(Zerfall, da $a = \mathrm{S} - f(0) < 0$; Schranke geringer als Anfangsbestand)

Schaubild

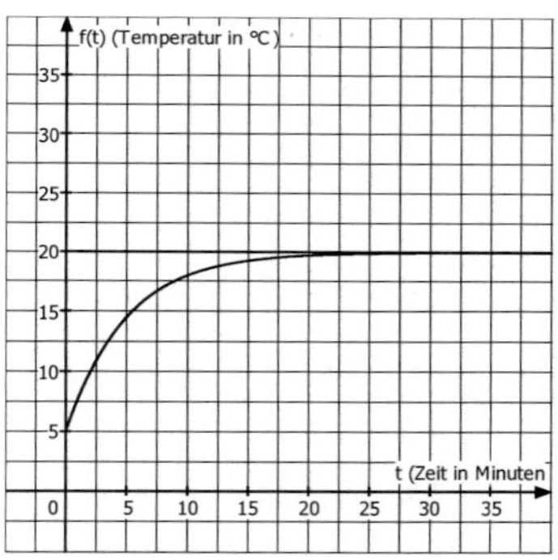

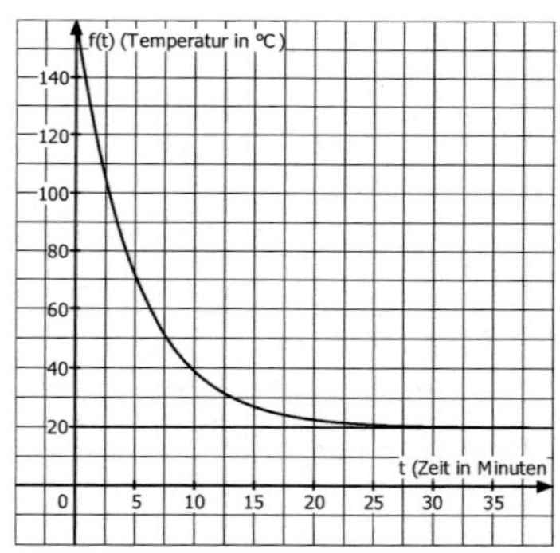

Merkmal

Der Bestand einer zu- oder abnehmenden Größe ist durch eine obere oder untere **Schranke** (**Asymptote** $y = \mathrm{S}$) beschränkt.

4. Integralrechnung

4.1 Integrationsregeln („Aufleitungsregeln“)

<table>
<tr><th>Nr.</th><th>Beispiel</th><th>Vorgehen</th></tr>
<tr><td colspan="3">Elementarregeln</td></tr>
<tr><td>1</td><td>$f(x) = x^5$
$F(x) = \frac{1}{6}x^6$

$f(x) = 1$
$F(x) = x$

$f(x) = \frac{1}{x^2} = x^{-2}$
$F(x) = \frac{1}{-1} \cdot x^{-1} = -\frac{1}{x}$

Spezialfall:
$f(x) = \frac{1}{x}$
$F(x) = \ln|x|$</td><td>$f(x) = x^{Exponent}$
$F(x) = \frac{1}{Exponent+1} \cdot x^{Exponent+1}$
(Potenzregel)</td></tr>
<tr><td>2</td><td>$f(x) = e^x$
$F(x) = e^x$</td><td>Abschreiben</td></tr>
<tr><td>3</td><td>$f(x) = \sin(x)$
$F(x) = -\cos(x)$</td><td rowspan="2">sin
↙ ↖
$-\cos$ $\cos$
↘ ↗
$-\sin$
(Gegen den Uhrzeigersinn!)</td></tr>
<tr><td>4</td><td>$f(x) = \cos(x)$
$F(x) = \sin(x)$</td></tr>
</table>

Hinweis: Das „Aufleiten“ von $f(x) = \ln(x)$ wird im Abitur nicht verlangt.

http://frv.tv/2b

Nr.	Beispiel	Vorgehen
Vorgehensregeln		
5	$f(x) = \mathbf{2} \cdot x^2$ $\mathrm{F}(x) = \mathbf{2} \cdot \frac{1}{3}x^3 = \frac{2}{3}x^3$	*„Zahlen" mit · oder : „bleiben"* (Faktorregel)
6	$f(x) = x^2 + \mathbf{2}$ $\mathrm{F}(x) = \frac{1}{3}x^3 + \mathbf{2x}$	*„Zahlen" mit + oder − „erhalten ein x"*
7	$f(x) = x^2 - 4x$ $\mathrm{F}(x) = \frac{1}{3}x^3 - 2x^2$	*+ und − Zeichen unterteilen die Funktion in Teilfunktionen, welche einzeln aufgeleitet werden* (Summenregel)

Hinweis: Die Produktregel zum „Aufleiten" (partielle Integration) wird im Abitur nicht verlangt ($f(x) = x^2 \cdot e^x \rightarrow \mathrm{F}(x) = ?$).

Nr.	Beispiel	Vorgehen
	Anwendungen der Kettenregel	
8	$f(x)=(2x+3)^5$ $F(x)=\frac{1}{6}\cdot(2x+3)^6\cdot\frac{1}{2}$ $=\frac{1}{12}\cdot(2x+3)^6$ $f(x)=\frac{1}{(2x+3)^5}$ $=(2x+3)^{-5}$ $F(x)=\frac{1}{-4}\cdot(2x+3)^{-4}\cdot\frac{1}{2}$ $=-\frac{1}{8}\frac{1}{(2x+3)^4}$	$f(x)=(Klammerinhalt)^{Exponent}$ $F(x)=\frac{1}{Exponent+1}\cdot(Klammerinhalt)^{Exponent+1}\cdot\frac{1}{Klammerinhalt\ abgeleitet}$
	Spezialfall: $f(x)=\frac{1}{(2x+3)}$ $F(x)=\ln\|2x+3\|\cdot\frac{1}{2}$	Spezialfall: $f(x)=\frac{1}{(Klammerinhalt)}$ $F(x)=\ln\|Klammerinhalt\|\cdot\frac{1}{Klammerinhalt\ abgeleitet}$
9	$f(x)=e^{2x+3}$ $F(x)=e^{2x+3}\cdot\frac{1}{2}$	$f(x)=e^{Exponent}$ $F(x)=e^{Exponent}\cdot\frac{1}{Exponent\ abgeleitet}$
10	$f(x)=\sin(2x+3)$ $F(x)=-\cos(2x+3)\cdot\frac{1}{2}$	$f(x)=\sin(Klammerinhalt)$ $F(x)=-\cos(Klammerinhalt)\cdot\frac{1}{Klammerinhalt\ abgeleitet}$
11	$f(x)=\cos(2x+3)$ $F(x)=\sin(2x+3)\cdot\frac{1}{2}$	$f(x)=\cos(Klammerinhalt)$ $F(x)=\sin(Klammerinhalt)\cdot\frac{1}{Klammerinhalt\ abgeleitet}$

Hinweis: Streng genommen gilt das obige Vorgehen nur, falls der *Klammerinhalt* bzw. *Exponent* **linear** („enthält nur x, also kein x^2, e^x, ...“) ist.
Andere Funktionen müssen im Abitur jedoch auch nicht „aufgeleitet“ werden.

1. Bemerkung (Integrationskonstante)

Eine Funktion hat **nur eine** Ableitungsfunktion, aber **unendlich viele** Stammfunktionen, da der hintere Summand ***c*** (genannt: Integrationskonstante) beim Ableiten verschwindet.

Allg.: $\mathrm{F}(x) = \frac{1}{3}x^3 + \boldsymbol{c}$

$$\mathrm{F}(x) = \frac{1}{3}x^3 \qquad \mathrm{F}(x) = \frac{1}{3}x^3 + 2 \qquad \mathrm{F}(x) = \frac{1}{3}x^3 - 3$$

$$\nwarrow \quad \uparrow \quad \nearrow$$

$$f(x) = x^2$$

$$\downarrow$$

$$f'(x) = 2x$$

Grafische Erklärung : c verschiebt das Schaubild der Stammfunktion nur nach oben bzw. unten und ist also für die Steigung unerheblich. Deshalb haben „alle Stammfunktionen“ F dieselbe (abgeleitete) Funktion f.

2. Bemerkung („Aufleiten“ bei Funktionenscharen)

Der Parameter (t) wird beim „Aufleiten“ wie eine Zahl behandelt.

Beispiel: $f_t(x) = t^2x^3 + t$

$\mathrm{F}_t(x) = \frac{1}{4}t^2x^4 + tx$

4.2 Flächeninhaltsberechnung zwischen Schaubild und x-Achse

1. Fläche oberhalb der x-Achse

Beispiel

Gegeben ist die Funktion f mit $f(x) = -x^2 + 1$.
Welchen Inhalt besitzt die schraffierte Fläche?

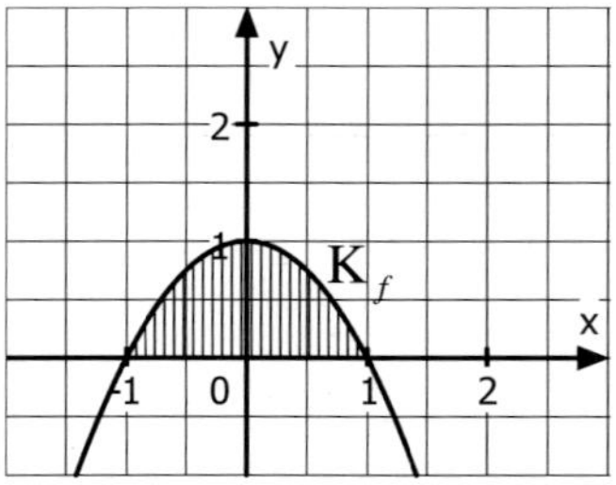

Ansatz

$$\mathbf{A} = \int_a^b f(x)\,dx = [\mathbf{F}(x)]_a^b = \mathbf{F}(b) - \mathbf{F}(a)$$

Lösung

$$\mathrm{A} = \int_{-1}^{1} (-x^2 + 1)\,dx = \left[-\frac{1}{3}x^3 + x\right]_{-1}^{1} = -\frac{1}{3}\cdot 1^3 + 1 - \left(-\frac{1}{3}\cdot(-1)^3 + (-1)\right) \approx 1{,}333 \text{ FE}$$

Rechte Grenze nach oben, linke nach unten → *aufleiten* → *Rechte und linke Grenze in Stammfunktion einsetzen, voneinander subtrahieren*

Merkregel

$$\mathbf{A} = \int_{\text{linke Grenze}}^{\text{rechte Grenze}} (\textbf{Funktionsterm})\,dx$$

2. Fläche unterhalb der x-Achse

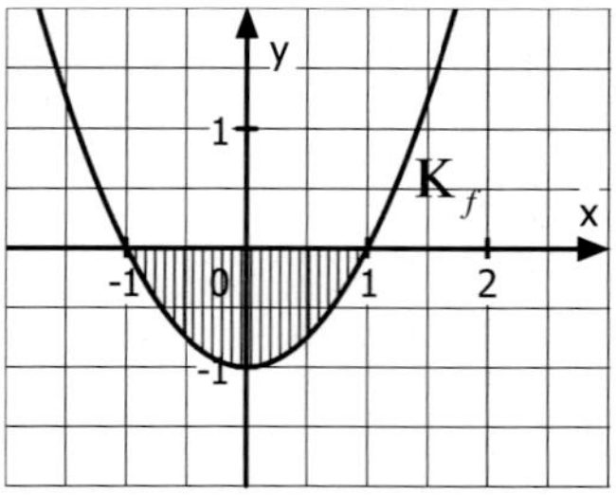

Unterschied

$$\mathrm{A} = \int_{-1}^{1} -f(x)\,dx$$

Minuszeichen beachten!
Sonst: negatives Ergebnis

Hinweis: Falls Sie versehentlich ein negatives Ergebnis erhalten, können Sie dies korrigieren, indem Sie **Betragsstriche** setzen.

http://frv.tv/3t

3. Zusammengesetzte Fläche

Beispiel : Gegeben ist die Funktion f mit $f(x)=\frac{1}{3}x^3-\frac{1}{6}x^2-\frac{5}{3}x$. Welchen Inhalt besitzt die schraffierte Fläche?

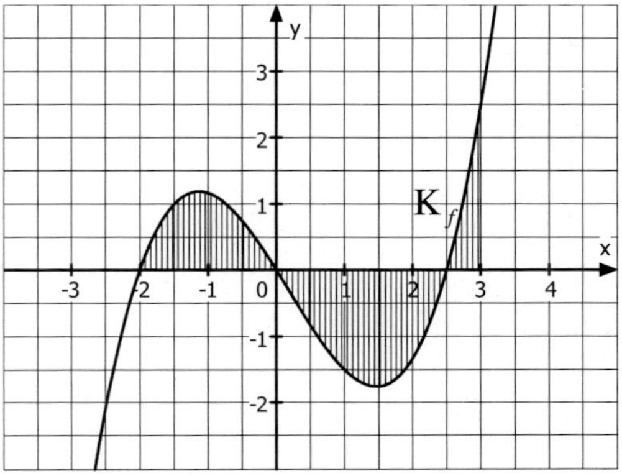

Vorgehen (am Beispiel)

1. Nullstellen bestimmen

$f(x)=0 \rightarrow x_1=-2;\ x_2=0;\ x_3=2{,}5$

2. Teilflächeninhalte bestimmen

$A_1=\int_{-2}^{0} f(x)dx \approx 1{,}56;$

$A_2=\int_{0}^{2{,}5} -f(x)\ dx \approx 2{,}82;$

$A_3=\int_{2{,}5}^{3} f(x)\ dx \approx 0{,}57$

3. Gesamtflächeninhalt bestimmen

$A=A_1+A_2+A_3\approx 1{,}56+2{,}82+0{,}57=4{,}95$ FE

Von Nullstelle zu Nullstelle integrieren!
Ansonsten werden positive und negative Integralwerte zu einer **„Flächenbilanz"** verrechnet.

4. Interpretation von Flächeninhalten

Der Inhalt der markierten Fläche gibt an …

Beispiel 1

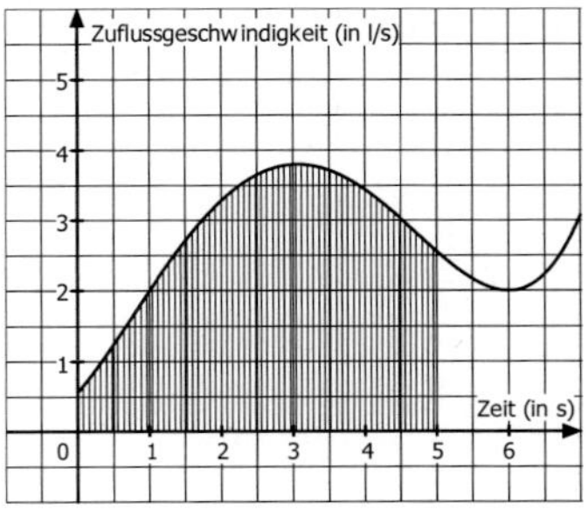

… welche Wassermenge (in l) innerhalb von 5 s zugeflossen ist.

Beispiel 2

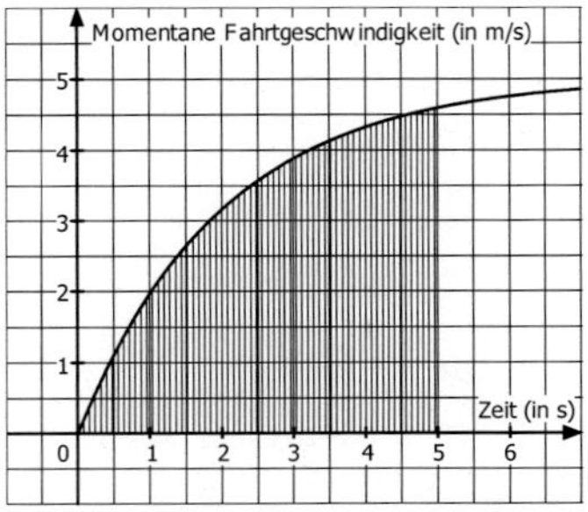

… welche Strecke (in m) innerhalb von 5 s zurückgelegt wurde.

Tipp : Einheit Integral („Fläche") = Einheit Funktion · Einheit Variable (z.B. $m=\frac{m}{s}\cdot s$)

4.3 Flächeninhaltsberechnung zwischen zwei Schaubildern

1. Einzelfläche

Beispiel

Gegeben sind die Funktionen f mit $f(x) = -x^2 + 1$
und g mit $g(x) = x - 1$.
Welchen Inhalt besitzt die schraffierte Fläche?

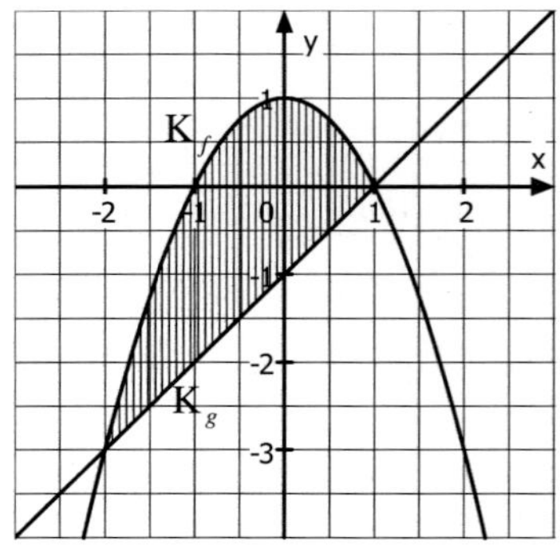

Ansatz

$$\mathbf{A} = \int_a^b \left(f(x) - g(x) \right) dx$$

Lösung

Rechte Grenze nach oben, linke nach unten ↘   *Oberer Funktionsterm minus unterer Funktionsterm* ↙   *eventuell vereinfachen* ⟶   *aufleiten* ⟶

$$\mathrm{A} = \int_{-2}^{1} \left((-x^2 + 1) - (x - 1) \right) dx = \int_{-2}^{1} \left(-x^2 - x + 2 \right) dx = \left[-\frac{1}{3}x^3 - \frac{1}{2}x^2 + 2x \right]_{-2}^{1}$$

$$= -\frac{1}{3}\cdot 1^3 - \frac{1}{2}\cdot 1^2 + 2\cdot 1 - \left(-\frac{1}{3}\cdot(-2)^3 - \frac{1}{2}\cdot(-2)^2 + 2\cdot(-2) \right) = 4{,}5 \text{ FE}$$

⟶ *Rechte und linke Grenze in Stammfunktion einsetzen, voneinander subtrahieren*

Merkregel

$$\mathbf{A} = \int_{\text{linke Grenze}}^{\text{rechte Grenze}} (\textbf{oberer Funktionsterm} - \textbf{unterer Funktionsterm})\, dx$$

Bemerkung (Lage zur x - Achse)

Bei einer Fläche, die zwischen zwei Schaubildern liegt, ist es hingegen völlig unerheblich, ob sich diese oberhalb oder unterhalb der x-Achse befindet.

http://frv.tv/3u

2. Zusammengesetzte Fläche

Beispiel : Gegeben sind die Funktionen f mit $f(x)=\frac{1}{3}x^3-\frac{1}{6}x^2-\frac{5}{3}x$ und g mit $g(x)=-0,5x$. Welchen Inhalt besitzt die schraffierte Fläche?

Vorgehen (am Beispiel)

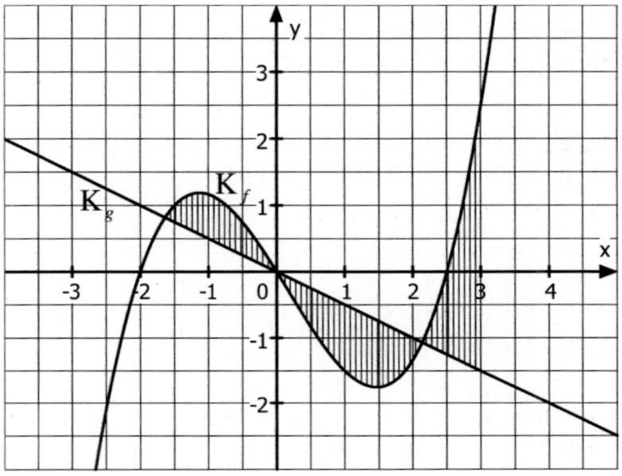

1. Schnittstellen bestimmen

$f(x)=g(x)\ \rightarrow x_1\approx-1,64;\ x_2=0;\ x_3\approx 2,14$

2. Teilflächeninhalte bestimmen

$A_1=\int_{-1,64}^{0}\left(f(x)-g(x)\right)dx\approx 0,72;$

$A_2=\int_{0}^{2,14}\left(g(x)-f(x)\right)dx\approx 1,47;$

$A_3=\int_{2,14}^{3}\left(f(x)-g(x)\right)dx\approx 1,47$

3. Gesamtflächeninhalt bestimmen

$A=A_1+A_2+A_3\approx 0,72+1,47+1,47=3,66$ FE

Von Schnittstelle zu Schnittstelle integrieren!
Ansonsten werden positive und negative Integralwerte zu einer **„Flächenbilanz“** verrechnet.

Beispiel

Berechnen Sie jeweils den Inhalt der schraffierten Fläche.

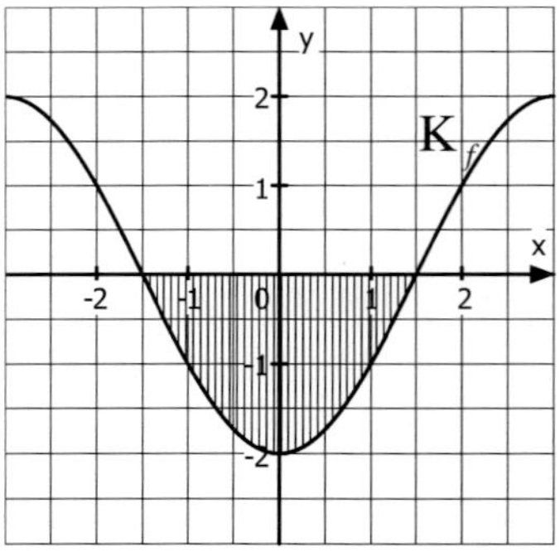

a) $f(x) = -2\cos\left(\frac{\pi}{3}x\right)$

$$A = \int_{-1,5}^{1,5} \left(-f(x)\right) dx = \int_{-1,5}^{1,5} \left(-\left(-2\cos\left(\frac{\pi}{3}x\right)\right)\right) dx$$

$$= \int_{-1,5}^{1,5} \left(2\cos\left(\frac{\pi}{3}x\right)\right) dx = \left[2\sin\left(\frac{\pi}{3}x\right) \cdot \frac{1}{\frac{\pi}{3}}\right]_{-1,5}^{1,5}$$

$$= \left[2\sin\left(\frac{\pi}{3}x\right) \cdot \frac{3}{\pi}\right]_{-1,5}^{1,5} = \left[\frac{6}{\pi}\sin\left(\frac{\pi}{3}x\right)\right]_{-1,5}^{1,5}$$

$$= \frac{6}{\pi}\sin\left(\frac{\pi}{3}\cdot 1,5\right) - \left(\frac{6}{\pi}\sin\left(\frac{\pi}{3}\cdot(-1,5)\right)\right) \approx 1,91 - (-1,91) \approx 3,82 \text{ FE}$$

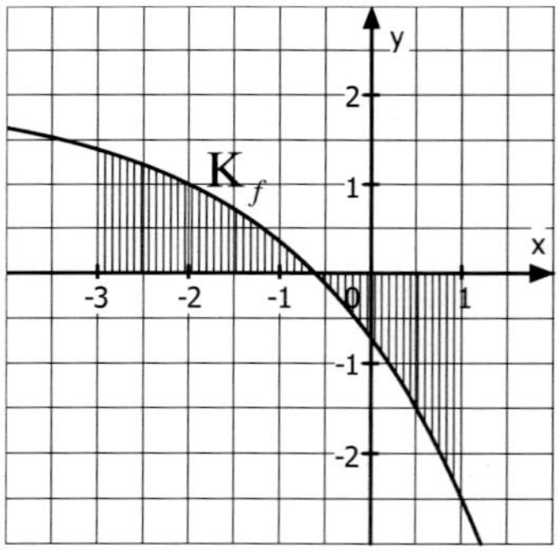

b) $f(x) = -e^{0,5x+1} + 2$

1. Nullstelle bestimmen

$$\begin{aligned} f(x) &= 0 & \\ -e^{0,5x+1} + 2 &= 0 & \mid +e^{0,5x+1} \\ 2 &= e^{0,5x+1} & \mid \ln(\,) \\ \ln(2) &= 0,5x + 1 & \mid -1 \\ -0,31 &\approx 0,5x & \mid :0,5 \\ -0,62 &\approx x & \end{aligned}$$

2. Teilflächeninhalte bestimmen und 3. Gesamtflächeninhalt bestimmen

$$A \approx A_1 + A_2 \approx \int_{-3}^{-0,62} f(x)\,dx + \int_{-0,62}^{1} -f(x)\,dx$$

$$\approx \int_{-3}^{-0,62} \left(-e^{0,5x+1} + 2\right) dx + \int_{-0,62}^{1} \left(-\left(-e^{0,5x+1} + 2\right)\right) dx$$

$$\approx \left[-e^{0,5x+1} \cdot \frac{1}{0,5} + 2x\right]_{-3}^{-0,62} + \left[e^{0,5x+1} \cdot \frac{1}{0,5} - 2x\right]_{-0,62}^{1}$$

$$\approx -e^{0,5\cdot(-0,62)+1}\cdot\frac{1}{0,5}+2\cdot(-0,62)-\left(-e^{0,5\cdot(-3)+1}\cdot\frac{1}{0,5}+2\cdot(-3)\right)+$$

$$e^{0,5\cdot1+1}\cdot\frac{1}{0,5}-2\cdot1-\left(e^{0,5\cdot(-0,62)+1}\cdot\frac{1}{0,5}-2\cdot(-0,62)\right)$$

$$\approx -5,22-(-7,21)+6,96-5,22\approx 1,99+1,74\approx 3,73 \text{ FE}$$

c) $f(x)=\frac{1}{x}$ und $g(x)=-x+4$

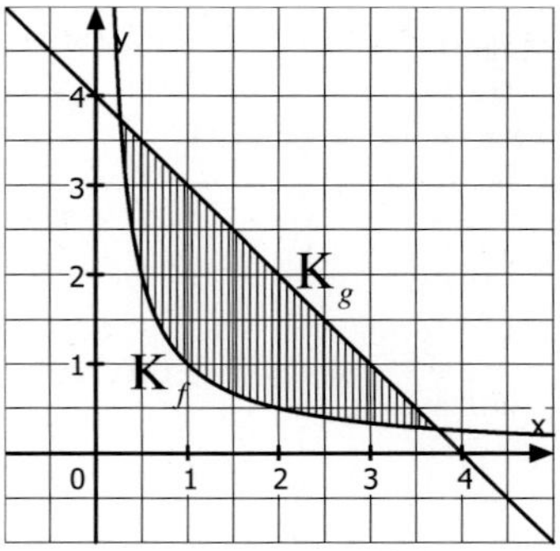

1. Schnittstellen bestimmen

$$\begin{aligned} f(x) &= g(x) \\ \frac{1}{x} &= -x+4 \qquad |\cdot x \\ 1 &= -x^2+4x \qquad |+x^2-4x \\ x^2-4x+1 &= 0 \end{aligned}$$

$$x_{1/2}=\frac{-(-4)\pm\sqrt{(-4)^2-4\cdot1\cdot1}}{2\cdot1} \quad \text{(abc-Formel)}$$

$$=\frac{4\pm\sqrt{12}}{2}\approx\frac{4\pm3,46}{2}$$

$$x_1\approx\frac{4+3,46}{2}=3,73; \qquad x_2\approx\frac{4-3,46}{2}=0,27$$

2. Teilflächeninhalte bestimmen und 3. Gesamtflächeninhalt bestimmen

$$\text{A}\approx\int_{0,27}^{3,73}\big(g(x)-f(x)\big)dx\approx\int_{0,27}^{3,73}\left(-x+4-\frac{1}{x}\right)dx$$

$$\approx\left[-\frac{1}{2}x^2+4x-\ln(x)\right]_{0,27}^{3,73}\approx-\frac{1}{2}\cdot3,73^2+4\cdot3,73-\ln(3,73)-\left(-\frac{1}{2}\cdot0,27^2+4\cdot0,27-\ln(0,27)\right)$$

$$\approx 4,29 \text{ FE}$$

4.4 Mittelwert (durchschnittlicher *y*-Wert) einer Funktion

Beispiel

Die Funktion f mit $f(x) = -10x^2 + 60x$ gibt zu jedem Zeitpunkt die momentane Geschwindigkeit eines Zuges während einer 6-stündigen Zugfahrt an. Welche **durchschnittliche Geschwindigkeit** hat der Zug von der 2. bis zur 5. Stunde?

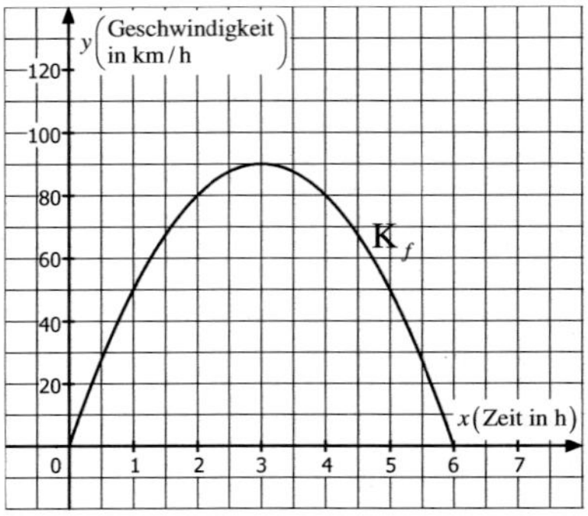

Ansatz

$$\overline{m} = \frac{1}{b-a} \cdot \int_a^b f(x)\,dx$$

Lösung

$$\overline{m} = \frac{1}{5-2} \cdot \int_2^5 \left(-10x^2 + 60x\right) dx = \frac{1}{3} \cdot \left[-\frac{10}{3}x^3 + \frac{60}{2}x^2\right]_2^5$$

$$= \frac{1}{3} \cdot \left(-\frac{10}{3} \cdot 5^3 + \frac{60}{2} \cdot 5^2 \; - \; \left(-\frac{10}{3} \cdot 2^3 + \frac{60}{2} \cdot 2^2\right)\right) = 80\,[\text{km/h}]$$

Bemerkungen

- Der Ansatz zur Berechnung der **mittleren (durchschnittlichen) Steigung** eines Schaubildes in einem bestimmten Bereich lautet:

$$\frac{1}{b-a} \cdot \int_a^b f'(x)\,dx \qquad \left(\text{alternativ über Sekantensteigung: } \frac{y_2 - y_1}{x_2 - x_1} = \frac{f(b) - f(a)}{b-a}\right)$$

- Der Ansatz zur Berechnung der **mittleren (durchschnittlichen) Abweichung** zwischen den y-Werten zweier Funktionen (bzw. des mittleren Abstandes der zugehörigen Schaubilder) in einem bestimmten Bereich lautet:

$$\frac{1}{b-a} \cdot \int_a^b \left|f(x) - g(x)\right| dx$$

4.5 Flächen, die bis ins Unendliche reichen (Uneigentliche Integrale)

Beispiel

Der Inhalt der rechts offenen Fläche, die durch das Schaubild der Funktion f mit $f(x) = e^{-x}$ und die beiden Koordinatenachsen eingeschlossen wird, soll berechnet werden.

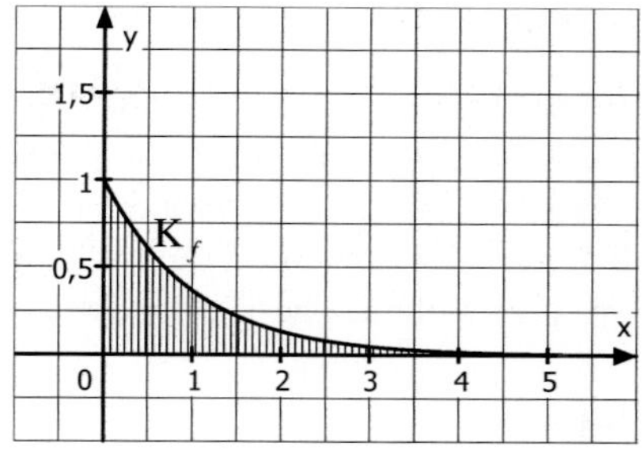

Problem : Schaubild schneidet die x-Achse nicht. Rechte Grenze liegt „unendlich weit rechts".

Vorgehen (am Beispiel)

1. Unbekannte Grenze mit z bezeichnen, damit Flächeninhalt A(z) bestimmen

$$\text{A}(z) = \int_0^z \left(e^{-x}\right) dx = \left[-e^{-x}\right]_0^z = -e^{-z} - \left(-e^{0}\right) = -e^{-z} - (-1) = -e^{-z} + 1$$

2. A(z) untersuchen, wenn z gegen $+\infty$ strebt $(z \to +\infty)$

(z.B. $z = 1000 : \text{A}(1000) = -e^{-10000} + 1 \approx 0 + 1 \approx 1$; „Nebenrechnung")

$z \to +\infty \ : \ \text{A}(z) = -e^{-z} + 1 \to 0 + 1 = 1 \Rightarrow$ Flächeninhalt strebt gegen 1 cm^2

Ist es für Sie wirklich einsichtig, dass der Flächeninhalt weniger als 1 cm^2 beträgt, obwohl sich die Fläche unendlich weit nach rechts erstreckt? Falls nicht, können Sie das schnell ändern, indem Sie das nachfolgende Gedankenexperiment durchführen!

Gedankenexperiment

Mit einer Schere wird ein Blatt Papier halbiert.

Die obere Hälfte wird in ein Koordinatensystem gelegt.

Die untere Hälfte wird wiederum halbiert.

Deren obere Hälfte wird ebenfalls in das Koordinatensystem gelegt.

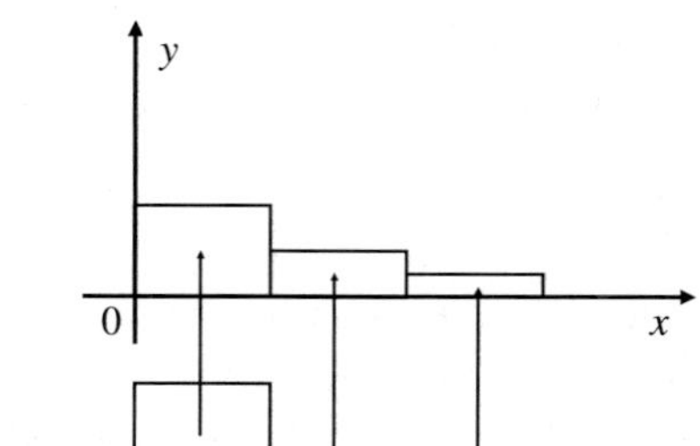

...

Nach und nach erhält man eine Fläche, welche der im oberen Koordinatensystem dargestellten Fläche ähnelt:
Die Höhe wird ebenfalls immer geringer und die Fläche erstreckt sich ebenfalls unendlich weit nach rechts. Man kann das Blatt ja (zumindest theoretisch) unendlich oft halbieren. Ist der Inhalt der Fläche unendlich groß?
Nein! Er kann niemals größer als die Fläche des Papierblattes sein!
Ebenso verhält es sich mit der oberen markierten Fläche.

http://frv.tv/2g

4.6 Berechnung des Rotationsvolumens: Fläche zwischen Schaubild und x-Achse rotiert um die x-Achse

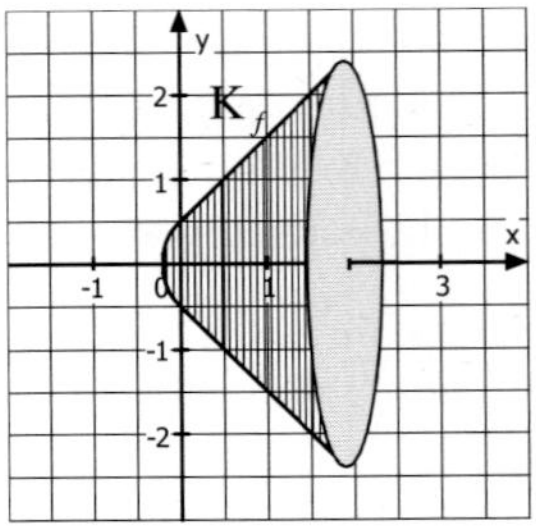

Beispiel

Gegeben ist die Funktion f mit $f(x) = x + 0,5$.
Deren Schaubild rotiert zwischen den beiden Grenzen $a = 0$ und $b = 2$ um die x-Achse.
Welches Volumen besitzt der entstehende Rotationskörper?

Ansatz

$$\mathbf{V_{rot}} = \boldsymbol{\pi} \cdot \int_a^b \left(f(x)\right)^2 dx$$

Lösung

Rechte Grenze nach oben, linke nach unten ↓ — *quadrieren, 1. Binomische Formel* ⟶ — *aufleiten* ⟶

$$V_{rot} = \pi \cdot \int_0^2 \left((x+0,5)^2\right) dx = \pi \cdot \int_0^2 \left(x^2 + x + 0,25\right) dx = \pi \cdot \left[\frac{1}{3}x^3 + \frac{1}{2}x^2 + 0,25x\right]_0^2$$

$$= \pi \cdot \left(\frac{1}{3} \cdot 2^3 + \frac{1}{2} \cdot 2^2 + 0,25 \cdot 2 \quad - \quad (0)\right) = 16,23 \text{ VE}$$

⟶ *Rechte und linke Grenze in Stammfunktion einsetzen, voneinander subtrahieren*

http://frv.tv/3v

4.7 Berechnung des Rotationsvolumens: Fläche zwischen zwei Schaubildern rotiert um die x-Achse

Beispiel

Gegeben sind die beiden Funktionen f mit $f(x)$ und g mit $g(x)$.
Die Fläche zwischen den beiden zugehörigen Schaubildern und den Grenzen $a = 0$ und $b = 2$ rotiert um die x-Achse.
Welches Vorgehen führt zum Volumen des entstehenden Rotationskörpers?

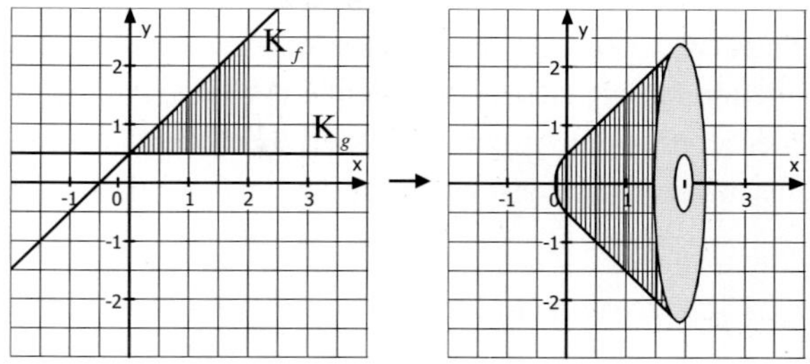

Vorgehen (am Beispiel)

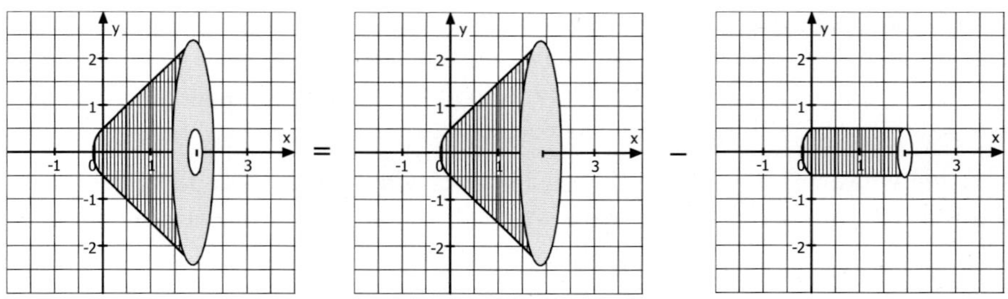

$$V_{rot} = V_{gesamt} - V_{\text{„Hohlraum"}}$$

$$= \pi \cdot \int_0^2 (f(x))^2\,dx - \pi \cdot \int_0^2 (g(x))^2\,dx$$

$$= \pi \cdot \int_0^2 (f(x))^2 - (g(x))^2\,dx$$

$$\left(\neq \quad \pi \cdot \int_0^2 (f(x) - g(x))^2\,dx \quad \text{Falscher Ansatz!} \right)$$

4.8 Zusatz: Wichtiges für Anwendungsorientierte Aufgaben

1. Typische Problemstellungen und benötigte Funktionen

Anwendungsorientierte Aufgaben („Textaufgaben“) thematisieren oftmals (zumindest sinngemäß) eine der nachfolgenden Problemstellungen.
Hierbei liegt der Aufgabenschwerpunkt oftmals auf dem bedeutungsmäßigen Zusammenhang zwischen Funktion und Ableitungsfunktion.

Bedeutung von $f(x)$	**Bedeutung von $f'(x)$**	**Bedeutung von $\int_a^b (f'(x))\,dx$**
Pflanzenhöhe (z.B. in m) in Abhängigkeit von der Zeit (z.B. in s)	Momentane Wachstumsgeschwindigkeit einer Pflanze (z.B. in m/s) in Abh. von der Zeit	Zunahme der Pflanzenhöhe zwischen zwei Zeitpunkten
Vorhandene Wassermenge (z.B. in l) in Abh. von der Zeit (z.B. in s)	Momentane Zu- bzw. Abflussgeschwindigkeit von Wasser (z.B. in l/s) in Abh. von der Zeit	Änderung der vorhandenen Wassermenge zwischen zwei Zeitpunkten
Zurückgelegte Wegstrecke (z.B. in m) in Abh. von der Zeit (z.B. in s)	Momentane Fahrtgeschwindigkeit eines Autos (z.B. in m/s) in Abh. von der Zeit	Zurückgelegte Wegstrecke zwischen zwei Zeitpunkten
Vorhandene Alkoholmenge im Blut (z.B. in g) in Abh. von der Zeit (z.B. in min)	Momentane Abbaugeschwindigkeit von Alkohol im Blut (z.B. in g/min) in Abh. von der Zeit	Änderung der vorhandenen Alkoholmenge im Blut zwischen zwei Zeitpunkten
Beschreibt die: **Aktuellen Werte der „interessierenden Größe“** in Abh. von einer anderen Größe	Beschreibt die: **Momentane Änderung der „interessierenden Größe“** in Abh. von einer anderen Größe	
Häufiges Merkmal: **„Einheit ohne Bruch“ (z.B. m)**	Häufiges Merkmal: **„Einheit mit Bruch“ (z.B. m/s)**	

Hinweis : Die obigen Zusammenhänge gelten natürlich auch zwischen Stammfunktion F(x) und der zugehörigen Funktion $f(x)$.

http://frv.tv/2h

2. Von der Aufgabenformulierung zum Rechenansatz („Schlüsselwörter")

Da sich anwendungsorientierte Aufgaben auf alle Inhalte der Analysis beziehen können, ist es oftmals schwierig, von der Aufgabenformulierung zum zugehörigen Rechenansatz zu gelangen. Die nachfolgende Zusammenstellung soll Ihnen dabei helfen.

Aufgabenformulierung	Rechenansatz
Bestand zum Beobachtungsbeginn; Anfangsbestand; Startwert; …	$f(0)$
Bestand bzw. Wert zu einem bestimmten Zeitpunkt; …	gegebenen Zeitpunkt einsetzen: $f(x_0)$
Ab welchem bzw. bis zu welchem Zeitpunkt liegt mehr bzw. weniger als ein bestimmter Bestand vor; ein bestimmter Wert wird über- bzw. unterschritten; höher bzw. geringer als; …	$f(x) = \text{Wert}$ (gleichsetzen um zum Anfangs- bzw. Endzeitpunkt zu gelangen)
Momentane Änderungsrate; Änderung zu einem Zeitpunkt; steil bzw. flach; Steigung; …	$f'(x)$ bzw. $f'(x_0)$
kleinster (geringster) bzw. größter (höchster) Wert; …	Hoch- oder Tiefpunkt von K_f
größte Änderung; stärkster Zuwachs bzw. stärkste Abnahme; steilste Stelle; …	Wendepunkt von K_f bzw. Hoch oder Tiefpunkt von $K_{f'}$
Winkel; Steigungswinkel; …	$\tan\alpha = m$
Größter bzw. kleinster Flächeninhalt, Volumen, Abstand, Länge, ...	Extremwertaufgabe
Langfristig, über sehr langen Zeitraum; Grenzwert; … (bei *e*-Funktion)	Asymptote
gesamt; insgesamt; …	$\int_a^b f(x)\,dx$
mittlerer; durchschnittlicher; …	$\overline{m} = \frac{1}{b-a} \cdot \int_a^b (f(x))\,dx$

Beispiel

Auf der Autobahn A8 bildet sich ein Stau.
Das Koordinatensystem enthält den Graphen der Funktion f mit $f(t)$, welche die momentane Zu- bzw. Abflussrate an Autos darstellt.
(Positive Funktionswerte stehen hierbei für einen Zufluss, negative für einen Abfluss.)

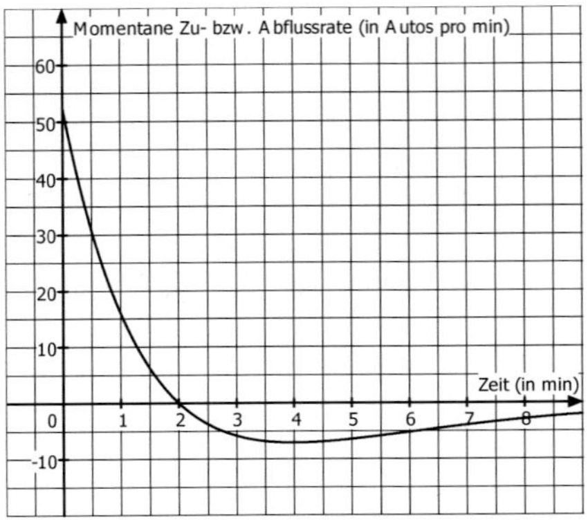

a) Notieren Sie zu jeder Aufgabenstellung einen passenden Rechenansatz.

Aufgabenformulierung	Rechenansatz
Wie viele Autos stehen in t=1 mehr im Stau als in t=0?	$\int_0^1 f(t)\,dt$
Um wie viele (betroffene) Autos hat sich der Stau zwischen der 1. und der 6. Minute verändert?	$\int_1^6 f(t)\,dt$
Wie ist die momentane Zuflussrate im Stau in t =1,4?	$f(1,4)$
Zu welchem Zeitpunkt fahren genau so viele Autos in den Stau ein, wie aus diesem heraus?	$f(t)=0$
Zu welchem Zeitpunkt verringert sich die Anzahl der im Stau stehenden Autos am stärksten?	$f'(t)=0$
Zu welchem Zeitpunkt stehen genau so viele Autos im Stau wie in t =0?	$\int_0^{t_1} f(t)\,dt=0$
Wie groß ist die mittlere Zu- bzw. Abflussrate von Autos im Stau zwischen t =1 und t =8?	$\frac{1}{7}\int_1^8 f(t)\,dt$

Das Schaubild enthält den Graphen der zugehörigen Stammfunktion F mit F(t), welche die gesamte Anzahl der im Stau stehenden Autos angibt.

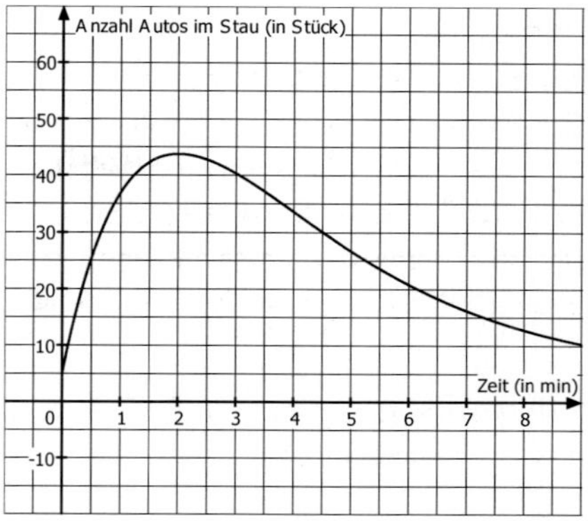

b) Notieren Sie zu jeder Aufgabenstellung einen passenden Rechenansatz.

Aufgabenformulierung	**Rechenansatz**
Zu welchem Zeitpunkt stehen genau 30 Autos im Stau?	$F(t) = 30$
Zu welchem Zeitpunkt fahren genau so viele Autos in den Stau ein, wie aus diesem heraus?	$F'(t) = 0$
Wie viele Autos stehen in den ersten 8 Minuten durchschnittlich im Stau?	$\frac{1}{8}\int_0^8 F(t)\,dt$
In welchem Zeitraum verringert sich die Anzahl der Autos im Stau?	$F'(t) < 0$

II. Grundlagen Vektorgeometrie

1. Vorwissen

1.1 Punkte (im $\mathbb{R}^3$)

Beispiel: $A(4|3|5)$

Vom **Ursprung** geht man
4 Einheiten nach vorne, 3 nach rechts und 5 Einheiten nach oben.

$B(-3|2|-0{,}5)$; $C(0|-2|0)$

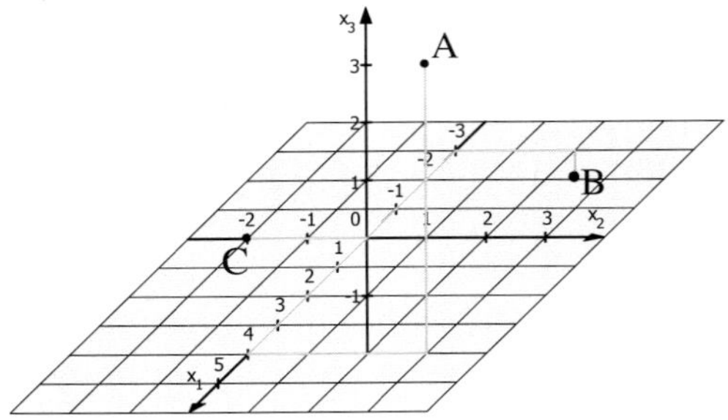

1.2 Vektoren (im $\mathbb{R}^3$)

Beispiel: $\vec{u} = \begin{pmatrix} 3 \\ 0 \\ -3 \end{pmatrix}$

Von einem beliebigen **Anfangspunkt** geht man
3 Einheiten nach vorne und
3 Einheiten nach unten.

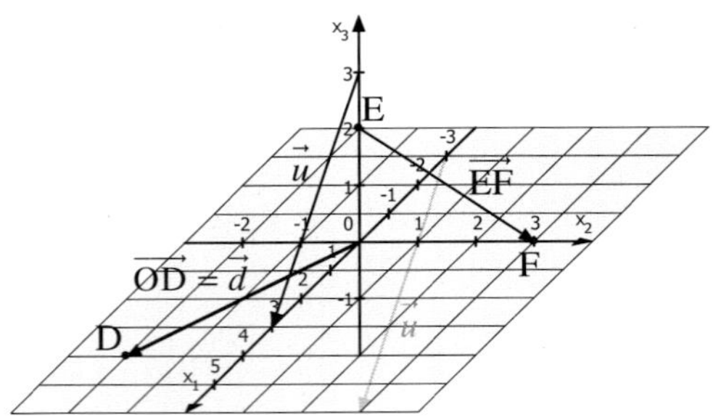

Bemerkungen

- **Ortsvektor** eines Punktes: Zeigt vom Ursprung auf den Punkt (also auf einen „Ort“).

Beispiel: $D(4|-2|0)$ und $\overrightarrow{OD} = \vec{d} = \begin{pmatrix} 4 \\ -2 \\ 0 \end{pmatrix}$.

- **Verbindungsvektor** zwischen 2 Punkten:

Beispiel: $E(0|0|2)$ und $F(0|3|0) \rightarrow \overrightarrow{EF} = \vec{f} - \vec{e} = \begin{pmatrix} 0-0 \\ 3-0 \\ 0-2 \end{pmatrix} = \begin{pmatrix} 0 \\ 3 \\ -2 \end{pmatrix}$

„Verbindungsvektor = Endpunkt − Startpunkt“

- **Spezielle Vektoren**

Nullvektor $\vec{O} = \begin{pmatrix} 0 \\ 0 \\ 0 \end{pmatrix}$; Einheitsvektoren: $\vec{e_1} = \begin{pmatrix} 1 \\ 0 \\ 0 \end{pmatrix}$; $\vec{e_2} = \begin{pmatrix} 0 \\ 1 \\ 0 \end{pmatrix}$; $\vec{e_3} = \begin{pmatrix} 0 \\ 0 \\ 1 \end{pmatrix}$

1.3 Rechnen mit Vektoren

1. Addition und Subtraktion von Vektoren

$$\vec{a}+\vec{b}=\begin{pmatrix}a_1\\a_2\\a_3\end{pmatrix}+\begin{pmatrix}b_1\\b_2\\b_3\end{pmatrix}=\begin{pmatrix}a_1+b_1\\a_2+b_2\\a_3+b_3\end{pmatrix}$$

$$\begin{pmatrix}1\\0\\-2\end{pmatrix}+\begin{pmatrix}3\\-1\\2\end{pmatrix}=\begin{pmatrix}4\\-1\\0\end{pmatrix} \text{ (Beispiel)}$$

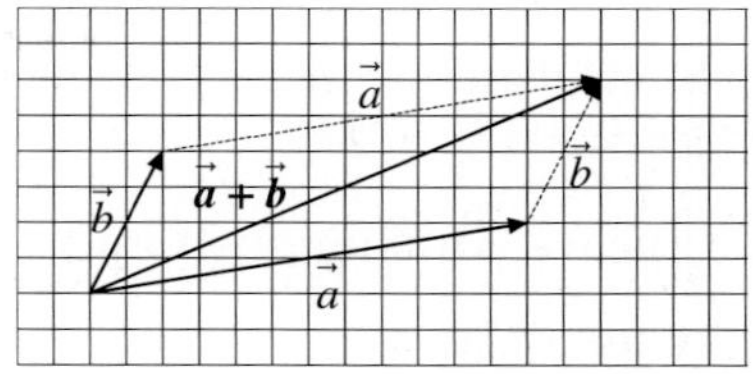

$$\vec{a}-\vec{b}=\begin{pmatrix}a_1\\a_2\\a_3\end{pmatrix}-\begin{pmatrix}b_1\\b_2\\b_3\end{pmatrix}=\begin{pmatrix}a_1-b_1\\a_2-b_2\\a_3-b_3\end{pmatrix}$$

$$\begin{pmatrix}1\\0\\-2\end{pmatrix}-\begin{pmatrix}3\\-1\\2\end{pmatrix}=\begin{pmatrix}-2\\1\\-4\end{pmatrix} \text{ (Beispiel)}$$

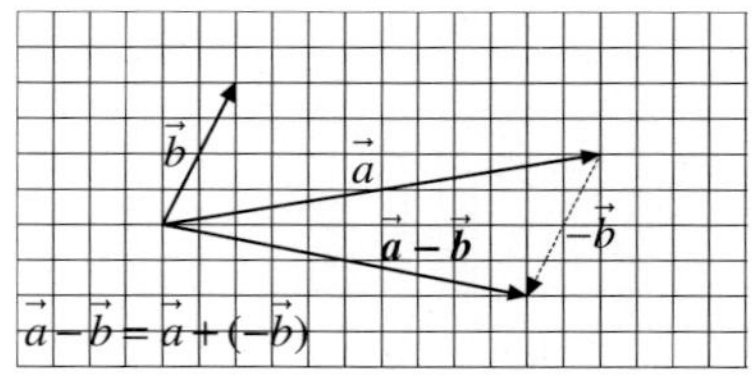

Hinweis: Grafisch wird bei der Subtraktion der Gegenvektor $-\vec{b}$ addiert.

2. Länge (Betrag) eines Vektors

$$\vec{a}=\begin{pmatrix}a_1\\a_2\\a_3\end{pmatrix}\rightarrow|\vec{a}|=\sqrt{a_1^{\,2}+a_2^{\,2}+a_3^{\,2}};\ \text{Beispiel: } \vec{a}=\begin{pmatrix}3\\0\\-4\end{pmatrix}\rightarrow|\vec{a}|=\sqrt{3^2+0^2+(-4)^2}=\sqrt{25}=5 \text{ LE}$$

3. S(kalare) – Multiplikation (Zahl · Vektor)

$$k\cdot\vec{a}=\begin{pmatrix}k\cdot a_1\\k\cdot a_2\\k\cdot a_3\end{pmatrix}\ (k\in\mathbb{R})\quad \text{Beispiel: } 2\cdot\begin{pmatrix}3\\0\\-4\end{pmatrix}=\begin{pmatrix}6\\0\\-8\end{pmatrix}$$

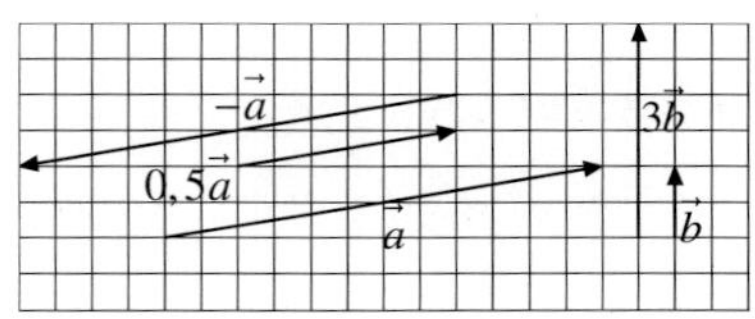

Bemerkungen

- Der Vektor $k\cdot\vec{a}$ hat die $|k|$-fache Länge von $\vec{a}$ und ist parallel zu $\vec{a}$.
- Der **Gegenvektor** $-\vec{a}$ ist parallel und besitzt die gleiche Länge wie $\vec{a}$, ist jedoch entgegengesetzt gerichtet.

Beispiel: $\vec{a}=\begin{pmatrix}-2\\1\\3\end{pmatrix};\ -\vec{a}=\begin{pmatrix}2\\-1\\-3\end{pmatrix}$

- Ein **Einheitsvektor** ist ein Vektor, dessen **Länge 1** ist. Teilt man einen gegebenen Vektor durch seine Länge (Betrag), erhält man den zugehörigen Einheitsvektor.

Beispiel: $\vec{a}=\begin{pmatrix}3\\0\\-4\end{pmatrix}$ hat die Länge $|\vec{a}|=5$; Einheitsvektor: $\vec{a_0}=\frac{1}{|\vec{a}|}\cdot\vec{a}=\frac{1}{5}\cdot\begin{pmatrix}3\\0\\-4\end{pmatrix}=\begin{pmatrix}0,6\\0\\-0,8\end{pmatrix}$

http://frv.tv/2j

4. Linearkombination von Vektoren

$\boldsymbol{k \cdot \vec{a} + l \cdot \vec{b}}$ (mit $k, l \in \mathbb{R}$)

ist eine Summe von Vielfachen von Vektoren. Man bildet auf diese Art „neue“ Vektoren.

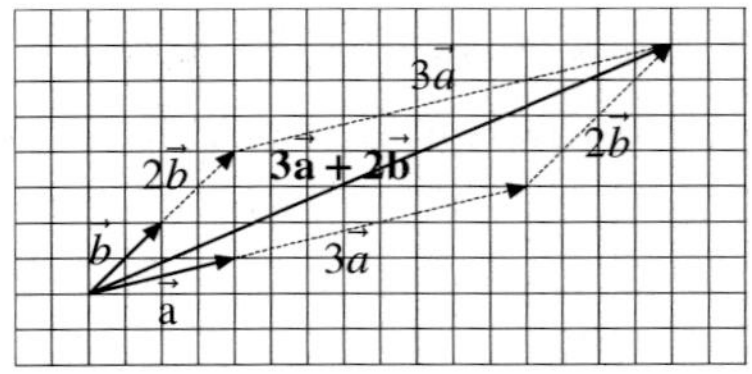

5. Lineare Abhängigkeit und Unabhängigkeit

2 Vektoren im $\mathbb{R}^2$

$\vec{a}$ und $\vec{b}$ sind linear abhängig

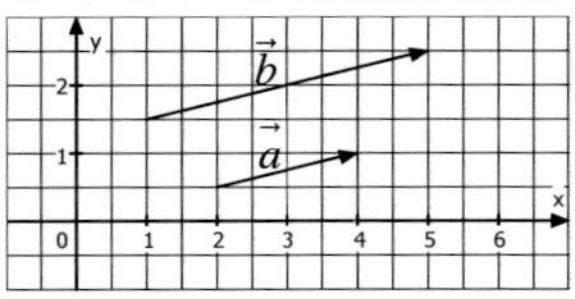

Beispiel: $\begin{pmatrix} 4 \\ 1 \end{pmatrix} = 2 \cdot \begin{pmatrix} 2 \\ 0{,}5 \end{pmatrix}$

Es gilt: $\boldsymbol{\vec{b} = k \cdot \vec{a}}$ (mit $k \in \mathbb{R}$)
Der Vektor $\vec{b}$ ist ein (skalares) **Vielfaches** des Vektors $\vec{a}$. $\vec{a}$ und $\vec{b}$ sind **parallel**.

$\vec{a}$ und $\vec{b}$ sind linear unabhängig

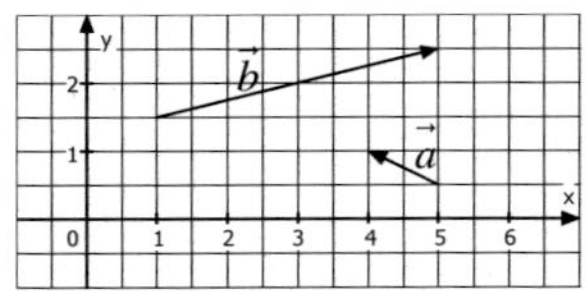

Beispiel: $\begin{pmatrix} 4 \\ 1 \end{pmatrix} \neq k \cdot \begin{pmatrix} -1 \\ 0{,}5 \end{pmatrix}$

Es gilt: $\boldsymbol{\vec{b} \neq k \cdot \vec{a}}$ (mit $k \in \mathbb{R}$)
$\vec{a}$ und $\vec{b}$ sind **nicht parallel**.

3 Vektoren im $\mathbb{R}^3$

$\vec{a}, \vec{b}$ und $\vec{c}$ sind linear abhängig

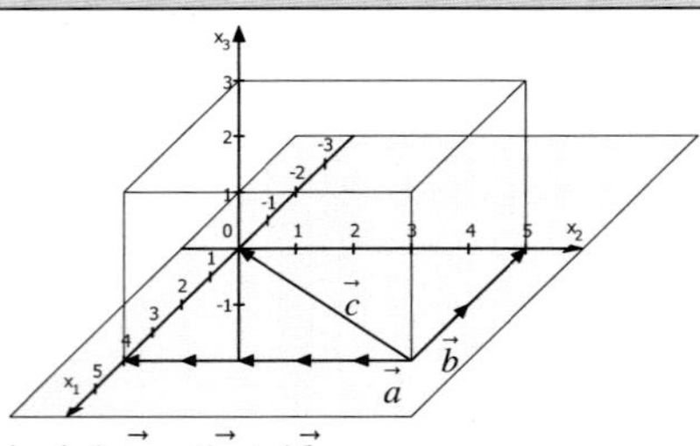

Beispiel: $\vec{c} = 5\vec{a} + 2\vec{b}$

Es gilt: $\vec{c} = k \cdot \vec{a} + l \cdot \vec{b}$ (mit $k, l \in \mathbb{R}$)
Der Vektor $\vec{c}$ lässt sich als **Linear-kombination** aus $\vec{a}$ und $\vec{b}$ darstellen.
$\vec{a}, \vec{b}$ und $\vec{c}$ **liegen in einer Ebene**.

$\vec{a}, \vec{b}$ und $\vec{c}$ sind linear unabhängig

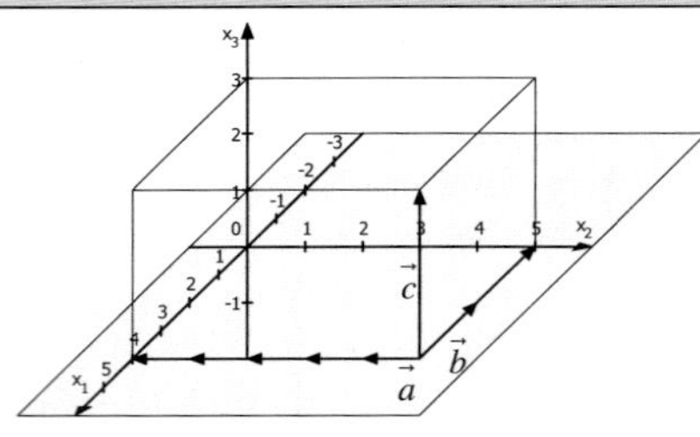

Kein Vektor lässt sich als **Linear-kombination** aus den beiden anderen Vektoren darstellen.
$\vec{a}, \vec{b}$ und $\vec{c}$ **spannen einen Raum auf**.

Bedeutung der linearen Unabhängigkeit

- Durch eine Linearkombination aus 3 linear unabhängigen Vektoren kann jeder beliebige Vektor im $\mathbb{R}^3$ dargestellt werden.
- 2 linear unabhängige Vektoren spannen im $\mathbb{R}^3$ eine Ebene auf.

http://frv.tv/2k

6. Skalarprodukt (Vektor · Vektor)

Das Skalarprodukt zweier Vektoren **ergibt eine reelle Zahl**.

$$\begin{pmatrix} a_1 \\ a_2 \\ a_3 \end{pmatrix} \cdot \begin{pmatrix} b_1 \\ b_2 \\ b_3 \end{pmatrix} = a_1 \cdot b_1 + a_2 \cdot b_2 + a_3 \cdot b_3 \qquad \text{Beispiel: } \begin{pmatrix} 2 \\ 0 \\ -1 \end{pmatrix} \cdot \begin{pmatrix} 4 \\ -2 \\ 3 \end{pmatrix} = 2 \cdot 4 + 0 \cdot (-2) + (-1) \cdot 3 = 5$$

Das Skalarprodukt wird vor allem dazu verwendet, um zu untersuchen, ob zwei Vektoren **senkrecht (orthogonal)** aufeinander stehen. In diesem Fall ergibt ihr **Skalarprodukt 0**.

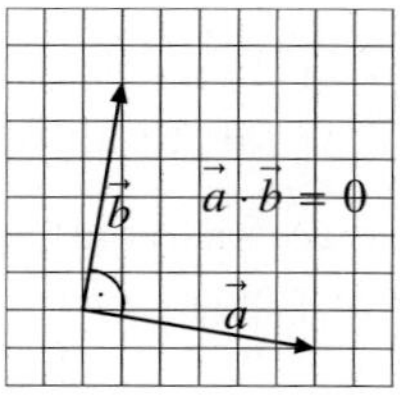

Beispiel: $\vec{a} \cdot \vec{b} = \begin{pmatrix} 1 \\ 1 \\ -4 \end{pmatrix} \cdot \begin{pmatrix} -1 \\ 9 \\ 2 \end{pmatrix} = 1 \cdot (-1) + 1 \cdot 9 + (-4) \cdot 2 = 0$

Somit stehen $\vec{a}$ und $\vec{b}$ senkrecht aufeinander.

7. Vektorprodukt bzw. Kreuzprodukt (Vektor × Vektor)

Hinweis: Das Vektorprodukt steht nicht verpflichtend im Bildungsplan. Es kann jedoch oft eingesetzt werden und erspart dann erheblich Rechenaufwand.

Das Vektorprodukt zweier Vektoren **ergibt einen Vektor**, der auf **beiden Vektoren senkrecht** steht.

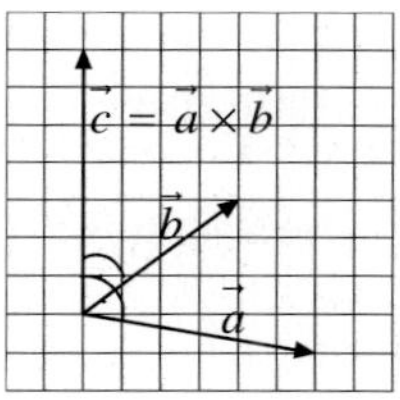

$$\vec{c} = \vec{a} \times \vec{b} = \begin{pmatrix} a_1 \\ a_2 \\ a_3 \end{pmatrix} \times \begin{pmatrix} b_1 \\ b_2 \\ b_3 \end{pmatrix} = \begin{pmatrix} a_2 \cdot b_3 - a_3 \cdot b_2 \\ a_3 \cdot b_1 - a_1 \cdot b_3 \\ a_1 \cdot b_2 - a_2 \cdot b_1 \end{pmatrix}$$

(Hilfsschema)

$$\begin{pmatrix} \not{a_1} & \not{b_1} \\ a_2 & b_2 \\ a_3 & b_3 \\ a_1 & b_1 \\ a_2 & b_2 \\ \not{a_3} & \not{b_3} \end{pmatrix}$$

Beispiel:

$$\vec{c} = \begin{pmatrix} 2 \\ -1 \\ 3 \end{pmatrix} \times \begin{pmatrix} -3 \\ 2 \\ 0 \end{pmatrix} = \begin{pmatrix} (-1) \cdot 0 - 3 \cdot 2 \\ 3 \cdot (-3) - 2 \cdot 0 \\ 2 \cdot 2 - (-1) \cdot (-3) \end{pmatrix} = \begin{pmatrix} -6 \\ -9 \\ 1 \end{pmatrix}$$

$$\begin{pmatrix} \not{2} & \not{-3} \\ -1 & 2 \\ 3 & 0 \\ 2 & -3 \\ -1 & 2 \\ \not{3} & \not{0} \end{pmatrix}$$

Anwendungen des Vektorproduktes

Berechnung des Flächeninhaltes des durch die Vektoren $\vec{a}$ und $\vec{b}$ aufgespannten

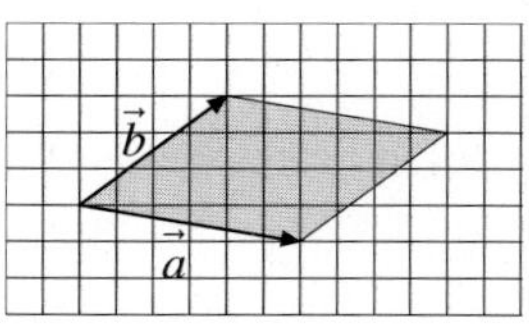

- **Parallelogramms:** $A = \left|\vec{a} \times \vec{b}\right|$
- **Dreiecks:** $A = \frac{1}{2}\left|\vec{a} \times \vec{b}\right|$

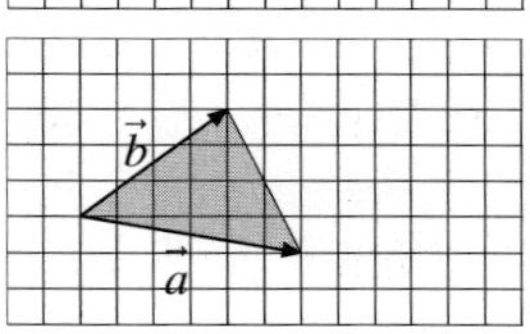

http://frv.tv/2l

2. Geraden

2.1 Geradengleichungen in Parameterform

Die Punkt-Richtungs-Form:

$\boldsymbol{g:\ \vec{x} = \vec{p} + r \cdot \vec{u}}$ (mit $r \in \mathbb{R}$)

- $\vec{p}$: Stützvektor (Ortsvektor des Stützpunktes P)
- $\vec{u}$: Richtungsvektor
- r: Parameter (mit $r \in \mathbb{R}$)

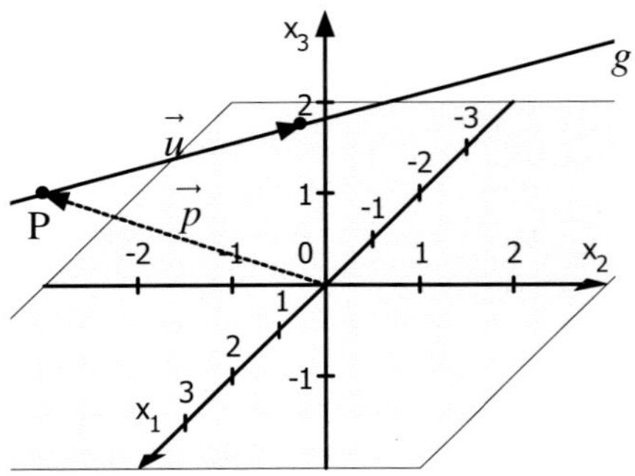

Beispiel: $g:\ \vec{x} = \begin{pmatrix} 2 \\ -2 \\ 2 \end{pmatrix} + r \cdot \begin{pmatrix} -0,5 \\ 2,5 \\ 0,5 \end{pmatrix}$ (mit $r \in \mathbb{R}$)

Spezielle Geraden: z.B. x_1-Achse: $\vec{x} = \begin{pmatrix} 0 \\ 0 \\ 0 \end{pmatrix} + r \cdot \begin{pmatrix} 1 \\ 0 \\ 0 \end{pmatrix}$; x_3-Achse: $\vec{x} = \begin{pmatrix} 0 \\ 0 \\ 0 \end{pmatrix} + r \cdot \begin{pmatrix} 0 \\ 0 \\ 1 \end{pmatrix}$

Elementare Aufgabenstellungen

- **Geradenpunkte ermitteln**

Beispiel: Bestimmung eines Punktes auf $g:\ \vec{x} = \begin{pmatrix} 2 \\ -2 \\ 2 \end{pmatrix} + r \cdot \begin{pmatrix} -0,5 \\ 2,5 \\ 0,5 \end{pmatrix}$ (mit $r \in \mathbb{R}$).

Einsetzen eines beliebigen Wertes für r (z.B. $r = 2$):

$$\overrightarrow{OD} = \begin{pmatrix} 2 \\ -2 \\ 2 \end{pmatrix} + 2 \cdot \begin{pmatrix} -0,5 \\ 2,5 \\ 0,5 \end{pmatrix} = \begin{pmatrix} 1 \\ 3 \\ 3 \end{pmatrix} \rightarrow \ D(1|3|3).$$

- **Überprüfen, ob ein Punkt auf einer Geraden liegt (Punktprobe)**

Beispiel: Liegt $Q(0|8|4)$ auf der Geraden $g:\ \vec{x} = \begin{pmatrix} 2 \\ -2 \\ 2 \end{pmatrix} + r \cdot \begin{pmatrix} -0,5 \\ 2,5 \\ 0,5 \end{pmatrix}$ (mit $r \in \mathbb{R}$)?

Der Ortsvektor von Q wird für $\vec{x}$ eingesetzt, man erhält ein LGS.

$$\begin{pmatrix} 0 \\ 8 \\ 4 \end{pmatrix} = \begin{pmatrix} 2 \\ -2 \\ 2 \end{pmatrix} + r \cdot \begin{pmatrix} -0,5 \\ 2,5 \\ 0,5 \end{pmatrix} \Leftrightarrow \begin{aligned} 0 &= 2 - 0,5r \Leftrightarrow r = 4 \\ 8 &= -2 + 2,5r \Leftrightarrow r = 4 \\ 4 &= 2 + 0,5r \Leftrightarrow r = 4 \end{aligned}$$

LGS ist eindeutig lösbar, somit liegt Q auf der Geraden.
(Bei verschiedenen Ergebnissen für r (Widerspruch) liegt der Punkt nicht auf der Geraden.)

• Aufstellen einer Geradengleichung aus zwei Punkten

Zwei-Punkte-Form:

$g: \vec{x} = \overrightarrow{OA} + r \cdot \overrightarrow{AB}$ (mit $r \in \mathbb{R}$)

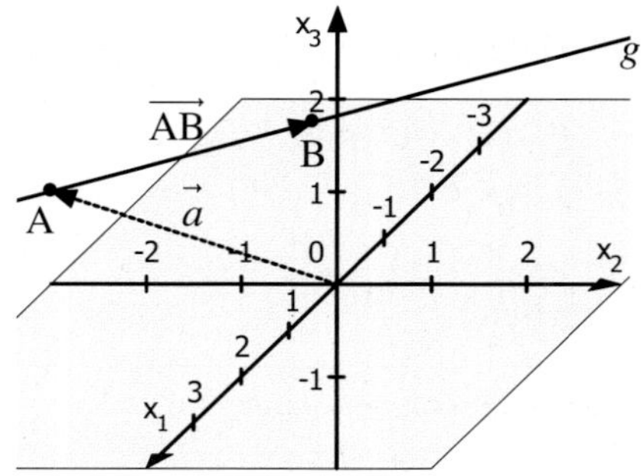

- $\overrightarrow{OA} = \vec{a}$, der Ortsvektor des Punktes A, wird als Stützvektor verwendet
- $\overrightarrow{AB} = \vec{b} - \vec{a}$, der Verbindungsvektor der Punkte A und B, bildet den Richtungsvektor
- r: Parameter (mit $r \in \mathbb{R}$)

Beispiel: Gerade durch $A(2|-2|2)$ und $B(1,5|0,5|2,5)$.

$$g: \vec{x} = \begin{pmatrix} 2 \\ -2 \\ 2 \end{pmatrix} + r \cdot \begin{pmatrix} 1,5-2 \\ 0,5-(-2) \\ 2,5-2 \end{pmatrix} \Leftrightarrow g: \vec{x} = \begin{pmatrix} 2 \\ -2 \\ 2 \end{pmatrix} + r \cdot \begin{pmatrix} -0,5 \\ 2,5 \\ 0,5 \end{pmatrix} \text{ (mit } r \in \mathbb{R})$$

Hinweis: Die Gleichung einer Geraden ist nicht eindeutig. Durch „Vertauschen" der Punkte erhält man eine „zahlenmäßig andere" Gleichung (derselben Geraden):

$$g: \vec{x} = \begin{pmatrix} 1,5 \\ 0,5 \\ 2,5 \end{pmatrix} + r \cdot \begin{pmatrix} 0,5 \\ -2,5 \\ -0,5 \end{pmatrix} \text{ (mit } r \in \mathbb{R})$$

• Spurpunkte ermitteln (Schnittpunkte einer Geraden mit den Koordinatenebenen)

Beispiel: Berechnen des Schnittpunktes von $g: \vec{x} = \begin{pmatrix} 3 \\ -2 \\ 0 \end{pmatrix} + r \cdot \begin{pmatrix} -3 \\ 4 \\ 3 \end{pmatrix}$ mit der x_2x_3-Ebene.

Da der gesuchte Schnittpunkt in der x_2x_3-Ebene liegt, hat seine x_1-Koordinate den Wert 0 $S_{x_2x_3}(0|...|...)$.
Dies wird in die Geradengleichung für x_1 eingesetzt: $0 = 3 - 3r \rightarrow r = 1$.
Nun wird $r = 1$ eingesetzt:

$$\vec{x} = \begin{pmatrix} 3 \\ -2 \\ 0 \end{pmatrix} + 1 \cdot \begin{pmatrix} -3 \\ 4 \\ 3 \end{pmatrix} = \begin{pmatrix} 0 \\ 2 \\ 3 \end{pmatrix} \Rightarrow S_{23}(0|2|3)$$

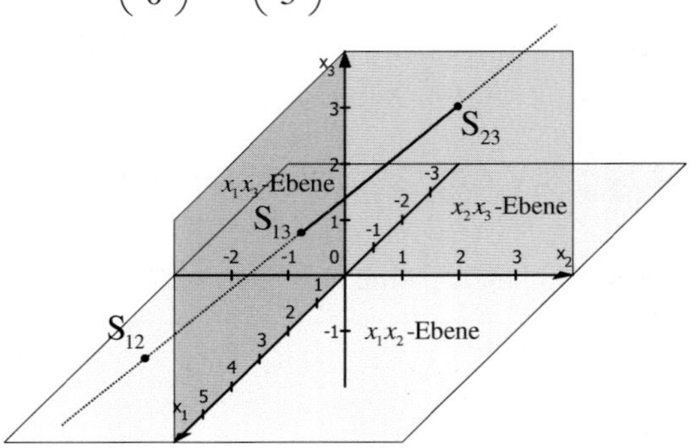

Beachten Sie: Für den Schnittpunkt mit der $\left\{\begin{matrix} \boldsymbol{x_1x_2}\textbf{-Ebene} \\ \boldsymbol{x_1x_3}\textbf{-Ebene} \\ \boldsymbol{x_2x_3}\textbf{-Ebene} \end{matrix}\right\}$ wird $\left\{\begin{matrix} \boldsymbol{x_3 = 0} \\ \boldsymbol{x_2 = 0} \\ \boldsymbol{x_1 = 0} \end{matrix}\right\}$ gesetzt.

2.2 Gegenseitige Lage von Geraden

Beispiel 1	**Beispiel 2**
$g:\vec{x}=\begin{pmatrix}1\\-5\\5\end{pmatrix}+r\cdot\begin{pmatrix}2\\1\\1\end{pmatrix}$ und $h:\vec{x}=\begin{pmatrix}3\\1\\9\end{pmatrix}+s\cdot\begin{pmatrix}1\\3\\2\end{pmatrix}$	$g:\vec{x}=\begin{pmatrix}1\\2\\0\end{pmatrix}+r\cdot\begin{pmatrix}1\\2\\1\end{pmatrix}$ und $h:\vec{x}=\begin{pmatrix}2\\2\\2\end{pmatrix}+s\cdot\begin{pmatrix}4\\8\\4\end{pmatrix}$

Vorgehen

Schritt 1: Gleichsetzen.	
$\begin{pmatrix}1\\-5\\5\end{pmatrix}+r\cdot\begin{pmatrix}2\\1\\1\end{pmatrix}=\begin{pmatrix}3\\1\\9\end{pmatrix}+s\cdot\begin{pmatrix}1\\3\\2\end{pmatrix}$	$\begin{pmatrix}1\\2\\0\end{pmatrix}+r\cdot\begin{pmatrix}1\\2\\1\end{pmatrix}=\begin{pmatrix}2\\2\\2\end{pmatrix}+s\cdot\begin{pmatrix}4\\8\\4\end{pmatrix}$
Schritt 2: LGS in r und s ordnen.	
$\begin{matrix}1+2r=3+s\\-5+r=1+3s\\5+r=9+2s\end{matrix}\Leftrightarrow\begin{matrix}2r-s=2 & (1)\\r-3s=6 & (2)\\r-2s=4 & (3)\end{matrix}$	$\begin{matrix}1+r=2+4s\\2+2r=2+8s\\0+r=2+4s\end{matrix}\Leftrightarrow\begin{matrix}r-4s=1 & (1)\\2r-8s=0 & (2)\\r-4s=2 & (3)\end{matrix}$
Schritt 3: LGS aus zwei (beliebig) ausgewählten Gleichungen mit dem Gauß-Verfahren lösen. Mit der Lösung dann eine Probe in der verbliebenen Gleichung durchführen.	
LGS aus den Gleichungen (2) und (3): $\left(\begin{array}{cc\|c}1 & -3 & 6\\1 & -2 & 4\end{array}\right)$ ↵− $\left(\begin{array}{cc\|c}1 & -3 & 6\\0 & -1 & 2\end{array}\right)$ Man erhält $\boldsymbol{s=-2}$. Einsetzen: $r-3\cdot(-2)=6\Leftrightarrow\boldsymbol{r=0}$. Probe in (1): $2\cdot 0-(-2)=2\Leftrightarrow 2=2$ Das LGS hat also eine **eindeutige Lösung**.	LGS aus den Gleichungen (1) und (3): $\left(\begin{array}{cc\|c}1 & -4 & 1\\1 & -4 & 2\end{array}\right)$ ↵− $\left(\begin{array}{cc\|c}1 & -3 & 6\\0 & 0 & -1\end{array}\right)$ ($0=-1$ Widerspruch) Das LGS hat also **keine Lösung**.

http://frv.tv/4y

Schritt 4: Interpretation anhand der nachfolgenden **Übersicht**.

LGS hat **eindeutige Lösung**.
Geraden **schneiden sich** in einem Punkt.

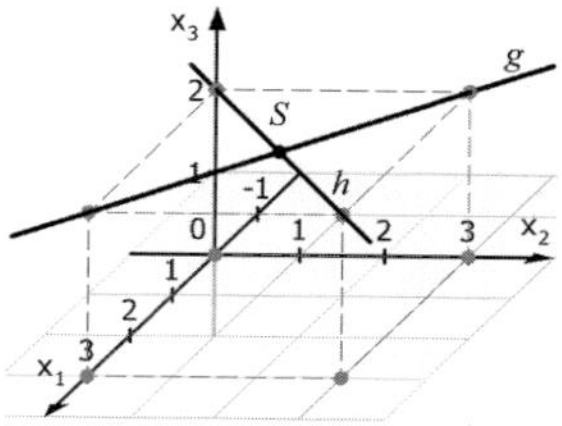

LGS hat **keine Lösung**.

↓

Sind die Richtungsvektoren Vielfache voneinander?

LGS hat **unendlich viele Lösungen**.
Geraden sind **identisch**.

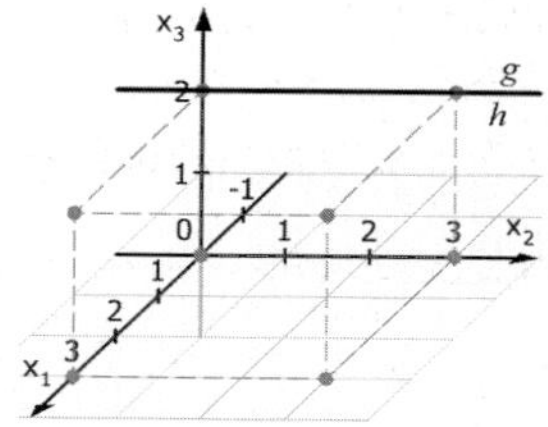

ja
Geraden sind **parallel**.

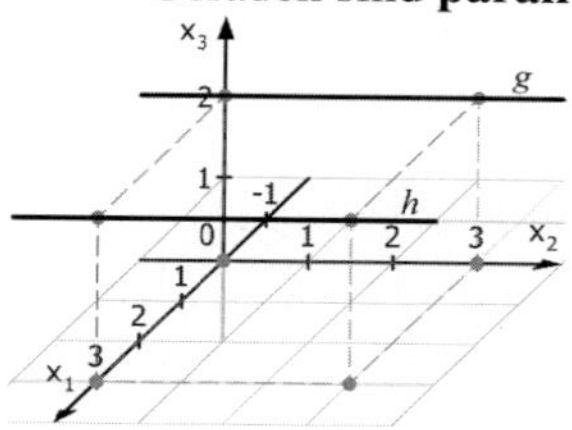

nein
Geraden sind **windschief**.

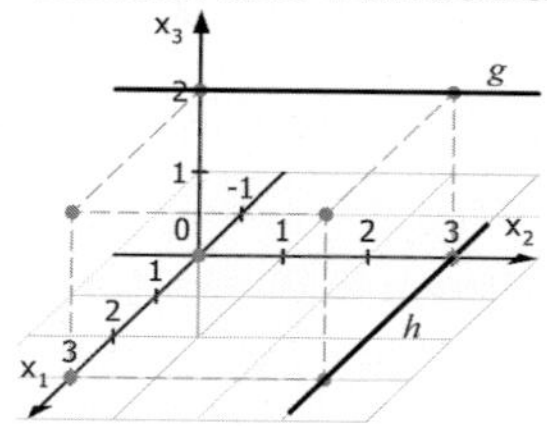

zurück zu Beispiel 1: Die beiden Geraden **schneiden** sich also in einem Punkt.	zurück zu Beispiel 2: Die beiden Geraden sind also **parallel oder windschief**.

Eventuell Schritt 5: Ergebnisabhängige weitere Berechnungen.

Berechnung der Koordinaten des **Schnittpunktes** durch Einsetzen von $r = 0$ in g (oder $s = -2$ in h):

$$\overrightarrow{OS} = \begin{pmatrix} 1 \\ -5 \\ 5 \end{pmatrix} + 0 \cdot \begin{pmatrix} 2 \\ 1 \\ 1 \end{pmatrix} = \begin{pmatrix} 1 \\ -5 \\ 5 \end{pmatrix} \rightarrow S(1|-5|5)$$

Es gilt: $\begin{pmatrix} 4 \\ 8 \\ 4 \end{pmatrix} = 4 \cdot \begin{pmatrix} 1 \\ 2 \\ 1 \end{pmatrix}$

Die beiden Richtungsvektoren sind (skalare) **Vielfache** voneinander. Somit liegen die Geraden **parallel** zueinander.

„Abkürzung"

Wird gleich zu Beginn erkannt, dass die **Richtungsvektoren Vielfache** voneinander sind (Beispiel 2), so sind die Geraden entweder **parallel** oder **identisch**.
Befindet sich der Stützpunkt der einen Geraden auf der anderen Geraden (**Punktprobe** mit Stützvektor), so sind die Geraden identisch. Ansonsten sind sie parallel.

3. Ebenen

3.1 Ebenengleichungen in Parameterform

Die Punkt-Richtungs-Form:

$$\mathbf{E}: \vec{x} = \vec{p} + r \cdot \vec{u} + s \cdot \vec{v} \quad (\text{mit } r, s \in \mathbb{R})$$

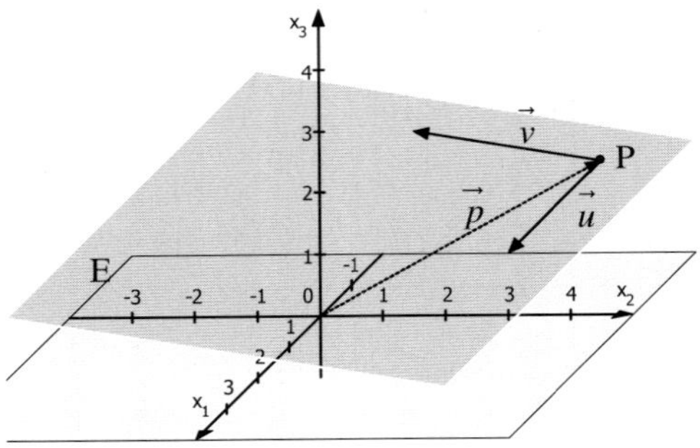

- $\vec{p}$: Stützvektor (Ortsvektor des Stützpunktes P)
- $\vec{u}$, $\vec{v}$: Spannvektoren (keine Vielfachen voneinander)
- r, s: Parameter (mit $r, s \in \mathbb{R}$)

Beispiel: $\mathrm{E}: \vec{x} = \begin{pmatrix} -3 \\ 3 \\ 1 \end{pmatrix} + \mathrm{r} \cdot \begin{pmatrix} 3 \\ 0 \\ 0 \end{pmatrix} + \mathrm{s} \cdot \begin{pmatrix} 0 \\ -3 \\ 0{,}5 \end{pmatrix}$

Die Koordinatenebenen in der Parametermeterform

x_1x_2-Ebene: $\vec{x} = \begin{pmatrix} 0 \\ 0 \\ \mathbf{0} \end{pmatrix} + r \cdot \begin{pmatrix} 1 \\ 0 \\ \mathbf{0} \end{pmatrix} + s \cdot \begin{pmatrix} 0 \\ 1 \\ \mathbf{0} \end{pmatrix}$

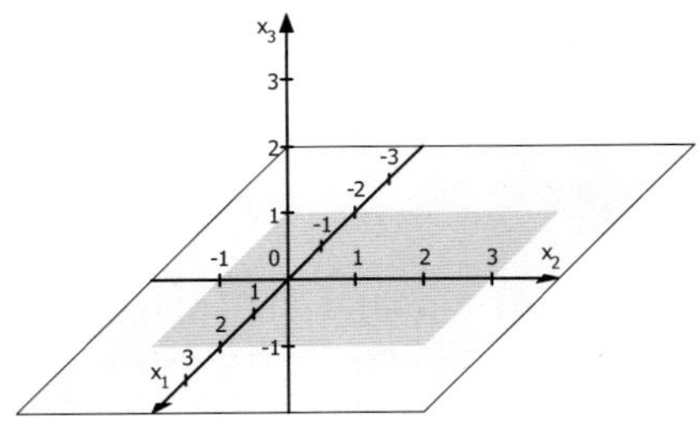

x_2x_3-Ebene: $\vec{x} = \begin{pmatrix} \mathbf{0} \\ 0 \\ 0 \end{pmatrix} + r \cdot \begin{pmatrix} \mathbf{0} \\ 1 \\ 0 \end{pmatrix} + s \cdot \begin{pmatrix} \mathbf{0} \\ 0 \\ 1 \end{pmatrix}$

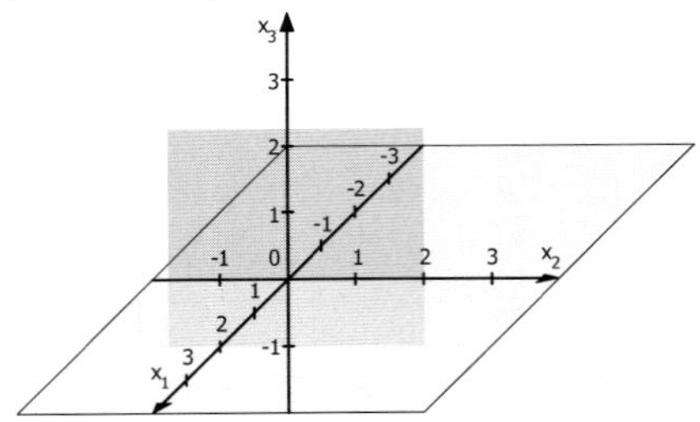

x_1x_3-Ebene: $\vec{x} = \begin{pmatrix} 0 \\ \mathbf{0} \\ 0 \end{pmatrix} + r \cdot \begin{pmatrix} 1 \\ \mathbf{0} \\ 0 \end{pmatrix} + s \cdot \begin{pmatrix} 0 \\ \mathbf{0} \\ 1 \end{pmatrix}$

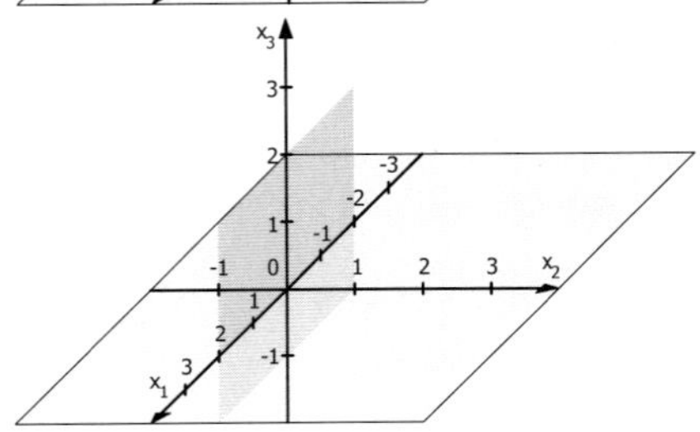

http://frv.tv/2o

Elementare Aufgabenstellungen in der Parameterform

- **Überprüfen, ob ein Punkt in einer Ebene liegt (Punktprobe)**

Beispiel: Liegt $Q(1{,}5|-3|2)$ in der Ebene

$$E: \vec{x} = \begin{pmatrix} -3 \\ 3 \\ 1 \end{pmatrix} + r \cdot \begin{pmatrix} 3 \\ 0 \\ 0 \end{pmatrix} + s \cdot \begin{pmatrix} 0 \\ -3 \\ 0{,}5 \end{pmatrix} \quad (\text{mit } r, s \in \mathbb{R})?$$

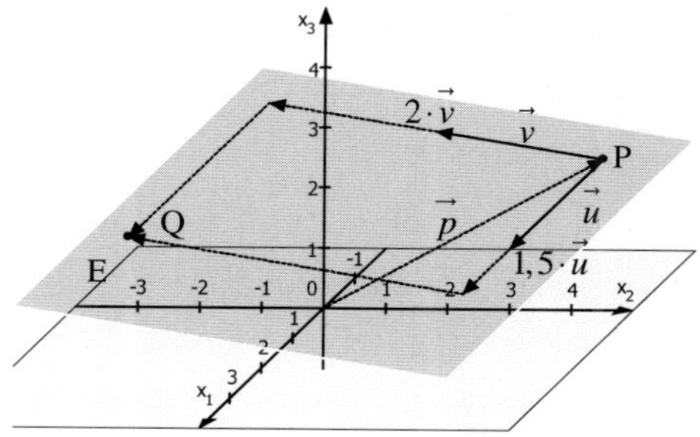

Durch Einsetzen erhält man ein LGS:

$$\begin{pmatrix} 1{,}5 \\ -3 \\ 2 \end{pmatrix} = \begin{pmatrix} -3 \\ 3 \\ 1 \end{pmatrix} + r \cdot \begin{pmatrix} 3 \\ 0 \\ 0 \end{pmatrix} + s \cdot \begin{pmatrix} 0 \\ -3 \\ 0{,}5 \end{pmatrix} \quad \Leftrightarrow$$

$$\begin{aligned} 1{,}5 &= -3 + 3r \\ -3 &= 3 - 3s \\ 2 &= 1 + 0{,}5s \end{aligned} \quad \Leftrightarrow \quad \begin{aligned} r &= 1{,}5 \quad (1) \\ s &= 2 \quad (2) \\ s &= 2 \quad (3) \end{aligned}$$

Das LGS hat eine Lösung. Somit liegt Q in der Ebene.

- **Ebenengleichung aufstellen aus 3 Punkten**

Zwei-Punkte-Form:

$$\mathbf{E}: \vec{x} = \overrightarrow{OA} + r \cdot \overrightarrow{AB} + s \cdot \overrightarrow{AC} \quad (\text{mit } r, s \in \mathbb{R})$$

- $\overrightarrow{OA}$, der Ortsvektor des Punktes A, wird als Stützvektor verwendet
- $\overrightarrow{AB}$ und $\overrightarrow{AC}$, die Verbindungsvektoren der Punkte, bilden die Richtungsvektoren.
- r, s: Parameter (mit $r, s \in \mathbb{R}$)

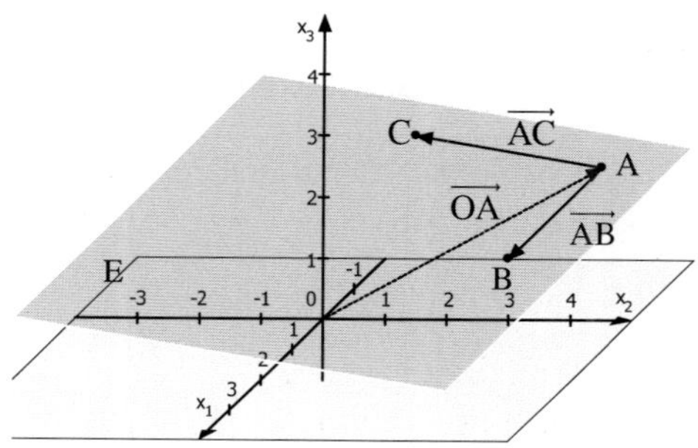

Beispiel: Ebene durch $A(0|1|2)$, $B(3|2|2)$ und $C(-1|1|0)$.

$$E: \vec{x} = \begin{pmatrix} 0 \\ 1 \\ 2 \end{pmatrix} + r \cdot \begin{pmatrix} 3-0 \\ 2-1 \\ 2-2 \end{pmatrix} + s \cdot \begin{pmatrix} -1-0 \\ 1-1 \\ 0-2 \end{pmatrix} \Leftrightarrow E: \vec{x} = \begin{pmatrix} 0 \\ 1 \\ 2 \end{pmatrix} + r \cdot \begin{pmatrix} 3 \\ 1 \\ 0 \end{pmatrix} + s \cdot \begin{pmatrix} -1 \\ 0 \\ -2 \end{pmatrix} \quad (\text{mit } r, s \in \text{R})$$

Parameterform, geeignet für:
Aufstellen aus 3 Punkten

3.2 Ebenengleichungen in Normalenform

E: $\left(\vec{x}-\vec{p}\right)\cdot\vec{n}=0$

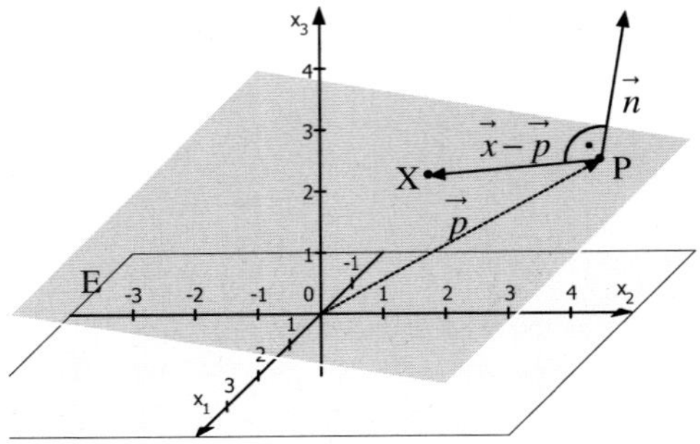

- $\vec{p}$: Stützvektor (Ortsvektor des Ebenenpunktes P)
- $\vec{n}$: Normalenvektor (steht senkrecht auf der Ebene)

Beispiel: $E:\left(\vec{x}-\begin{pmatrix}-3\\3\\1\end{pmatrix}\right)\cdot\begin{pmatrix}0\\0{,}5\\3\end{pmatrix}=0$

Hinweise

- Der Vektor $\overrightarrow{PX}=\vec{x}-\vec{p}$, der ausgehend von P zu einem allgemeinen Ebenenpunkt X zeigt, steht senkrecht auf $\vec{n}$. Deshalb ergibt das Skalarprodukt in der Normalengleichung 0.
- Machen Sie sich klar, dass eine Ebene schon eindeutig festgelegt ist, wenn man nur **einen** Ebenenpunkt und **einen** Vektor kennt, der senkrecht auf der Ebene steht.

Normalenform, geeignet für:
Aufstellen aus senkrechtem Vektor + Punkt

Beispiele und Lage im Koordinatensystem

1. „Normalfall": 3 Schnittpunkte mit den Koordinatenachsen	2. Parallel zu einer Achse (x_3-Achse)
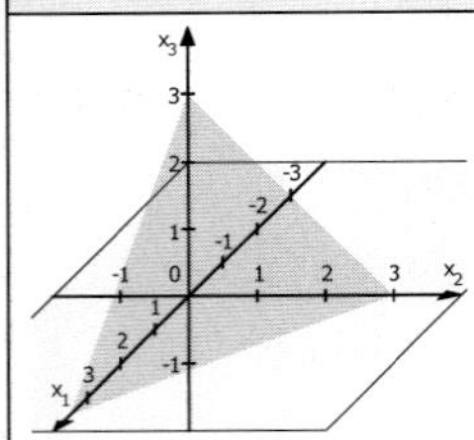 $E:\left(\vec{x}-\vec{p}\right)\cdot\begin{pmatrix}n_1\\n_2\\n_3\end{pmatrix}=0$	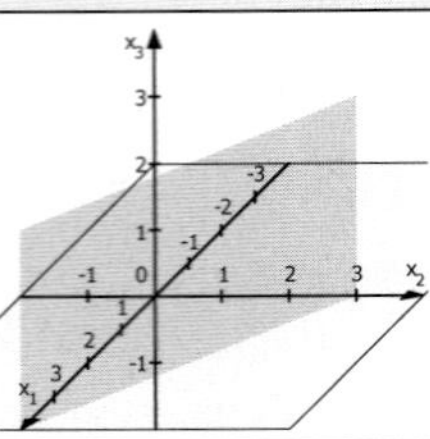 $E:\left(\vec{x}-\vec{p}\right)\cdot\begin{pmatrix}n_1\\n_2\\\mathbf{0}\end{pmatrix}=0$
3. Parallel zu 2 Achsen (x_2 und x_3-Achse) bzw. einer Koordinatenebene (x_2x_3-Ebene)	4. Ebene liegt in einer Koordinatenebene (x_2x_3-Ebene)
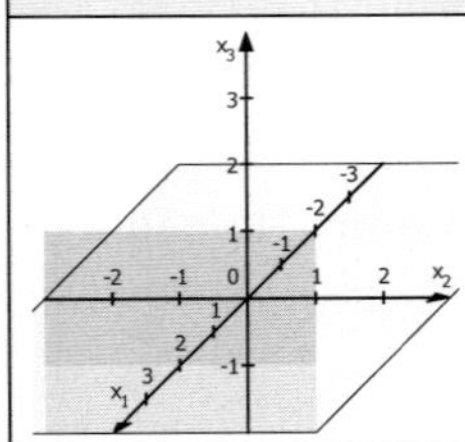 $E:\left(\vec{x}-\vec{p}\right)\cdot\begin{pmatrix}n_1\\\mathbf{0}\\\mathbf{0}\end{pmatrix}=0$	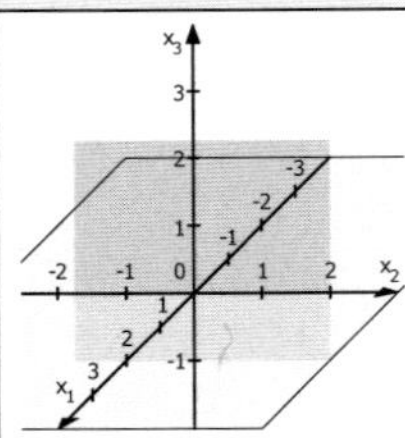 $E:\left(\vec{x}-\begin{pmatrix}\mathbf{0}\\\mathbf{0}\\\mathbf{0}\end{pmatrix}\right)\cdot\begin{pmatrix}n_1\\\mathbf{0}\\\mathbf{0}\end{pmatrix}=0$

http://frv.tv/2p

Elementare Aufgabenstellungen in der Normalenform

- **Überprüfen, ob ein Punkt in einer Ebene liegt (Punktprobe)**

Beispiel: Liegt $Q(1|3|1)$ in der Ebene $E: \left(\vec{x}-\begin{pmatrix}-3\\3\\1\end{pmatrix}\right)\cdot\begin{pmatrix}0\\0,5\\3\end{pmatrix}=0$?

Einsetzen und Ausmultiplizieren führt auf eine Gleichung:

$$\left(\begin{pmatrix}1\\3\\1\end{pmatrix}-\begin{pmatrix}-3\\3\\1\end{pmatrix}\right)\cdot\begin{pmatrix}0\\0,5\\3\end{pmatrix}=0 \Leftrightarrow \begin{pmatrix}4\\0\\0\end{pmatrix}\cdot\begin{pmatrix}0\\0,5\\3\end{pmatrix}=0 \Leftrightarrow 4\cdot 0+0\cdot 0,5+0\cdot 3 \Leftrightarrow 0=0$$

Man erhält eine wahre Aussage. Somit liegt Q in der Ebene.
(Bei einem Widerspruch liegt Q nicht in der Ebene.)

- **Ebenengleichung aufstellen aus 3 Punkten**

Beispiel: Ebene durch $A(0|1|2)$, $B(3|2|2)$ und $C(-1|1|0)$.

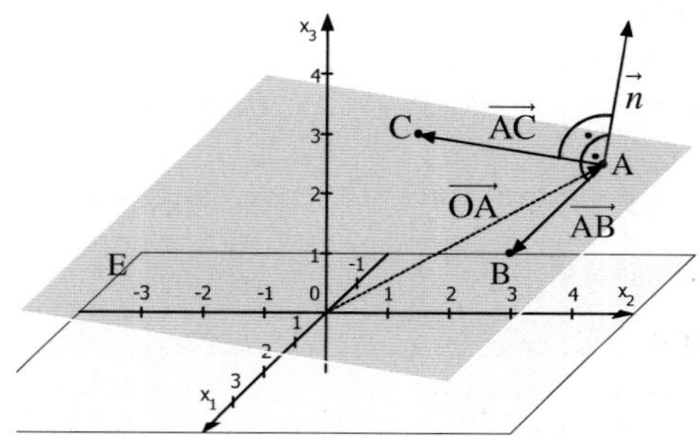

$A(0|1|2)$ wird als Stützpunkt verwendet:

$$E: \left(\vec{x}-\begin{pmatrix}0\\1\\2\end{pmatrix}\right)\cdot\vec{n}=0.$$

Verbindungsvektoren:

$$\overrightarrow{AB}=\begin{pmatrix}3-0\\2-1\\2-2\end{pmatrix}=\begin{pmatrix}3\\1\\0\end{pmatrix};\ \overrightarrow{AC}=\begin{pmatrix}-1\\0\\-2\end{pmatrix}$$

Der Normalenvektor $\vec{n}$ steht **senkrecht** auf diesen beiden Vektoren und kann deshalb mit dem **Vektorprodukt** errechnet werden:

$$\vec{n}=\overrightarrow{AB}\times\overrightarrow{AC}=\begin{pmatrix}3\\1\\0\end{pmatrix}\times\begin{pmatrix}-1\\0\\-2\end{pmatrix}=\begin{pmatrix}1\cdot(-2)&-0\cdot 0\\0\cdot(-1)&-3\cdot(-2)\\3\cdot 0&-1\cdot(-1)\end{pmatrix}=\begin{pmatrix}-2\\6\\1\end{pmatrix}$$

$$\begin{pmatrix}\not{3} & \not{-1}\\1 & 0\\0 & -2\\3 & -1\\1 & 0\\\not{0} & \not{-2}\end{pmatrix}$$ (Hilfsschema)

Man erhält $E: \left(\vec{x}-\begin{pmatrix}0\\1\\2\end{pmatrix}\right)\cdot\begin{pmatrix}-2\\6\\1\end{pmatrix}=0$

3.3 Ebenengleichungen in Koordinatenform

E: $\boldsymbol{ax_1 + bx_2 + cx_3 = d}$

oder

E: $\boldsymbol{n_1x_1 + n_2x_2 + n_3x_3 = b}$

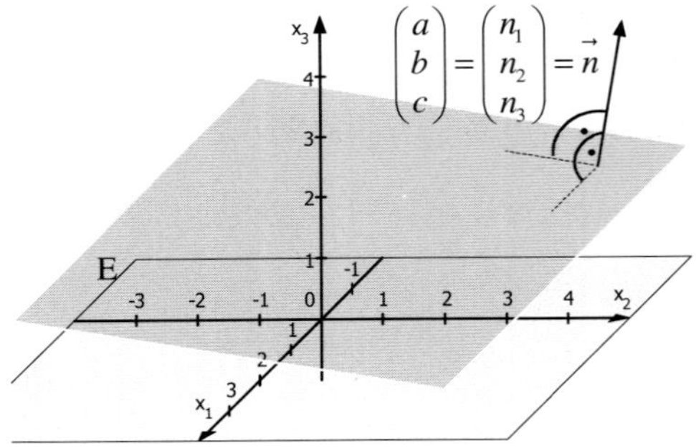

Beispiel:

E: $2x_1 - 3x_2 + 4x_3 = -4$

mit Normalenvektor $\vec{n} = \begin{pmatrix} 2 \\ -3 \\ 4 \end{pmatrix}$,

welcher senkrecht auf der Ebene steht.

Hinweis: Auch die Koordinatengleichung einer Ebene ist nicht eindeutig. Beispielsweise stellt E: $4x_1 - 6x_2 + 8x_3 = -8$ eine weitere Koordinatengleichung der oberen Ebene E dar, da sie ein Vielfaches (2-faches) ist.

Beispiele und Lage im Koordinatensystem

1. „Normalfall“: 3 Schnittpunkte mit den Koordinatenachsen	2. Parallel zu einer Achse (x_3-Achse)
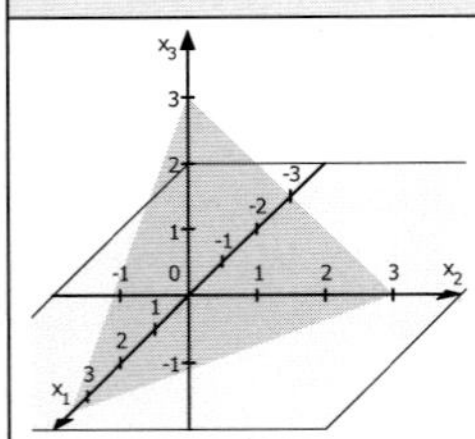 E: $ax_1 + bx_2 + cx_3 = d$	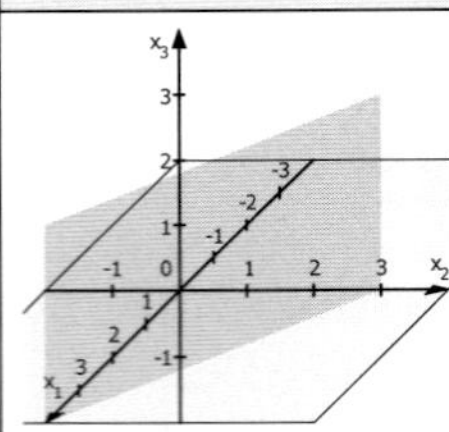 E: $ax_1 + bx_2 = d$
3. Parallel zu 2 Achsen (x_2 und x_3-Achse) bzw. einer Koordinatenebene (x_2x_3-Ebene)	4. Ebene liegt in einer Koordinatenebene (x_2x_3-Ebene)
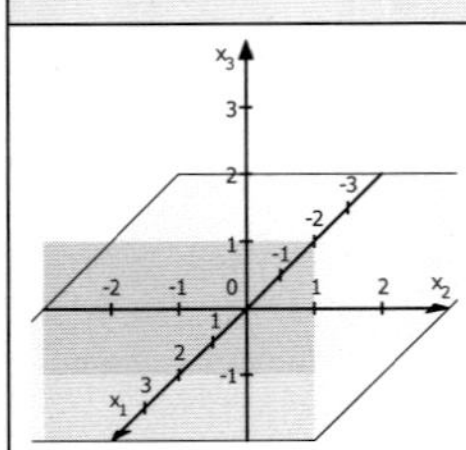 E: $ax_1 = d$	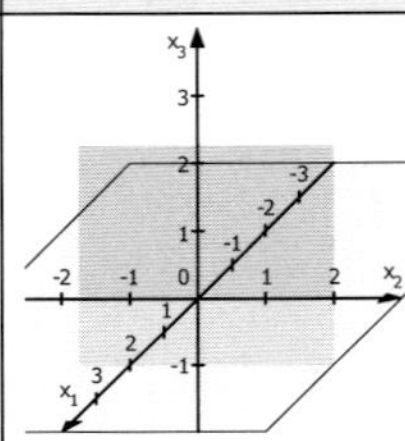 E: $x_1 = 0$ (x_2x_3-Ebene) Zusatz: E: $x_3 = 0$ (x_1x_2-Ebene) E: $x_2 = 0$ (x_1x_3-Ebene)

http://frv.tv/2q

Elementare Aufgabenstellungen in der Koordinatenform

- **Überprüfen, ob ein Punkt in einer Ebene liegt (Punktprobe)**

Beispiel: Liegt $Q(2|2|0)$ in der Ebene $E: 2x_1 - 3x_2 + 4x_3 = -4$?

Einsetzen: $2 \cdot 2 - 3 \cdot 2 + 4 \cdot 0 = -4 \Leftrightarrow -2 \neq -4$
Falsche Aussage. Somit liegt Q nicht in der Ebene.

Koordinatenform,
geeignet für:
die meisten Rechnungen

- **Ebenengleichung aufstellen aus 3 Punkten**

Beispiel: Bestimmen Sie die Koordinatenform der Ebene, in welcher die 3 Punkte $A(0|1|2), B(3|2|2)$ und $C(-1|1|0)$ liegen.

Zunächst Normalenvektor der Ebene bestimmen (siehe Normalenform, S. 101): $\vec{n} = \begin{pmatrix} -2 \\ 6 \\ 1 \end{pmatrix}$

Einträge des Normalenvektors in Koordinatenform übernehmen: $E: -2x_1 + 6x_2 + x_3 = d$;
Z.B. Koordinaten von $A(0|1|2)$ einsetzen: $-2 \cdot 0 + 6 \cdot 1 + 1 \cdot 2 = d \Leftrightarrow 8 = d$
Man erhält $E: -2x_1 + 6x_2 + x_3 = 8$.

3.4 Spurpunkte, Spurgeraden und die Lage im Koordinatensystem

Beim Einzeichnen einer Ebene in das Koordinatensystem orientiert man sich an den **Spurpunkten** (Schnittpunkte mit den Koordinatenachsen) und den **Spurgeraden** (Schnittgeraden mit den Koordinatenebenen).

Die Spurpunkte einer Ebene können in der Koordinatenform schnell bestimmt werden.

$\boldsymbol{E: ax_1 + bx_2 + cx_3 = d}$ hat die Spurpunkte $\boldsymbol{S_1\left(\frac{d}{a}|0|0\right), S_2\left(0|\frac{d}{b}|0\right), S_3\left(0|0|\frac{d}{c}\right)}$

Beispiel: Geben Sie die Spurpunkte der Ebene $E: 4x_1 - 3x_2 + 6x_3 = 12$ an.

$S_1\left(\frac{12}{4}|0|0\right) = S_1(3|0|0)$,

$S_2\left(0|\frac{12}{-3}|0\right) = S_2(0|-4|0)$,

$S_3\left(0|0|\frac{12}{6}\right) = S_3(0|0|2)$

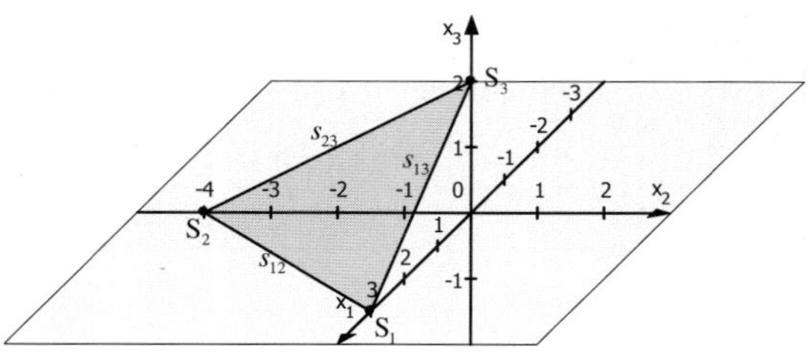

Zusatz („Achsenabschnittsform" einer Ebene, immer mit $\boldsymbol{d = 1}$)

Umgekehrt kann aus den Spurpunkten direkt die zugehörige Ebene angegeben werden:

$S_1(3|0|0), S_2(0|-4|0), S_3(0|0|2) \Rightarrow E: \frac{1}{3}x_1 - \frac{1}{4}x_2 + \frac{1}{2}x_3 = \mathbf{1}$

3.5 Umwandlungen der Ebenenformen

Ebenenformen werden meist ineinander umgewandelt, um **Rechenaufwand einzusparen**.
Beispielweise ist das Aufstellen einer Ebene in der Parameterform sehr einfach, hingegen sind weitere Rechnungen in dieser Form meist umständlich. Hierfür ist es oftmals sinnvoll, die Parameterform in die Koordinatenform umzuwandeln.

Eine Übersicht, in welcher Situation welche Ebenenform zu empfehlen ist, finden Sie auf S. 107.

Sinnvolle Umwandlungen

Parameterform
$\left(E: \vec{x} = \vec{p} + r \cdot \vec{u} + s \cdot \vec{v}\right)$
↓ **(2.)**
Normalenform
(1.) $\left(E: \left(\vec{x} - \vec{p}\right) \cdot \vec{n} = 0\right)$ **(4.)**
↓ **(3.)**
Koordinatenform
$\left(E: ax_1 + bx_2 + cx_3 = d\right)$

1. Von der Parameterform zur Koordinatenform

Beispiel: $E: \vec{x} = \begin{pmatrix} 0,5 \\ 0 \\ 2 \end{pmatrix} + r \cdot \begin{pmatrix} 1 \\ 1 \\ -2 \end{pmatrix} + s \cdot \begin{pmatrix} 0 \\ 1 \\ 2 \end{pmatrix}$ (mit $r, s \in \mathbb{R}$)

Schritt 1 : Vektorprodukt der beiden Spannvektoren bilden. Man erhält den Normalenvektor.

$$\begin{pmatrix} 1 \\ 1 \\ -2 \end{pmatrix} \times \begin{pmatrix} 0 \\ 1 \\ 2 \end{pmatrix} = \begin{pmatrix} 1 \cdot 2 & - (-2) \cdot 1 \\ (-2) \cdot 0 & - 1 \cdot 2 \\ 1 \cdot 1 & - 1 \cdot 0 \end{pmatrix} = \begin{pmatrix} 4 \\ -2 \\ 1 \end{pmatrix} = \vec{n}$$

Hilfsschema: $\begin{pmatrix} \not{1} & \not{0} \\ 1 & 1 \\ -2 & 2 \\ 1 & 0 \\ 1 & 1 \\ \not{-2} & \not{2} \end{pmatrix}$

Schritt 2 : Einträge des Normalenvektors übernehmen: E: $n_1x_1 + n_2x_2 + n_3x_3 = b$. Koordinaten des Stützpunktes einsetzen.

$E: 4x_1 - 2x_2 + x_3 = b$; Einsetzen von $P(0,5|0|2)$: $E: 4 \cdot 0,5 - 2 \cdot 0 + 2 = b \Leftrightarrow 4 = b$
$\Rightarrow E: 4x_1 - 2x_2 + x_3 = 4$

2. Von der Parameterform zur Normalenform

Beispiel: $E: \vec{x} = \begin{pmatrix} 0,5 \\ 0 \\ 2 \end{pmatrix} + r \cdot \begin{pmatrix} 1 \\ 1 \\ -2 \end{pmatrix} + s \cdot \begin{pmatrix} 0 \\ 1 \\ 2 \end{pmatrix}$ (mit $r, s \in \mathbb{R}$)

Schritt 1: Vektorprodukt der beiden Spannvektoren bilden. Man erhält den Normalenvektor. (Alternative: Mit Skalarprodukt wie oben)
$\vec{n} = \begin{pmatrix} 4 \\ -2 \\ 1 \end{pmatrix}$ (siehe Vorseite)
Schritt 2: Stützvektor $\vec{p}$ aus Parameterform übernehmen. In $E: (\vec{x} - \vec{p}) \cdot \vec{n} = 0$ einsetzen.
$E: (\vec{x} - \vec{p}) \cdot \vec{n} = 0 \iff E: \left(\vec{x} - \begin{pmatrix} 0,5 \\ 0 \\ 2 \end{pmatrix} \right) \cdot \begin{pmatrix} 4 \\ -2 \\ 1 \end{pmatrix} = 0$

3. Von der Normalenform zur Koordinatenform

Beispiel: $E: \left(\vec{x} - \begin{pmatrix} 0,5 \\ 0 \\ 2 \end{pmatrix} \right) \cdot \begin{pmatrix} 4 \\ -2 \\ 1 \end{pmatrix} = 0$

Schritt 1: Ausmultiplizieren.
$E: \left(\begin{pmatrix} x_1 \\ x_2 \\ x_3 \end{pmatrix} - \begin{pmatrix} 0,5 \\ 0 \\ 2 \end{pmatrix} \right) \cdot \begin{pmatrix} 4 \\ -2 \\ 1 \end{pmatrix} = 0 \iff \begin{pmatrix} x_1 \\ x_2 \\ x_3 \end{pmatrix} \cdot \begin{pmatrix} 4 \\ -2 \\ 1 \end{pmatrix} - \begin{pmatrix} 0,5 \\ 0 \\ 2 \end{pmatrix} \cdot \begin{pmatrix} 4 \\ -2 \\ 1 \end{pmatrix} = 0$ $\iff 4x_1 - 2x_2 + x_3 - (0,5 \cdot 4 + 0 \cdot (-2) + 2 \cdot 1) = 0 \iff E: 4x_1 - 2x_2 + x_3 = 4$

4. Von der Koordinatenform zur Parameterform

Beispiel: $E: 4x_1 - 2x_2 + x_3 = 4$

- **Möglichkeit 1** („Einfache Ebenenpunkte“)

Schritt 1: Koordinaten von 3 „einfachen“ Ebenenpunkten ermitteln (z.B. Spurpunkte).
$S_1\left(\frac{4}{4} \mid 0 \mid 0\right) = S_1(1 \mid 0 \mid 0)$; $S_2\left(0 \mid \frac{4}{-2} \mid 0\right) = S_2(0 \mid -2 \mid 0)$; $S_3\left(0 \mid 0 \mid \frac{4}{1}\right) = S_3(0 \mid 0 \mid 4)$
Schritt 2: Parameterform aus 3 Punkten aufstellen (S. 99).
$E: \vec{x} = \begin{pmatrix} 1 \\ 0 \\ 0 \end{pmatrix} + r \cdot \begin{pmatrix} 0-1 \\ -2-0 \\ 0-0 \end{pmatrix} + s \cdot \begin{pmatrix} 0-1 \\ 0-0 \\ 4-0 \end{pmatrix} \Leftrightarrow E: \vec{x} = \begin{pmatrix} 1 \\ 0 \\ 0 \end{pmatrix} + r \cdot \begin{pmatrix} -1 \\ -2 \\ 0 \end{pmatrix} + s \cdot \begin{pmatrix} -1 \\ 0 \\ 4 \end{pmatrix}$

- **Möglichkeit 2**

Schritt 1: In Koordinatengleichung $x_2 = r$ und $x_3 = s$ setzen. Nach x_1 auflösen.
$E: 4x_1 - 2x_2 + x_3 = 4 \Leftrightarrow 4x_1 - 2r + s = 4 \Leftrightarrow 4x_1 = 4 + 2r - s \Leftrightarrow x_1 = 1 + 0,5r - 0,25s$
Schritt 2: $\vec{x}$ als Vektor darstellen. „Aufteilen“.
$\vec{x} = \begin{pmatrix} x_1 \\ x_2 \\ x_3 \end{pmatrix} = \begin{pmatrix} 1+0,5r-0,25s \\ r \\ s \end{pmatrix} = \begin{pmatrix} 1+0,5r-0,25s \\ 0+1\cdot r+0\cdot s \\ 0+0\cdot r+1\cdot s \end{pmatrix} \Leftrightarrow E: \vec{x} = \begin{pmatrix} 1 \\ 0 \\ 0 \end{pmatrix} + r \cdot \begin{pmatrix} 0,5 \\ 1 \\ 0 \end{pmatrix} + s \cdot \begin{pmatrix} -0,25 \\ 0 \\ 1 \end{pmatrix}$

Hinweis: Die beiden Ebenengleichungen, die man durch die beiden Möglichkeiten 1 bzw. 2 erhält, gehören natürlich zur gleichen Ebene.

Zusatz: In welcher Situation ist welche Ebenenform zu empfehlen?

1. Aufstellen einer Ebenengleichung …

… besser in **Parameterform**

- Aufstellen aus **3 Punkten**

Vorgehen: E: $\vec{x} = \overrightarrow{OA} + r \cdot \overrightarrow{AB} + s \cdot \overrightarrow{AC}$ (mit $r, s \in \mathbb{R}$)
(S. 99)

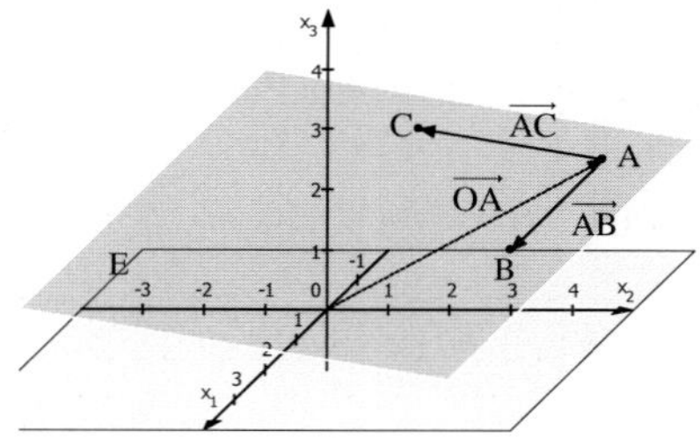

- Aufstellen aus einer Geraden g: $\vec{x} = \overrightarrow{OP} + r \cdot \vec{u}$ und ...

... dem **Punkt Q**, welcher **nicht auf der Geraden** liegt.
Vorgehen: E: $\vec{x} = \overrightarrow{OP} + r \cdot \vec{u} + s \cdot \overrightarrow{PQ}$ (mit $r, s \in \mathbb{R}$).

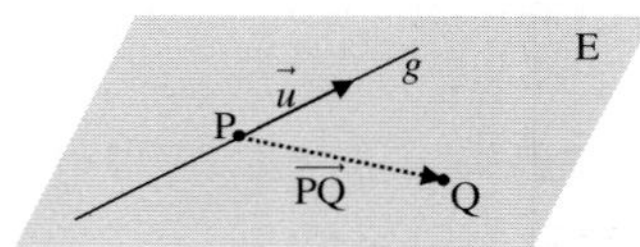

... der **Geraden** h: $\vec{x} = \overrightarrow{OQ} + s \cdot \vec{v}$, welche g **schneidet**.
Vorgehen: E: $\vec{x} = \overrightarrow{OP} + r \cdot \vec{u} + s \cdot \vec{v}$ (mit $r, s \in \mathbb{R}$).

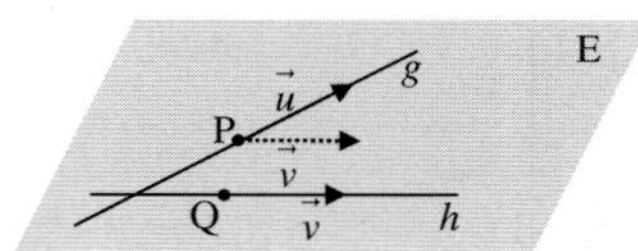

... der **Geraden** i: $\vec{x} = \overrightarrow{OQ} + s \cdot \vec{u}$, welche **parallel** zu g verläuft.
Vorgehen: E: $\vec{x} = \overrightarrow{OP} + r \cdot \vec{u} + s \cdot \overrightarrow{PQ}$ (mit $r, s \in \mathbb{R}$).

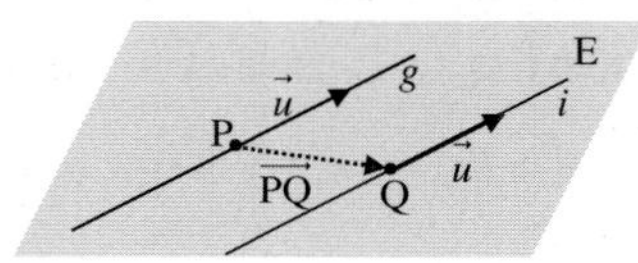

… besser in **Normalenform** (bzw. **Koordinatenform**)

- Aufstellen der Gleichung einer Ebene, die orthogonal (senkrecht) zu einer bekannten Geraden $g: \vec{x} = \overrightarrow{OP} + r \cdot \vec{u}$ und durch einen gegebenen Punkt Q verläuft;

Vorgehen: E: $\left(\vec{x} - \vec{q}\right) \cdot \vec{u} = 0$
($\vec{q}$ als Stützvektor, den Richtungsvektor $\vec{u}$ der Geraden als Normalenvektor verwenden)

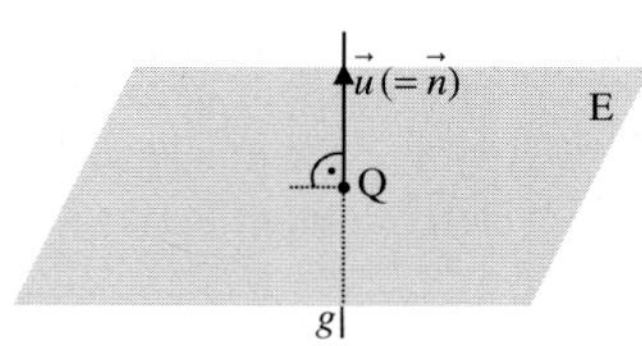

2. Rechnen mit einer Ebenengleichung

Hier ist stets die **Koordinatenform** der Ebenengleichung zu empfehlen.
Bei vielen Rechnungen lohnt es sich also, eine gegebene Parametergleichung bzw. Normalengleichung in die Koordinatengleichung umzuwandeln.

4. Gegenseitige Lage

4.1 Ebene-Gerade

Möglichkeiten für die gegenseitige Lage

Gerade und Ebene **schneiden sich** in einem Punkt.	Gerade **liegt in** der Ebene.	Gerade und Ebene sind **parallel**.
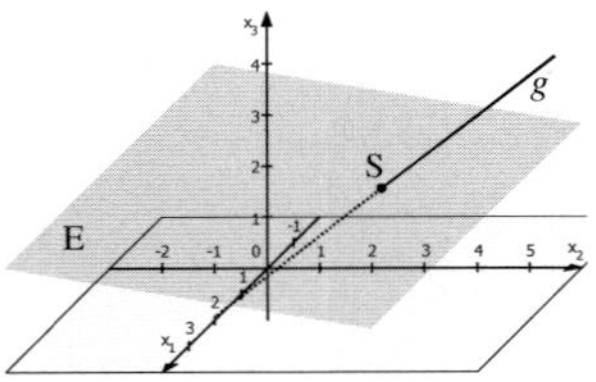	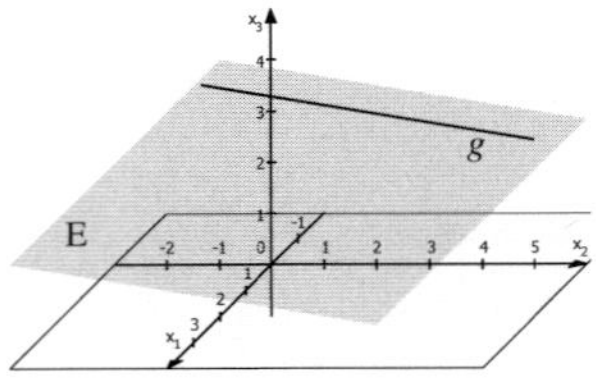	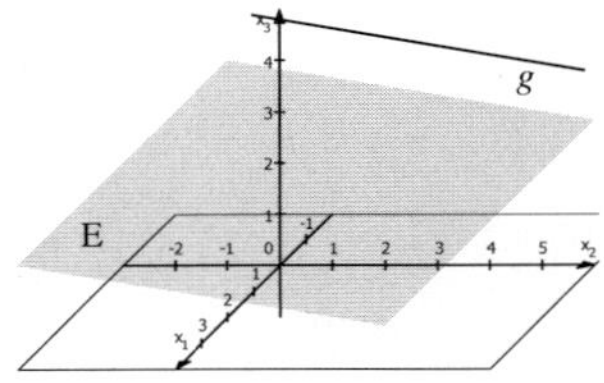

1. Fall: Ebenengleichung in **Koordinatenform**

Beispiel: $E: -x_1 + 3x_2 + 2x_3 = -3$ und $g: \vec{x} = \begin{pmatrix} 1 \\ 2 \\ 3 \end{pmatrix} + t \cdot \begin{pmatrix} 0 \\ 1 \\ 2 \end{pmatrix}$

Schritt 1: Geradenvektor $\vec{x}$ als Komponenten (x_1, x_2 und x_3) darstellen („allgemeiner Geradenpunkt").

$x_1 = 1;\ \ x_2 = 2 + t;\ \ x_3 = 3 + 2t \ \ \rightarrow \ \ P_t(1 \mid 2 + t \mid 3 + 2t)$

Schritt 2: Einsetzen in die Koordinatengleichung. Auflösen.

$-x_1 + 3x_2 + 2x_3 = -3 \ \Leftrightarrow \ -1 + 3 \cdot (2 + t) + 2 \cdot (3 + 2t) = -3 \ \Leftrightarrow \ t = -2$

Schritt 3: Interpretation anhand der nachfolgenden **Übersicht**.

Z.B. $t = -2$	Z.B. $0 = 0$ (wahre Aussage, t „fällt raus")	Z.B. $0 = 1$ (falsche Aussage, t „fällt raus")
Gleichung hat **eindeutige Lösung**.	Gleichung hat **unendlich viele Lösungen**.	Gleichung hat **keine Lösung**.
Gerade und Ebene **schneiden sich** in einem Punkt S.	Gerade **liegt in** der Ebene.	Gerade und Ebene sind **parallel**.

Schritt 4 (bei „schneiden sich"): Schnittpunkt bestimmen durch Einsetzen in Geradengl..

Einsetzen von $t = -2$: $\overrightarrow{OS} = \begin{pmatrix} 1 \\ 2 \\ 3 \end{pmatrix} - 2 \cdot \begin{pmatrix} 0 \\ 1 \\ 2 \end{pmatrix} = \begin{pmatrix} 1 \\ 0 \\ -1 \end{pmatrix} \rightarrow S(1 \mid 0 \mid -1)$

„Abkürzung": Stehen **Normalenvektor** und **Richtungsvektor senkrecht** aufeinander **(Skalarprodukt=0)**, so sind Ebene und Gerade entweder **parallel** oder die Gerade **liegt in** der Ebene. Eine **Punktprobe** klärt auf.

http://frv.tv/5a

2. Fall: Ebenengleichung in **Parameterform**

Beispiel: $E: \vec{x} = \begin{pmatrix} 1 \\ -2 \\ 2 \end{pmatrix} + r \cdot \begin{pmatrix} -1 \\ -3 \\ 0 \end{pmatrix} + s \cdot \begin{pmatrix} 3 \\ 0 \\ -2 \end{pmatrix}$ und $g: \vec{x} = \begin{pmatrix} 2 \\ 7 \\ 1 \end{pmatrix} + t \cdot \begin{pmatrix} 2 \\ 5 \\ -1 \end{pmatrix}$

Tipp: Umgehen Sie das nachfolgende Verfahren, indem Sie die Ebenengleichung **in Koordinatenform umwandeln** und dann wie im **1. Fall** vorgehen.

Schritt 1: Gleichsetzen.

$$\begin{pmatrix} 1 \\ -2 \\ 2 \end{pmatrix} + r \cdot \begin{pmatrix} -1 \\ -3 \\ 0 \end{pmatrix} + s \cdot \begin{pmatrix} 3 \\ 0 \\ -2 \end{pmatrix} = \begin{pmatrix} 2 \\ 7 \\ 1 \end{pmatrix} + t \cdot \begin{pmatrix} 2 \\ 5 \\ -1 \end{pmatrix}$$

Schritt 2: LGS in r, s und t ordnen.

$$\begin{array}{l} 1 - r + 3s = 2 + 2t \\ -2 - 3r = 7 + 5t \\ 2 - 2s = 1 - t \end{array} \quad \Leftrightarrow \quad \begin{array}{rrrcrl} -r & +3s & -2t & = & 1 & (1) \\ -3r & & -5t & = & 9 & (2) \\ & -2s & +t & = & -1 & (3) \end{array}$$

Schritt 3: Durch Gauß-Verfahren umformen.

$$\left(\begin{array}{ccc|c} -1 & 3 & -2 & 1 \\ -3 & 0 & -5 & 9 \\ 0 & -2 & 1 & -1 \end{array}\right) \sim \left(\begin{array}{ccc|c} -1 & 3 & -2 & 1 \\ 0 & 3 & -1/3 & -2 \\ 0 & -2 & 1 & -1 \end{array}\right) \sim \left(\begin{array}{ccc|c} -1 & 3 & -2 & 1 \\ 0 & 3 & -1/3 & -2 \\ 0 & 0 & 7/6 & -7/2 \end{array}\right) \begin{array}{l} \Rightarrow r = 2 \\ \Rightarrow s = -1 \\ \Rightarrow t = -3 \end{array}$$

Schritt 4: Interpretation anhand der nachfolgenden **Übersicht**.

$\left(\begin{array}{ccc\|c} \bullet & \bullet & \bullet & \bullet \\ 0 & \bullet & \bullet & \bullet \\ \mathbf{0} & \mathbf{0} & \neq\mathbf{0} & \bullet \end{array}\right)$	$\left(\begin{array}{ccc\|c} \bullet & \bullet & \bullet & \bullet \\ 0 & \bullet & \bullet & \bullet \\ \mathbf{0} & \mathbf{0} & \mathbf{0} & \mathbf{0} \end{array}\right)$	$\left(\begin{array}{ccc\|c} \bullet & \bullet & \bullet & \bullet \\ 0 & \bullet & \bullet & \bullet \\ \mathbf{0} & \mathbf{0} & \mathbf{0} & \neq\mathbf{0} \end{array}\right)$
LGS hat **eindeutige Lösung**.	LGS hat **unendlich viele Lösungen**.	LGS hat **keine Lösung**.
Gerade und Ebene **schneiden sich** in einem Punkt S.	Gerade **liegt in** der Ebene.	Gerade und Ebene sind **parallel**.

E und g schneiden sich also in einem Punkt.

Schritt 5 (bei „schneiden sich“): Schnittpunkt bestimmen durch Einsetzen in Geradengl..

Einsetzen von $t = -3$: $\overrightarrow{OS} = \begin{pmatrix} 2 \\ 7 \\ 1 \end{pmatrix} - 3 \cdot \begin{pmatrix} 2 \\ 5 \\ -1 \end{pmatrix} = \begin{pmatrix} -4 \\ -8 \\ 4 \end{pmatrix} \rightarrow S(-4 \mid -8 \mid 4)$

4.2 Ebene-Ebene

Möglichkeiten für die gegenseitige Lage

Ebenen **schneiden sich** in einer Schnittgeraden.	Ebenen sind **identisch**.	Ebenen sind **parallel**.

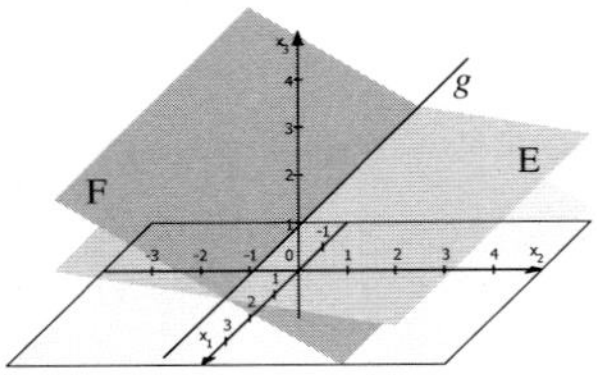

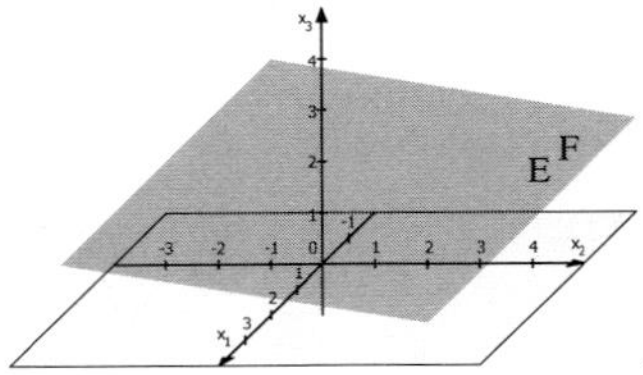

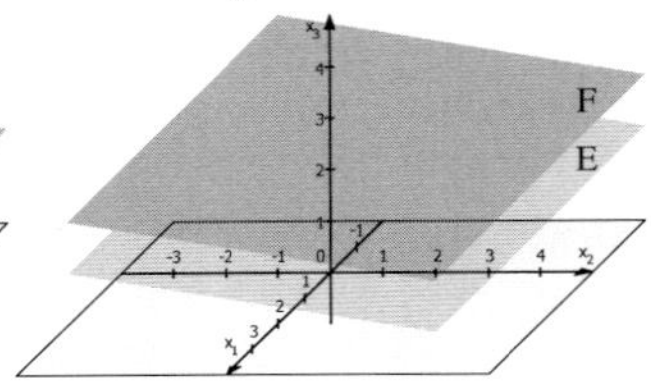

1. Fall: Eine Ebenengleichung in **Parameterform**, eine in **Koordinatenform**

Beispiel: $E: \vec{x} = \begin{pmatrix} 15 \\ 0 \\ 3 \end{pmatrix} + r \cdot \begin{pmatrix} 2 \\ 5 \\ 0 \end{pmatrix} + s \cdot \begin{pmatrix} -1 \\ 0 \\ 5 \end{pmatrix}$ und $F: 3x_1 + 4x_2 - 2x_3 = 13$

Schritt 1: Ebenenvektor $\vec{x}$ als Komponenten (x_1, x_2 und x_3) darstellen („allgemeiner Ebenenpunkt“).

$x_1 = 15 + 2r - s; \quad x_2 = 5r; \quad x_3 = 3 + 5s \quad \rightarrow \quad P(15 + 2r - s \,|\, 5r \,|\, 3 + 5s)$

Schritt 2: Einsetzen in die Koordinatengleichung. Umformen.

$3x_1 + 4x_2 - 2x_3 = 13 \quad \Leftrightarrow \quad 3 \cdot (15 + 2r - s) + 4 \cdot 5r - 2 \cdot (3 + 5s) = 13 \quad \Leftrightarrow \quad 2r - s = -2$

Schritt 3: Interpretation anhand der nachfolgenden **Übersicht**.

Z.B. $2r - s = -2$ (Gleichung **enthält Parameter**)	Z.B. $0 = 0$ (**wahre** Aussage, Parameter „fallen raus“)	Z.B. $0 = 1$ (**falsche** Aussage, Parameter „fallen raus“)
Ebenen **schneiden sich** in einer Geraden.	Ebenen sind **identisch**.	Ebenen sind **parallel**.

E und F schneiden sich also in einer Geraden.

Schritt 4 (bei „schneiden sich“): Gleichung der Schnittgeraden bestimmen.

Gleichung nach einem Parameter auflösen: $s = 2r + 2$. Einsetzen in Parametergleichung:

$\vec{x} = \begin{pmatrix} 15 \\ 0 \\ 3 \end{pmatrix} + r \cdot \begin{pmatrix} 2 \\ 5 \\ 0 \end{pmatrix} + (2r + 2) \cdot \begin{pmatrix} -1 \\ 0 \\ 5 \end{pmatrix} \quad \Leftrightarrow \quad g: \vec{x} = \begin{pmatrix} 13 \\ 0 \\ 13 \end{pmatrix} + r \cdot \begin{pmatrix} 0 \\ 5 \\ 10 \end{pmatrix}$ (Schnittgerade)

„Abkürzung“: Stehen **Normalenvektor** und beide **Spannvektoren senkrecht** aufeinander **(Skalarprodukt=0)**, so sind die Ebenen entweder **parallel** oder **identisch**.
Eine **Punktprobe** klärt auf.

http://frv.tv/5b

2. Fall: Beide Ebenengleichungen in **Koordinatenform**

Beispiel: $E: x_1 + 3x_2 + 2x_3 = -5$ und $F: x_1 + 2x_2 + 3x_3 = -2$

Schritt 1: Die beiden Ebenengleichungen als LGS auffassen.

$$\begin{aligned} x_1 + 3x_2 + 2x_3 &= -5 \\ x_1 + 2x_2 + 3x_3 &= -2 \end{aligned}$$

Schritt 2: Durch Gauß-Verfahren „in Richtung" untere Dreiecksform umformen.

$$\left(\begin{array}{ccc|c} 1 & 3 & 2 & -5 \\ 1 & 2 & 3 & -2 \end{array}\right) \;\lrcorner -$$

$$\left(\begin{array}{ccc|c} 1 & 3 & 2 & -5 \\ 0 & 1 & -1 & -3 \end{array}\right)$$

Schritt 3: Interpretation anhand der nachfolgenden **Übersicht**.

(Da nur 2 Gleichungen aber 3 Unbekannte vorliegen, ist LGS niemals eindeutig lösbar.)

$\left(\begin{array}{ccc\|c} \bullet & \bullet & \bullet & \bullet \\ \mathbf{0} & \neq\mathbf{0} & \bullet & \bullet \end{array}\right)$	$\left(\begin{array}{ccc\|c} \bullet & \bullet & \bullet & \bullet \\ \mathbf{0} & \mathbf{0} & \mathbf{0} & \mathbf{0} \end{array}\right)$	$\left(\begin{array}{ccc\|c} \bullet & \bullet & \bullet & \bullet \\ \mathbf{0} & \mathbf{0} & \mathbf{0} & \neq\mathbf{0} \end{array}\right)$
LGS hat **unendlich viele Lösungen, ein** Parameter ist frei wählbar.	LGS hat **unendlich viele Lösungen, zwei** Parameter sind frei wählbar.	LGS hat **keine Lösung**.
Ebenen **schneiden sich** in einer Geraden.	Ebenen sind **identisch**.	Ebenen sind **parallel**.

E und F schneiden sich also in einer Geraden.

Schritt 4 (bei „schneiden sich"): Gleichung der Schnittgeraden bestimmen.

In Gleichung (2) $x_3 = t$ setzen: $x_2 - x_3 = -3 \;\Leftrightarrow\; x_2 - t = -3 \;\Leftrightarrow\; x_2 = t - 3$;

In Gleichung (1) einsetzen: $x_1 + 3x_2 + 2x_3 = -5 \Leftrightarrow x_1 + 3\cdot(t-3) + 2\cdot t = -5 \Leftrightarrow x_1 = -5t + 4$

In Vektorform notieren und sortieren: $g: \vec{x} = \begin{pmatrix} -5t+4 \\ t-3 \\ t \end{pmatrix} = \begin{pmatrix} 4 \\ -3 \\ 0 \end{pmatrix} + t \cdot \begin{pmatrix} -5 \\ 1 \\ 1 \end{pmatrix}$ (Schnittgerade)

„Abkürzung": Sind die beiden **Normalenvektoren Vielfache** voneinander, so sind die Ebenen entweder **parallel** oder **identisch**. Eine **Punktprobe** klärt auf.

3. Fall: Beide Ebenengleichungen in **Parameterform**

Beispiel: $E: \vec{x} = \begin{pmatrix} 2 \\ 4 \\ 1 \end{pmatrix} + r \cdot \begin{pmatrix} 1 \\ -2 \\ 3 \end{pmatrix} + s \cdot \begin{pmatrix} 1 \\ -1 \\ 5 \end{pmatrix}$ und $F: \vec{x} = \begin{pmatrix} 3 \\ 5 \\ 12 \end{pmatrix} + t \cdot \begin{pmatrix} 0 \\ -2 \\ -6 \end{pmatrix} + u \cdot \begin{pmatrix} -4 \\ 7 \\ -10 \end{pmatrix}$

Tipp: Umgehen Sie das nachfolgende Verfahren unbedingt, indem Sie eine der beiden Ebenengleichungen **in Koordinatenform umwandeln** und dann wie im **1. Fall** vorgehen.

Schritt 1: Gleichsetzen.

$$\begin{pmatrix} 2 \\ 4 \\ 1 \end{pmatrix} + r \cdot \begin{pmatrix} 1 \\ -2 \\ 3 \end{pmatrix} + s \cdot \begin{pmatrix} 1 \\ -1 \\ 5 \end{pmatrix} = \begin{pmatrix} 3 \\ 5 \\ 12 \end{pmatrix} + t \cdot \begin{pmatrix} 0 \\ -2 \\ -6 \end{pmatrix} + u \cdot \begin{pmatrix} -4 \\ 7 \\ -10 \end{pmatrix}$$

Schritt 2: LGS in *r, s, t* und *u* ordnen.

$$\begin{aligned} 2 + r + s &= 3 - 4u \\ 4 - 2r - s &= 5 - 2t + 7u \\ 1 + 3r + 5s &= 12 - 6t - 10u \end{aligned} \quad \Leftrightarrow \quad \begin{aligned} r + s + 4u &= 1 \quad (1) \\ -2r - s + 2t - 7u &= 1 \quad (2) \\ 3r + 5s + 6t + 10u &= 11 \quad (3) \end{aligned}$$

Schritt 3: Durch Gauß-Verfahren „in Richtung" untere Dreiecksform umformen.

$$\left(\begin{array}{cccc|c} 1 & 1 & 0 & 4 & 1 \\ -2 & -1 & 2 & -7 & 1 \\ 3 & 5 & 6 & 10 & 11 \end{array}\right) \sim \left(\begin{array}{cccc|c} 1 & 1 & 0 & 4 & 1 \\ 0 & 1 & 2 & 1 & 3 \\ 0 & -2 & -6 & 2 & -8 \end{array}\right) \sim \left(\begin{array}{cccc|c} 1 & 1 & 0 & 4 & 1 \\ 0 & 1 & 2 & 1 & 3 \\ 0 & 0 & -2 & 4 & -2 \end{array}\right)$$

Schritt 4: Interpretation anhand der nachfolgenden **Übersicht**.

(Da nur 3 Gleichungen aber 4 Unbekannte vorliegen, ist LGS niemals eindeutig lösbar.)

$\left(\begin{array}{cccc\|c} \bullet & \bullet & \bullet & \bullet & \bullet \\ 0 & \bullet & \bullet & \bullet & \bullet \\ \mathbf{0} & \mathbf{0} & \mathbf{\neq 0} & \bullet & \bullet \end{array}\right)$	$\left(\begin{array}{cccc\|c} \bullet & \bullet & \bullet & \bullet & \bullet \\ 0 & \bullet & \bullet & \bullet & \bullet \\ \mathbf{0} & \mathbf{0} & \mathbf{0} & \mathbf{0} & \mathbf{0} \end{array}\right)$	$\left(\begin{array}{cccc\|c} \bullet & \bullet & \bullet & \bullet & \bullet \\ 0 & \bullet & \bullet & \bullet & \bullet \\ \mathbf{0} & \mathbf{0} & \mathbf{0} & \mathbf{0} & \mathbf{\neq 0} \end{array}\right)$
LGS hat **unendlich viele Lösungen, ein** Parameter ist frei wählbar.	LGS hat **unendlich viele Lösungen, zwei** Parameter sind frei wählbar.	LGS hat **keine Lösung**.
Ebenen **schneiden sich** in einer Geraden.	Ebenen sind **identisch**.	Ebenen sind **parallel**.

E und F schneiden sich also in einer Geraden.

Schritt 5 (bei „schneiden sich"): Gleichung der Schnittgeraden bestimmen.

Gleichung (3): $-2t + 4u = -2$ wird nach t aufgelöst: $t = 2u + 1$. Einsetzen.

$$\vec{x} = \begin{pmatrix} 3 \\ 5 \\ 12 \end{pmatrix} + (2u+1) \cdot \begin{pmatrix} 0 \\ -2 \\ -6 \end{pmatrix} + u \cdot \begin{pmatrix} -4 \\ 7 \\ -10 \end{pmatrix} \quad \Leftrightarrow \quad g: \vec{x} = \begin{pmatrix} 3 \\ 3 \\ 6 \end{pmatrix} + u \cdot \begin{pmatrix} -4 \\ 3 \\ -22 \end{pmatrix} \text{ (Schnittgerade)}$$

5. Schnittwinkel

Zwischen	Formel	senkrecht ($\alpha = 90°$)
Vektor $\vec{a}$ und **Vektor** $\vec{b}$		
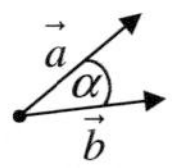	$\cos(\alpha) = \frac{\vec{a} \cdot \vec{b}}{\lvert\vec{a}\rvert \cdot \lvert\vec{b}\rvert}$	falls $\vec{a} \cdot \vec{b} = 0$
Gerade g mit Richtungsvektor $\overrightarrow{u_1}$ und **Gerade** h mit Richtungsvektor $\overrightarrow{u_2}$		
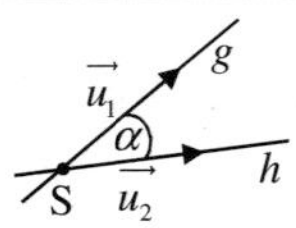	$\cos(\alpha) = \frac{\lvert\overrightarrow{u_1} \cdot \overrightarrow{u_2}\rvert}{\lvert\overrightarrow{u_1}\rvert \cdot \lvert\overrightarrow{u_2}\rvert}$	falls $\overrightarrow{u_1} \cdot \overrightarrow{u_2} = 0$
Gerade g mit Richtungsvektor $\vec{u}$ und **Ebene** E mit Normalenvektor $\vec{n}$		
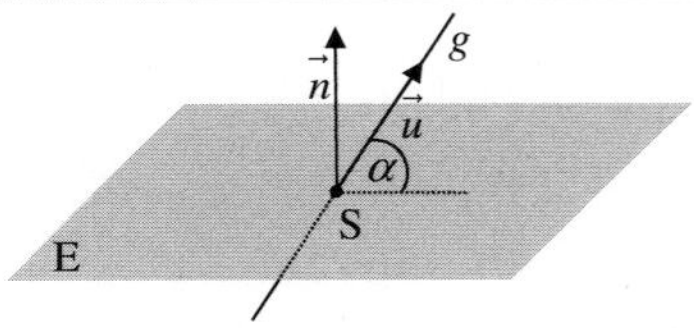	$\sin(\alpha) = \frac{\lvert\vec{u} \cdot \vec{n}\rvert}{\lvert\vec{u}\rvert \cdot \lvert\vec{n}\rvert}$	falls $\vec{u} = k \cdot \vec{n}$ (mit $k \in \mathbb{R}$) (Vielfache)
Ebene E mit Normalenvektor $\overrightarrow{n_1}$ und **Ebene** F mit Normalenvektor $\overrightarrow{n_2}$		
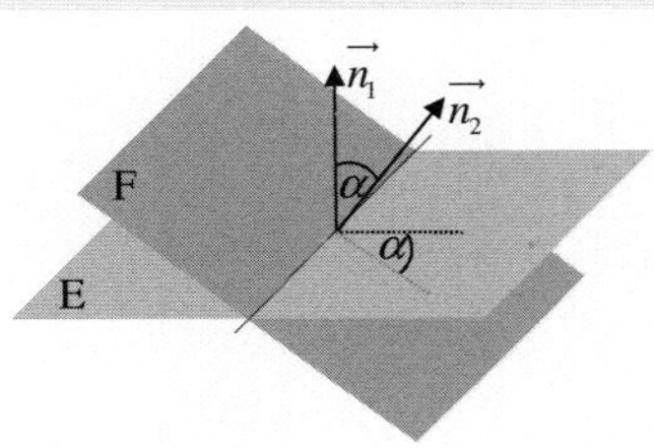	$\cos(\alpha) = \frac{\lvert\overrightarrow{n_1} \cdot \overrightarrow{n_2}\rvert}{\lvert\overrightarrow{n_1}\rvert \cdot \lvert\overrightarrow{n_2}\rvert}$	falls $\overrightarrow{n_1} \cdot \overrightarrow{n_2} = 0$

Beispiel: Schnittwinkel zwischen $g: \vec{x} = \begin{pmatrix} 0,5 \\ 0 \\ 2 \end{pmatrix} + r \cdot \begin{pmatrix} 4 \\ -2 \\ 1 \end{pmatrix}$ und $E: x_1 - 3x_2 - 2x_3 = 3$.

$$\sin(\alpha) = \frac{\left| \begin{pmatrix} 4 \\ -2 \\ 1 \end{pmatrix} \cdot \begin{pmatrix} 1 \\ -3 \\ -2 \end{pmatrix} \right|}{\left| \begin{pmatrix} 4 \\ -2 \\ 1 \end{pmatrix} \right| \cdot \left| \begin{pmatrix} 1 \\ -3 \\ -2 \end{pmatrix} \right|} = \frac{\lvert 4 \cdot 1 + (-2) \cdot (-3) + 1 \cdot (-2) \rvert}{\sqrt{4^2 + (-2)^2 + 1^2} \cdot \sqrt{1^2 + (-3)^2 + (-2)^2}} = \frac{8}{\sqrt{21} \cdot \sqrt{14}}$$

$\Rightarrow$ Eingabe von $\sin^{-1}$ in WTR (Einstellung *deg*): $\alpha \approx 27,81°$

Hinweis: Mit dem Schnittwinkel ist stets der spitze Winkel ($0 \le \alpha \le 90$) gemeint.

http://frv.tv/2u

6. Abstandsberechnungen

Lösungsstrategien im Überblick (ausführliches Vorgehen auf den folgenden Seiten)

	Punkt	**Gerade**	**Ebene**
Punkt	**Betrag** 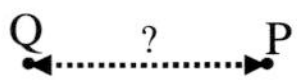 $\lvert\overrightarrow{QP}\rvert$	**1. Skalarprodukt** 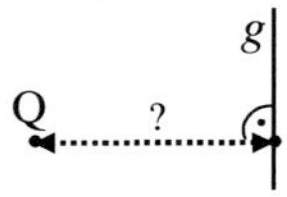 **2. Hilfsebene** 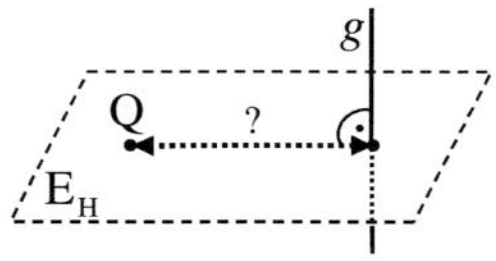	**1. Formel** $d=\left\lvert\frac{aq_1+bq_2+cq_3-d}{\sqrt{a^2+b^2+c^2}}\right\rvert=\left\lvert\frac{(\vec{q}-\vec{p})\cdot\vec{n}}{\lvert\vec{n}\rvert}\right\rvert$ **2. Lotgerade** 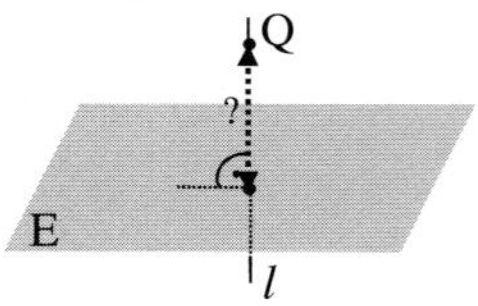
Gerade		**Parallel:** **1. Skalarprodukt** **2. Hilfsebene** 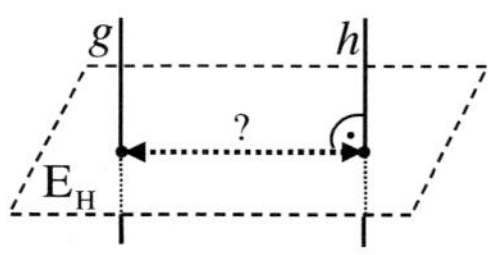 *siehe Punkt-Gerade* **Windschief:** **1. Formel** $d=\left\lvert\frac{(\vec{q}-\vec{p})\cdot\vec{n}}{\lvert\vec{n}\rvert}\right\rvert$ mit $\vec{n}=\vec{u}\times\vec{v}$ **2. Hilfsebene** 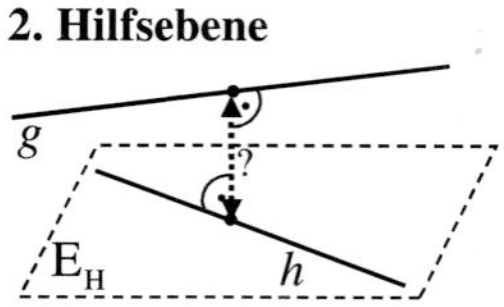 *siehe Punkt-Ebene*	**Parallel:** **1. Formel** (Punkt-Ebene) **2. Lotgerade** 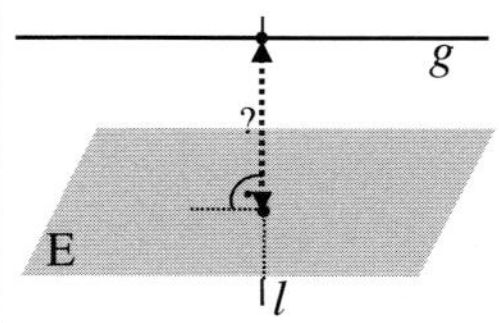 *siehe Punkt-Ebene*
Ebene			**Parallel:** **1. Formel** (Punkt-Ebene) **2. Lotgerade** 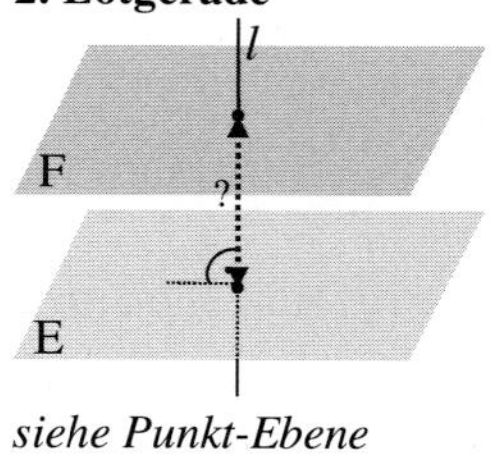 *siehe Punkt-Ebene*

Hinweis: Alle Probleme lassen sich auf *Punkt-Gerade* oder *Punkt-Ebene* zurückführen.

http://frv.tv/7q

6.1 Abstände zu einem Punkt

1. Abstand: Punkt – Punkt

Die **Länge (Betrag) des Verbindungsvektors $\overrightarrow{QP}$** muss berechnet werden.

Beispiel: Abstand von $Q(1|0|2)$ und $P(2|-3|1)$?

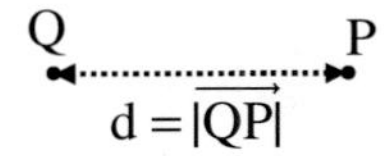

Verbindungsvektor: $\overrightarrow{QP}=\begin{pmatrix}2\\-3\\1\end{pmatrix}-\begin{pmatrix}1\\0\\2\end{pmatrix}=\begin{pmatrix}1\\-3\\-1\end{pmatrix}$;

Länge: $|\overrightarrow{QP}|=\sqrt{1^2+(-3)^2+(-1)^2}=\sqrt{11}$ LE (Längeneinheiten)

2. Abstand: Punkt – Gerade

Beispiel: Abstand von $Q(6|-6|9)$ zu $g:\ \vec{x}=\begin{pmatrix}4\\5\\6\end{pmatrix}+r\cdot\begin{pmatrix}-2\\1\\1\end{pmatrix}$?

- **Möglichkeit 1 (Skalarprodukt)**

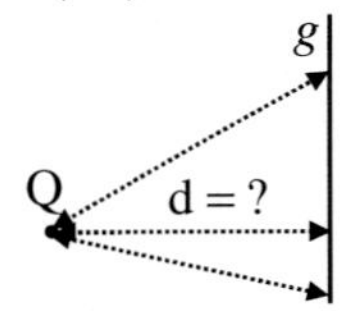

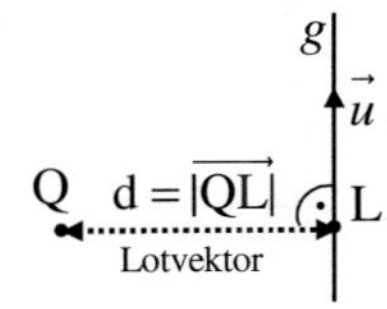

Schritt 1: Verbindungsvektor zwischen dem **Punkt Q** und einem **allgemeinen Geradenpunkt** $P_r(4-2r|5+r|6+r)$ aufstellen (allgemeiner Abstandsvektor).

$$\overrightarrow{QP_r}=\begin{pmatrix}4-2r\\5+r\\6+r\end{pmatrix}-\begin{pmatrix}6\\-6\\9\end{pmatrix}=\begin{pmatrix}-2r-2\\r+11\\r-3\end{pmatrix}$$

Schritt 2: Skalarprodukt aus dem **Verbindungsvektor** und dem **Richtungsvektor $\vec{u}$** der Geraden bilden und **gleich 0** setzen. (Grund: Der Verbindungsvektor wird zum Lotvektor wenn er senkrecht zur Geraden steht). Parameterwert r ermitteln.

$$\overrightarrow{QP_r}\cdot\vec{u}=\begin{pmatrix}-2r-2\\r+11\\r-3\end{pmatrix}\cdot\begin{pmatrix}-2\\1\\1\end{pmatrix}=0\ \Leftrightarrow\ (-2r-2)\cdot(-2)+(r+11)\cdot1+(r-3)\cdot1=0\ \Leftrightarrow\ r=-2$$

Schritt 3: Lotfußpunkt L erhalten, indem der **Parameterwert** in die Geradengleichung **eingesetzt** wird.

$r=-2$ einsetzen: $\overrightarrow{OL}=\begin{pmatrix}4\\5\\6\end{pmatrix}-2\cdot\begin{pmatrix}-2\\1\\1\end{pmatrix}=\begin{pmatrix}8\\3\\4\end{pmatrix}\rightarrow L(8|3|4)$

Schritt 4: Länge (Betrag) des Lotvektors **$|\overrightarrow{QL}|$** berechnen.

Lotvektor: $\overrightarrow{QL}=\begin{pmatrix}8\\3\\4\end{pmatrix}-\begin{pmatrix}6\\-6\\9\end{pmatrix}=\begin{pmatrix}2\\9\\-5\end{pmatrix}$; Länge: $|\overrightarrow{QL}|=\sqrt{2^2+9^2+(-5)^2}=\sqrt{110}$ LE

http://frv.tv/2w

- **Möglichkeit 2 (Hilfsebene)**

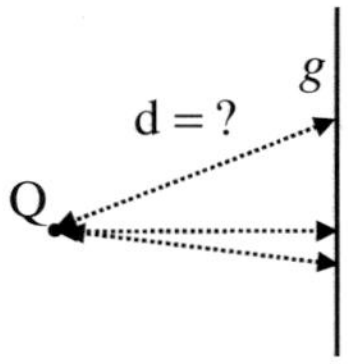

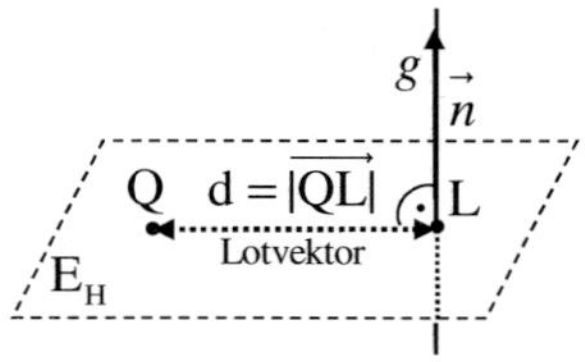

Schritt 1 : Hilfsebene E_H bilden, die den Punkt **Q enthält** und **senkrecht auf der Geraden *g*** steht (Richtungsvektor der Geraden als Normalenvektor von E_H verwenden). Dann werden die Koordinaten des Punktes Q eingesetzt.

$E_H: -2x_1 + x_2 + x_3 = d$

$Q \in E_H: \ -2\cdot 6 - 6 + 9 = d \Leftrightarrow -9 = d \qquad \Rightarrow E_H: -2x_1 + x_2 + x_3 = -9$

Schritt 2 : Hilfsebene E_H mit der **Geraden *g* schneiden**. Der Schnittpunkt ist der Lotfußpunkt L.

„Allgemeinen Geradenpunkt“ $P_r(4-2r\,|\,5+r\,|\,6+r)$ in E_H einsetzen:

$-2x_1 + x_2 + x_3 = -9 \Leftrightarrow -2\cdot(4-2r)+5+r+6+r=-9 \Leftrightarrow r=-2;$

$r=-2$ einsetzen: $\overrightarrow{OL} = \begin{pmatrix}4\\5\\6\end{pmatrix} - 2\cdot\begin{pmatrix}-2\\1\\1\end{pmatrix} = \begin{pmatrix}8\\3\\4\end{pmatrix} \rightarrow L(8\,|\,3\,|\,4)$

Schritt 3 : Länge (Betrag) des Lotvektors $|\overrightarrow{QL}|$ berechnen.

Lotvektor: $\overrightarrow{QL} = \begin{pmatrix}8\\3\\4\end{pmatrix} - \begin{pmatrix}6\\-6\\9\end{pmatrix} = \begin{pmatrix}2\\9\\-5\end{pmatrix}$; Länge: $|\overrightarrow{QL}| = \sqrt{2^2+9^2+(-5)^2} = \sqrt{110}$ LE

Beispielhafte Anwendungen: Höhenbestimmung in einem Dreieck, Trapez oder Parallelogramm.

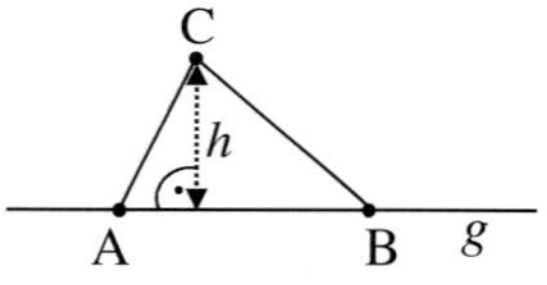

3. Abstand: Punkt – Ebene

Beispiel: Abstand von $Q(1|2|3)$ zu $E: 2x_1 - x_2 + 4x_3 = -9$?

- **Möglichkeit 1 (Formel)**

$$\mathbf{d} = \left| \frac{aq_1 + bq_2 + cq_3 - d}{\sqrt{a^2 + b^2 + c^2}} \right| \qquad \text{(zwischen } Q(q_1 | q_2 | q_3) \text{ und } E: ax_1 + bx_2 + cx_3 = d\text{)}$$

$$\mathbf{d} = \left| \frac{(\vec{q} - \vec{p}) \cdot \vec{n}}{|\vec{n}|} \right| \qquad \text{(zwischen } Q(q_1 | q_2 | q_3) \text{ und } E: (\vec{x} - \vec{p}) \cdot \vec{n} = 0\text{)}$$

Lösung: $d = \left| \frac{2 \cdot 1 - 1 \cdot 2 + 4 \cdot 3 + 9}{\sqrt{2^2 + (-1)^2 + 4^2}} \right| = \left| \frac{21}{\sqrt{21}} \right| = \sqrt{21}$ LE

- **Möglichkeit 2 (Lotgerade)**

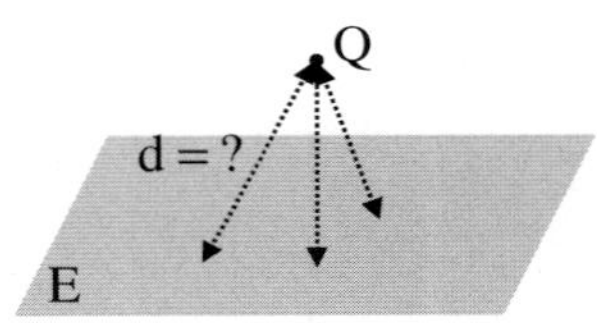

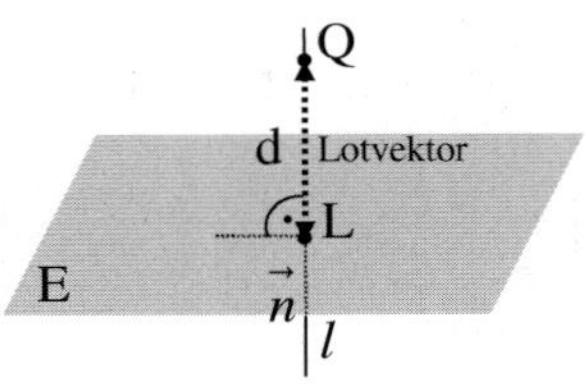

Schritt 1 : Lotgerade l bilden, die den Punkt **Q enthält** und **senkrecht auf der Ebene E** steht. (Q als Stützpunkt und Normalenvektor der Ebene als Richtungsvektor verwenden).

$$l: \vec{x} = \vec{q} + r \cdot \vec{n} \quad \Rightarrow \quad l: \vec{x} = \begin{pmatrix} 1 \\ 2 \\ 3 \end{pmatrix} + r \cdot \begin{pmatrix} 2 \\ -1 \\ 4 \end{pmatrix} \quad (\text{mit } r \in \mathbb{R})$$

Schritt 2 : Lotgerade l mit der **Ebene E schneiden**. Der Schnittpunkt ist der Lotfußpunkt L.

„Allgemeinen Geradenpunkt“ $P_r(1 + 2r | 2 - r | 3 + 4r)$ in E einsetzen:

$2x_1 - x_2 + 4x_3 = -9 \Leftrightarrow 2 \cdot (1 + 2r) - (2 - r) + 4 \cdot (3 + 4r) = -9 \Leftrightarrow r = -1;$

$r = -1$ einsetzen: $\overrightarrow{OL} = \begin{pmatrix} 1 \\ 2 \\ 3 \end{pmatrix} - 1 \cdot \begin{pmatrix} 2 \\ -1 \\ 4 \end{pmatrix} = \begin{pmatrix} -1 \\ 3 \\ -1 \end{pmatrix} \to L(-1 | 3 | -1)$

Schritt 3 : Länge (Betrag) des Lotvektors $|\overrightarrow{\mathbf{QL}}|$ berechnen.

Lotvektor: $\overrightarrow{QL} = \begin{pmatrix} -1 \\ 3 \\ -1 \end{pmatrix} - \begin{pmatrix} 1 \\ 2 \\ 3 \end{pmatrix} = \begin{pmatrix} -2 \\ 1 \\ -4 \end{pmatrix}$; Länge: $|\overrightarrow{QL}| = \sqrt{(-2)^2 + 1^2 + (-4)^2} = \sqrt{21}$ LE

Beispielhafte Anwendung: Höhenbestimmung bei einer Pyramide

http://frv.tv/2x

6.2 Abstände zu einer Geraden

Ein (sinnvoller) Abstand zwischen zwei Geraden (welcher nicht 0 beträgt) liegt nur dann vor, falls die Geraden **parallel** oder **windschief** zueinander liegen.

1. Abstand: Gerade – Gerade (parallel)

Diese Abstandsberechnung lässt sich auf die Abstandsberechnung ***Punkt – Gerade*** zurückführen, indem der Abstand eines beliebigen Punktes (z.B. des **Stützpunktes) der einen Geraden zur anderen Geraden** ermittelt wird.
Lösungsstrategie: Skalarprodukt oder Hilfsebene.

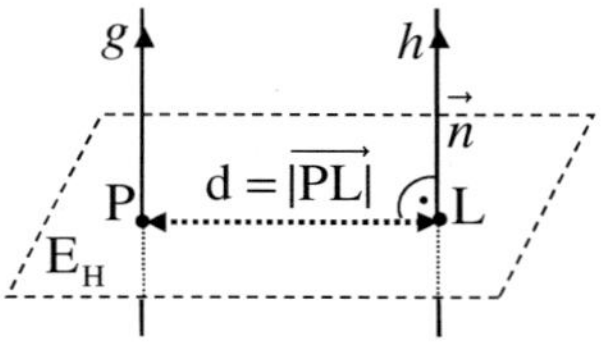

2. Abstand: Gerade – Gerade (windschief)

• **Möglichkeit 1 (Formel)**

$$\mathbf{d} = \left| \frac{(\vec{q} - \vec{p}) \cdot \vec{n}}{|\vec{n}|} \right| \quad \text{mit } \vec{n} = \vec{u} \times \vec{v} \quad \text{(windschiefe Geraden } g: \vec{x} = \vec{p} + r \cdot \vec{u} \text{ und } h: \vec{x} = \vec{q} + s \cdot \vec{v}\text{)}$$

Beispiel: Abstand von $g: \vec{x} = \begin{pmatrix} -7 \\ 2 \\ -3 \end{pmatrix} + r \cdot \begin{pmatrix} 0 \\ 1 \\ 2 \end{pmatrix}$ zu $h: \vec{x} = \begin{pmatrix} -3 \\ -3 \\ 3 \end{pmatrix} + s \cdot \begin{pmatrix} 1 \\ 2 \\ 1 \end{pmatrix}$?

$$\mathrm{d} = \left| \frac{\left(\begin{pmatrix} -3 \\ -3 \\ 3 \end{pmatrix} - \begin{pmatrix} -7 \\ 2 \\ -3 \end{pmatrix} \right) \cdot \left(\begin{pmatrix} 0 \\ 1 \\ 2 \end{pmatrix} \times \begin{pmatrix} 1 \\ 2 \\ 1 \end{pmatrix} \right)}{\left| \begin{pmatrix} 0 \\ 1 \\ 2 \end{pmatrix} \times \begin{pmatrix} 1 \\ 2 \\ 1 \end{pmatrix} \right|} \right| = \left| \frac{\begin{pmatrix} 4 \\ -5 \\ 6 \end{pmatrix} \cdot \begin{pmatrix} -3 \\ 2 \\ -1 \end{pmatrix}}{\left| \begin{pmatrix} -3 \\ 2 \\ -1 \end{pmatrix} \right|} \right| = \left| \frac{-12 - 10 - 6}{\sqrt{(-3)^2 + 2^2 + (-1)^2}} \right| = \left| \frac{-28}{\sqrt{14}} \right| \approx 7{,}48 \text{ LE}$$

• **Möglichkeit 2 (Hilfsebene)**

Schritt 1: Hilfsebene E_H bilden, welche die **Gerade *h* enthält** und **parallel zur Geraden *g*** verläuft.
Hierbei wird der Stützvektor der Geraden *h* in die Normalenform der Ebene übernommen ($E_H: (\vec{x} - \vec{q}) \cdot \vec{n} = 0$). Der Normalenvektor der Ebene ergibt sich aus dem Kreuzprodukt der beiden Richtungsvektoren ($\vec{n} = \vec{u} \times \vec{v}$).
Nun lässt sich diese Abstandsberechnung auf die Abstands - berechnung ***Punkt – Ebene*** zurückführen, indem der Abstand eines beliebigen Punktes der Geraden *g* (z.B. des Stützpunktes) zur Hilfsebene E_H ermittelt wird.
Lösungsstrategie : Formel oder Lotgerade.

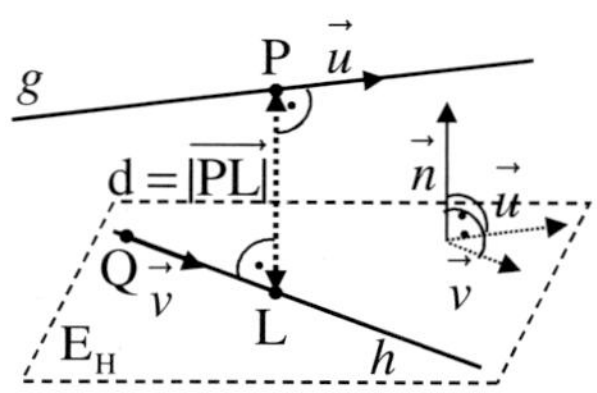

http://frv.tv/5f

3. Abstand: Gerade – Ebene (parallel)

Idee:
Diese Abstandsberechnung lässt sich auf die Abstandsberechnung **Punkt – Ebene** zurückführen, indem der Abstand eines beliebigen Punktes der Geraden g (z.B. des **Stützpunktes**) zur Ebene E ermittelt wird.

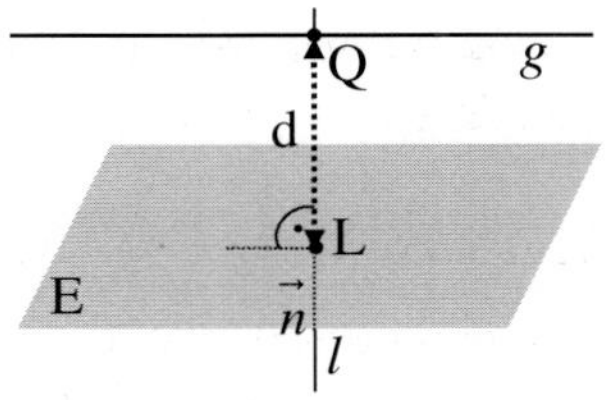

Lösungsstrategie: Formel oder Lotgerade.

Beispiel 1: Abstand zwischen $g: \vec{x} = \begin{pmatrix} 2 \\ -16 \\ 2 \end{pmatrix} + t \cdot \begin{pmatrix} 1 \\ 4 \\ 1 \end{pmatrix}$ und $E: -2x_1 + x_2 - 2x_3 = -15$?

- **Möglichkeit 1 (Formel)**

$$\mathbf{d} = \left| \frac{aq_1 + bq_2 + cq_3 - d}{\sqrt{a^2 + b^2 + c^2}} \right| \quad \text{(zwischen } Q(q_1 \mid q_2 \mid q_3) \text{ und } E: ax_1 + bx_2 + cx_3 = d\text{)}$$

Lösung: Als Punkt Q dient der Stützpunkt $Q(2 \mid -16 \mid 2)$ der Geraden g.

$$d = \left| \frac{(-2) \cdot 2 + 1 \cdot (-16) + (-2) \cdot 2 + 15}{\sqrt{(-2)^2 + 1^2 + (-2)^2}} \right| = \left| \frac{-9}{\sqrt{9}} \right| = 3 \text{ LE}$$

- **Möglichkeit 2 (Lotgerade)**

Vergleiche S. 117.

6.3 Abstände zu einer Ebene

1. Abstand: Ebene – Ebene (parallel)

Idee:
Diese Abstandsberechnung lässt sich auf die Abstandsberechnung **Punkt – Ebene** zurückführen, indem der Abstand eines beliebigen Punktes der einen Ebene (z.B. des **Stützpunktes**) zur anderen Ebene ermittelt wird.

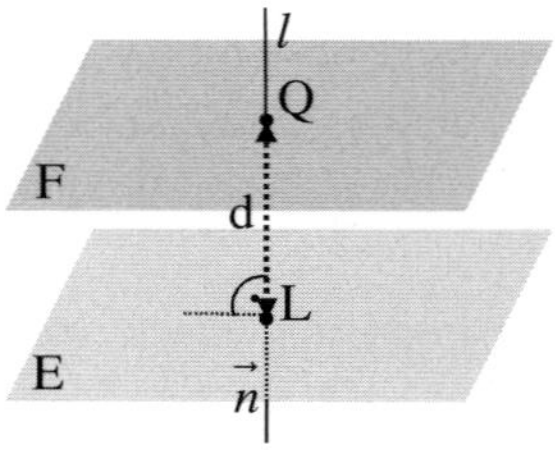

Lösungsstrategie: Formel oder Lotgerade.

Beispiel 1: Abstand zwischen E: $2x_1 + 2x_2 - x_3 = 8$ und F: $\vec{x} = \begin{pmatrix}1\\1\\0\end{pmatrix} + t \cdot \begin{pmatrix}1\\0\\2\end{pmatrix} + u \cdot \begin{pmatrix}-1\\1\\0\end{pmatrix}$?

- **Möglichkeit 1 (Formel)**

$$\mathbf{d} = \left|\frac{aq_1 + bq_2 + cq_3 - d}{\sqrt{a^2 + b^2 + c^2}}\right| \qquad \text{(zwischen } Q(q_1 \,|\, q_2 \,|\, q_3) \text{ und } E: ax_1 + bx_2 + cx_3 = d\text{)}$$

Lösung: Als Punkt Q dient der Stützpunkt $Q(1|1|0)$ der Ebene F.

$$\text{d} = \left|\frac{2 \cdot 1 + 2 \cdot 1 + (-1) \cdot 0 - 8}{\sqrt{2^2 + 2^2 + (-1)^2}}\right| = \left|\frac{-4}{\sqrt{9}}\right| = \frac{4}{3} \text{ LE}$$

- **Möglichkeit 2 (Lotgerade)**

Vergleiche S. 117.

Beispiel 2: Berechnen Sie den Abstand zwischen $E: x_1 + 2x_2 - 3x_3 = 4$ und $F: -x_1 - 2x_2 + 3x_3 = -7$. (Hinweis: E und F liegen parallel zueinander.)

Berechnung eines Spurpunktes von E: $P(4|0|0)$.
Es wird der Abstand von $Q(4|0|0)$ zu F berechnet.

Möglichkeit 1:

$$d = \left|\frac{aq_1 + bq_2 + cq_3 - d}{\sqrt{a^2 + b^2 + c^2}}\right| = \left|\frac{-1 \cdot 4 + (-2) \cdot 0 + 3 \cdot 0 + 7}{\sqrt{(-1)^2 + (-2)^2 + 3^2}}\right| = \sqrt{\frac{9}{14}} = \frac{3}{\sqrt{14}} \approx 0{,}80 \text{ LE}$$

Möglichkeit 2:

Man bildet eine Hilfsgerade h, welche den Punkt Q enthält und senkrecht auf der Ebene steht (Lotgerade): $h: \vec{x} = \begin{pmatrix} 4 \\ 0 \\ 0 \end{pmatrix} + r \cdot \begin{pmatrix} -1 \\ -2 \\ 3 \end{pmatrix}$ mit $r \in \mathbb{R}$

Die Hilfsgerade wird mit der Ebene geschnitten. Der Schnittpunkt ist der Lotfußpunkt L. Die Koordinaten des allg. Geradenpunktes $x_1 = 4 - r;\ x_2 = -2r;\ x_3 = 3r$ werden in die Koordinatengleichung eingesetzt:

$$-(4 - r) - 2 \cdot (-2r) + 3 \cdot 3r = -7 \Leftrightarrow -4 + r + 4r + 9r = -7 \Leftrightarrow r = -\frac{3}{14}$$

$$\overrightarrow{OL} = \begin{pmatrix} 4 \\ 0 \\ 0 \end{pmatrix} - \frac{3}{14} \cdot \begin{pmatrix} -1 \\ -2 \\ 3 \end{pmatrix} = \begin{pmatrix} \frac{59}{14} \\ \frac{3}{7} \\ -\frac{9}{14} \end{pmatrix} \rightarrow L\left(\frac{59}{14} \,\middle|\, \frac{3}{7} \,\middle|\, -\frac{9}{14}\right)$$

Den Abstand zwischen den Punkten Q und L berechnen.

$$\text{Lotvektor: } \overrightarrow{QL} = \begin{pmatrix} \frac{59}{14} \\ \frac{3}{7} \\ -\frac{9}{14} \end{pmatrix} - \begin{pmatrix} 4 \\ 0 \\ 0 \end{pmatrix} = \begin{pmatrix} \frac{3}{14} \\ \frac{3}{7} \\ -\frac{9}{14} \end{pmatrix}$$

$$\text{mit Länge: } d = \left|\overrightarrow{QL}\right| = \sqrt{\left(\frac{3}{14}\right)^2 + \left(\frac{3}{7}\right)^2 + \left(-\frac{9}{14}\right)^2} = \sqrt{\frac{9}{14}} \text{ LE} \approx 0{,}80 \text{ LE}$$

7. Zusatz: Bewegungsaufgaben (Modellieren mit Vektoren)

Grundwissen

U-Boote, Flugzeuge,... bewegen sich meist geradlinig mit konstanter Geschwindigkeit. Ihre Bahngleichungen können somit durch Geradengleichungen beschrieben werden.

Beispiel: $\vec{x} = \begin{pmatrix} 20 \\ 30 \\ 10 \end{pmatrix} + t \cdot \begin{pmatrix} 60 \\ -40 \\ 25 \end{pmatrix}$ (t in Stunden ($t \in \mathbb{R}$), sonstige Angaben in km)

„Bausteine" der Bahngleichung	Interpretation
$\begin{pmatrix} 20 \\ 30 \\ 10 \end{pmatrix}$ (Stützvektor)	Koordinaten des Startpunktes der Bewegung
t (Parameter)	vergangene Zeit nach (Beobachtungs-)Beginn der Bewegung
$\begin{pmatrix} 60 \\ -40 \\ 25 \end{pmatrix} = \vec{v}$ (Richtungsvektor)	gibt an, wie sich die Koordinaten des Objektes innerhalb von einer Stunde ändern.
$\lvert\vec{v}\rvert$ (Länge Richtungsvektor)	Geschwindigkeit des Objektes (in km/h)
$\vec{x}$	Ort des Objektes nach t Stunden

Beispiel 1 (Musteraufgabe mit **einem** Objekt)

Ein Modellflugzeug befindet sich zu Beginn der Beobachtung im Punkt $A(100|100|100)$. Nach 3 Stunden befindet es sich im Punkt $B(10|250|85)$.

a) Geben Sie die Bahngleichung an.

$\overrightarrow{AB} = \begin{pmatrix} 10 \\ 250 \\ 85 \end{pmatrix} - \begin{pmatrix} 100 \\ 100 \\ 100 \end{pmatrix} = \begin{pmatrix} -90 \\ 150 \\ -15 \end{pmatrix}$ in 3 Stunden, somit $\frac{1}{3} \cdot \begin{pmatrix} -90 \\ 150 \\ -15 \end{pmatrix} = \begin{pmatrix} -30 \\ 50 \\ -5 \end{pmatrix} = \vec{v}$ pro Stunde.

Bahngleichung: $\vec{x} = \begin{pmatrix} 100 \\ 100 \\ 100 \end{pmatrix} + t \cdot \begin{pmatrix} -30 \\ 50 \\ -5 \end{pmatrix}$

b) Steigt oder sinkt das Flugzeug? Mit welcher Geschwindigkeit fliegt es?

x_3-Komponente des Richtungsvektors ist negativ (-5): Somit sinkt es.

$\vec{v} = \begin{pmatrix} -30 \\ 50 \\ -5 \end{pmatrix}$; $|\vec{v}| = \sqrt{(-30)^2 + 50^2 + (-5)^2} = 58{,}52$ (km/h)

c) Wo befindet sich das Flugzeug 1,2 Stunden nach Beginn der Beobachtung?

$\vec{x} = \begin{pmatrix} 100 \\ 100 \\ 100 \end{pmatrix} + 1{,}2 \cdot \begin{pmatrix} -30 \\ 50 \\ -5 \end{pmatrix} = \begin{pmatrix} 64 \\ 160 \\ 94 \end{pmatrix} \rightarrow$ Im Punkt $P(64|160|94)$.

Beispiel 2 (Musteraufgabe mit **zwei** Objekten)

Die Bahngleichungen der Flugzeuge 1 und 2 lauten (t in min, sonstige Angaben in km):

Flugzeug 1: $\vec{x}=\begin{pmatrix}0\\0\\0\end{pmatrix}+t\cdot\begin{pmatrix}4\\4\\1\end{pmatrix}$; Flugzeug 2: $\vec{x}=\begin{pmatrix}-30\\-15\\8\end{pmatrix}+t\cdot\begin{pmatrix}12\\9\\0\end{pmatrix}$ (mit $t\in\mathbb{R}$)

a) Kommt es zu einem Zusammenstoß der beiden Flugzeuge?

(gleicher Ort $\rightarrow$ gleichsetzen; **gleicher Zeitpunkt** $\rightarrow$ **gleiche Parameter**)

$$\begin{pmatrix}0\\0\\0\end{pmatrix}+t\cdot\begin{pmatrix}4\\4\\1\end{pmatrix}=\begin{pmatrix}-30\\-15\\8\end{pmatrix}+t\cdot\begin{pmatrix}12\\9\\0\end{pmatrix}\Leftrightarrow t\cdot\begin{pmatrix}-8\\-5\\1\end{pmatrix}=\begin{pmatrix}-30\\-15\\8\end{pmatrix}\Leftrightarrow \begin{matrix}t=3,75\\t=3\\t=8\end{matrix}$$

Widerspruch, LGS ist unlösbar. Somit kommt es zu keinem Zusammenstoß.

b) Schneiden sich die beiden Flugbahnen?

(gleicher Ort $\rightarrow$ gleichsetzen; **verschiedene Zeitpunkte** $\rightarrow$ **verschiedene Parameter**)

Mit $s,t\in\mathbb{R}$:

$$\begin{pmatrix}0\\0\\0\end{pmatrix}+s\cdot\begin{pmatrix}4\\4\\1\end{pmatrix}=\begin{pmatrix}-30\\-15\\8\end{pmatrix}+t\cdot\begin{pmatrix}12\\9\\0\end{pmatrix}\Leftrightarrow\begin{cases}4s-12t=-30 & (1)\\4s-9t=-15 & (2)\\s=8 & (3)\end{cases}$$

Einsetzen von $s=8$:

in (1): $32-12t=-30\quad\Rightarrow t=\frac{31}{6}$

in (2): $32-9t=-15\quad\Rightarrow t=\frac{47}{9}$

Widerspruch, LGS ist unlösbar. Somit schneiden sich die Flugbahnen nicht.

Körper treffen sich $\rightarrow$	gl. Ort, **gleiche** Zeit	$\rightarrow$ gleichs., **gleiche** Param.
Bahnen treffen sich $\rightarrow$	gl. Ort, (ev.) **verschiedene** Zeit	$\rightarrow$ gleichs., **verschiedene** Param.

8. Spiegelungen

1. Punkt an Punkt

Beispiel: $Q(1|-2|3)$ an $S(0|4|-3)$.

Vorgehen: $\overrightarrow{OQ^*} = \overrightarrow{OQ} + 2 \cdot \overrightarrow{QS}$

Lösung: $\overrightarrow{OQ^*} = \overrightarrow{OQ} + 2 \cdot \overrightarrow{QS} = \begin{pmatrix} 1 \\ -2 \\ 3 \end{pmatrix} + 2 \cdot \begin{pmatrix} 0-1 \\ 4-(-2) \\ -3-3 \end{pmatrix} = \begin{pmatrix} -1 \\ 10 \\ -9 \end{pmatrix} \rightarrow Q^*(-1|10|-9)$

2. Punkt an Gerade

Beispiel: $Q(6|-6|9)$ an $g: \vec{x} = \begin{pmatrix} 4 \\ 5 \\ 6 \end{pmatrix} + r \cdot \begin{pmatrix} -2 \\ 1 \\ 1 \end{pmatrix}$

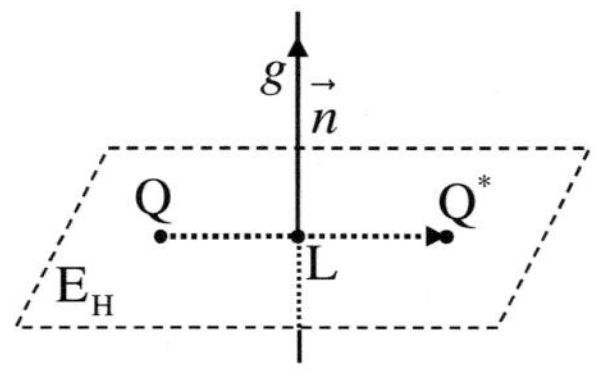

Schritt 1: Hilfsebene E_H bilden, die den Punkt **Q enthält** und **senkrecht auf der Geraden *g*** steht (Richtungsvektor der Geraden als Normalenvektor von E_H verwenden). Dann werden die Koordinaten des Punktes Q eingesetzt.

$E_H: -2x_1 + x_2 + x_3 = d$

$Q \in E_H: -2 \cdot 6 - 6 + 9 = d \Leftrightarrow -9 = d \quad \Rightarrow E_H: -2x_1 + x_2 + x_3 = -9$

Schritt 2: Hilfsebene E_H mit der **Geraden *g* schneiden**. Der Schnittpunkt ist der Lotfußpunkt L.

„Allgemeinen Geradenpunkt" $P_r(4-2r|5+r|6+r)$ in E_H einsetzen:

$-2x_1 + x_2 + x_3 = -9 \Leftrightarrow -2 \cdot (4-2r) + 5 + r + 6 + r = -9 \Leftrightarrow r = -2;$

$r = -2$ einsetzen: $\overrightarrow{OL} = \begin{pmatrix} 4 \\ 5 \\ 6 \end{pmatrix} - 2 \cdot \begin{pmatrix} -2 \\ 1 \\ 1 \end{pmatrix} = \begin{pmatrix} 8 \\ 3 \\ 4 \end{pmatrix} \rightarrow L(8|3|4)$

Schritt 3: Der **Punkt Q** wird **am Lotfußpunkt L gespiegelt**.

$\overrightarrow{OQ^*} = \overrightarrow{OQ} + 2 \cdot \overrightarrow{QL} = \begin{pmatrix} 6 \\ -6 \\ 9 \end{pmatrix} + 2 \cdot \begin{pmatrix} 8-6 \\ 3-(-6) \\ 4-9 \end{pmatrix} = \begin{pmatrix} 10 \\ 12 \\ -1 \end{pmatrix} \rightarrow Q^*(10|12|-1)$

Hinweis: Ähnliches Vorgehen wie bei der Abstandsberechnung: ***Punkt – Gerade***.

http://frv.tv/2z

3. Punkt an Ebene

Beispiel: $Q(1|2|3)$ an $E: 2x_1 - x_2 + 4x_3 = -9$

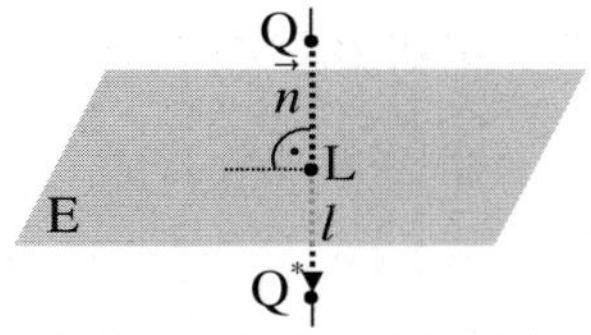

Schritt 1: Lotgerade *l* bilden, die den Punkt **Q enthält** und **senkrecht auf der Ebene E** steht. (Q als Stützpunkt und Normalenvektor der Ebene als Richtungsvektor verwenden).
$l: \vec{x} = \vec{q} + r \cdot \vec{n} \Rightarrow l: \vec{x} = \begin{pmatrix} 1 \\ 2 \\ 3 \end{pmatrix} + r \cdot \begin{pmatrix} 2 \\ -1 \\ 4 \end{pmatrix}$ (mit $r \in \mathbb{R}$)
Schritt 2: Lotgerade *l* mit der **Ebene E schneiden**. Der Schnittpunkt ist der Lotfußpunkt L.
„Allgemeinen Geradenpunkt" $P_r(1+2r \mid 2-r \mid 3+4r)$ in E einsetzen: $2x_1 - x_2 + 4x_3 = -9 \Leftrightarrow 2\cdot(1+2r)-(2-r)+4\cdot(3+4r) = -9 \Leftrightarrow r = -1;$ $r = -1$ einsetzen: $\overrightarrow{OL} = \begin{pmatrix} 1 \\ 2 \\ 3 \end{pmatrix} - 1 \cdot \begin{pmatrix} 2 \\ -1 \\ 4 \end{pmatrix} = \begin{pmatrix} -1 \\ 3 \\ -1 \end{pmatrix} \rightarrow L(-1 \mid 3 \mid -1)$
Schritt 3: Der **Punkt Q** wird **am Lotfußpunkt L gespiegelt**.
$\overrightarrow{OQ^*} = \overrightarrow{OQ} + 2\cdot\overrightarrow{QL} = \begin{pmatrix} 1 \\ 2 \\ 3 \end{pmatrix} + 2\cdot\begin{pmatrix} -1-1 \\ 3-2 \\ -1-3 \end{pmatrix} = \begin{pmatrix} -3 \\ 4 \\ -5 \end{pmatrix} \rightarrow Q^*(-3 \mid 4 \mid -5)$

Hinweis: Ähnliches Vorgehen bei der Abstandsberechnung: ***Punkt – Ebene***.

4. Gerade an Ebene

Schritt 1: Gerade mit Ebene schneiden. Der Schnittpunkt S ist der erste Punkt von g^*.
Schritt 2: Stützpunkt P der Geraden g an der Ebene spiegeln (siehe 3.). Man erhält P^*, den zweiten Punkt von g^*.
Schritt 3: Aufstellen der Geradengleichung von g^* aus den beiden Punkten S und P^*.

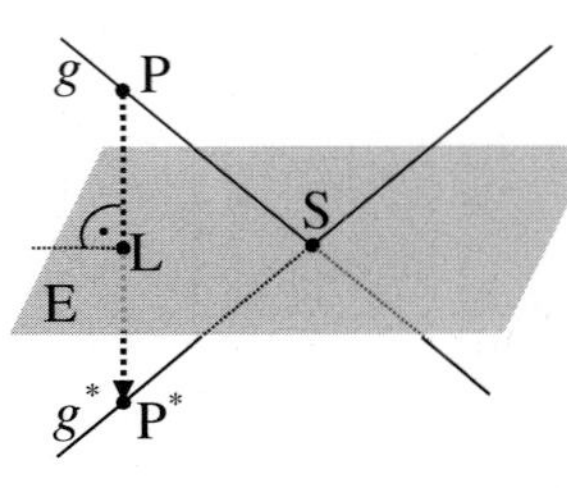

Hinweis: Falls die zu spiegelnde Gerade g und die Ebene E parallel sind, muss nur der Stützpunkt der Geraden gespiegelt werden, was zum Stützpunkt von g^* führt. Da g und g^* parallel sind, kann der Richtungsvektor von g in g^* übernommen werden.

III. Grundlagen Stochastik

1. Baumdiagramm und Pfadregeln

1.1 Einführung

Beispiel 1: In einer Urne befinden sich 4 rote, 3 blaue und 2 grüne Kugeln. Es werden nacheinander 2 Kugeln entnommen. Mit welcher Wahrscheinlichkeit wird 2-mal die gleiche Farbe gezogen? Entnommene Kugeln werden hierbei …

a) … wieder zurückgelegt.
(Ziehen mit Zurücklegen)

b) … nicht wieder zurückgelegt.
(Ziehen ohne Zurücklegen)

1. Schritt: Baumdiagramm anlegen

a)

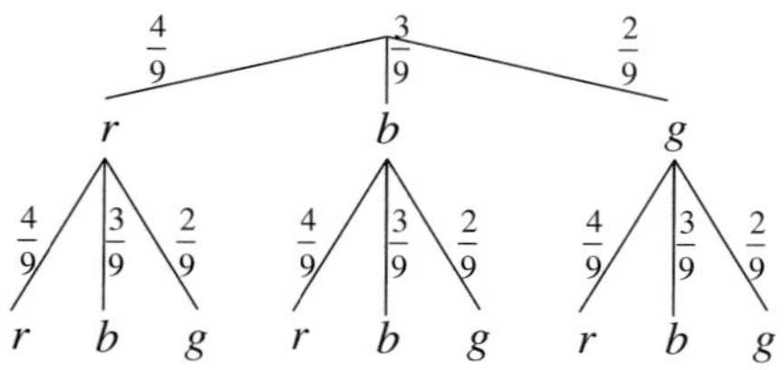

b)

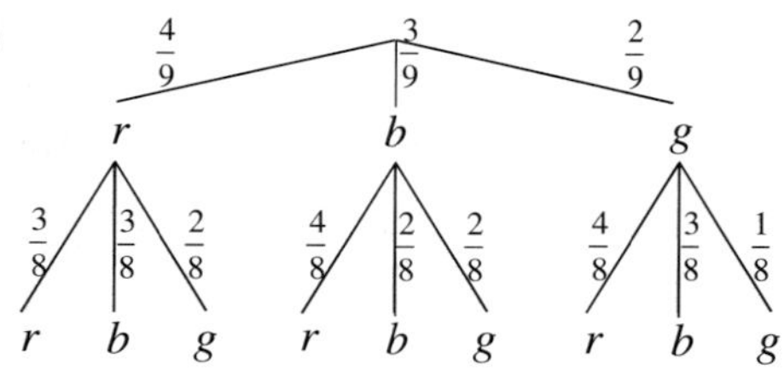

Hinweise

- Zu Beginn befinden sich 9 Kugeln in der Urne, von denen 4 rot sind. Dies führt zu einer Wahrscheinlichkeit von 4/9 für rot. (P = günstige/mögliche)
- Summe der Wahrscheinlichkeiten an jeder Verzweigung: 100 %
- **Ziehen ohne Zurücklegen:** Wahrscheinlichkeiten ändern sich hier von Stufe zu Stufe, abhängig davon: **Wie viele** Kugeln schon gezogen wurden (Änderung im **Nenner**) und **welche** Kugeln in den Vorstufen gezogen wurden (Änderung im **Zähler**).

2. Schritt: Ereignis definieren, welches alle gefragten Ergebnisse enthält

$\mathrm{E} = \{rr; bb; gg\}$

3. Schritt: Wahrscheinlichkeit des Ereignisses berechnen

$$\mathrm{P(E)} = \mathrm{P}(rr) + \mathrm{P}(bb) + \mathrm{P}(gg) = \frac{4}{9}\cdot\frac{4}{9} + \frac{3}{9}\cdot\frac{3}{9} + \frac{2}{9}\cdot\frac{2}{9} = \frac{29}{81} \approx 0{,}358$$

$$\mathrm{P(E)} = \mathrm{P}(rr) + \mathrm{P}(bb) + \mathrm{P}(gg) = \frac{4}{9}\cdot\frac{3}{8} + \frac{3}{9}\cdot\frac{2}{8} + \frac{2}{9}\cdot\frac{1}{8} = \frac{5}{18} \approx 0{,}278$$

- **1. Pfadregel:** Ergebniswahrscheinlichkeiten aller zugehörigen Ergebnisse addieren.
- **2. Pfadregel:** Ergebniswahrscheinlichkeiten durch Multiplikation „entlang ihres Ergebnispfades“.

http://frv.tv/3a

Beispiel 2: Beim Rundlauf (Mäxle) im Tischtennis stehen sich im Finale zwei Spieler gegenüber. Spieler 1 entscheidet mit einer Wahrscheinlichkeit von 60 % einen Ballwechsel für sich. Wer zuerst 2 Ballwechsel gewonnen hat, ist Sieger.
Mit welcher Wahrscheinlichkeit gewinnt Spieler 1 insgesamt?

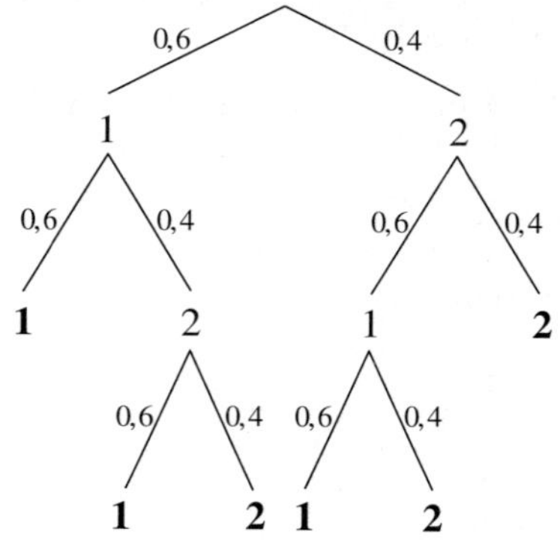

(Sieger)

$$E=\{11;121;211\}$$

$$P(E)=P(11)+P(121)+P(211)$$
$$=0{,}6\cdot 0{,}6+0{,}6\cdot 0{,}4\cdot 0{,}6+0{,}4\cdot 0{,}6\cdot 0{,}6$$
$$=0{,}648=64{,}8\ \%$$

Beispiel 3: In einem Paket befinden sich 11 Smartphones. 4 davon sind vom Hersteller Samsung (*s*). Für 70 % der Handys eines jeden Herstellers wird eine Flatrate (*f*) gebucht. Ein Smartphone wird blind entnommen. Mit welcher Wahrscheinlichkeit ist es nicht von Samsung und ohne Flatrate.

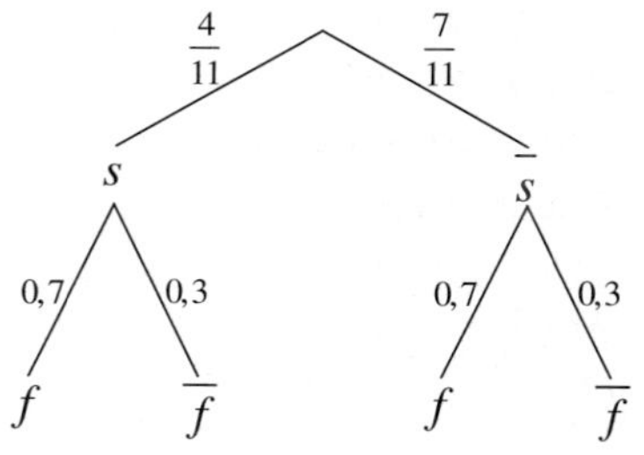

$$E=\{\overline{s}\,\overline{f}\}$$

$$P(E)=P(\overline{s}\,\overline{f})=\frac{7}{11}\cdot 0{,}3\approx 0{,}191=19{,}1\%$$

Beispiel 4: 30 % der 100 m-Läufer sind bei einem Wettkampf gedopt (*g*). Ein Dopingtest entlarvt gedopte Sportler mit einer Wahrscheinlichkeit von 99 %. Jedoch erhält auch ein nicht gedopter Sportler mit einer Wahrscheinlichkeit von 4 % ein positives Dopingtest-ergebnis (*p*). Mit welcher Wahrscheinlichkeit wird ein zufällig ausgewählter Läufer positiv getestet?

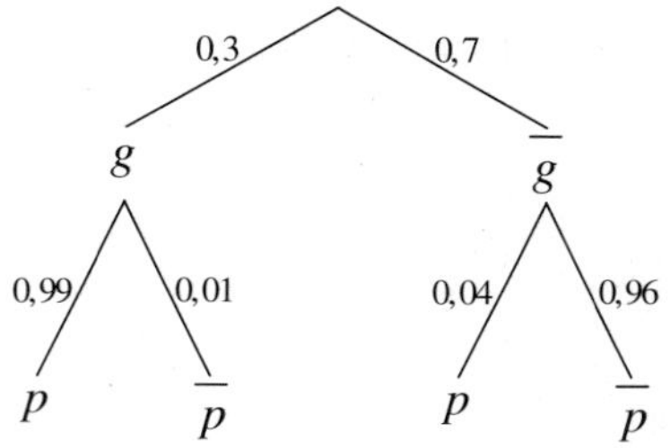

$$E=\{gp;\overline{g}p\}$$

$$P(E)=P(gp)+P(\overline{g}p)$$
$$=0{,}3\cdot 0{,}99+0{,}7\cdot 0{,}04=0{,}325=32{,}5\%$$

Weitere Beispiele und Aufbau der zugehörigen Baumdiagramme

Ziehen mit Zurücklegen

Beispiel 1: Es befinden sich immer 10 Teile in einem Karton, von denen 3 Teile stets defekt sind. Es werden 7 Kartons geöffnet.

Anzahl Stufen: 7

Wahrscheinlichkeiten: $d:\frac{3}{10};\ \bar{d}:\frac{7}{10}$

Beispiel 2: Ein Glücksrad mit 6 gleich großen Feldern (1 rotes Feld, 2 blaue Felder, 3 grüne Felder) wird 4-mal gedreht.

Anzahl Stufen: 4

Wahrscheinlichkeiten: $r:\frac{1}{6};\ b:\frac{2}{6};\ g:\frac{3}{6}$

Beispiel 3: Ein Würfel wird 3-mal geworfen. (Oder: 3 Würfel werden gleichzeitig geworfen.)

Anzahl Stufen: 3

Wahrscheinlichkeiten: $1:\frac{1}{6};\ 2:\frac{1}{6};...;6:\frac{1}{6}$

Beispiel 4: Die Prüfung für den Autoführerschein besteht aus 18 Fragen. Bei jeder Frage gibt es 3 Antwortmöglichkeiten, von denen eine richtig ist. Der Prüfling rät.

Anzahl Stufen: 18

Wahrscheinlichkeiten: $r:\frac{1}{3};\ f:\frac{2}{3}$

Beispiel 5: Ein Schütze schießt 3-mal. Er trifft mit einer Wahrscheinlichkeit von 75 %.

Anzahl Stufen: 3

Wahrscheinlichkeiten: $t:0{,}75;\ \bar{t}:0{,}25$

Ziehen ohne Zurücklegen

Beispiel 1: Es befinden sich 10 Teile in einem Karton. 3 Teile davon sind defekt. Aus dem Karton werden 4 Teile entnommen.

Anzahl Stufen: 4

Wahrscheinlichkeiten: $d:\frac{3}{10};\ \bar{d}:\frac{7}{10}$
(nur 1. Stufe)

Beispiel 2: In einer Lostrommel befinden sich 5 Gewinnlose und 25 Nieten. Es werden 4 Lose gezogen.

Anzahl Stufen: 4

Wahrscheinlichkeiten: $\mathrm{G}:\frac{5}{30};\ \mathrm{N}:\frac{25}{30}$
(nur 1. Stufe)

Beispiel 3: Eine Rubbelkarte hat 16 Felder. Nur eines davon führt zu einem Gewinn. Ein Spieler rubbelt 3 Felder auf.

Anzahl Stufen: 3

Wahrscheinlichkeiten: $\mathrm{G}:\frac{1}{16};\ \mathrm{N}:\frac{15}{16}$
(nur 1. Stufe)

Beispiel 4: Aus einem Skatkartenspiel mit jeweils 8 Karten der Farben Kreuz, Pik, Herz und Karo werden 2 Karten entnommen.

Anzahl Stufen: 2

Wahrscheinlichkeiten (nur 1. Stufe):
$\mathrm{Kr}:\frac{8}{32};\ \mathrm{P}:\frac{8}{32};\ \mathrm{H}:\frac{8}{32};\ \mathrm{Ka}:\frac{8}{32}$

1.2 Aufgabentypen

Den nachfolgenden 4 Aufgabentypen liegt die gleiche Ausgangssituation und damit das gleiche Baumdiagramm zugrunde.

Ausgangssituation (zu den Aufgabentypen 1-4)

In einer Urne befinden sich 5 rote, 4 blaue und 3 grüne Kugeln. Es werden 3 Kugeln ohne Zurücklegen entnommen.

Baumdiagramm

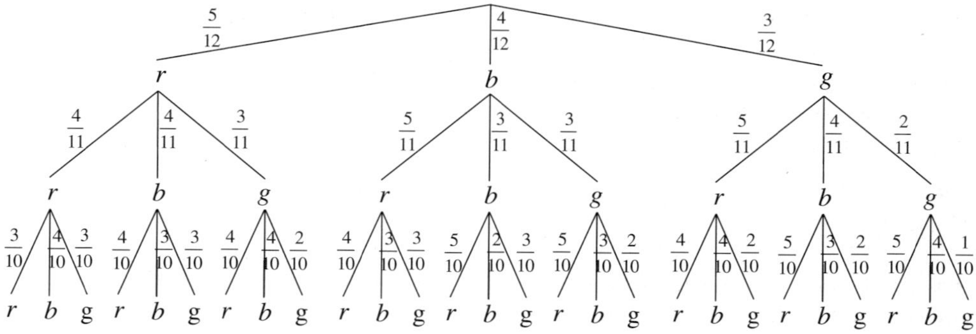

- **Aufgabentyp 1 (Vorgegebene Reihenfolge, also geordnet)**

Mit welcher Wahrscheinlichkeit werden zunächst eine rote Kugel und dann 2 blaue Kugeln gezogen?

$E = \{rbb\}$

$P(E) = P(rbb) = \frac{5}{12} \cdot \frac{4}{11} \cdot \frac{3}{10} = \frac{1}{22} \approx 0{,}045 = 4{,}5\ \%$

- **Aufgabentyp 2 (Ohne vorgegebene Reihenfolge, also ungeordnet)**

Mit welcher Wahrscheinlichkeit werden (mit einem Griff) eine rote und 2 blaue Kugeln gezogen?

$E = \{rbb; brb; bbr\}$ (keine vorgegebene Reihenfolge, größere Ergebnismenge)

$$P(E) = P(rbb) + P(brb) + P(bbr)$$
$$= \frac{5}{12} \cdot \frac{4}{11} \cdot \frac{3}{10} + \frac{4}{12} \cdot \frac{5}{11} \cdot \frac{3}{10} + \frac{4}{12} \cdot \frac{3}{11} \cdot \frac{5}{10}$$
$$= \mathbf{3} \cdot \left(\frac{5}{12} \cdot \frac{4}{11} \cdot \frac{3}{10}\right)$$ (**3** mögliche Umordnungen, alle mit gleicher Wahrscheinlichkeit)
$$= \frac{3}{22} = 0{,}136 = 13{,}6\ \%$$

http://frv.tv/3z

- **Aufgabentyp 3 (mit dem Gegenereignis arbeiten)**

Mit welcher Wahrscheinlichkeit wird mindestens eine rote oder eine blaue Kugel gezogen?
(Zur Ausgangssituation S. 131)

$\mathrm{E} = \{rrr; rrb; rrg; rbr; \ldots (\textbf{viele}\ \text{weitere})\}$

Idee: Nur wenige Ergebnisse aus der Ergebnismenge gehören nicht zum Ereignis E.
Das **Gegenereignis** ($\overline{\mathrm{E}}$: Nur grüne Kugeln) beinhaltet damit nur ein einziges Ergebnis, wodurch dessen Wahrscheinlichkeit schnell berechnet werden kann.

$\overline{\mathrm{E}} = \{ggg\}$

$$\mathrm{P}(\overline{\mathrm{E}}) = \mathrm{P}(ggg) = \frac{3}{12} \cdot \frac{2}{11} \cdot \frac{1}{10} = \frac{1}{220} \approx 0{,}0045 = 0{,}45\ \%$$

$$\mathbf{P(E)\ = 1 - P(\overline{E})} = 1 - \frac{1}{220} = \frac{219}{220} \approx 0{,}9955 = 99{,}55\ \%$$

Falls die Signalwörter **„mindestens“** oder **„höchstens“** in Aufgabenstellungen enthalten sind, können diese oftmals mit dem **Gegenereignis** bearbeitet werden.

- **Aufgabentyp 4 (Baumdiagramm verkleinern)**

Mit welcher Wahrscheinlichkeit wird genau eine rote Kugel gezogen?
(Zur Ausgangssituation S. 131)

$\mathrm{E}=\{rbb; rbg; rgb; rgg; brb; \ldots(\textbf{viele}\text{ weitere})\}$

Idee : Bei dieser Aufgabenstellung ist es nicht relevant, ob bei einem Zug eine blaue oder eine grüne Kugel gezogen wird. Es geht nur darum, ob die gezogene Kugel rot ist oder eben nicht. Deshalb können jene beiden Äste zu einem $\bar{r}$-Ast zusammengelegt werden. Hierdurch wird das Baumdiagramm kleiner.

$\mathrm{E}=\{(r\bar{r}\bar{r});(\bar{r}r\bar{r});(\bar{r}\bar{r}r)\}$

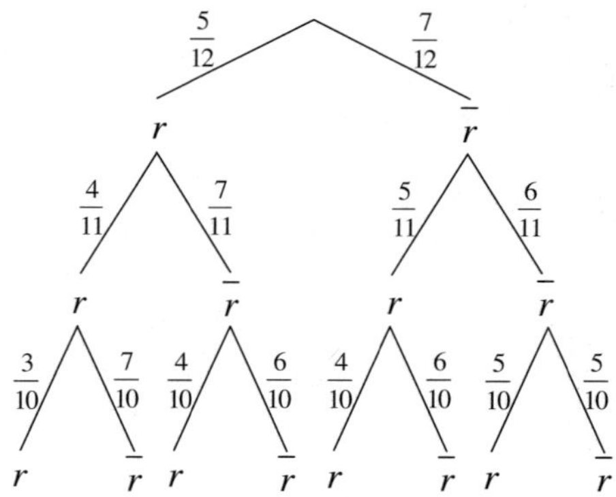

$$
\begin{aligned}
\mathrm{P}(\mathrm{E}) &= \mathrm{P}(r\bar{r}\bar{r})+\mathrm{P}(\bar{r}r\bar{r})+\mathrm{P}(\bar{r}\bar{r}r)\\
&=\frac{5}{12}\cdot\frac{7}{11}\cdot\frac{6}{10}+\frac{7}{12}\cdot\frac{5}{11}\cdot\frac{6}{10}+\frac{7}{12}\cdot\frac{6}{11}\cdot\frac{5}{10}\\
&=3\cdot\left(\frac{5}{12}\cdot\frac{7}{11}\cdot\frac{6}{10}\right)\\
&=\frac{21}{44}\approx 0,477=47,7\ \%
\end{aligned}
$$

1.3 Zufallsgröße, Erwartungswert und Standardabweichung

Erklärende Beispiele

Beispiel 1
Ein Basketballspieler trifft erfahrungsgemäß einen Freiwurf mit einer Wahrscheinlichkeit von 80 %. Er wirft eine Folge aus 2 Würfen.

Die Zufallsgröße **X** gibt die **Anzahl der Treffer bei einer Folge** an.

a) Erstellen Sie für diese Zufallsgröße eine Wahrscheinlichkeitsverteilung.
b) Der Basketballspieler wirft viele Folgen nacheinander. Wie viele Treffer sind im Durchschnitt pro Folge zu erwarten?
c) Berechnen Sie die zugehörige Varianz und Standardabweichung.

Lösung

a) Baumdiagramm

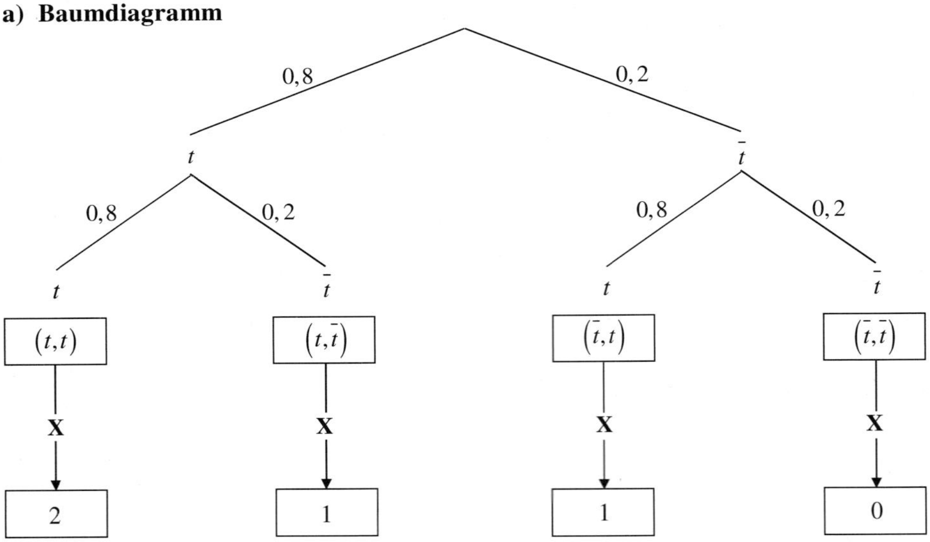

Hinweis

Die Zufallsgröße X ordnet jedem Ergebnis eine Zahl (hier: Anzahl der Treffer) zu.

http://frv.tv/7m

Wahrscheinlichkeitsverteilung der Zufallsgröße

Zugehörige Ergebnisse	(t,t)	$(t,\bar{t});(\bar{t},t)$	$(\bar{t},\bar{t})$
x_i (Mögliche Werte der Zufallsgröße X)	**2**	**1**	**0**
$\mathbf{P(X=x_i)}$ (Wahrscheinlichkeiten zu den Werten der Zufallsgröße)	$0,8\cdot 0,8$ $=\mathbf{0,64}$	$0,8\cdot 0,2+0,2\cdot 0,8$ $=\mathbf{0,32}$	$0,2\cdot 0,2=\mathbf{0,04}$ (oder: $1-0,64-0,32$)

b) Erwartungswert (Abkürzungen: $\mathbf{E(X)}$ bzw. μ) der Zufallsgröße

Allgemein: $\mathbf{E(X)=x_1\cdot P(X=x_1)+x_2\cdot P(X=x_2)+...+x_n\cdot P(X=x_n)}$

Im Beispiel: $E(X)=2\cdot 0,64+1\cdot 0,32(+0\cdot 0,04)=1,6$

Interpretation

Der Basketballspieler kann durchschnittlich 1,6 Treffer pro Folge erwarten.

c) Varianz (Abkürzung: $\mathbf{V(X)}$) der Zufallsgröße

Allgemein: $\mathbf{V(X)=(x_1-E(X))^2\cdot P(X=x_1)+...+(x_n-E(X))^2\cdot P(X=x_n)}$

Im Beispiel: $V(X)=(2-1,6)^2\cdot 0,64+(1-1,6)^2\cdot 0,32+(0-1,6)^2\cdot 0,04=0,32$

Standardabweichung σ der Zufallsgröße

Allgemein: $\sigma=\sqrt{\mathbf{V(X)}}$

Im Beispiel: $\sigma=\sqrt{0,32}\approx 0,57$

Interpretation

Varianz und Standardabweichung messen, wie sehr die Wahrscheinlichkeitsverteilung um den Erwartungswert „streut“.

Beispiel 2

Ein Spieler kann gegen einen Einsatz von 4 € an folgendem Spiel teilnehmen:
Er würfelt ein Mal. Bei einer geraden Zahl erhält er 3 €. Bei einer ungeraden Zahl erhält er den doppelten Betrag der gewürfelten Augenzahl.

Ist es günstig für den Spieler, bei diesem Spiel teilzunehmen?

1. Lösungsvariante: Die **Zufallsgröße X** gibt den **Auszahlungsbetrag an den Spieler** an.

Baumdiagramm

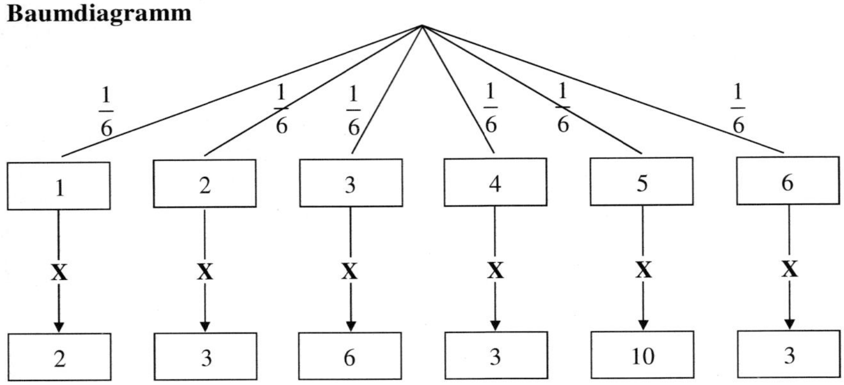

Wahrscheinlichkeitsverteilung der Zufallsgröße

Zugehörige Ergebnisse	$(2);(4);(6)$	(5)	(3)	(1)
x_i	**3**	**10**	**6**	**2**
$P(X=x_i)$	$\frac{1}{6}+\frac{1}{6}+\frac{1}{6}=\mathbf{\frac{3}{6}}$	$\mathbf{\frac{1}{6}}$	$\mathbf{\frac{1}{6}}$	$\mathbf{\frac{1}{6}}$

Erwartungswert der Zufallsgröße

$$\mathbf{E(X)=3\cdot\frac{3}{6}+10\cdot\frac{1}{6}+6\cdot\frac{1}{6}+2\cdot\frac{1}{6}=4{,}5}$$

Interpretation und Ergebnis

X gibt den Auszahlungsbetrag an den Spieler pro Spiel an. Somit gibt **E(X)** den zu **erwartenden Auszahlungsbetrag** pro Spiel an, den der Spieler bei vielen Spielen durchschnittlich erhalten würde.

http://frv.tv/3d

Der Spieler erreicht hier durch seine Teilnahme einen erwarteten Auszahlungsbetrag von 4,50 € pro Spieldurchgang. Da dieser **höher als sein Einsatz** ist, ist das Spiel **günstig für den Spieler** (und ungünstig für den Anbieter).

2. Lösungsvariante: Die **Zufallsgröße X** gibt den **Gewinn des Spielers** an.

Hinweis : Gewinn = Auszahlungsbetrag – Einsatz

Wahrscheinlichkeitsverteilung der Zufallsgröße

Zugehörige Ergebnisse	$(2);(4);(6)$	(5)	(3)	(1)
x_i	$\mathbf{-1}\ (=3-4)$	$\mathbf{6}\ (=10-4)$	$\mathbf{2}\ (=6-4)$	$\mathbf{-2}\ (=2-4)$
$\mathbf{P}(\mathbf{X}=x_i)$	$\frac{1}{6}+\frac{1}{6}+\frac{1}{6}=\mathbf{\frac{3}{6}}$	$\mathbf{\frac{1}{6}}$	$\mathbf{\frac{1}{6}}$	$\mathbf{\frac{1}{6}}$

Erwartungswert der Zufallsgröße

$$E(X)=(-1)\cdot\frac{3}{6}+6\cdot\frac{1}{6}+2\cdot\frac{1}{6}+(-2)\cdot\frac{1}{6}=0{,}5$$

Interpretation und Ergebnis

X gibt den Gewinn des Spielers pro Spiel an. Somit gibt **E(X)** den zu **erwartenden Gewinn** pro Spiel an, den der Spieler bei vielen Spielen durchschnittlich erhalten würde. Der Spieler erreicht hier durch seine Teilnahme einen erwarteten Durchschnittsgewinn von 0,50 € pro Spieldurchgang. Da dieser **positiv** ist, ist das Spiel **günstig für den Spieler** (und ungünstig für den Anbieter).

Übersicht

X: **Auszahlungsbetrag** an Spieler	
E(X) > **Einsatz**	günstig für Spieler
E(X) = **Einsatz**	faires Spiel
E(X) < **Einsatz**	günstig für Anbieter

X: **Gewinn** des Spielers	
E(X) > **0**	günstig für Spieler
E(X) = **0**	faires Spiel
E(X) < **0**	günstig für Anbieter

2. Binomialverteilung

2.1 Bernoulli-Formel

Zugrunde liegt ein mehrfach ausgeführtes Bernoulli-Experiment, bei dem …
… nur **zwei mögliche Ergebnisse** („Treffer“ oder „Niete“) eintreten können
und
… sich die **Wahrscheinlichkeiten nicht ändern** (z.B. „Ziehen **mit** Zurücklegen“)

Beispiele: Münzwurf („Kopf“ oder „Zahl“); Mehrfach würfeln („6“ oder „keine 6“); …

Bernoulliformel (allg.)

$$\mathbf{P(X=k)=\binom{n}{k}\cdot p^k\cdot(1-p)^{n-k}}$$

n: Anzahl der Versuche (Durchführungen)
k: Anzahl der „Treffer“
p: Wahrscheinlichkeit für einen „Treffer“

Bernoulliformel (in Worten)

$$\text{P(X = Anz. Treffer)}=\binom{\text{Anz. Versuche}}{\text{Anz. Treffer}}\cdot \text{Trefferwahrsch.}^{\text{Anz. Treffer}}\cdot \text{Nietenwahrsch.}^{\text{Anz. Nieten}}$$

Beispiel 1
Ein Basketballspieler trifft (t) erfahrungsgemäß einen Freiwurf mit einer Wahrscheinlichkeit von 75 %. Er wirft 8 Mal.
Mit welcher Wahrscheinlichkeit trifft er insgesamt 5 Mal (und 3 Mal nicht)?

$$P(X=5)=\binom{8}{5}\cdot 0{,}75^5\cdot 0{,}25^3\approx 0{,}2076$$

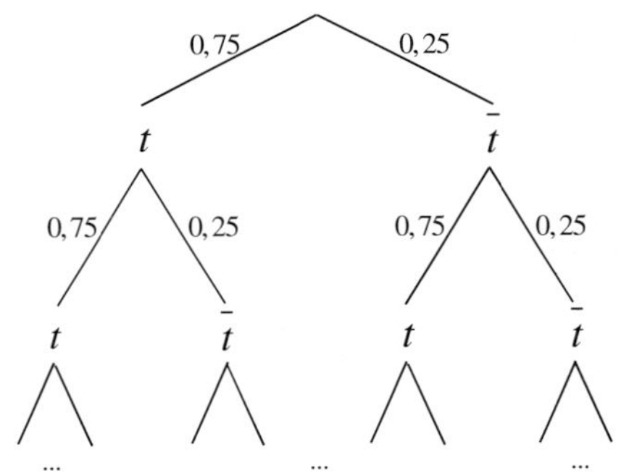

(8 Stufen)
(alle Pfade mit 5 Mal t und 3 Mal $\bar{t}$ relevant)

Eingabe in WTR (mit Taste nCr):

CASIO

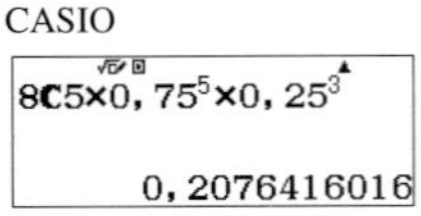

TI

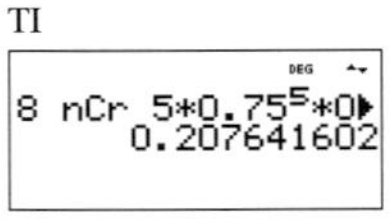

Erläuterungen

- Binomialkoeffizient (allg.): $\binom{n}{k}=\dfrac{n!}{k!\cdot(n-k)!}$
- $n!$ steht für die Fakultät einer Zahl: $n!=n\cdot(n-1)\cdot\ldots\cdot 1$
- $P(X=5)=\binom{8}{5}\cdot 0{,}75^5\cdot 0{,}25^3=\dfrac{8!}{5!\cdot(8-5)!}\cdot 0{,}75^5\cdot 0{,}25^3=56\cdot 0{,}00371\approx 0{,}2078.$

Es gibt also 56 mögliche Reihenfolgen für 5 Treffer unter 8 Schüssen ($ttttt\bar{t}\bar{t}\bar{t}$, $\bar{t}tttt\bar{t}\bar{t}t$, ...), von welchen jede eine Einzelwahrscheinlichkeit von ungefähr 0,00371 aufweist.

http://frv.tv/6f

Beispiel 2: Eine faire Münze wird 5 Mal geworfen. Mit welcher Wahrscheinlichkeit erhält man genau 3 Mal „Zahl"? (Lösen ohne WTR)

$$P(X=3)=\binom{5}{3}\cdot\left(\frac{1}{2}\right)^3\cdot\left(\frac{1}{2}\right)^2=10\cdot\left(\frac{1}{2}\right)^5=10\cdot\frac{1}{32}=\frac{5}{16}$$

$$\left(\text{Nebenrechnung: }\binom{5}{3}=\frac{5!}{3!\cdot(5-3)!}=\frac{5!}{3!\cdot 2!}=\frac{5\cdot4\cdot3\cdot2\cdot1}{(3\cdot2\cdot1)\cdot(2\cdot1)}=\frac{5\cdot4\cdot\not{3}\cdot\not{2}\cdot\not{1}}{(\not{3}\cdot\not{2}\cdot\not{1})\cdot(2\cdot1)}=10\right)$$

Beispiel 3: Ein Bauteil ist mit einer Wahrscheinlichkeit von 4 % defekt. Mit welcher Wahrscheinlichkeit befinden sich in einem Karton mit 50 Bauteilen genau 3 defekte Bauteile?

$$P(X=3)=\binom{50}{3}\cdot 0{,}04^3\cdot 0{,}96^{47}\,(\approx 19600\cdot 0{,}000009396)\approx 0{,}184=18{,}4\,\%$$

(Es gibt also 19600 mögliche Reihenfolgen für 3 defekte unter 50 (nacheinander entnommenen) Bauteilen.)

Beispiel 4

Jonas würfelt 24 Mal.

a) Mit welcher Wahrscheinlichkeit erhält er genau 7 Mal eine 3?

$$P(X=7)=\binom{24}{7}\cdot\left(\frac{1}{6}\right)^7\cdot\left(\frac{5}{6}\right)^{17}\approx 0{,}056$$

b) Mit welcher Wahrscheinlichkeit erhält er genau 10 Mal eine 2 oder eine 3?

$$\left(\text{Wahrscheinlichkeit für 2 oder 3: }\frac{2}{6}\right)$$

$$P(X=10)=\binom{24}{10}\cdot\left(\frac{2}{6}\right)^{10}\cdot\left(\frac{4}{6}\right)^{14}\approx 0{,}114$$

Beispiel 5

Jakob hat einen deformierten Würfel. Die Wahrscheinlichkeit für eine 6 wird mit p bezeichnet. Jakob würfelt 3 Mal.

a) Geben Sie einen Term für die Wahrscheinlichkeit an, dass 2 Mal eine 6 gewürfelt wird.

$$P(X=2)=\binom{3}{2}\cdot p^2\cdot(1-p)^1=3\cdot p^2\cdot(1-p)$$

b) Interpretieren Sie die Ungleichung im Sachzusammenhang.

$$p^3+3\cdot p^2\cdot(1-p)>0{,}95$$

Die Wahrscheinlichkeit dafür, dass 3 Mal oder 2 Mal eine 6 gewürfelt wird, soll mehr als 95% betragen.

2.2 Binomialverteilung und kumulierte Binomialverteilung

Beispiel: Ein Basketballspieler trifft erfahrungsgemäß einen Freiwurf mit einer Wahrscheinlichkeit von 75 %. Er wirft 8 Mal. Die Zufallsgröße X gibt die Anzahl der Treffer an.

Die Wahrscheinlichkeit, dass X einen bestimmten Wert annimmt, kann mit Hilfe der Bernoulliformel (mit $n = 8$ und $p = 0,75$) berechnet werden.
Somit ist die Zufallsgröße X binomial verteilt.

1. Die Binomialverteilung (genau *k* Treffer; P(X = *k*))

eine „Liste", in welcher für jeden möglichen Wert der Zufallsgröße die **zugehörige Wahrscheinlichkeit** steht.

CASIO

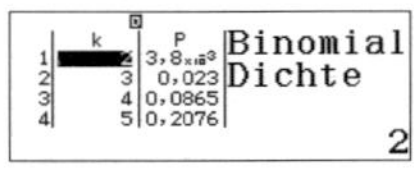

TI

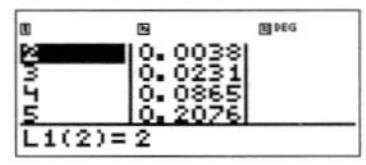

Beispiel: $P(X = 4) \approx 0,0865$

Die Wahrscheinlichkeit für **genau** 4 Treffer beträgt ca. 8,65 %.

$$\left(\begin{array}{l}\text{Berechnung mit Bernoulliformel:}\\ P(X=4)=\binom{8}{4}\cdot 0,75^4\cdot 0,25^4\approx 0,0865\end{array}\right)$$

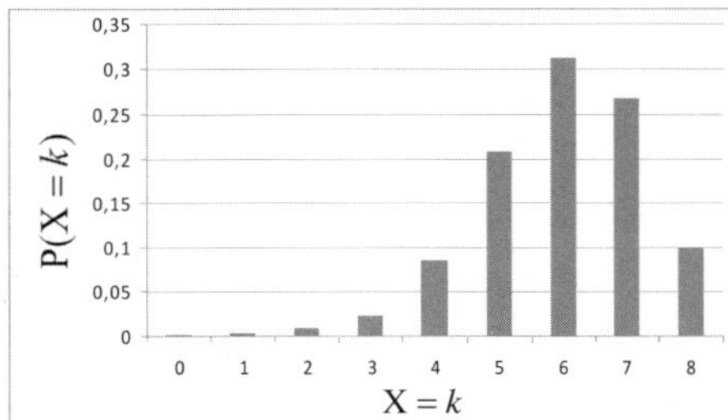

2. Die kumulierte Binomialverteilung (höchstens *k* Treffer; P(X ≤ *k*))

eine „Liste", in welcher für jeden möglichen Wert der Zufallsgröße die **Wahrscheinlichkeit** steht, dass **dieser oder ein geringerer Wert als dieser** (**höchstens** dieser) angenommen wird.

CASIO

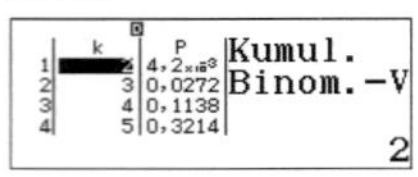

TI

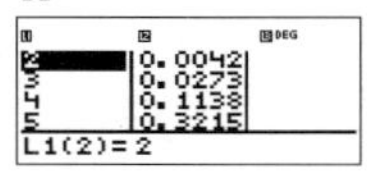

Beispiel: $P(X \leq 4) \approx 0,1138$

Die Wahrscheinlichkeit für 0 bis 4 Treffer (**höchstens** 4 Treffer) beträgt ca. 11,38 %.

$$\left(\begin{array}{l}\text{Berechnung:}\\ P(X\leq 4)=P(X=0)+P(X=1)+\ldots+P(X=4)\end{array}\right)$$

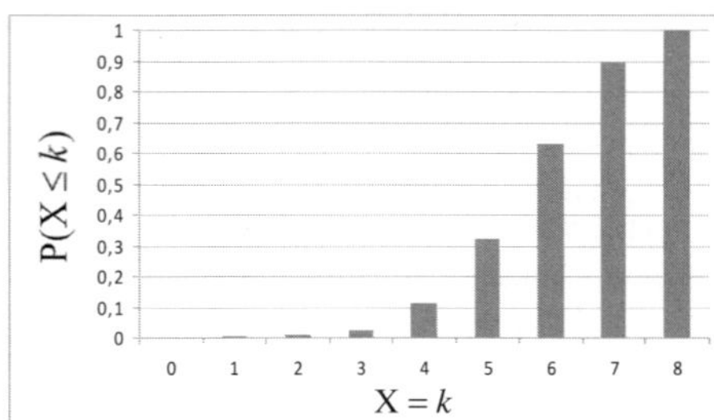

3. Wahrscheinlichkeit für mindestens *k* Treffer P(X ≥ *k*)

Mit welcher Wahrscheinlichkeit trifft der Spieler 4 bis 8 Mal (also **mindestens** 4 Mal)?

Vorgehen mithilfe des **Gegenereignisses** „3 oder weniger Treffer (höchst. 3 Treffer)" und der **kumulierten Verteilung**:

$P(X \geq 4) = 1 - P(X \leq 3) \approx 1 - 0,0273 = 0,9727$

http://frv.tv/6g

Eingabe in den Taschenrechner (WTR)

1. Die Binomialverteilung (genau *k* Treffer; P(X = *k*))

CASIO FX-87DE X		TI-30X Plus MultiView	
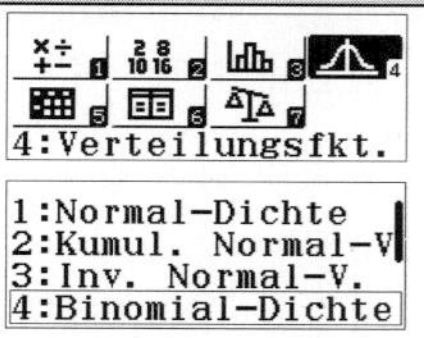		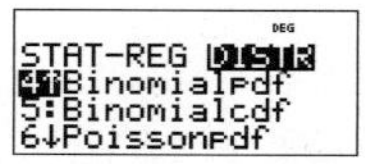	
Einzelwert	Liste	Einzelwert	Liste
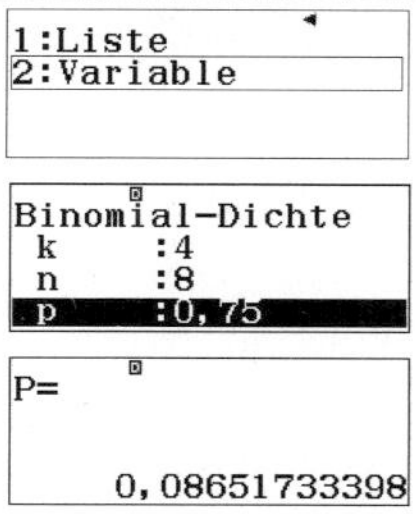	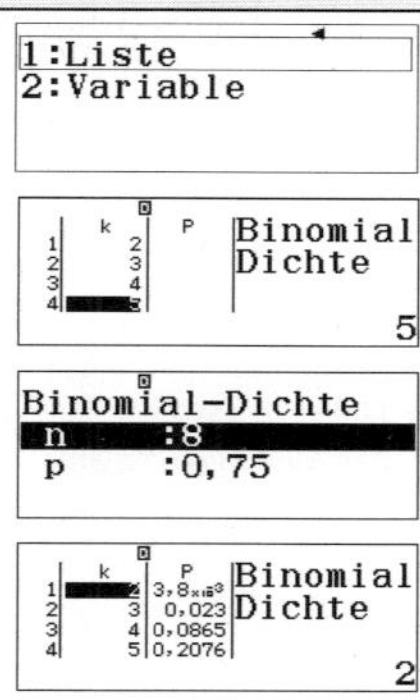	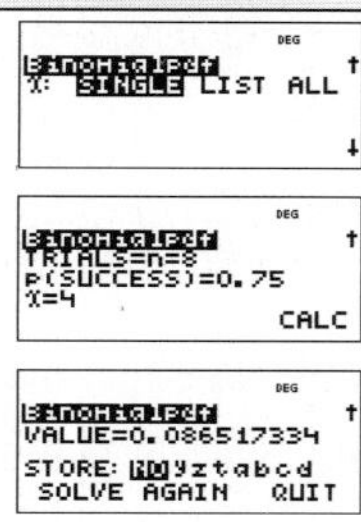	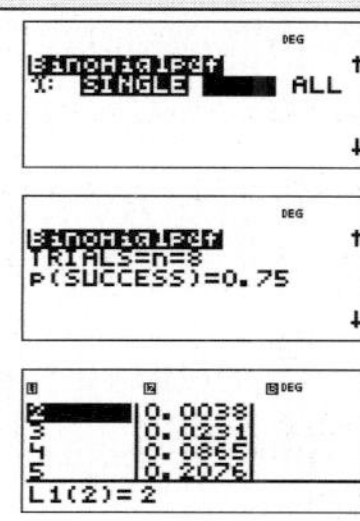

2. Die kumulierte Binomialverteilung (höchstens *k* Treffer; P(X ≤ *k*))

CASIO FX-87DE X		TI-30X Plus MultiView	
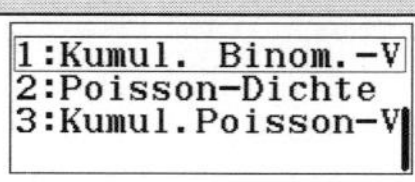		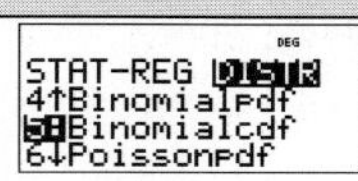	
Einzelwert	Liste	Einzelwert	Liste
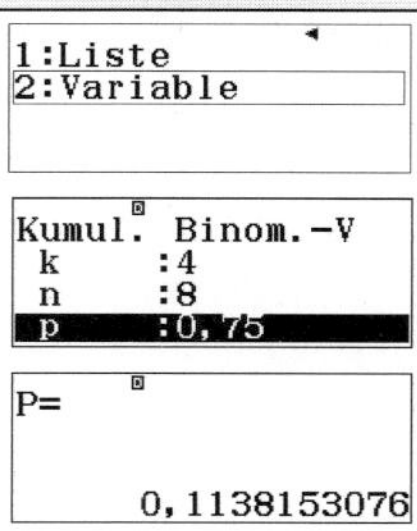	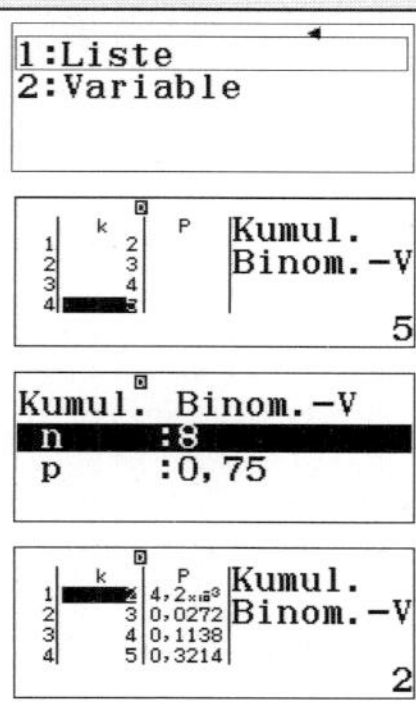	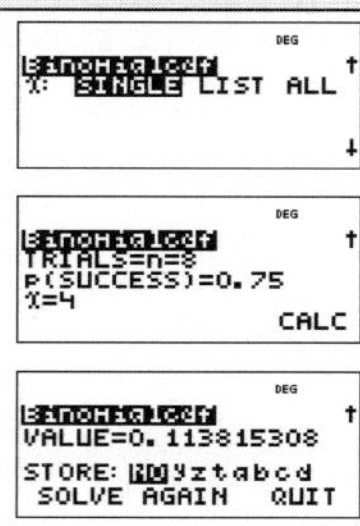	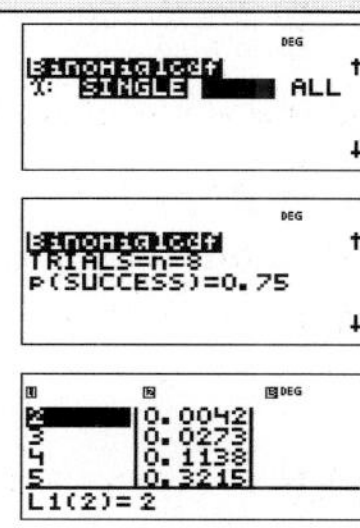

2.3 Aufgabentypen

1. Aufgabentyp („gesucht: Gesamtwahrscheinlichkeit (P)")

Beispiel: Eine faire Münze wird 8 Mal geworfen. Wie groß ist die Wahrscheinlichkeit …

a) ... für **genau 3** Mal „Zahl"?

geg. $n = 8$; $p = 0,5$; $k = 3$
ges. P

Binomialverteilung (BV)
$P(X = 3) = 0,2188$

b) ... für **höchstens** 3 Mal „Zahl"?

geg. $n = 8$; $p = 0,5$; $k \leq 3$
ges. P

kumulierte BV
$P(X \leq 3) = 0,3633$

c) ... für **mindestens** 3 Mal „Zahl"?

geg. $n = 8$; $p = 0,5$; $k \geq 3$
ges. P

kumulierte BV
$P(X \geq 3) = 1 - P(X \leq 2)$
$= 1 - 0,1445 = 0,8555$

d) ... für **mindestens** 2 Mal **und höchstens** 5 Mal „Zahl"?

kumulierte BV : $P(2 \leq X \leq 5) = P(X \leq 5) - P(X \leq 1) \approx 0,8555 - 0,0352 \approx 0,8203$

2. Aufgabentyp („gesucht: Trefferanzahl (*k*)")

Beispiel: Eine faire Münze wird 8 Mal geworfen. Wie oft muss man …

a) … **(genau)** „Zahl" | **b)** … **höchstens** „Zahl" | **c)** … **mindestens** „Zahl"

erhalten, wenn die Wahrscheinlichkeit hierfür weniger als 15 % betragen soll?

a)

gegeben: $n = 8$; $p = 0,5$
Bedingung: $P(X = k) < 0,15$
gesucht: k

BV
(Liste für mehrere k-Werte)

$P(X = 0) = 0,0039 \leftarrow$
$P(X = 1) = 0,0312 \leftarrow$
$P(X = 2) = 0,1093 \leftarrow$
$P(X = 3) = 0,2187$
$P(X = 4) = 0,2734$
$P(X = 5) = 0,2187$
$P(X = 6) = 0,1093 \leftarrow$
$P(X = 7) = 0,0312 \leftarrow$
$P(X = 8) = 0,0039 \leftarrow$

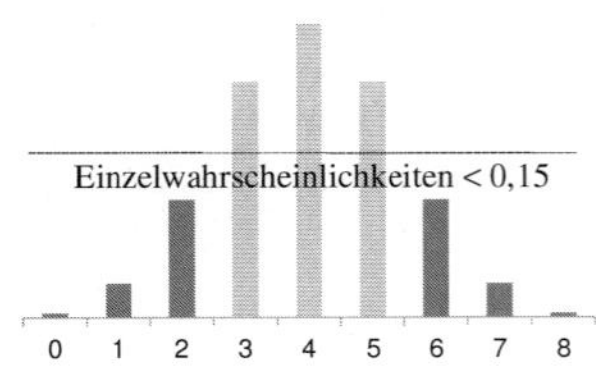

A: 0, 1, 2, 6, 7 oder 8 Mal.

b)

gegeben: $n = 8$; $p = 0,5$
Bedingung: $P(X \leq k) < 0,15$
gesucht: k

kumulierte BV
(Liste für mehrere k-Werte)

$P(X \leq 1) = 0,0352$
$P(X \leq 2) = 0,1445 \uparrow$
$P(X \leq 3) = 0,3633$
$P(X \leq 4) = 0,6367$

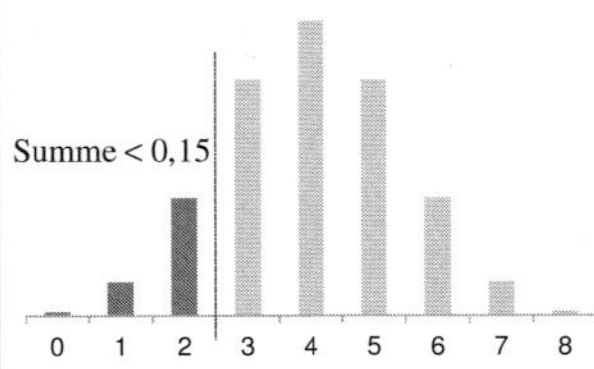

A: 2 Mal oder weniger.

c)

gegeben: $n = 8$; $p = 0,5$
Bedingung: $P(X \geq k) < 0,15$
gesucht: k

kumulierte BV
(Liste für mehrere k-Werte; Gegenereignis)

$P(X \leq 3) = 0,3633 \Rightarrow P(X \geq 4) = 0,6367$
$P(X \leq 4) = 0,6367 \Rightarrow P(X \geq 5) = 0,3633$
$P(X \leq 5) = 0,8555 \Rightarrow P(X \geq 6) = 0,1445 \downarrow$
$P(X \leq 6) = 0,9648 \Rightarrow P(X \geq 7) = 0,0352$

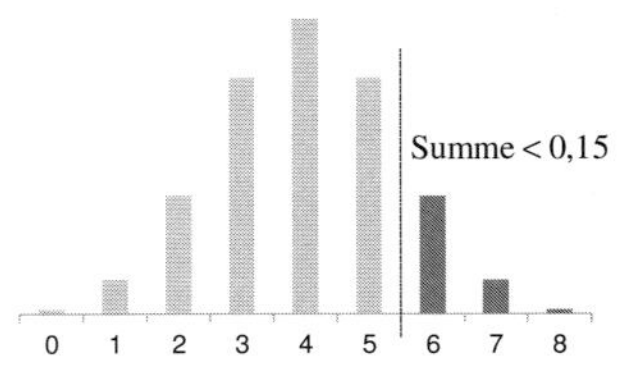

A: 6 Mal oder mehr.

http://frv.tv/6h

3. Aufgabentyp („gesucht: Durchführungshäufigkeit (n)")

Beispiel: Wie oft muss eine faire Münze geworfen werden, wenn man mit einer Wahrscheinlichkeit von mehr als 25 % ...

a) … **genau** 3 Mal „Zahl" erhalten möchte?

gegeben: $p = 0,5;\ k = 3$
Bedingung: $P > 0,25$
gesucht: n

BV
(n-Werte probieren)

$n = 4;\quad P(X = 3) \approx 0,25$
$n = 5;\quad P(X = 3) \approx 0,3125 \downarrow$
$n = 6;\quad P(X = 3) \approx 0,3125$
$n = 7;\quad P(X = 3) \approx 0,2734 \uparrow$
$n = 8;\quad P(X = 3) \approx 0,2188$

A: 5, 6 oder 7 Mal.

b) … **höchstens** 3 Mal „Zahl" erhalten möchte?

gegeben: $p = 0,5;\ k \leq 3$
Bedingung: $P > 0,25$
gesucht: n

kumulierte BV
(n-Werte probieren)

$n = 8;\quad P(X \leq 3) \approx 0,3633$
$n = 9;\quad P(X \leq 3) \approx 0,2539 \uparrow$
$n = 10;\quad P(X \leq 3) \approx 0,1719$
$n = 11;\quad P(X \leq 3) \approx 0,1133$

A: 9 Mal oder weniger.

c) … **mindestens** 3 Mal „Zahl" erhalten möchte?

gegeben: $p = 0,5;\ k \geq 3$
Bedingung: $P > 0,25$
gesucht: n

kumulierte BV
(n-Werte probieren;
$P(X \leq 2) \leq 0,75 \Rightarrow P(X \geq 3) > 0,25$)

$n = 3;$
$P(X \leq 2) = 0,875 \quad \Rightarrow P(X \geq 3) = 0,125$
$n = 4; \downarrow$
$P(X \leq 2) = 0,6875 \Rightarrow P(X \geq 3) = 0,3125$
$n = 5;$
$P(X \leq 2) = 0,5 \quad \Rightarrow P(X \geq 3) = 0,5$

A: 4 Mal oder mehr.

4. Aufgabentyp („gesucht: Trefferwahrscheinlichkeit (p)") (Zusatz)

Beispiel: Eine verbeulte Münze wird 8 Mal geworfen. Die Wahrscheinlichkeit für „Zahl" beträgt entweder p=0,2 oder p=0,4 oder p=0,6. Welche Werte für p können stimmen, wenn man mit einer Wahrscheinlichkeit von mehr als 25 % ...

a) … **genau** 3 Mal „Zahl" erhalten möchte?

gegeben: $n = 8;\ k = 3$
Bedingung: $P > 0,25$
gesucht: p

BV
(geg. p-Werte probieren)

$p = 0,2;$
$P(X = 3) \approx 0,1468 \ < 0,25$
$p = 0,4;$
$P(X = 3) \approx 0,2787 \ > 0,25$
$p = 0,6;$
$P(X = 3) \approx 0,1239 \ < 0,25$

A: Für $p = 0,4$.

b) … **höchstens** 3 Mal „Zahl" erhalten möchte?

gegeben: $n = 8;\ k \leq 3$
Bedingung: $P > 0,25$
gesucht: p

kumulierte BV
(geg. p-Werte probieren)

$p = 0,2;$
$P(X \leq 3) \approx 0,9437 \ > 0,25$
$p = 0,4;$
$P(X \leq 3) \approx 0,5941 \ > 0,25$
$p = 0,6;$
$P(X \leq 3) \approx 0,1737 \ < 0,25$

A: Für $p = 0,2$ o. $p = 0,4$.

c) … **mindestens** 3 Mal „Zahl" erhalten möchte?

gegeben: $n = 8;\ k \geq 3$
Bedingung: $P > 0,25$
gesucht: p

kumulierte BV
(geg. p-Werte probieren;
$P(X \leq 2) \leq 0,75 \Rightarrow P(X \geq 3) > 0,25$)

$p = 0,2;$
$P(X \leq 2) = 0,7969$
$\Rightarrow P(X \geq 3) = 0,2031 \ < 0,25$
$p = 0,4$
$P(X \leq 2) = 0,3154$
$\Rightarrow P(X \geq 3) = 0,6846 \ > 0,25$
$p = 0,6$
$P(X \leq 2) = 0,0498$
$\Rightarrow P(X \geq 3) = 0,9502 \ > 0,25$

A: Für $p = 0,4$ oder $p = 0,6$.

Beispiel

a) Erfahrungsgemäß sind 4 % der produzierten Smartphones eines Herstellers defekt. Ein Kunde erhält ein Paket mit 50 Smartphones des Herstellers.

Anzahl	Aufgabentyp	Lösung
Wahrscheinlichkeit für genau 3 defekte Smartphones?	**Typ 1 (genau)** geg. $n = 50$ $p = 0,04$ $k = 3$ ges. P	**Binomialverteilung (BV)** $P(X = 3) = 0,1842$
Wahrscheinlichkeit für 2 oder 3 defekte Smartphones?	**Typ 1 (genau)** geg. $n = 50$ $p = 0,04$ $k = 2$ oder 3 ges. P	**BV** $P(X = 2) + P(X = 3)$ $= 0,2762 + 0,1842 = 0,4604$
Wahrscheinlichkeit für mindestens 2 defekte Smartphones?	**Typ 1 (mind.)** geg. $n = 50$ $p = 0,04$ $k \geq 2$ ges. P	**kumulierte BV** $P(X \geq 2) = 1 - P(X \leq 1)$ $= 1 - 0,4005 = 0,5995$
Wahrscheinlichkeit für mehr als 2, aber weniger als 8 defekte Smartphones?	**Typ 1 (mind. / höchst.)** geg. $n = 50$ $p = 0,04$ $2 < k < 8$ ges. P	**kumulierte BV** $P(2 < X < 8) = P(3 \leq X \leq 7)$ $= P(X \leq 7) - P(X \leq 2)$ $= 0,9992 - 0,6767 = 0,3225$

b) Weitere Aufgabenstellungen.

Anzahl	Aufgabentyp	Lösung
Wie viele defekte Smartphones müsste das Paket enthalten, wenn die Wahrscheinlichkeit hierfür ungefähr 1 % betragen soll?	**Typ 2 (genau)** geg: $n = 50;$ $p = 0,04$ Bed.: $\mathrm{P}(\mathrm{X} = k) \approx 0,01$ ges.: k	**BV** (Liste für mehrere k-Werte) $\mathrm{P}(\mathrm{X} = 4) = 0,0902$ $\mathrm{P}(\mathrm{X} = 5) = 0,0346$ $\mathrm{P}(\mathrm{X} = 6) = 0,0108 \leftarrow$ $\mathrm{P}(\mathrm{X} = 7) = 0,0028$ $\mathrm{P}(\mathrm{X} = 8) = 0,0006$ A: Das Paket müsste also 6 defekte Smartphones enthalten.
Wie viele defekte Smartphones müsste das Paket mindestens enthalten, wenn die Wahrscheinlichkeit hierfür weniger als 5 % betragen soll?	**Typ 2 (mind.)** geg: $n = 50;$ $p = 0,04$ Bed.: $\mathrm{P}(\mathrm{X} \geq k) < 0,05$ ges.: k	**kumulierte BV** (Liste für mehrere k-Werte; Gegenereignis) $\mathrm{P}(\mathrm{X} \leq 2) = 0,6767 \Rightarrow \mathrm{P}(\mathrm{X} \geq 3) = 0,3233$ $\mathrm{P}(\mathrm{X} \leq 3) = 0,8609 \Rightarrow \mathrm{P}(\mathrm{X} \geq 4) = 0,1391$ $\mathrm{P}(\mathrm{X} \leq 4) = 0,9510 \Rightarrow \mathrm{P}(\mathrm{X} \geq 5) = 0,0490 \downarrow$ $\mathrm{P}(\mathrm{X} \leq 5) = 0,9856 \Rightarrow \mathrm{P}(\mathrm{X} \geq 6) = 0,0144$ A: Das Paket müsste also 5 oder mehr defekte Smartphones enthalten.
Wie viele Smartphones des Herstellers müsste der Kunde überprüfen, um mit einer Wahrscheinlichkeit von mehr als 10 % mindestens 4 defekte zu erhalten?	**Typ 3 (mind.)** geg: $p = 0,04$ $k \geq 4$ Bed.: $\mathrm{P} > 0,1$ ges.: n	**kumulierte BV** (Mehrere n-Werte probieren; $\mathrm{P}(\mathrm{X} < 3) \leq 0,9 \quad \Rightarrow \quad \mathrm{P}(\mathrm{X} \geq 4) > 0,1)$ $n = 43;$ $\mathrm{P}(\mathrm{X} \leq 3) = 0,9078 \Rightarrow \mathrm{P}(\mathrm{X} \geq 4) = 0,0922$ $n = 44;$ $\mathrm{P}(\mathrm{X} \leq 3) = 0,9016 \Rightarrow \mathrm{P}(\mathrm{X} \geq 4) = 0,0984$ $n = 45; \downarrow$ $\mathrm{P}(\mathrm{X} \leq 3) = 0,8953 \Rightarrow \mathrm{P}(\mathrm{X} \geq 4) = 0,1047$ $n = 46;$ $\mathrm{P}(\mathrm{X} \leq 3) = 0,8887 \Rightarrow \mathrm{P}(\mathrm{X} \geq 4) = 0,1113$ A: Der Kunde müsste also 45 oder mehr Smartphones überpüfen.

Anzahl	Aufgabentyp	Lösung
Wie viele Smartphones des Herstellers müsste der Kunde überprüfen, um mit einer Wahrscheinlichkeit von weniger als 70 % höchstens ein defektes zu erhalten?	**Typ 3 (höchst.)** geg: $p = 0,04$ $k \leq 1$ Bed.: $P < 0,7$ ges.: n	**kumulierte BV** (Mehrere n-Werte probieren) $n = 26;\ P(X \leq 1) \approx 0,7208$ $n = 27;\ P(X \leq 1) \approx 0,7058$ $n = 28;\ P(X \leq 1) \approx 0,6909 \downarrow$ $n = 29;\ P(X \leq 1) \approx 0,6760$ A: Der Kunde müsste also 28 oder mehr Smartphones überpüfen.
Die Defektwahrscheinlichkeit p beträgt nun entweder 11%, 12% oder 13%. Welcher Wert für p kann stimmen, wenn die Wahrscheinlichkeit, dass in einem Paket genau 5 defekt sind, weniger als 15 % betragen soll?	**Typ 4 (genau)** geg: $n = 50;$ $k = 5$ Bed.: $P < 0,15$ ges.: p (Zusatz)	**BV** (gegebene p-Werte probieren) $p = 0,11;$ $P(X = 5) \approx 0,1801\ \ > 0,15$ $p = 0,12;$ $P(X = 5) \approx 0,1674\ \ > 0,15$ $p = 0,13;$ $P(X = 5) \approx 0,1493\ \ < 0,15$ A: Für p=0,13.
Die Defektwahrscheinlichkeit p beträgt nun entweder 11%, 12% oder 13%. Welcher Wert für p kann stimmen, wenn die Wahrscheinlichkeit, dass in einem Paket (nur) höchstens 3 defekt sind, weniger als 10 % betragen soll?	**Typ 4 (höchst.)** geg: $n = 50;$ $k \leq 3$ Bed.: $P < 0,1$ ges.: p (Zusatz)	**kumulierte BV** (gegebene p-Werte probieren) $p = 0,11;$ $P(X \leq 3) \approx 0,1854\ \ > 0,10$ $p = 0,12;$ $P(X \leq 3) \approx 0,1345\ \ > 0,10$ $p = 0,13;$ $P(X \leq 3) \approx 0,0958\ \ < 0,10$ A: Für p=0,13.

2.4 Erwartungswert und Standardabweichung

Formeln (bei Binomialverteilung)

- **Erwartungswert**

$\mathbf{E(X)} = \boldsymbol{n \cdot p} \quad (= \mu)$

- **Standardabweichung**

$\boldsymbol{\sigma = \sqrt{n \cdot p \cdot (1-p)}}$

n: Anzahl der Versuche (Durchführungen)
p: Wahrscheinlichkeit für einen „Treffer“
(μ: Andere Abkürzung für den Erwartungswert)

Am Beispiel

Ein Basketballspieler trifft erfahrungsgemäß einen Freiwurf mit einer Wahrscheinlichkeit von 75 %. Er wirft 8 Mal. Die Zufallsgröße X gibt die Anzahl der Treffer an.

- **Erwartungswert:** $\mathrm{E(X)} = 8 \cdot 0{,}75 = 6 \quad (= \mu)$

Interpretation: Der Spieler kann durchschnittlich 6 Treffer bei 8 Würfen erwarten.

Grafische Betrachtung

„In der Nähe des Erwartungswertes“ befinden sich die Werte von X mit den höchsten Wahrscheinlichkeiten. „Fällt“ der Erwartungswert (wie hier) direkt auf einen Wert von X, so liegt an diesem stets die höchste Wahrscheinlichkeit vor.

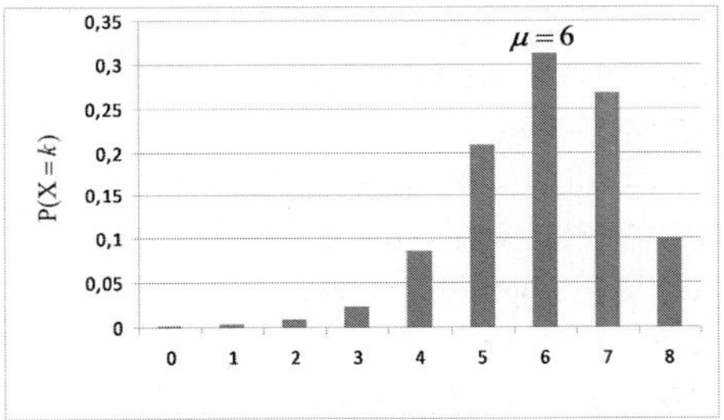

- **Standardabweichung**: $\sigma = \sqrt{8 \cdot 0{,}75 \cdot 0{,}25} \approx 1{,}22$

Interpretation: Die Standardabweichung ist ein Maß dafür, wie stark die Werte der Zufallsgröße um den Erwartungswert streuen, d.h. ob man mit hoher Wahrscheinlichkeit stets einen Wert „in der Nähe des Erwartungswertes“ erhält (geringe Standardabw.), oder ob auch Werte „weit ab vom Erwartungswert“ wahrscheinlich sind (hohe Standardabw.).

Grafische Betrachtung

Ein höherer Wert der Standardabweichung führt zu einer „breiteren“ Verteilung.

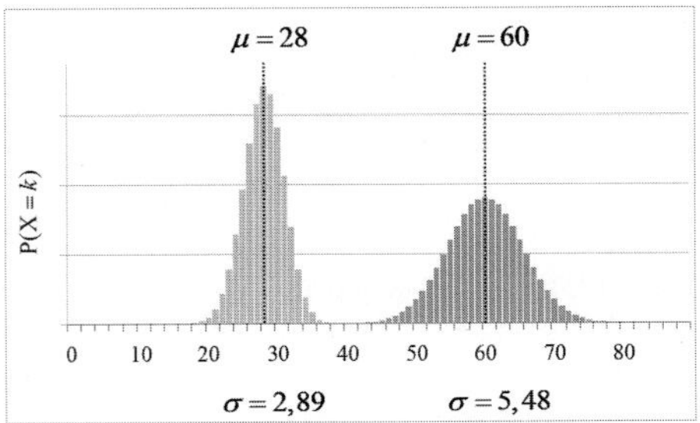

(geringere Standardabw.) (höhere Standardabw.)

http://frv.tv/4j

3. Der Hypothesentest

3.1 Einseitiger Hypothesentest: Ausführliche Erklärung

• **Beispiel :** Ein Basketballspieler behauptet, dass er einen Freiwurf mit einer Wahrscheinlichkeit von mindestens 75 % trifft. Sein Trainer möchte dies überprüfen und lässt ihn 8 Mal werfen. Er trifft nur 3 Mal. Sollte der Trainer die Behauptung des Spielers ablehnen?

• **Vorgehen mit Hypothesentest** (beispielhaft mit Signifikanzniveau $\alpha^* = 5\,\%$)

Die Zufallsvariable X gibt die Anzahl der Treffer des Basketballspielers bei 8 Würfen an. Dessen Behauptung und damit die Nullhypothese (H_0) lautet: $p_0 \geq 0,75$. Falls diese zutrifft, beträgt die Trefferwahrscheinlichkeit im für ihn ungünstigsten Fall (Extremfall) also (nur) genau 0,75. Die Wahrscheinlichkeit, dass X einen bestimmten Wert annimmt, kann mit Hilfe der Bernoulliformel berechnet werden. Somit ist X mit $n = 8$ und $p_0 = 0,75$ binomialverteilt. Die Verteilung und die zugehörige kumulierte Verteilung sind dargestellt.

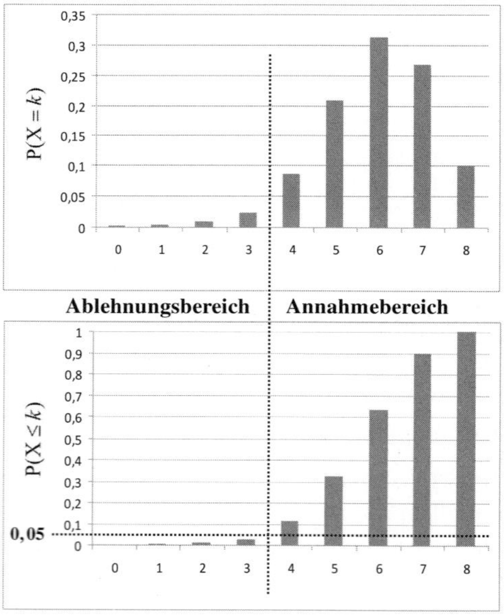

Der Spieler behauptet eine Mindestwahrscheinlichkeit: Geringe Werte von X (wenige Treffer) sprechen gegen seine Behauptung. Somit muss ein linksseitiger Hypothesentest durchgeführt werden.

Aus der kumulierten Binomialverteilung ist zu entnehmen, dass die Werte $\{0;1;2;3\}$ eine Gesamtwahrscheinlichkeit von 2,73 % aufweisen, wohingegen die Werte $\{0;1;2;3;4\}$ schon eine Gesamtwahrscheinlichkeit von 11,38 % aufweisen.

Falls der Spieler wirklich eine Trefferwahrscheinlichkeit von 75 % hätte, wäre es mit 2,73 % sehr unwahrscheinlich , dass er nur höchstens 3 von 8 Freiwürfen treffen würde. Da der Wert unter 5 % (Signifikanzniveau) liegt, wird in diesem Fall davon ausgegangen, dass die behauptete Trefferwahrscheinlichkeit nicht stimmt. (Die Wahrscheinlichkeit, dass der Spieler eine geringere Trefferwahrscheinlichkeit als 75 % hat, beträgt umgekehrt 97,27 % !).

$P(X \leq 2) = 0,0042$		**Ablehnungsb. (≤ 5 %)**
$P(X \leq 3) = 0,0273$		$\overline{\mathrm{A}} = \{0;1;2;3\}$
	0,05	
$P(X \leq 4) = 0,1138$		$\mathrm{A} = \{4;5;...;8\}$
$P(X \leq 5) = 0,3215$		**Annahmebereich**

Der Ablehnungsbereich für die Behauptung besteht also aus den Werten $\overline{\mathrm{A}} = \{0;1;2;3\}$, der Annahmebereich aus den Werten $\mathrm{A} = \{4;5;...;8\}$ (Entscheidungsregel).

• **Entscheidung :** Im Beispiel trifft der Spieler nur 3 Mal. Da diese Trefferanzahl im Ablehnungsbereich liegt, wird der Trainer die Behauptung des Spielers ablehnen.

3.2 Einseitiger Hypothesentest: Vorgehen am Beispiel

Linksseitiger Hypothesentest	**Rechtsseitiger Hypothesentest**

1. Schritt: „Testart" erkennen und Aufstellen der Nullhypothese.

Linksseitiger Hypothesentest	Rechtsseitiger Hypothesentest
- Behauptung: **Mindest**wahrscheinlichkeit ist gegeben (Nullhypothese H_0: $\boldsymbol{p_0} \geq ...$)	- Behauptung: **Höchst**wahrscheinlichkeit ist gegeben (Nullhypothese H_0: $\boldsymbol{p_0} \leq ...$)
- Vermutung: Wirkl. Wahrsch. ist geringer als p_0 (Gegenhypothese H_1: $p_0 < ...$)	- Vermutung: Wirkl. Wahrsch. ist höher als p_0 (Gegenhypothese H_1: $p_0 > ...$)
Geringe Werte von X sprechen **gegen die Behauptung** (bzw. für die Vermutung).	**Hohe Werte** von X sprechen **gegen die Behauptung** (bzw. für die Vermutung).
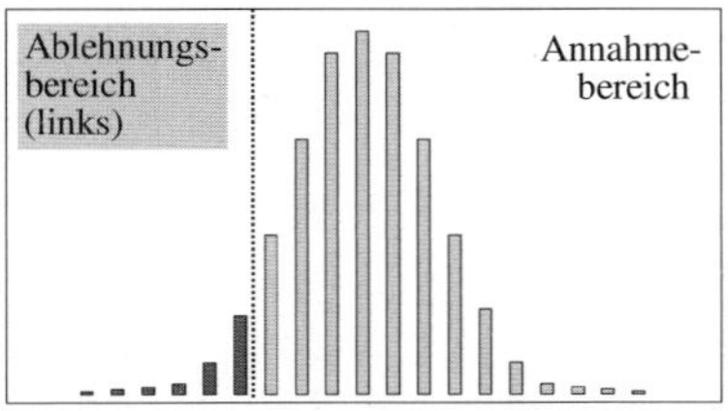	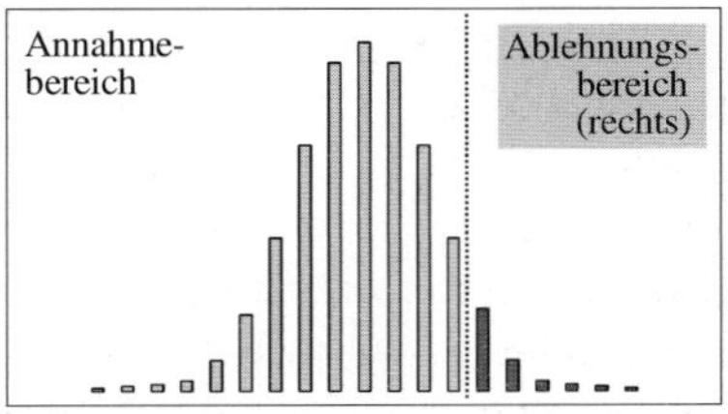

2. Schritt : Ablesen des Stichprobenumfangs n (Anzahl der Durchführungen) und des Signifikanzniveaus α aus der Aufgabenstellung. (z.B. $n = 30$; $\alpha^* = 5\%$; $p_0 = 0,4$)

3. Schritt: Ermittlung des Ablehnungs- und Annahmebereiches.

Linksseitiger Hypothesentest	Rechtsseitiger Hypothesentest
Die Wahrscheinlichkeit für **höchstens *k* Treffer** darf nicht höher als α^* sein:	Die Wahrscheinlichkeit für **mindestens *k* Treffer** darf nicht höher als α^* sein:
$\mathbf{P(X \leq \mathit{k}) \leq \alpha^*}$	$\mathbf{P(X \geq \mathit{k}) \leq \alpha^*}$
TR/Tabelle: kum. BV (n; p_0)	TR/Tabelle: kum. BV (n; p_0)
$P(X \leq 6) = 0,0172$ **Ablehnungsb. ($\leq 5\%$)** $P(X \leq 7) = 0,0435$ $\overline{A} = \{0;1;...;7\}$ ··········· **0,05** ··········· $P(X \leq 8) = 0,0940$ $A = \{8;9;...;30\}$ $P(X \leq 9) = 0,1763$ **Annahmebereich**	$P(X \leq 14) = 0,8246 \Rightarrow P(X \geq 15) = 0,1754$ **Annahmeb.** $P(X \leq 15) = 0,9029 \Rightarrow P(X \geq 16) = 0,0971$ $A = \{0;1;...;16\}$ ··········· **0,05** ··········· $P(X \leq 16) = 0,9519 \Rightarrow P(X \geq 17) = 0,0481$ $\overline{A} = \{17;18;...;30\}$ $P(X \leq 17) = 0,9788 \Rightarrow P(X \geq 18) = 0,0212$ **Ablehnungsb. ($\leq 5\%$)**

4. Schritt : Ermittlung der Entscheidungsregel. Der Vergleich mit dem konkreten Stichprobenergebnis (siehe Aufgabenstellung) führt zur Entscheidung.

Linksseitiger Hypothesentest	Rechtsseitiger Hypothesentest
Bei dem Wert 7 oder weniger wird die Hypothese abgelehnt, ansonsten angenommen.	Bei dem Wert 17 oder mehr wird die Hypothese abgelehnt, ansonsten angenommen.

http://frv.tv/41

Beispiel 2

Der Hersteller eines Medikaments behauptet, dass dieses bei mindestens 90 % der Patienten wirkt. Ein Konkurrent vermutet, dass diese Wahrscheinlichkeit zu hoch ist und testet das Medikament bei 50 Personen. Es wirkt bei 42 Personen.
Kann die Behauptung des Herstellers bei einem Signifikanzniveau von 5 % abgelehnt werden?

1. Schritt „Testart“ erkennen; Aufstellen der Nullhypothese	**Linksseitiger Hypothesentest** liegt vor - Mindestwahrscheinlichkeit ist gegeben - Vermutung, dass wirkliche Wahrscheinlichkeit geringer ist (geringe Werte sprechen gegen Behauptung) - Nullhypothese H_0: $\boldsymbol{p_0 \geq 0,9}$ (Gegenhypothese H_1: $p_0 < 0,9$)
2. Schritt Stichprobenumfang n; Signifikanzniveau α^*	$n = 50$; $\alpha^* = 5\%$
3. Schritt Definition Zufallsvariable; Ermittlung von Ablehnungs- und Annahmebereich	X - Anzahl der Patienten, bei denen das Medikament wirkt; $\mathbf{P(X \leq k) \leq 0,05}$ TR/Tabelle: kum. BV ($n = 50$; $p = 0,9$) $P(X \leq 39) = 0,0094$ **Ablehnungsb. ($\leq 5\%$)** $P(X \leq 40) = 0,0245$ $\overline{\mathbf{A}} = \{\mathbf{0;1;...;40}\}$ ······ **0,05** ······ $P(X \leq 41) = 0,0579$ $\mathbf{A} = \{\mathbf{41;42;...;50}\}$ $P(X \leq 42) = 0,1221$ **Annahmebereich**
4. Schritt Entscheidungsregel; Entscheidung	**Entscheidungsregel:** Falls das Medikament bei 40 oder weniger Personen wirkt, wird die Hypothese des Herstellers abgelehnt. Falls es bei 41 oder mehr Personen wirkt, wird die Hypothese angenommen. **Entscheidung:** Da es bei 42 Personen wirkt, sollte die Hypothese des Herstellers angenommen werden.

Beispiel 3

Der Hersteller eines Medikaments behauptet, dass dieses nur bei höchstens 8 % der Patienten Nebenwirkungen verursacht. Ein Konkurrent vermutet, dass diese Wahrscheinlichkeit zu gering ist und testet das Medikament bei 70 Personen. Bei 14 Personen treten Nebenwirkungen auf. Kann die Behauptung des Herstellers bei einem Signifikanzniveau von 5 % abgelehnt werden?

1. Schritt „Testart" erkennen; Aufstellen der Nullhypothese	**Rechtsseitiger Hypothesentest** liegt vor - Höchstwahrscheinlichkeit ist gegeben - Vermutung, dass wirkliche Wahrscheinlichkeit höher ist (hohe Werte sprechen gegen Behauptung) - Nullhypothese H_0: $\boldsymbol{p_0 \leq 0{,}08}$ (Gegenhypoth. H_1: $p_0 > 0{,}08$)

2. Schritt Stichprobenumfang n; Signifikanzniveau α^*	$n = 70$; $\alpha^* = 5\%$

3. Schritt Definition Zufallsvariable; Ermittlung von Ablehnungs- und Annahmebereich	X - Anzahl der Patienten, bei denen das Medikament Nebenwirkungen verursacht; $\mathbf{P(X \geq k) \leq 0{,}05}$ TR/Tabelle: kum. BV ($n = 70$; $p = 0{,}08$) $P(X \leq 8) = 0{,}8946 \Rightarrow P(X \geq 9) = 0{,}1054$ **Annahmeb.** $P(X \leq 9) = 0{,}9486 \Rightarrow P(X \geq 10) = 0{,}0514$ $\mathbf{A = \{0;1;...;10\}}$ .... **0,05** .... $P(X \leq 10) = 0{,}9772 \Rightarrow P(X \geq 11) = 0{,}0228$ $\mathbf{\overline{A} = \{11;12;...;70\}}$ $P(X \leq 11) = 0{,}9908 \Rightarrow P(X \geq 12) = 0{,}0092$ **Ablehnungsb.** **(≤ 5%)**

4. Schritt Entscheidungsregel; Entscheidung	**Entscheidungsregel:** Falls das Medikament bei 11 oder mehr Personen Nebenwirkungen verursacht, wird die Hypothese des Herstellers abgelehnt. Falls dies bei 10 oder weniger Personen auftritt, wird diese angenommen. **Entscheidung:** Da bei 14 Personen Nebenwirkungen auftreten, sollte die Hypothese abgelehnt werden.

3.3 Fehler 1. Art (α-Fehler) und 2. Art (β-Fehler)

Allgemein:

		Realität	
		H_0 ist wahr	H_0 ist falsch
Entscheidung (Testergebnis)	H_0 angenommen	richtig	**Fehler 2. Art (β - Fehler)** Hypothese wird angenommen, obwohl sie falsch ist. **Berechnung :** $\mathbf{P_{p^*}(X \in A)}$
	H_0 abgelehnt	**Fehler 1. Art (α - Fehler)** Hypothese wird abgelehnt, obwohl sie wahr ist. **Berechnung :** $\mathbf{P_{p_0}(X \in \overline{A})}$	richtig

Am Beispiel 2 (siehe S. 150)

Der Hersteller eines Medikaments behauptet, dass dieses bei mindestens 90 % der Patienten wirkt. Ein Konkurrent vermutet, dass diese Wahrscheinlichkeit zu hoch ist und testet das Medikament bei 50 Personen.

Linkss. Hypothesentest: $p_0 \geq 0,9;\quad p^* = \frac{42}{50} = 0,84;\quad \overline{A} = \{0;1;...;40\};\quad A = \{41;42;...;50\}$

		Realität	
		Herstellerbehauptung richtig: Medikament wirkt bei mindestens 90 %	Herstellerbehauptung falsch: Medikament wirkt bei weniger als 90 %
Entscheidung (Testergebnis)	Man „glaubt“ dem Hersteller	richtig	**Fehler 2. Art (β - Fehler)** Man „glaubt“ dem Hersteller, obwohl Medikament bei weniger als 90 % wirkt. $P_{p^*=0,84}(X \geq 41) \approx 0,7282$
	Man „glaubt“ dem Hersteller nicht	**Fehler 1. Art (α - Fehler)** Man „glaubt“ dem Hersteller, nicht, obwohl Medikament bei mindestens 90 % wirkt. $P_{p_0=0,9}(X \leq 40) \approx 0,0245$	richtig

Ausführliche Erklärung zur Berechnung der Fehler

• **Fehler 1. Art (α - Fehler)**: Falls die Hypothese des Herstellers (p_0) stimmt (und das Medikament bei mind. 90 % der Patienten wirkt), wäre es die richtige Entscheidung, diese Hypothese auch anzunehmen. Es wäre eine Fehlentscheidung, diese abzulehnen. Mit welcher Wahrscheinlichkeit wird diese Fehlentscheidung getroffen?
Die Hypothese wird abgelehnt, falls das beobachtete Ergebnis im Ablehnungsbereich liegt. Um die Wahrscheinlichkeit der Fehlentscheidung zu erhalten muss also die Wahrscheinlichkeit berechnet werden, dass **(bei Zugrundelegung von p_0)** ein Ergebnis auftritt, welches sich im Ablehnungsbereich befindet: $\mathbf{P}_{p_0}(\mathbf{X} \in \overline{\mathbf{A}})$. Da im Beispiel der Ablehnungsbereich aus allen Werten bis zum Wert 40 besteht, muss hierzu $P_{p=0,9}(X \leq 40)$ berechnet werden.

• **Fehler 2. Art (β - Fehler)**: Falls die Hypothese des Herstellers (p_0) nicht stimmt (und das Medikament nur bei $p^* = 0{,}84 = 84\,\%$ der Patienten wirkt), wäre es die richtige Entscheidung diese Hypothese abzulehnen. Es wäre eine Fehlentscheidung, diese anzunehmen. Mit welcher Wahrscheinlichkeit wird diese Fehlentscheidung getroffen?
Die Hypothese wird angenommen, falls das beobachtete Ergebnis im Annahmebereich liegt. Um die Wahrscheinlichkeit der Fehlentscheidung zu erhalten muss also die Wahrscheinlichkeit berechnet werden, dass **(bei Zugrundelegung von p^*)** ein Ergebnis auftritt, welches sich im Annahmebereich befindet: $\mathbf{P}_{p^*}(\mathbf{X} \in \mathbf{A})$. Da im Beispiel der Annahmebereich aus allen Werten ab dem Wert 41 besteht, muss hierzu $P_{p=0,84}(X \geq 41)$ berechnet werden.

Am Beispiel 3 (siehe S. 151)

Der Hersteller eines Medikaments behauptet, dass dieses nur bei höchstens 8 % der Patienten Nebenwirkungen verursacht. Ein Konkurrent vermutet, dass diese Wahrscheinlichkeit zu gering ist und testet das Medikament bei 70 Personen. Bei 14 Personen treten Nebenwirkungen auf.

Rechtss. Hypothesentest: $p_0 \leq 0{,}08;\ \ p^* = \frac{14}{70} = 0{,}2;\ \ A = \{0;1;...;10\};\ \ \overline{A} = \{11;12;...;70\}$

Fehler 1. Art (α - Fehler): Man „glaubt" dem Hersteller nicht, dass bei höchstens 8 % Nebenwirkungen auftreten, obwohl dies eigentlich stimmt.

$P_{p_0=0,08}(X \geq 11) = 1 - P_{p_0=0,08}(X \leq 10) \approx 1 - 0{,}9772 = 0{,}0228$

Fehler 2. Art (β - Fehler): Man „glaubt" dem Hersteller, dass bei höchstens 8 % Nebenwirkungen auftreten, obwohl dies nicht stimmt und in der Realität bei $p^* = 20\%$ Nebenwirkungen auftreten.

$P_{p^*=0,2}(X \leq 10) \approx 0{,}1468$

Hinweis: Ein geringerer Wert des Signifikanzniveaus α^* (z.B. $\alpha = 1\%$) führt zu einem kleineren Ablehnungsbereich. Hierdurch verrringert sich die Gefahr, einen Fehler 1. Art zu begehen ($\alpha^* \triangleq$ max. Wahrscheinlichkeit, einen Fehler 1. Art zu begehen).

3.4 Zweiseitiger Hypothesentest

Falls ein **konkreter** Wahrscheinlichkeitswert und keine Mindest- bzw. Höchstwahrscheinlichkeit behauptet wird, widersprechen sowohl sehr große Werte als auch sehr kleine Werte dieser Behauptung. Hier gibt es also einen **linksseitigen und** einen **rechtsseitigen** Ablehnungsbereich, welche beide eine maximale Fehlerwahrscheinlichkeit von $\boldsymbol{\alpha^* / 2}$ aufweisen.

Vorgehen (am Beispiel): Beidseitiger Hypothesentest

1. Schritt: „Testart" erkennen und Aufstellen der Nullhypothese.

- Beh.: **Konkrete** Wahrscheinlichkeit ist gegeben (Nullhypothese: H_0: $\boldsymbol{p_0 = ...}$)
- Verm.: Wirkl. Wahrscheinl. ist **geringer oder höher** als p_0 (Gegenhypoth.: H_1: $p_0 \neq ...$)

Geringe <u>und</u> hohe Werte sprechen **gegen die Behauptung.**

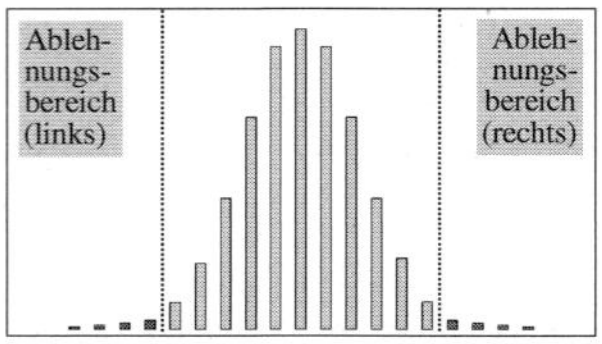

2. Schritt : Ablesen des Stichprobenumfangs n (Anzahl der Durchführungen) und des Signifikanzniveaus α aus der Aufgabenstellung. (z.B. $n = 30$; $\alpha^* = 5\%$; $p_0 = 0{,}4$)

3. Schritt: Ermittlung des Ablehnungs- und Annahmebereiches.

Gegen die Behauptung sprechen

geringe Werte <u>**und**</u> **hohe Werte;**

Linksseitiger Ablehnungsbereich
Die Wahrscheinlichkeit für **höchstens *k*** **Treffer** darf nicht höher als $\alpha^* / 2$ sein:

$$\mathbf{P(X \leq \mathit{k}) \leq \frac{\alpha^*}{2}}$$

TR/Tabelle: kum. BV (n; p_0)

$P(X \leq 5) = 0{,}0056$
$P(X \leq 6) = 0{,}0171$
Ablehnungsb. (≤ 2,5 %) $\overline{\mathbf{A}} = [0;\, 6]$
0,025
$P(X \leq 7) = 0{,}0435$
$P(X \leq 8) = 0{,}0940$
Annahmebereich

Rechtsseitiger Ablehnungsbereich
Die Wahrscheinlichkeit für **mindestens *k*** **Treffer** darf nicht höher als $\alpha^* / 2$ sein:

$$\mathbf{P(X \geq \mathit{k}) \leq \frac{\alpha^*}{2}}$$

TR/Tabelle: kum. BV (n; p_0)

$P(X \leq 15) = 0{,}9029 \Rightarrow P(X \geq 16) = 0{,}0971$
$P(X \leq 16) = 0{,}9518 \Rightarrow P(X \geq 17) = 0{,}0482$
Annahmeb.
0,025
$P(X \leq 17) = 0{,}9787 \Rightarrow P(X \geq 18) = 0{,}0213$
$P(X \leq 18) = 0{,}9916 \Rightarrow P(X \geq 19) = 0{,}0084$
$\overline{\mathbf{A}} = [18;\, 30]$ **Ablehnungsb. (≤ 2,5 %)**

$$A = \{7; 8; ...; 17\}$$

4. Schritt : Ermittlung der Entscheidungsregel. Der Vergleich mit dem konkreten Stichprobenergebnis (siehe Aufgabenstellung) führt zur Entscheidung.

Bei einem Wert zwischen 7 und 17 wird die Hypothese angenommen, ansonsten abgelehnt.

http://frv.tv/4m

Beispiel

Im vergangenen Jahr haben 15 % der Bevölkerung ein bestimmtes Medikament gekauft. Ein Marktforschungsunternehmen behauptet, dass dieser Marktanteil im aktuellen Jahr gleich geblieben (also weder gesunken noch gestiegen) ist.
Es werden 100 Personen befragt, ob sie das Medikament gekauft haben. 22 Personen geben dies an. Kann die Behauptung des Marktforschungsunternehmens bei einem Signifikanzniveau von 5 % abgelehnt werden?

1. Schritt: „Testart" erkennen und Aufstellen der Nullhypothese.

- Behauptung: **Konkreter** Wahrscheinlichkeitswert
- Vermutung: Wirkliche Wahrscheinlichkeit ist **geringer oder höher** als p_0
- Nullhypothese H_0: $\boldsymbol{p_0 = 0{,}15}$ (Gegenhypoth. H_1: $p_0 \neq 0{,}15$)

2. Schritt: Stichprobenumfang n; Signifikanzniveau α^*

$n = 100$; $\alpha^* = 5\%$

3. Schritt: Ermittlung des Ablehnungs- und Annahmebereiches.

X - Anzahl der Personen, die das Medikament gekauft haben;
Gegen die Behauptung sprechen

geringe Werte <u>**und**</u> **hohe Werte;**

Linksseitiger Ablehnungsbereich

$\mathbf{P(X \le k) \le 0{,}025}$

TR/Tabelle: kum. BV ($n = 100$; $p = 0{,}15$)

$P(X \le 6) = 0{,}0047$
$P(X \le 7) = 0{,}0122$
.... **0,025** ....
$P(X \le 8) = 0{,}0275$
$P(X \le 9) = 0{,}0551$

Ablehnungsb. (≤ 2,5 %) $\overline{A} = [0;\, 7]$

Annahmebereich

Rechtsseitiger Ablehnungsbereich

$\mathbf{P(X \ge k) \le 0{,}025}$

TR/Tabelle: kum. BV ($n = 100$; $p = 0{,}15$)

$P(X \le 20) = 0{,}9337 \Rightarrow P(X \ge 21) = 0{,}0663$
$P(X \le 21) = 0{,}9607 \Rightarrow P(X \ge 22) = 0{,}0393$
.... **0,025** ....
$P(X \le 22) = 0{,}9779 \Rightarrow P(X \ge 23) = 0{,}0221$
$P(X \le 23) = 0{,}9881 \Rightarrow P(X \ge 24) = 0{,}0119$

Annahmeb.

$\overline{A} = [23;\, 100]$ **Ablehnungsb. (≤ 2,5 %)**

$$A = \{8; 9; \ldots; 22\}$$

4. Schritt: Entscheidungsregel und Entscheidung.

Entscheidungsregel: Falls mindestens 8 und höchstens 22 Personen angeben, das Medikament gekauft zu haben, wir die Hypothese angenommen, ansonsten abgelehnt.

Entscheidung: Da 22 Personen angeben, das Medikament gekauft zu haben, sollte die Hypothese angenommen werden.

4. Normalverteilung

4.1 Unterschied zur Binomialverteilung

Um die Normalverteilung zu verstehen ist es sinnvoll, sie mit der (aus dem Vorkapitel) bekannten Binomialverteilung zu vergleichen.

	Binomialverteilung	**Normalverteilung**
Beispiel für Zufallsexperiment und mögliches Ergebnis.	Münze wird 10 mal geworfen. Ergebnis: X = 4 mal Wappen	Messung der Körpergröße einer zufällig ausgewählten männlichen Person. Ergebnis: $X = 174,2364\ldots cm$
Welche Werte kann die Zufallsgröße annehmen?	Zufallsgröße gibt gesamte Anzahl an „Treffern“ an und kann somit **nur ganzzahlige Werte** annehmen. Es handelt sich also um eine **diskrete Verteilung**.	Zufallsgröße gibt gemessene Körpergröße an und kann damit **auch „Kommazahlen“** annehmen. Es handelt sich also um eine **stetige Verteilung**.

4.2 Normalverteilung und Gaußsche Glockenkurve (Dichtefunktion)

1. Einführung der Gaußschen Glockenkurve am Beispiel

Die Körpergröße, das Gewicht oder die Intelligenz von Menschen ist normalverteilt. Mittlere Werte sind wahrscheinlich, extreme Werte hingegen unwahrscheinlich.

Beispiel: Messung der Körpergröße bei einer zufällig ausgewählten männlichen Person.

Bei der Gaußschen Glockenkurve $\varphi_{\mu;\sigma}$ ($\varphi_{180;10}$) hat der Bereich um den Erwartungswert ($\mu = 180$ cm) die größte Wahrscheinlichkeit.

Die Standardabweichung (hier $\sigma = 10$) bestimmt, wie sehr die Werte um den Erwartungswert streuen und gibt die Breite der Verteilung an.

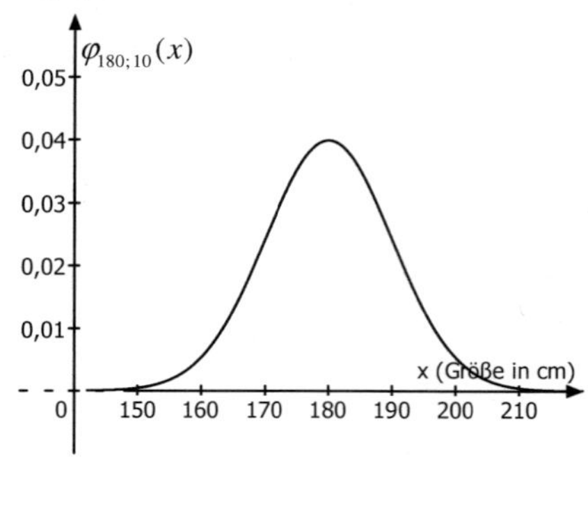

Achtung: Funktionswerte von $\varphi_{\mu;\sigma}$ stellen **nicht die Wahrscheinlichkeiten** der einzelnen Werte dar!
Die Wahrscheinlichkeit (jedes) einzelnen Wertes beträgt 0%: z.B. $P(X = 170) = 0$!
Grund: Die Wahrscheinlichkeit, dass jemand, auf unendlich viele Kommastellen genau, 170,000000 …0 cm groß ist, beträgt 0%.

http://frv.tv/7n

2. Mathematische Merkmale der Gaußschen Glockenkurve

- Bei $x = \mu$ **(Erwartungswert)** hat die Kurve ihr **Maximum**.
  Der **Maximalwert** kann (grob) durch die Formel $\varphi_{\mu;\sigma}(\mu) = \frac{0{,}4}{\sigma}$ berechnet werden.
  Im Beispiel: $\varphi_{180;10}(\mu) = \frac{0{,}4}{\sigma} = \frac{0{,}4}{10} = 0{,}04$
  somit Hochpunkt $H(180 \mid 0{,}04)$.
- Die **Wendestellen** der Kurve sind bei $x_1 = \mu - \sigma$ und $x_2 = \mu + \sigma$.
  Im Beispiel:
  $x_1 = 180 - 10 = 170; \; x_2 = 180 + 10 = 190$
- Der Flächeninhalt zwischen Kurve und x-Achse beträgt 1.

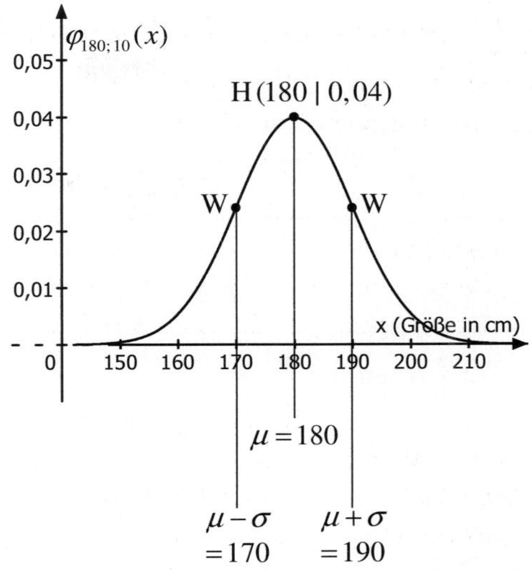

3. Wahrscheinlichkeitsberechungen anhand der Gaußschen Glockenkurve

Über den **Inhalt der Fläche unter der Kurve** können **Wahrscheinlichkeiten** berechnet werden.

$$\mathbf{P(X \le k) = \int_{-\infty}^{k} \varphi_{\mu;\sigma}(x)dx}$$

Beispiel

Wie groß ist die Wahrscheinlichkeit, dass eine zufällig ausgewählte Person höchstens 174 cm groß ist?

$$P(X \le 174) = \int_{-\infty}^{174} \varphi_{180;10}(x)dx \overset{\text{WTR}}{\approx} 0{,}2743$$

Eingabe in WTR	
Kumulierte Normalverteilung	
Untere Grenze	: −1000
Obere Grenze	: 174
μ	: 180
σ	: 10

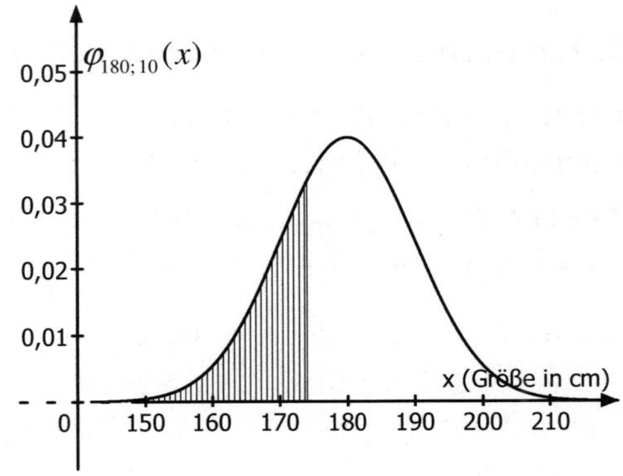

4.3 Aufgabentypen

Im Vergleich zur Binomialverteilung ist die Bearbeitung einfacher, da die Eingabe in den Taschenrechner (WTR) komfortabler ist.

Aufgabentypen

Beispiel : Die Körpergröße vom Männern ist näherungsweise normalverteilt mit dem Erwartungswert $\mu = 180$ cm und der Standardabweichung $\sigma = 10$ cm.
Mit welcher Wahrscheinlichkeit ist ein zufällig ausgewählter Mann ...

1. „höchstens *k*“ (bzw. „weniger als *k*“)	... höchstens 174 cm groß? (bzw. weniger als)
$\mathbf{P(X \leq k)}$ (bzw. $P(X < k)$)	$P(X \leq 174) \overset{\text{WTR}}{\approx} 0{,}2743$

Eingabe in WTR
Kumulierte Normalverteilung
Untere Grenze : −1000
Obere Grenze : 174
μ :180
σ :10

2. „mindestens *k*“ (bzw. „mehr als *k*“)	... mind. 192 cm groß? (bzw. mehr als)
$\mathbf{P(X \geq k)}$ (bzw. $P(X > k)$)	$P(X \geq 192) \overset{\text{WTR}}{\approx} 0{,}1151$

Eingabe in WTR
Kumulierte Normalverteilung
Untere Grenze :192
Obere Grenze :1000
μ :180
σ :10

3. „mind. k_1 und höchst. k_2“ (bzw. „mehr als k_1 und weniger als k_2“)	... mind. 183 cm und höchst. 195 cm groß?
$\mathbf{P(k_1 \leq X \leq k_2)}$ (bzw. $P(k_1 < X < k_2)$)	$P(183 \leq X \leq 195)$ $\overset{\text{WTR}}{\approx} 0{,}3153$

Eingabe in WTR
Kumulierte Normalverteilung
Untere Grenze : 183
Obere Grenze : 195
μ :180
σ :10

Wichtige Unterschiede zu den Aufgabentypen bei Binomialverteilung (S. 142)

- Bei Normalverteilung ist der Aufgabentyp $P(X = k)$ **nicht sinnvoll**, da stets $P(X = k) = \mathbf{0}$ gilt (S. 156, jede Einzelwahrscheinlichkeit hat den Wert 0).
- Zudem muss wegen $P(X = k) = 0$ muss **nicht** zwischen $P(X \leq k)$ und $P(X < k)$ **unterschieden** werden.

http://frv.tv/7o

Beispiel

Das Gewicht von auf einer Maschine produzierten Tischtennisbällen ist normalverteilt mit dem Erwartungswert 2,7 g und der Standardabweichung von 0,3 g.

a) Mit welcher Wahrscheinlichkeit wiegt ein zufällig aus der Produktion entnommener Ball mindestens 3 g?

$P(X \geq 3) \overset{\text{WTR}}{\approx} 0{,}1587$

A: Mit einer Wahrscheinlichkeit von 15,87 %.

Eingabe in WTR
Kumulierte Normalverteilung
Untere Grenze : 3
Obere Grenze : 1000
μ : 2,7
σ : 0,3

b) Mit welcher Wahrscheinlichkeit wiegt ein zufällig aus der Produktion entnommener Ball mehr als 3 g?

$P(X > 3) \overset{\text{WTR}}{\approx} 0{,}1587$

A: Mit einer Wahrscheinlichkeit von 15,87 %.

Hinweis: Keine Unterscheidung zwischen „mindestens" und „ mehr als" nötig. Siehe Vorseite.

Eingabe in WTR
Kumulierte Normalverteilung
Untere Grenze : 3
Obere Grenze : 1000
μ : 2,7
σ : 0,3

c) Mit welcher Wahrscheinlichkeit wiegt ein zufällig aus der Produktion entnommener Ball zwischen 3 g und 3,2 g?

$P(3 \leq X \leq 3{,}2) \overset{\text{WTR}}{\approx} 0{,}1109$

A: Mit einer Wahrscheinlichkeit von 11,09 %.

Eingabe in WTR
Kumulierte Normalverteilung
Untere Grenze : 3
Obere Grenze : 3,2
μ : 2,7
σ : 0,3

d) Mit welcher Wahrscheinlichkeit wiegt ein zufällig aus der Produktion entnommener Ball mehr als 2,8 g und höchstens 3 g?

$P(2{,}8 < X \leq 3) \overset{\text{WTR}}{\approx} 0{,}2108$

A: Mit einer Wahrscheinlichkeit von 21,08 %.

Eingabe in WTR
Kumulierte Normalverteilung
Untere Grenze : 2,8
Obere Grenze : 3
μ : 2,7
σ : 0,3

Liebe Schülerinnen und Schüler,
über Fragen oder Anregungen zu den Inhalten dieses Buches freue ich mich sehr.

Stefan Rosner
(stefan_rosner@hotmail.com)